중요한 소리

고요한 종소리

발행일 2016. 5. 3

글쓴이 장정옥
펴낸이 서영주
총편집 서영필
편집 손옥희, 김정희 **디자인** 송진희
제작 김안순 **마케팅** 최기영 **인쇄** 영신사

펴낸곳 성바오로
출판등록 7-93호 1992. 10. 6
주소 서울특별시 강북구 오현로7길 20(미아동)
취급처 성바오로보급소 **전화** 944-8300, 986-1361
팩스 986-1365 **통신판매** 945-2972
E-mail bookclub@paolo.net
www.**paolo**.net
www.facebook.com/**stpaulskr**

값 13,800원
ISBN 978-89-8015-877-5
교회인가 서울대교구 2016. 1. 29 **SSP** 1028

© 장정옥, 2016

이 도서의 국립중앙도서관 출판예정도서목록(CIP)은 서지정보유통지원시스템 홈페이지(http://seoji.nl.go.kr)와 국가자료공동목록시스템(http://www.nl.go.kr/kolisnet)에서 이용하실 수 있습니다. (CIP제어번호 : CIP2016010034)

> 이 책은 저작권법의 보호를 받으므로 무단전재와 무단복제를 금합니다.
> 이 책 내용의 전부 또는 일부를 재사용하려면 반드시 저작권자와 성바오로출판사의 동의를 얻어야 합니다.

고요한 중 소리

장정옥 지음

성바오로

일러두기

「한국천주교회사」, 한국천주교회사연구소
「황사영 백서」, 김영수 역, 성황석두루가서원, 1998
「누가 저희를 위로해 주겠습니까」, 여진천, 기쁜소식, 2008
「한국의 상인정신과 상인국가」, 이인희, 두남, 2014
「비단길에서 만난 세계사」, 정은주·박미란·백금희 공저, 창작과비평사, 2005
「능지처참」, 티모시 브룩 외 지음, 박소현 옮김, 너머북스, 2010

누가 저희를 위로해 주겠습니까

「황사영 백서」 중에서

|차례|

외로운 난새	9
달빛을 밟고 온 사람	29
백서 일기 1	84
이십 년을 걸어온 만남	91
백서 일기 2	113
성 밖의 안개	120
백서 일기 3	161
거꾸로 비친 하늘	169
백서 일기 4	192

석양의 누	200
백서 일기 5	224
홀로 우는 북소리	233
백서 일기 6	264
누란의 왕녀는 모래 속에 잠들고	269
백서 일기 7	300
물을 찾아다니는 장미	309
백서 일기 8	355
구름이 끌고 온 천둥소리	362
백서 일기 9	403
작가의 말	411

외로운 난새

서소문 밖 형장으로 검독수리가 날아들었다. 날갯짓도 없이 활공으로 하늘을 오래 날 수 있는 새였다. 새들의 제왕 검독수리는 시위를 떠난 활처럼 참나무 가지에 사뿐 내려앉았다. 검독수리의 무게 때문인지 나뭇가지가 미동으로 흔들렸다. 나무둥치 곳곳마다 혹이 불거지고 가지가 흉측하게 뒤틀린 병든 나무였다. 피폐된 나무의 모습이 쇠락의 길로 치닫는 조선의 모습 같았다. 간신히 매달려 있던 마른 잎이 휘리릭 날렸다. 들녘에서 까마귀 떼가 그악스럽게 우짖었다. 죽음의 냄새는 바람을 타고 날아가 먼 곳의 새까지 불러들였다. 황사영은 검독수리를 골똘히 바라보았다. 새와 눈이 마주쳤다. 새는 하늘의 명을 받고 온 사자처럼 병든 나무에 앉아서 인간들이 벌이는 작태를 지켜보았다. 검독수리에게는 세상의 숱한 죽음이 다만 힘의 논리에 따른 결과로 비칠 뿐이다.

황사영은 오늘의 일을 짐작해 본다. 자신의 죽음이 신유년의 대미를 장식하게 될 것이란 사실을. 그들은 황사영을 죽이는 것으로 승리를 외치겠지만 그것은 끝이 아니라 또 다른 시작의 예고가 될 것이다. 한 번 피 맛을 본 자들은 살해의 충동을 멈추지 못하고, 집단 살해의 쾌감을 알아 버린 그들로 인해서 피의 제단에 올라갈 성스러운 죽음은 이어진다. 권력의 이면에 늘 그런 죽음이 있었다. 자신이 무슨 일을 저지르는 줄도 모르고 그저 무아지경에 빠져 칼을 휘두르는 자들. 권력이라는 이름으로 살인을 저지르는 자들은 백성들의 생살여탈권을 자신들이 틀어쥐고 있다고 착각한다.

황사영은 검독수리의 출현이 좋은 징조로 느껴졌다. 예수가 그랬던 것처럼 자신의 죽음 역시 시대를 대변하는 상징이 될 거라고 믿었다. 앞서 죽어 간 모든 순교자들의 죽음이 그러하듯. 검독수리는 높은 가지에 앉아서 그런 일련의 과정을 빠짐없이 지켜볼 것이다. 황사영의 사지에 네 개의 밧줄이 묶이는 것을 검독수리가 음울한 눈빛으로 지켜보았다. 검독수리의 진중한 속삭임이 그의 귓전을 스쳤다.

'헛된 죽음일세.'

'어째서 그런 말을 하는가?'
'살아 있어야 후일도 기약할 수 있으니 말일세.'
'그런 걱정은 말게. 우리의 기약은 하늘에 있으니.'
'차라리 저 구름을 믿지 그래. 개똥밭에 굴러도 이승이 낫다는 말이 괜히 나왔겠나. 살려 달라고 빌어나 보지.'
'그럴 수는 없네. 소신을 갖고 죽는 건 부끄러운 일이 아니니.'
'대단한 자긍심이군.'

새의 조소가 신랄했다. 가만히 앉아서 당하는 건 희생도 개뿔도 아니라며 비웃었다. 이왕 죽을 거면 삽자루라도 휘두르며 대항하는 것이 훨씬 사람답다며, 예수도 마지막에는 하늘을 우러러 보며 '하느님 나의 하느님 어찌하여 저를 버리시나이까?' 하고 부르짖었다고 말했다. 새의 그 말에 황사영은 사람이 할 말을 그분이 대신 해 주었기 때문에 더 이상 저항할 필요가 없다고 대답했다. 예수는 무저항이 가장 큰 저항인 것을 몸으로 보여 주고, 희생으로 용서와 사랑을 가르친 거라고 일러 주었다. 황사영은 자신이 토굴에서 오래도록 갓끈만 잡고 엎드려 있었던 건 저항할 줄 몰라서 하지 않은 것이 아니라고.

네 마리의 말이 끌려 나왔다. 포졸 하나가 황사영에게 낮은 소리로 속삭였다. '나리, 빨리 끝나도록 튼튼한 말을 골랐습니다.' 황사영은 그에게 고맙다고 했다. '좀 더 일찍 알았더라면 그대와 좋은 벗이 되었을 것을.' 가장 튼튼한 말을 골랐다는 말이 믿음직스러웠다. 황사영은 몸을 내맡긴 채로 형장을 둘러선 사람들을 휘둘러보았다. 동지섣달의 찬바람 속에 환하게 핀 동백인 듯 난주가 처연한 모습으로 서 있었다. 잘못 봤나 해서 다시 보니 역시 그녀였다. 수많은 사람들 사이에서 도드라지는 그녀의 모습은 이슬 머금은 진달래 같고 눈 속에 핀 매화 같았다. 황사영은 난주를 보며 혼잣말을 중얼거렸다. '저 여인은 어쩌자고 저리도 고운고.' 그녀는 아기를 안고 있었다. 쳐다보면 마음만 괴로울 걸 어쩌자고 이 겨울에 저리도 고운 옷을 입고 왔누. 가만 있자, 그러고 보니 저 진달래색 치마는 백년가약을 맺던 날 입었던 옷이다. 목숨이 다하는 날까지 함께하겠노라 약속한 것을 상기시키고자 함인지, 그녀는 혼례 예복을 곱게 차려 입었다. 아무리 봐도 유배를 가는 사람의 옷차림이 아닐진대 그녀가 예복 차림으로 형장에 온 것은 황사영에게 그 약속을 떠올리려 했음이 분명했다. 그녀는 촛불 앞에서 절을 하던 모습 그대로 고운 미소를 띠고 있었다. 그의 뜨거운 손길에 파르르 떨며 움츠리던 모습이 선연히 떠올랐다. '아내여, 나의 아내여!' 억지로 웃으려 애쓰는 그녀를 보고 있으려니 눈물의 강이 터지려 했다. 황사영은 촛불 아래 아미를 숙이던 그녀의 청초한 모습을 되새겼다. '약속을 지키지 못해서 미안하네.' 황사영은 미안한 마음을 가득 담아서 그녀에게 함빡 미소를 지어 보였다. 멀어서 표정을 읽기 어려울 텐데도 그녀는 알아들었다는 듯 고개를 끄덕였다. 멀리서 서로를 바라보는 그것이, 그들 부부가 살아서 나누는 마지막 인사였다.

그녀가 제주도로 간다는 소식을 포졸에게 들었다. 한 번 가면 두 번 다시 돌아오지 못하기는 그곳이나 저승이나 별 차이가 없다. 더러 유배를 살다 풀려나기도 하지만 난주는 다만 황사영의 아내라는 이유로 영원히 유배지에 살다 죽어야 할시도 모른다. 난주의 괴로움이 손에 잡힐 듯 애틋했다. 하녀 사월의 품에 안겨 있는 아들. 어린 것이 아비 없는 세상을 어떻게 살려는지. 황사영은 난주에게서 두어 걸음 떨어진 곳에 큰 나무처럼 우뚝 서 있는 아이를 알아보았다. 여수리, 여수리가 지금 나를 보고 있다. 아마도 그는 내가 한 말을 기억하고 있을 것이다. 여수리가 난주 모자 곁에 우뚝 서 있는 것이 황사영에게 적잖은 위로가 되어 주었다. 여수리는 배론으로 비단을 들고 올 때보다 키가 한 뼘은 더 자란 성싶었다. 황사영의 눈길이 자신들에게 머무는 걸 알아챘는지 난주는 사월에게서 경한을 받아 안았고, 여수리는 자신을 기억하라는 듯 주먹으로 왼쪽 가슴을 퉁퉁 두들겼다. 황사영은 고개를 끄덕여 그들의 인사에 응답했다. '나를 기억하듯 내 아들을 기억해 줘.' 난주와 여수리에게 손을 흔들어 주고 싶었는데 밧줄에 묶여 있어서 그러지 못했다.

참나무 우듬지에 높이 앉아 있던 검독수리가 활공을 시작했다. 황사영은 하늘 높이 아스라한 곳까지 날아올라 푸른 하늘을 유유히 맴도는 검독수리의 움직임을 주시했다. 검독수리는 날카로운 부리를 앙다물고 털이 부스스 일어난 날개를 접어 병든 나뭇가지에 사뿐 내려앉았다. 참형이 끝나면 내 시신에 달려들어 눈을 파먹거나 살점을 쪼아 먹을지도 모른다. 포졸들에게 끌려나오다시피 한 구경꾼들은 황사영의 마지막 모습을 지켜보기 위해 서 있다. 형이 집행되면 구경꾼들은 진저리치며 눈을 감고 말 테지. 그러면 형을 집행하는 관리가 목소리를 높여 외칠 것이다.

'똑똑히 보아라! 반역을 꾸미면 어떤 꼴을 당하는지.'

그들이 황사영에게 씌운 죄목은 외국 군대를 끌어들여 반란을 계획했다는 대박청래의 역적 행위였다. 서양의 큰 배를 청하여 무자비한 학살을 억제하고, 신앙의 자유를 얻고자 했던 요청이 서양의 군대를 끌어들여 나라를 위험에 빠뜨리려 했다는 오해를 받았다. 교황에게 조선의 급박한 사정을 알리고 도움을 받으려 했던 것이지, 반역은 당치도 않은 오해라고 주장해 봐야 소용없었다. 애초에 오가작통법으로 순진한 백성을 밀고자로 만들고, 무더기 참살을 감행한 건 관료들이니 그대들의 죄를 먼저 따지는 게 옳다고 잘잘못을 따졌다. 누가 어떤 권능을 실어 주었기에 관료들은 백성들에게 씻을 수 없는 죄를 짓고도 그렇게 당당하냐는 황사영의 외침에 김조순은, 임금을 모시고 나라를 이끌어 가려면 썩은 나뭇가지부터 잘라 내는 게 당연하다고 했다. 그 말에 황사영은 썩은 나뭇가지를 나무라기 전에 제 눈에 박힌 들보도 알아보지 못한 후안무치를 먼저 부끄러워해야 한다고 일갈했다. 공동묘지에 누운 원혼도 제각각 할 말이 있는데, 백서를 쓰지 않을 수 없었던 전후 사정은 살피지 않고 백서의 글귀만 잡고 늘어지는 뻔뻔함을 차마 눈뜨고 봐 주기 어렵다며, 무고한 백성들을 살해한 자와 구조를 요청한 자 중에서 누구의 죄가 더 무거운지 죄의 무게를 달아보자니까 그들이 찢어 죽일 놈이라며 거품을 물었다.

　백서는 교황에게 전해지지 않았고, 외국 선박도 오지 않았고, 책문에 점포를 만드는 계획도 무산되고 말았다. 황사영은 백서로 인한 모든 책임을 자신이 질 것이니 다른 사람은 풀어 주라고 했다. 물론 황사영의 요구는 받아들여지지 않았고, 신자들은 끊임없이 죽어 나갔다.

검독수리가 내려앉은 나무의 모양이 두고 볼수록 기이했다. 나무 둥치가 미끈하게 자라지 못하고 허리에 굵은 혹을 달고 있는 것도 모자라서 둥치 한가운데가 움푹 패여 벌레 집이 되어 있었다. 그러고도 나무는 푸른 잎사귀를 주렁주렁 달고 서 있었다. 둥치에 커다란 혹이 달릴 동안 나무는 얼마나 큰 괴로움과 싸워야 했을까. 싸워 봐도 병이 물러가지 않으니 커다란 혹을 단 채로 살고 있겠지. 나무는 한 번 뿌리를 내리면 생명이 다할 때까지 그 자리에 서 있어야 하는데 그것은 나무에게도 험난한 세월이었을 게다. 짓밟히고, 빼앗기고, 끊임없이 배반을 당하면서도 목숨을 부지하고 사는 이 땅의 민초들처럼.

검독수리가 깃털을 세우고 웅숭깊은 눈으로 나무의 초라한 몰골을 내려다보았다. 찬바람에 새의 깃털이 가벼이 날렸다. 꾸룩거리는 목울음 소리가 기이한 울림으로 들렸다. 황사영은 푸른 하늘과 빛나는 햇살, 귓불을 스치는 바람을 음미하듯 눈을 감았다. 세상에서 맞는 마지막 햇빛이 푸른 빛살처럼 차갑고 청아한 것이 마음에 들었다. 모든 준비는 끝났다. 네 개의 밧줄에 묶여 있는 네 마리의 말은 튼튼하고, 채찍을 든 나졸은 시작하라는 명령이 떨어지기만 기다렸다.

황사영은 푸른 하늘을 올려보며 토굴에 갇혀 사는 동안 가장 그리웠던 것이 햇빛이었음을 생각해 냈다. 맑은 날이어서 무엇보다 기뻤다. 새가 크고 단단한 날개를 퍼덕거리며 지루함을 털었다. 검독수리와 눈이 마주쳤다. 새가 물었다. '서른 해도 못 살고 죽으니 억울하겠군.' 황사영은 고개를 저었다. 옳다고 믿는 것을 위해 죽으니 조금도 억울할 거 없다고 했다. 새가 또 물었다.

'조선의 선비로서 자신의 죽음에 떳떳한가?'

'세상을 바꾸지 못한 것이 아쉬울 뿐이네.'

'백서를 태워 버릴 생각은 해 보지 않았는가?'

'태워 버릴 거면 애초에 쓰지도 않았네.'

'악법도 법이니 따라야 하지 않는가.'

황사영이 새를 향해 웃어 주고 말을 이었다.

'나는 백성의 바람보다 큰 법은 없다고 보네. 세상이 변화를 요구하는데 그것을 보려 하지 않고 들으려 하지 않는 것보다 더 큰 반역이 어딨는가.'

새가 꾸르륵 목울음 소리를 냈다. 한바탕 괴성을 지르고 싶은데 소리가 나오지 않는지 애꿎은 날개만 푸드덕거렸다. 형을 집행하는 관료들이 자리에 앉으며 분위기가 술렁거렸다.

'진정 후회하지 않는가.'

황사영은 가래를 끌어올리듯 마지막 남은 말을 내뱉었다. '내 죽음으로 이 나라에 진 빚은 다 갚았다고 생각하네. 불발로 그치긴 했지만 백서를 쓴 것은 글을 아는 선비가 할 수 있는 최선의 노력이었네. 온몸을 바쳐 할 일을 하다 가니 후회는 없네.'

황사영은 만약 자신에게 죄가 있다면 그분께 달게 받겠다며 하늘을 올려보았다. 기러기 떼가 아름답게 열을 지어 날아가고 있었다. 끼룩끼룩 우짖는 기러기 소리에 마음이 휑하니 비어갔다. '너희들도 떠나는구나, 쉴 곳을 찾아서.' 황사영은 미소를 지었다. '오냐, 따라가마. 네 너희의 날개에 깃털처럼 사뿐 얹혀 가리.' 살아서 듣는 마지막 소리여서 그런지 창공을 맴도는 새들의 우짖음조차 정겨웠다. 누가 저들처럼 온몸으로 우짖으며 슬퍼해 줄까. 세상의 모든 소리에 제각각의 울림이 담겨 있다. 새가 말했다. '눈 질끈 감고 참아보게. 금세 끝나지 않겠는가.' 그 소리가 앞서 간 사람들이 들려주는 속삭임 같아서 목이 메었다. '잠시만 기다리게. 곧 따라가겠네.' 갑작스런 기러기들의 유영에 구경꾼들이 불안한 얼굴로 두리번거렸다.

"시작하라!"

둥둥둥, 북소리가 울려 퍼졌다. 시작하라는 명령이 떨어지자마자 마부가 채찍을 내리치며 이랴, 하고 말을 몰았다. 수많은 사람이 형장을 둘러싼 가운데 네 마리의 말이 각자의 방향으로 뜀박질을 시작했다. 채찍을 든 포졸들은 죄 없는 말을 내리치며 뛰어, 뛰어! 하고 소리쳤다. 깜짝 놀란 말이 히힝, 하며 발돋움하자 네 개의 줄이 팽팽하게 당겨졌다.
　난주가 비틀거리며 사월의 어깨에 기댔다. 어머니의 가슴에 이는 소용돌이를 알아차렸는지 어린 경한이 자지러지게 울었다. 난주는 아기를 달래며 정신을 잃지 않으려 애쓰는 눈치였다. 여수리가 난주를 슬픈 얼굴로 돌아보았다. 사월의 어깨에 몸을 의지한 채로 부들부들 떨고 있지만 난주의 표정은 어느 때보다 초연해 보였다. 포졸이 난주를 끌어당겨 수레에 타게 했다. 불안을 느낀 아이가 어머니 품을 파고들었다. 사월이 마님을 따라가겠다고 하자 포졸이 죽고 싶으냐고 위협하며 떼어 냈다. 사월은 마님이 배 타는 거라도 보게 해 달라고 사정했다. 사월은 육모방망이로 등을 얻어맞고서야 수레에서 떨어졌다. 난주는 수레에 앉아서 아이를 꼭 껴안았다. 수레가 덜컹거리며 나아가는데도 아기는 울음을 그칠 줄 몰랐다.
　'잘 가시게. 멀리 배웅하지 못해서 미안하네.'
　황사영은 떠나는 난주에게 마음의 손을 흔들었다. 이왕 떠날 거면 마지막 모습을 보여 주지 말고 가 버릴 것이지. 소달구지가 움직이며 아이 울음소리가 점점 멀어졌다. 형장에서는 미친 듯이 날뛰는 말의 질주가 계속되었다. 황사영은 그 와중에도 아이의 울음소리와 삐거덕거리며 멀어지는 소달구지 소리를 놓치지 않으려 애썼다. 더 이상 아이의 울음소리가 들리지 않았다.

난주에게 잘 지내라고 말하고 싶었는데 아무것도 못하고 말았다. 황사영은 아내와 나누었던 수많은 사랑의 말을 떠올리려 애썼다. 꽃잎이 벌어지듯 섬세하게 열리던 육체의 신비로움과 가녀린 숨소리. 욕망에 들뜬 그 육체의 말을 두 번 다시 듣지 못하리. 세상에 두고 가는 것 중 가장 안타깝고 놓아지지 않는 것을 들라면 그것은 바로 그녀의 달콤한 숨결과 아이에게서 보았던 생명의 파닥임일 것이다. 육체의 고통이 심할수록 의식이 명료해지고 머리가 맑아졌다. 이랴, 이랴, 하는 채찍 소리가 높아지며 말 울음소리가 드높았다. 말은 흰 거품을 게우며 꼬꾸라질 듯 뜀박질을 해 댔다. 시위를 향하는 활처럼 마차와 황사영의 사지에 연결된 줄이 팽팽하게 당겨졌다. 네 마리의 말은 포졸들의 재촉만큼 시원하게 달리지 못했다. 황사영의 사지가 말 목에 걸린 밧줄에 묶여 있는 것처럼 네 마리 말 역시 그의 사지에 묶여 있기는 마찬가지였다.

'힘껏 달려!'

황사영은 네 마리 말이 힘차게 달려 주기를 빌었다. 포졸 말대로 건강한 말들이어서 금세 끝날 것 같았다. 일이 빨리 끝나게 온몸의 힘을 빼고 싶은데 마음과 달리, 살고 싶어 바동대는 몸이 있는 힘껏 밧줄을 당겼다. 말은 그의 팔다리에 묶인 줄을 당기고, 그는 말의 목에 묶인 줄을 당기고. 힘겨루기가 팽팽했지만 그가 금세 지치고 말았다. '잠시면 돼! 금방 지나갈 거야.' 황사영은 오래 걸리지 않을 거라고 스스로를 위로하며 또 한 번 하늘을 올려보았다.

'당신의 뜻이 무엇입니까?'

능지처사陵遲處死의 능지陵遲는 힘들이지 않고 천천히 오를 수 있는 구릉지를 뜻하는 문자였다. 구릉지를 뜻하는 능지의 의미가 변하여 사람을 가장 고통스럽게 죽이는 형벌의 이름이 되었다. 예전 송나라에서 행한 능지처사 중에 '살천도'라는 것이 있는데, 죄인을 천 번 칼질하여 죽인다는 뜻에서 붙은 이름이었다. 중국 송나라 때에는 과형이라고 하여, 죄인을 십자가 모양의 형틀에 묶어 놓고 손가락 발가락 끝부터 조금씩 잘라 내고 상처가 아물면 다시 잘라 낸다. 그렇게 동체를 덜 치명적인 부분부터 잘라 내다 죄인이 죽으면 나머지 부분의 살점을 얇게 저미고, 가슴을 도끼로 부숴 내장을 끄집어낸 다음 목을 자른다. 그 전에 이미 죄인은 죽어 있다. 죄인의 살을 천 번 베어 내고 뼈와 살을 만 번 발라낸다고 하여 천도만과千刀萬剮라고도 했다. 능지처참이 그렇게 살을 발라내며 죽이는 것이라면 거열은 죄인의 사지를 묶은 네 마리 말을 제각기 다른 방향으로 달리게 해서 죽이는 방법인데, 조선에서는 거열을 능지처참이라 이름 지어 실행하고 있었다.

백서는 지금 어디 있을까. 벽파 위관들은 백서 이본을 써서 청나라로 보냈다. 청나라 군주에게 중국인 신부 주문모의 죽음을 이해시켜야 했다. 조작된 이본은 원문의 진정성을 흐려 놓았다. 조선 교회에 재정적 도움을 달라는 요청, 조선 교회와 베이징 교회가 서로 쉽게 연락할 수 있도록 책문에 가게를 설립하자는 교류 방안, 교황이 청나라 황제에게 편지를 보내 조선이 서양 선교사를 받아들이게 해 달라는 청원, 서양의 선박을 보내서 나라와 나라가 형제처럼 서로 문물 교류를 꾀하고 천주교를 수용할 수 있게 해 달라는 요청의 글을, 황사영이 반역을 꾀한 것으로 조작했다. 백서는 그들이 멋대로 조작해도 될 만큼 내용이 단순하지 않다.

황사영은 선박을 보낼 때 사리에 밝은 선비 서너 명을 데려와 이렇게 말하도록 제안했다.

'우리는 서양의 전교하는 배입니다. 여자와 재물을 탐내어 온 것이 아니고 교황의 명령을 받고 이 지역의 생령을 구원하려고 온 것입니다. 귀국에서 한 사람의 사제를 받아들이신다면 우리는 영원한 우호 조약을 체결하고는 북 치고 춤추며 떠날 것입니다.'

벽파 위관들이 가假백서까지 만들었지만 천주교를 향한 그들의 증오는, 황사영은 물론이고 그가 쓴 백서와도 아무 상관없다. 그들의 증오는 누구도 어쩔 수 없는 그들만의 것이다. 그들은 백서의 진위를 이해하지 못하고 자신들이 읽고 싶은 대로 이본에 옮겨 적었다. 내용을 멋대로 자르고 줄여서 황사영이 하고자 했던 말의 진위를 흐려 놓고는 그것을 황사영이 쓴 백서라고 우겼다. 어쩌면 백서의 원본은 이미 세상에서 사라졌을지도 모른다. 먼 후대에 저들이 만든 이본만 남아서 원본 행세를 하게 될지도.

'저 반역자의 사지를 찢어 죽여라.'

정순왕후 김씨가 명령을 내리는 순간 황사영의 운명은 결정되었다. 정순왕후 김씨를 비롯한 벽파 위관들을 나자빠지게 한 것은 황사영이 공들여 쓴 백서 한 장이었다. 깨알 같은 글씨로 가득 찬 백서를 황심의 속옷에 덧대어 숨겨 보내며, 세 사람이 약속을 했다. 만약 들키게 되면 더 이상 어떠한 사람도 끌어들이지 말고 세 사람만 죽기로. 세 사람이 서로를 밀고하면 다른 사람은 죽지 않아도 된다고 황사영이 전략을 짰다. 백서를 품고 가던 황심이 의주에서 체포되었다. 백서는 신부도 청하지 못했고, 외국 선박도 부르지 못했다. 만조백관들이 단 솥에 놓인 콩처럼 황사영을 향한 증오로 이리 튀고 저리 튀었다.

"천지가 생긴 이래 이렇게 해괴한 역변은 처음이오."

황사영이 위관들에게 말했다.

"내 편지가 역변이라면 무고한 백성을 무더기로 살상한 그대들의 죄는 어떻게 다스릴 참이오?"

"나라를 위기에 빠뜨리고도 이놈이 입만 살아서 나불대는구나."

조두순을 비롯한 벽파 위관들이 황사영을 당장 찢어 죽여야 한다고 입을 모을 때 황사영이 당당하고 또렷한 목소리로 말했다.

"나는 백 번 찢어 죽여도 좋으니 감옥에 갇혀 있는 교우들은 풀어 주시오. 여기서 멈추지 않으면 그대들은 지옥의 유황불에 떨어져서도 그 죄를 씻지 못할 것이오."

"저, 저 발칙한 놈이 다시는 주둥이를 놀리지 못하게 하라."

황사영의 피맺힌 절규에, 김조순의 얼굴색이 하얗게 질리고 수염이 부르르 떨렸다. 황사영은 고통을 외면하듯 새의 유영을 바라보았다. '새라고 편하기만 하랴마는 당쟁도 없고 남을 모함하는 일도 없이 작은 먹이 주머니만 채우고 사는 너희들이 부럽구나.' 이 세상에서 누구를 죄인으로 몰아서 찢어 죽일 만큼 떳떳한 사람이 몇이나 되겠느냐고 물어보지만 하느님은 말씀이 없으시고, 권력을 등에 업은 진짜 죄인들은 오직 사람 죽이는 일에 온 힘을 쏟을 뿐이다. '더 이상 미련 없다! 사람을 귀하게 여길 줄 모르는 이놈의 세상 염증이 나니까, 빨리 죽여라.' 들을 귀가 없는 세상을 향해 뭔가를 말한다는 게 너무 공허해서 황사영은 입을 다물고 말았다. 하늘이 그를 내려다보고 있었다. 멀리서 잿빛 구름이 몰려오고 있었다.

'우리를 이토록 가혹한 지경에 몰아넣는 건, 보다 깊은 뜻이 있어서 그러시는 겁니까?'

이웃이 곤경에 처하면 누구라도 나서서 그들을 구해 주는 것이 사람의 인정인데 신들의 세계에게는 그런 기호가 허용되지 않느냐고 물어보고 싶었다. 수많은 사람들이 신의 이름을 부르다 죽어 가는데도 하늘은 묵묵부답이고, 빵 다섯 개와 물고기 두 마리로 오천 명의 군중을 배불리 먹인 기적조차 보여 주지 않는다. 하느님에게 자비가 없어서인지, 아니면 영혼의 세계에 더 큰 상을 준비해 놓고 후일을 도모하심인지. 끝내 저들의 오만함을 그냥 두고 보기만 하려느냐고 물어도 하느님은 대답이 없다. 황사영은 성경을 중얼거린다. '나는 생명의 빵이다. 나에게 오는 사람은 배고프지 않을 것이고, 나를 믿는 사람은 목마르지 않을 것이다.' 예수는 사람의 사랑을 너무 모른다. 위기에 빠졌을 때 손잡아 주는 것이 사람의 사랑인데 하느님은 인내와 기도로 극복하라고 이르신다. 사람의 사랑은 서로 만지고 느끼고 정겹게 말을 나눌 수 있는 곳에 머물러 주기를 바라는데, 하느님은 죽음과 이별로 뒤를 따르라 한다. 사람은 오로지 피의 순종으로만 신에게 다가갈 수 있는 것인지. 노자는 보려 해도 보이지 않음을 일러 '이'夷라 하고, 들으려 해도 듣지 못함을 '희'希라 하며, 잡으려 해도 잡지 못함을 '미'微라 했다. 세 가지가 섞이어 하나가 되고 도를 이룬다지만 황사영은 죽음에 이르도록 그 도에 이르지 못했다.

  황사영은 주먹을 불끈 움켜쥔 채로 죽음과 사투를 벌였다. 그러나 몸을 온전히 보존하기에는 네 마리 말의 힘이 너무 셌다. 황사영은 마지막 순간이 한시바삐 지나가기를 빌었다. '하느님, 지금 저를 지켜보고 계신다면 한시바삐 제 생명을 거두어 주소서.' 그 순간 황사영은 정말 신의 뜻이 궁금했다. 순교자들을 통해서 하느님이 보고자 한 것이 무엇인지. 선암은 한 번에 목이 잘리지 않아서 두 번이나 칼을 받으면서도 하늘을 향해 두 손을 모았고, 황사영은 벼슬을 주겠다는 임금님의 약속까지 저버리며 심지가 꺼져 가는 교회를 살리는 일에 생명을 바쳤다. 지금에 와서 돌아보니 수많은 이들의 희생은 아무런 흔적이 없고, 권력의 위엄만 서슬 푸르게 서 있다. 황사영의 죽음으로 저들은 승리를 부르짖을 테고, 신자들은 하느님의 사람인 것을 감추고 그늘에 숨어 있어야 할 것이다. 순교의 피가 흥건한 대지에 다시 신앙의 꽃이 피어나는 날이 온다면? 그때 순교자들의 피가 밑거름이 되었다고 할까 아니면 그것이 바로 신의 의도하심이었다고 할까. 사람들이 얼마나 더 많은 피를 흘려야 이 환란이 끝날지 새에게 슬쩍 물어 보았다.

'여보게, 내게서 저들의 광란이 끝나겠는가?'

'끝이 아니라 시작이라고 말하는 게 옳겠네만, 한동안은 조용할 것 같네.'

'다행이군. 내가 더 일찍 죽어 줄 걸 그랬나?'

'벼가 고개를 숙이는 건 때가 되었기 때문이네.'

포졸들이 무섭게 채찍을 휘두르자 어느 순간 비단이 부욱, 찢어지는 소리가 들렸다. 비단을 이빨로 찢어서 양쪽으로 잡아당길 때 나는 소리였다. 그 순간 황사영은 비눗방울처럼 둥실 떠올랐다. 네 마리의 말이 거친 숨을 내쉬며 멈추었고, 사위가 조용해지며 모든 소리가 그를 떠났다. 백서의 한 문장이 문득 떠올랐다.

'아, 죽은 사람은 이미 목숨을 바쳐 성교회를 증명하였거니와 살아 있는 저희를 물과 불에서 건져다가 이부자리 위에 있게 하여 주십시오.'

어디선가 혼을 부르는 듯 피리 소리가 아련하게 들렸다. 피리 소리가 점점 크게 들리는가 싶더니 흰 빛의 무리가 나타났다. 마주 바라볼 수 없도록 부신 빛이 그를 향해 다가왔다. 황사영이 스물여섯 번째 맞은 겨울이었다.

달빛을 밟고 온 사람

여수리는 잠결에 피리 소리를 들었다. 유목민 노인의 피리 소리가 꿈속까지 따라올 거라고 생각했다. 피리 소리에 그리움이 담겨 있었다. 잠든 영혼을 깨우고 잃어버린 기억을 되살리며, 피리 소리는 한때 그의 곁에 머물렀던 그리운 이들의 기억을 일깨웠다. 새의 뼈로 만든 피리 소리를 들으며, 여수리는 괴롭고 슬픈 꿈에서 깨어났다. 그리운 이들의 목소리를 담고 돌아온 그 소리에, 여수리는 억제되지 않는 슬픔이 끓어올라 베개를 흠뻑 적시고 말았다. 비단길에서 돌아와 식구들이 있는 집에서 자고 있는데도 몸만 돌아온 듯, 그의 영혼은 아직도 사막을 걷고 있었다. 피리 소리를 따라가는 제 그림자가 슬퍼 보였다. 바람을 타고 아득히 울려 퍼지는 피리 소리가 모래 속으로 사라진 왕국을 일으키고, 누란의 왕녀를 깨운다. 왕녀의 호령에 북이 둥둥 울리고 진군나팔 소리와 함께 군사들이 사막을 달린다. 그는 모래 산도 옮겨 놓는 바람 소리에 귀를 기울였다. 피리 소리가 사막에서 길을 잃은 낙타를 돌아오게 했다. 기진맥진한 낙타는 주인의 팔에 안겨 죽었다.

눈을 떠도 피리 소리가 생생했다. 여수리는 머리맡을 더듬었다. 아무것도 없었다. 길을 잃었을 때 쓰라며 유목민 노인이 새의 뼈로 만든 피리를 선물로 주었다. 잠들기 전에 머리맡에 두었는데 아이들이 가져간 모양이었다. 유목민 노인은 새의 뼈에 영혼이 깃들어 있다고 믿었다. 피리 소리는 새의 영혼이 들려주는 속삭임이라던가. 새의 영혼이 길을 인도해 준다며 사막을 걸을 때 피리를 반드시 목에 걸고 다니라고 했다. 노인은 행상들이 쉬어 갈 수 있게 자리를 내주고 그들의 음악을 들려주었다. 겨울에는 바람을 막아 주는 계곡 사이에 머물고 봄부터 가을까지 물과 목초를 찾아다니는 그들 유목민은 보릿가루와 한 덩이의 치즈, 말린 고기, 소금 단지, 양가죽으로 만든 옷 한 벌이면 족하다고 했다. 그런 유목민의 삶이 비단길을 다니는 행상 같아서 더욱 정감이 갔다. 길에서 사는 이들의 영혼이 새를 닮았다. 그래서인지 유목민들은 새의 목소리를 닮은 피리 소리를 유난히 좋아했다.

문밖에서는 아버지가 무엇을 만드는지 쓸고 베고 자르는 소리가 쉬지 않고 들렸다. 방문이 살며시 열렸다. 원정에서 돌아온 아들이 방에 누워 있다는 사실이 믿기지 않는지 여문휘는 수시로 방문을 열어 보곤 했다. 여수리는 모른 척 눈을 감고 있었다. 피리의 여운을 오래 느끼고 싶었다. 단아와 홍이 쿵쾅거리며 대청을 뛰어다녔다. '쉿, 조용히 다녀.' 여문휘는 발소리를 죽여 조용히 다니라고 아이들에게 주의를 주었다. 뒤꿈치를 들고 살금살금 걷던 아이들이 안방에 들어가자마자 소리 지르며 뛰고 야단법석이었다. 아이들이란 한시도 조용할 수 없는 존재들이었다. 여수리는 눈을 감은 채로 그 생생한 소란을 즐겼다.

"말씀 좀 묻겠습니다."

"물어보슈."

"사람을 찾습니다."

낯선 이의 목소리에 여수리는 눈을 떴다. 열린 문틈으로 사립문을 들어서는 한 사내의 모습이 보였다. 길손이 발을 끌며 들어와 우물 뚜껑을 만드는 여문휘 앞에 멈추었다. 여수리는 잠을 설깬 눈으로 그를 알아보았다. 버선에 덮인 누런 먼지와 해진 짚신, 발을 끌며 걷는 형색이 아주 먼 길을 걸어왔음을 말해 주었다. '설마!' 여수리는 눈을 도로 감았다. 추자도에서 분원까지 천 리가 넘는 길인데 설마 하니 그가 여기 나타났을라고. 자신이 헛것을 본 거라고 여겼다. 길손의 형색을 살피던 여문휘가 상회에서 온 사람이냐고 물었다. 길손은 무슨 말인지 모르겠다는 듯 고개를 저으며 물을 한 잔 마실 수 있겠느냐고 물었다.

"단아, 홍아!"

할아버지의 부름에 두 아이가 달려 나갔다. 여문휘는 단아에게 사발 가득 물을 가져오라고 일렀다. 단아가 사발 가득히 물을 담아 왔다. 사발을 내밀자 길손은 그것을 받아서 한달음에 들이켰다. 단아가 물을 한 사발 더 가져왔다. 그러자 그 물도 순식간에 먹어 치웠다. 단아가 빈 그릇을 들고 가서는 소처럼 물을 많이 마시더라며 제 엄마에게 소곤거렸다. 물을 두 사발 마시고서야 정신이 돌아오는지 길손은 혹시 비단 행상 여수리를 아느냐고 물었다. 그 말을 들은 여수리는 자신이 사람을 잘못 본 게 아님을 확인했다.

"이리로 가면 만날 수 있다던데 날이 어두워서 집을 못 찾겠습니다."

여문휘가 그를 골똘히 살폈다. 여수리는 슬슬 일어날 때가 되었다고 생각했다. 점심을 먹고 줄곧 잤으니 한나절을 꼬박 잠으로 때운 셈이었다. 누가 그에게 쌀 한 섬과 잠 중에서 한

가지를 고르라고 하면 그는 주저하지 않고 잠을 고를 것이다. 쌀은 일을 해서 벌어들이면 되지만 잠을 놓치면 삶의 흥미와 긴장을 동시에 잃고 마는 터여서 원정에서 돌아오면 그는 누가 뭐라고 해도 사흘쯤은 잠만 잔다.
"어르신, 여수리라는 사람을 아시는지요."
여수리를 찾는다는 말에 여문휘는 그 사람을 무슨 일로 찾느냐고 캐물었다. 그의 목소리에 경계의 빛이 역력했다. 신유년의 참변 이후 여문휘는 사람을 믿지 못하게 되었다. 길손이 손을 모으고 부탁하듯 말했다.
"꼭 만나야 할 사람입니다."
"무슨 일로 찾는지 말하기 전에는 암말 않겠소. 세상이 워낙 흉흉해서 말이우."
"나쁜 일로 찾는 것이 아닙니다."
"사람 속을 어찌 알겠소. 남의 뒤통수를 치는 자들이 항상 믿었던 사람들이니 말이우."
"맹세하건데 저는 절대로 그런 사람이 아닙니다."
단아, 홍아, 하고 수련이 두 아이를 불렀다. 두 아이가 앞서거니 뒤서거니 하며 뛰어갔다. 밥 냄새가 나고 그릇 소리가 들리는 것으로 보아 저녁상을 차리나 보았다. 된장국 냄새가 방 안까지 새어 들었다. 밥 냄새를 맡자마자 참았던 허기가 고개를 들었다. 길손이 코를 벌렁거렸다. 된장국 냄새에 길손의 얼굴에 미소가 번졌다. 표정으로 봐서는 벌써 밥상머리에 다가앉은 얼굴이었다. 아버지를 깨우라는 수련의 목소리가 들리고 두 아이가 달려들어 여수리를 일으켰다.

여수리는 자리에서 일어나며 마당에 서 있는 사내의 몰골을 살폈다. 틀림없는 황경한이었다. 젊은 시절의 아버지를 많이 닮은 이목구비가 울컥하는 그리움을 불러일으켰다. 천리 길을 걸어서 그가 왔다. 파도의 뒤채임이 심한 추자도 험한 뱃길을 건너서 경한이 왔다. 한때 그의 아버지와 가까이 지냈고, 사지가 찢어진 그의 아버지를 황씨 문중의 선산 자락에 몰래 묻었다. 이제 그의 아들이 두 살에 헤어진 아버지를 찾으러 왔는데, 여수리는 그에게 황사영의 역사를 어떻게 전해야 할지 몰랐다. 먼 길을 걸어온 그에게 아버지의 실체를 안겨 줄 수 있을지, 새삼스레 가슴이 두근거렸다. 오래도록 기다려 온 만남인데도 두렵고 막막한 느낌에서 자유롭지 못했다. 경한이 또 얼마나 많은 괴로움을 겪어야 할지.

길손은 여문휘에게 혹시 여수리의 부친이냐고 물었다. 여문휘는 무슨 일로 왔는지 아직 말하지 않았다고 불퉁스레 쏘아붙였다. 길손은 그제야 아버지에게 정중하게 인사를 하며 자신은 추자도에서 온 '오한서'라고 말했다. 그러자 여문휘도 의심이 조금 풀렸는지 손을 내밀어 악수를 청했다. 여수리가 마루로 나오며 추자도 사람이 여기까지 웬일인가, 하며 그를 반겼다. 여수리의 양팔에 두 아이가 매달려 있었다. 여수리가 마당에 내려서자 오한서는 놀란 얼굴로 그에게 다가왔다.

"형이었어요, 여수리가?"

"그렇소. 내가 바로 비단 행상 여수리요."

눈앞에 여수리를 두고도 믿기지 않는지, 오한서는 형은 성이 김씨라고 했지 않았느냐고 따졌다. 여수리는 잠의 여진을 털어 내지 못한 듯 크게 하품을 하며 말했다. '그건 우리 어머니 성이지.' 여문휘가 의아한 눈길로 두 사람을 번갈아 쳐다보았다. 처음 보는 사람인데 여수리를 형으로 부르는 것이 이상해서 고개를 갸웃거렸다. 이름이야 어찌되었건 두 사람이 서로 잘 아는 사이인 것을 확인한 여문휘는 우물 뚜껑 만드는 일을 계속했다.

생각지도 않은 곳에서 뜻밖의 사람을 만난 것이 놀라운 듯 오한서가 여수리에게서 눈을 떼지 못했다. 여수리 역시 놀라기는 마찬가지였다. '형이 여기 사람이구나.' 여수리가 고개를 끄덕이며 여기까지 웬일이냐고 물었다. 경한은 대답 대신에 집을 두리번거리며 살폈다.

"제가 제대로 찾아왔네요. 날은 어두워졌고, 오늘은 또 어디서 잠자리를 구하나 걱정했어요."

먼 길 오느라 피곤할 텐데 방에 들어가서 얘기를 하자니까 오한서가 발부터 씻어야 한다며 바지 자락을 걷었다. 어머니가 자배기에 더운 물을 가득 담아 왔다. 말은 않지만 어머니는 그가 누군지 대충 감을 잡은 얼굴이었다. 오한서는 댓돌에 앉아서 세수를 한 다음 누렇게 변한 버선을 벗고 발을 담갔다. 발바닥에 온통 물집이 잡힌 것을 보고 여수리가 배를 타지 않고 걸어왔느냐고 물었다. 오한서가 추자도를 벗어난 이후 줄곧 걸었다고 했다. 여수리는 제 옷을 가져다주며 먼지투성이의 옷을 벗고 갈아입으라고 했다. 그가 옷을 갈아입을 동안 밥상이 차려졌다. 밥을 하느라 불을 지핀 탓에 방바닥이 따끈따끈했다. 금방 끓인 된장국과 밭에서 딴 풋고추, 상추 같은 것이 수북하게 차려져 있었다. 오한서는 섬을 드나들던 행상이 여수리인 줄 꿈에도 짐작 못했다고 털어놓았다. 더구나 그가 아버지를 잘 알고 있는 사람일 줄은. 여수리는 얘기는 나중에 하자며 수저부터 들라고 했다.

"밥부터 먹자구."

그 말을 기다린 듯 오한서는 잘 먹겠다고 인사를 꾸벅하고는 국처럼 묽게 끓인 된장에 밥을 말아서 후룩후룩 떠 마셨다. 묘령이 국을 더 가져와 오한서의 그릇 옆에 놓았다. 누조 할미와 묘령은 순식간에 국을 두 그릇이나 먹어 치우는 그를 흥미롭게 바라보았다. 누조 할미가 안쓰러운 듯 숭늉을 주며 말했다.

"시상에나, 배가 어지간히 고팠던 게 벼."

"길에 나서면 굶기 마련이죠."

여수리의 말에 누조 할미가 궁금증을 참지 못하고 물었다.

"근데 이분이 누구시냐?"

여수리는 식사를 마친 아이들을 옆방에 보내고 입을 열었다.

"혹시 황 진사님 생각나세요?"

"진사가 한둘이래?"

"스승님 조카사위였던 황 진사 말예요."

"아, 비단에 편지를 쓴 사람 말이냐? 갑자기 그 사람은 왜?"

누조 할미의 물음에 여수리는 잠시 대답을 미루고 숭늉을 마셨다. 황사영을 입에 올리려면 아직도 숨을 크게 한 번 쉬어야 편하게 말할 수 있었다. 세월이 아무리 흘러도 불에 덴 것 같은 기억은 없어지지 않나 보았다. 장터와 비단길을 돌아다니는 동안 이십 년이란 세월이 꿈처럼 흘러 버렸는데도, 황 진사를 떠올리자마자 그날의 슬픈 기억이 되돌아와 여수리의 가슴을 짓눌렀다. 마침내 올 것이 왔다. 그는 이제나 저제나 하며 황사영의 아들이 나타나기를 기다렸다. 추자도까지 등짐을 지고 다닐 때 이미 예정되어 있었던 만남이었다. 여수리는 오랜 친구인 것처럼 식구들에게 경한을 소개했다.
"이 사람이 바로 황 진사의 아들 황경한이에요."
"뭣이라?"
"그때는 두 살배기 아기였죠."
식구들이 놀란 입을 다물지 못했다. 이십 년 전 그날의 악몽이 되살아나는지 누조 할미는 풍병이 스쳐 간 체머리를 더욱 심하게 흔들어 댔다.
"소문으로는 험한 뱃길을 못 견뎌 죽었다더만 그 어린 애기가 여적까지 살아 있었다고?"
황사영의 아들 황경한, 그것이 오한서 이전에 붙여진 그의 진짜 이름이다. 그때 엄마 품에 안겨서 유배를 떠났던 아기가 이렇게 살아서 돌아왔다는 말에 식구들이 할 말을 잃었다. 경한을 골똘히 살피던 누조 할미가 반듯한 이마와 눈매가 황 진사를 빼닮았다고 했다.
"씨 도둑질은 못한다더만…. 우짠지 낯이 익더라니."
경한은 여수리를 다시 보았다. 일 년에 한 번씩 그가 등짐을 지고 나타나면 그의 양부모들이 그렇게 반가워한 것이 괜한 것이 아녔다. 신분을 감추고 추자도를 드나든 것이 이십 년이라니. 이름까지 속여야 할 만큼 자신의 출생이 중요한 비밀이었냐는 경한의 물음에 여수리는 그것이 마님의 당부였고, 오 씨와 처음 만나던 날 주고받은 약속이었다고 했다.

그동안 어디서 살았고, 마님은 어떻게 되었는지 자세히 말해 보라고 누조 할미가 여수리를 다그쳤다. 여수리는 그간의 사정을 간략하게 말해 주었다. 경한은 추자도의 예초리에서 어부의 아들로 이십 년을 살았고 마님은 여전히 제주도에서 유배를 살고 있다고. 아기가 뱃길에 죽었다던 소문은 어찌된 것이냐는 물음에 여수리는 마님의 거짓말 덕분에 경한이 이렇게 살아서 돌아온 거라고 했다. 누조 할미도 묘령도 그예 눈시울을 적시고 말았다.

"자식 살리는 일이 얼매나 간절했으믄 마님이 그런 거짓말을 다 했을꼬."

누조 할미의 울먹임에 어머니 묘령이 눈시울을 훔치며 말했다.

"아기를 버리는 마음이 오죽했겠어요. 낯선 사람 품에 안겨서 울어 대는 아기를 생각하며 마님의 마음이 얼매나 미어졌을까요."

"그 맴을 워찌게 말로 혀."

여수리의 말에 누조 할미가 가슴을 퉁퉁 쳤다. 어머니와 아들이 헤어져 살아야 했던 파란만장한 세월이 짐작되는지 누조 할미와 묘령이 좀체 눈물을 거두지 못했다. 캐면 캘수록 상처가 덧나는 이야기였다. 여수리는 혹시라도 말이 새나가면 안 된다며 식구들 입단속을 단단히 시켰다. 세상에 믿을 사람이 없다면서.

여수리는 오래전의 추억을 돌이키듯 먼 산등성이를 바라보았다. 겨울 해가 산허리를 향해 치닫고 있었다. 언젠가 한번은 속 이야기를 하게 될 날이 올 거라고 믿었지만 그날이 여름 소나기처럼 급작스럽게 다가올 줄 몰랐다. 이십 년 전에 오 씨가 말했다. 오한서가 스무 살이 되면 추자도에서 살게 된 연유를 일러 주겠다고. 그때까지는 황경한이 아닌 오한서로 살게 될 거라며 비밀을 지켜 달라고 당부했다. 행여나 제주도로 유배 간 경한의 어머니가 마음이 흔들려서 아들을 찾아올 양이면 스무 살이 될 때까지 기다리는 게 좋겠다고 했다. 그런 걱정을 할 것도 없이, 정난주는 아들을 잊은 듯 제주도에서 존경받는 노비로 잘 지내고 있었다. 아들을 지키는 방안을 누구보다 잘 아는 사람이었고, 그녀는 죽을 때까지 아들을 만나지 않겠다는 자신의 말을 지켰다. 어부 오 씨 또한 정난주 못잖게 심지가 굳은 사람이어서 이십여 년 동안 아들 오한서의 비밀을 감추고 살았다.

비단길 원정을 떠난 이후 추자도 소식을 듣지 못했다. 지난해 봄에 들은 오 씨의 언질이 떠올랐다. '해가 바뀌면 쟈가 온 지 이십 년이랑께.' 그게 무슨 말인지 알기 때문에 여수리는 그저 '예, 벌써 그렇게 되었네요.' 하고 응답했다. 추자도를 다녀온 뒤 비단길 원정으로 그 일을 까맣게 잊고 있었다. 경한이 스무 살이 되면 출생의 비밀을 일러 주겠다던 오 씨가 약속을 지켰다. 악재가 덮쳐서 인생이 뒤틀리긴 했지만 경한만큼 부모의 사랑을 많이 받은 사람도 없을 거라는 여수리의 말에 경한이 영문을 모르겠다는 얼굴로 웃었다.

누조 할미가 저녁을 먹자마자 일감을 붙잡는 여문휘에게 뭘 그리 열심히 만드느냐고 물었다. 우물 뚜껑을 만든다는 말에 누조 할미는 우물을 만들기도 전에 뚜껑을 먼저 만드는 사람은 우리 아들뿐일 거라며 합죽한 입으로 홍홍 웃었다. 여문휘가 만든 우물 뚜껑이 여수리에게 샘을 갖고 싶게 했다. 여수리는 대나무로 만든 우물 뚜껑을 보며 죽은 낙타를 생각했다. 이번 원정에서 모래바람 때문에 길을 잃었다. 검은 모래바람이 휘몰아쳐 사방이 밤인 듯 자욱했다. 모래 먼지가 휘몰아치는 길을 걷다 길을 잘못 들어 샘을 놓쳤다. 잘못 나간 한 발자국이 열 발자국이 되고 스무 발자국이 되다 나중에는 십 리 이십 리를 되돌아가는 고단한 여정이 되었다.

대상隊商들은 자신이 지나가면 그게 곧 길이 된다는 믿음으로 걸었다. 길을 잃을 때마다 그렇게 길을 찾아가곤 했다. 모래바람이 일으킨 먼지구름에 사위가 어둑했다. 아무리 걸어도 오아시스는 나오지 않고 행상들은 목이 말라서 말 한마디 나눌 기운도 없었다. 그들을 견디게 해 준 것이 바로 사막 어딘가에 맑은 물이 샘솟고, 푸른 나무가 자라고 있을 거라는 믿음이었다. 그러나 보이지 않는 것을 믿기란 얼마나 큰 의지를 필요로 하는 것인지.

낙타가 죽었다. 우직스럽다 할 정도로 참을성이 많고 순한 눈을 가진 낙타였다. 바람에 휩쓸려 언덕 아래로 미끄러진 낙타가 먼 길을 돌고 돌아왔는데도 물 한 방울 먹이지 못했다. 세상의 끝인 듯 막막하고도 장엄한 모래의 바다가 두려웠다. 죽은 낙타의 짐을 다른 낙타와 짐꾼들이 나누어서 지고 갔다. 낙타가 죽고 하루를 더 헤매다 초원 비단길에서 겨우 물을 마실 수 있었다. 그 어느 때보다 오아시스가 간절했던 원정이었다. 끔찍한 갈증의 시간이었다.

반찬은 된장찌개와 짠지, 뒤뜰에 묻어 둔 김장 김치뿐이지만 경한은 가리지 않고 잘 먹었다. 밥을 두 그릇 먹고 나서야 정신이 돌아온 듯 경한의 얼굴에 화색이 돌고 안도감이 번졌다. 두 사람은 사랑방으로 가서 차를 마셨다. 선암의 사랑방을 생각하며 만든 방이었다. 그 방은 여수리가 원정 다녀온 기록을 쓰거나 책을 읽을 때만 쓰는 방이었다. 집에 있는 동안 여수리는 거의 사랑방에서 지내곤 했다. 하상이나 그 밖의 손님이 와도 거기서 자게 했다. 여수리가 차를 한 모금 마시고 말했다.

"지난겨울에 올 줄 알았어."
"아버지가 보내기 싫었던가 보죠. 암말 않은 걸 보면."
"오 씨 마음도 편치 않았겠지."
"제가 안 오면 그대로 절 잊을 셈이었어요?"
"웬 걸. 찾아가려고 했지. 비단길에 가 있는 동안 오면 어쩌나 걱정했어."

일 년에 한 번씩 추자도로 행상을 나가서 만나는 터라 두 사람은 친구처럼 서로에게 익숙했다. 이제 생각하니 여수리가 추자도에 꽤히 드나든 것이 아녔다며, 경한이 풀풀 웃었다. 배 타고 들어가야 하는 고생스러움 때문에 장사치의 발걸음이 거의 닿지 않는 곳을 꾸준히 찾아오는 것이 고마워서 추자도 사람들은 여수리가 나타나면 서로 맛있는 것을 먹이려고 애썼다. 추자도 사람들은 여수리를 '포목 장수 김 씨'라고 불렀다. 여수리가 경한에게 물었다.

"분원까지 찾아온 걸 보면 얘기를 다 듣고 온 것 같은데,

혹시 오 씨가 준 것이 없었어?"

"알고 있군요, 제가 무엇을 가지고 올지."

"자네 불알에 있는 점까지 알고 있는 걸."

경한은 봇짐에서 아기 저고리를 꺼내어 놓고는 자신의 이름이 황경한인 것을 양아버지 오 씨의 말을 듣고 알았다고 했다. 오 씨가, 아기 때 입었던 배냇저고리라며 내주는데, 기분이 묘하더라고 했다. 저고리에 아기를 버리게 된 사연이 빼곡히 적혀 있는 걸 보고 적잖은 충격을 받았는데, 거기다 배냇저고리에 글을 쓴 사람이 바로 자신의 생모라는 사실에 경한은 거의 까무러칠 듯 놀랐다고 했다. 그 놀라움이 가시기도 전에 오 씨는 분원을 찾아가면 사정을 다 듣게 될 거라며, 여수리를 찾아가라며 저고리와 노잣돈을 주더라고 했다. 여수리는 경한의 배냇저고리를 고이 간직해 준 오 씨 내외의 정성에 감동을 받았다. 단아하고 여성스러운 글씨체에 생모 정난주의 성품이 그대로 드러난다는 여수리의 말에 경한이 손으로 저고리의 글씨를 쓰다듬었다.

"이게 저를 낳아 주신 어머니의 글씨군요."

"글씨만큼 단아하고 고운 분이셨네."

"내게 그렇게 깊은 사연이 있는 줄 몰랐어요."

"난 오 씨 내외가 무척 존경스럽다네. 이십 년 동안 그 일을 함구해 주었으니 말일세."

"형도 만만치 않아요. 단지 절 보려고 거기 온 거잖아요."

"그나저나 뱃길을 따라오면 수월하게 왔을 텐데 어째서 육로로 올 생각을 했는가?"

여수리의 물음에 경한은 어부의 아들로 사는 동안 배를 싫도록 탔다며, 육지 구경이 하고 싶더라고 했다. 뱃일 외의 볼일로 추자도를 벗어난 게 처음이어서 고단한 줄 모르고 걸었다던가. 아직 생의 질곡을 겪어 보지 않은 자의 무구함이었다. 기억도 나지 않는 부모님의 파란만장한 생애와 출생의 비밀이 남의 얘기 같은지 영 실감하지 못하는 얼굴이었다. 졸음이 밀려오는지 경한이 연신 하품을 해 댔다. 등만 닿으면 잠들어 버릴 것 같아서 자리를 펴 주었다. 그런 경한을 보며 여수리는 이십 년 전의 자신을 떠올렸다. 목적도 없이 무작정 집을 나서서 땅 끝까지 갔을 때 살아 있다는 느낌이 없었다. 자신을 괴롭히던 세상 일이 꿈속의 일처럼 멀게 느껴지고 머릿속이 텅 비어 생각이란 걸 할 수 없었다. 전쟁이 난 것도 아니고, 나라에 역병이 돈 것도 아니고, 반란이 일어난 것도 아닌데 수백 명이 관료들의 손에 살해되었다. 그냥 무더기 살상이었다. 단지 천주교 신자라는 이유로. 죽음의 절정은 황사영의 능지처참이었다. 그들은 천주교 신자를 깨끗이 말살했다고 여겼는지 금압령을 해제했다. 죽음 같은 적막감이 여수리를 덮쳤다. 멀쩡한 정신으로 견뎌 내는 게 힘들어서 어디로든 떠나야 했다. 무작정 나선 그 행보가 다산 정약용의 귀양길이었던 건 그 자신도 생각지 못한 일이었다. 그냥 몸이 시키는 대로 마음이 시키는 대로 따랐을 뿐인데, 정신을 차리고 보니 사의재였다.

다산의 사의재에서 사흘을 머물고 돌아온 여수리는 집에 들어오자마자 고꾸라졌다. 여문휘가 그를 방에 눕혀 놓고 얼마나 서럽게 울던지. 여수리는 아버지의 설움을 알 것 같았다. 억울하게 밀고를 당하고 관아로 끌려가 죽도록 얻어맞은 서러움이 아들의 고통 앞에 둑이 터지고 만 것이다. 참았던 울음을 터뜨리고 만 아버지. 그때 아버지가 함지박 가득 더운물을 담아서 온통 부르트고 피딱지가 앉은 아들의 발을 씻어 주었다. 어머니는 가마솥에 물을 끓이고 숯불에 꽁치를 노릇노릇하게 구웠다. 더운 물에 들어간 발이 쓰리고 따가웠다. 발바닥에 엉겼던 피가 녹으며 몸이 더워졌다. 아버지가 발을 씻어 주며 천천히 쉬어 가며 다니지 않았다고 나무랐다. 몸이 녹으며 분노도 가라앉고 슬픔이 진정되어 편안하게 잠들 수 있었다. 이십 년 전의 일이었다.

그때 그 일이 생각나서 여수리가 더운물로 등목을 해 주겠다니까 경한이 펄쩍 뛰며 말렸다. 경한이 씻고 올 동안 여수리는 아내 수련에게 술상을 차려 달라고 했다. 안주로 꽁치구이가 상에 올랐다. 누조 할미가 막걸리를 떠왔다. 직접 담근 것이었다. 경한의 잔을 채워 주었다. 한 잔 마시고 일찍 눈을 붙이라니까 경한은 아직도 얼떨떨한 표정이었다. 막걸리 두어 잔이 경한의 잠을 달고 맛있게 해 줄 터였다. 여수리가 물었다.
"오 씨 건강은 어떠셔?"
"팔순치고는 건강하세요. 형이 비단길에서 돌아올 때가 되었다고 어찌나 재촉하시던지."
여수리는 막걸리를 한 사발 가득 따라서, 우물 뚜껑의 마지막 매듭을 짓고 있는 아버지에게 갖다 주었다. 대나무의 푸른 겉대에 윤기가 번들거렸다. 둥글게 크기를 맞춰 자른 대나무를 칡넝쿨로 얽어매는 작업이었다. 여문휘는 아들이 가져다준 막걸리를 들이켜고 마당을 쓸었다. 이제는 물줄기를 찾아서 샘을 파기만 하면 되었다. 여문휘는 우물 뚜껑을 매우 흡족한 표정으로 바라보았다.
경한은 술잔을 비우고 오 씨가 왜 여수리를 찾아가라고 했는지, 배냇저고리에 쓰여 있는 사연이 어떤 의미인지 자세히 들려달라고 했다. 피곤할 텐데 얘기는 내일 하자니까 경한은 잠이 올 것 같지 않다고 했다. 어디서부터 말을 꺼내야 할지 몰라서 여수리는 잠시 회상에 젖었다. 이십 년 전에 강진을 다녀온 겨울 끝 무렵, 산에서 땔감을 지고 오던 중에 여수리는 주모의 부름을 받았다. 그때 여수리는 막 열일곱 살에 접어든 누에치기 소년에 불과했다. 주모가 탁주를 마시고 있는 한 늙수그레한 사내를 가리키며, 이 마을에서 베를 가장 잘 짜는 사람을 찾더라고 했다. 여수리는 노인에게 다가가 누구를 찾느냐고 물었다. 그는 자신을 사공이라고 소개하며, 누조 할매가 베를 잘 짠다는 소문을 들었다고 했다. 어디 쓸 거냐는 물음에 사공은 아기 기저귓감으로 쓸 거라며 분원까지 온 김에 외올베 두 필을 사 가겠다는 것이다. 베를 짜 둔 게 없어서 며칠 기다려야 한다니까 사공은 사흘 후에 올 테니까 베를 짜 두라고 했다. 그는 베 값을 미리 주며 집까지 배달해 주느냐고 물었다. 자신은 베를 잘 모르니까 여수리가 직접 가서 물건을 전해 주었으면 좋겠다고 했다. 여수리는 외올베를 갖다 줄 곳이 어디냐고 물었다.

"배달할 곳이 좀 먼디 그래도 갈 겨?"

"여비만 넉넉하게 주면 가죠."

"자네한테 부탁하믄 추자도꺼정 갖다줄 거라고 하던디."

"추자도라고요?"

깜짝 놀라는 여수리에게 사공이 쉿, 하고 주의를 주었다. 사공이 일러 준 곳이 바로 추자도 예초리였다. 여수리는 순간적으로 다가오는 어떤 암시에 저도 모르게 목소리를 낮추었다. 언제 가면 되느냐고 물었더니 사공은 수일 후에 아무도 모르게 다녀와야 한다는 당부를 남기고 일어섰다. 금방이라도 갈 듯 일어서던 노인이 평상에 도로 주저앉으며 막걸리 주전자를 당겼다. 여수리는 그의 잔을 채워 주었다. 그가 주모를 불러 막걸리 한 주전자를 더 시키고 여수리의 잔도 채워 주었다. 제사 때 말고는 술을 입에 대지 않지만 여수리는 그가 따라 주는 술을 체면 차리지 않고 마셨다. 노인은 뭔가 할 말이 있는 것 같은데도 입을 열지 못하고 술잔만 들었다 놓기를 거듭했다. 여수리는 그의 앞에 앉아서 무던히 기다렸다. 그러다 마침내 결심이 섰는지 노인이 강가 둔덕으로 자리를 옮겼다. 강이 검은 실타래처럼 길게 늘어서 있고 물기슭에 돛을 접은 배가 물결에 흔들리고 있었다.

"저 배는 내 몸이나 마찬가지랑게. 어딜 가든 우린 하나라니께."

사공은 저 배로 추자도 사람을 실어 나르고 고기도 잡는다며 자신을 추자도의 가마꾼이라고 했다. 강은 칠흑 같은 어둠에 잠겨 있었다. 목깃을 스치는 바람살이 에는 듯 차가웠다. 막걸리 잔을 훌쩍 들이켠 탓인지 여수리는 추위를 별로 느끼지 못했다. 사공은 털모자와 목도리로 목을 감싸고 얘기를 시작했다.

"분원을 한 번 다녀오라며 자네 이름을 알케 주더만."

"누가요?"

"유배 가던 마님이지 누구겠어."

"마님은 어떻게 되었어요?"

"아기만 두고 가 부렸지."

아기만 섬에 내려놓고….

여수리의 눈시울이 붉게 젖었다. 흐린 눈을 들어 강을 바라보니 노인이 타고 온 배가 가만히 일렁이며 여수리를 불렀다. 함께 가자고, 추자도에 기다리는 사람이 있다고. 노인이 연초에 불을 붙이고 말을 시작했다. 수일 전에 제주도로 귀양을 간 부인이 자기 배를 탔다고 했다. 그 부인이 탈 때만해도 자신이 분원까지 오게 될 줄 꿈에도 짐작 못했다고 했다. 그의 얘기는 그랬다. 첫닭도 울기 전에 사공을 찾아온 여인이 엽전 꾸러미를 쥐어 주며 아기를 맡기더란다. 여인은 추자도 갯바위 틈새에 아기를 내려놓고 누가 데려가는지 잘 지켜봐 달라고 간절히 부탁하더란다. 엉겁결에 받아 안고 보니 아기는 세상모르고 잠들어 있었다. 잠든 아기를 안고 있으려니 눈앞이 캄캄해져서 날이 밝기도 전에 황새바위로 가서 아기를 내려놓았다. 사공은 한숨과 함께 담배 연기를 길게 내뿜었다. 멀리 해송 뒤에 숨어서 지켜보려니 아기 울음소리가 들리고, 이른 새벽에 소를 몰고 가던 부부가 아기를 발견했다. 그들 부부가 바로 예초리에서 가장 마음이 어질기로 소문난 오 씨 부부였다. 칠십이 되도록 별 일을 다 겪고 살았지만 돈을 받고 아기를 버려 보긴 처음이라며, 갯바위 뒤에 숨어서 오 씨 내외가 아기를 안고 가는 걸 지켜보았다고 했다. 연초 꽁지를 발로 비벼 끄며 노인이 물었다.

"그 상황에 마님이 자네를 언급할 때는 믿을 만허니께 그러지 않았겠어. 자네도 내막을 알아야 수습을 할 것 같아서 말해 주능겨."

"잘 오셨어요. 근데 마님이 가시는 건 보셨어요?"

"암만, 빈 포대기를 아기처럼 안고 가더만."

"오 씨 부인은 어떤 사람이에요?"

"자식이 여럿 되는 사람인 게 업둥이 하나쯤 못 키워 내겄어."

"아기를 도로 버리진 않겠죠?"

"업둥이는 하늘이 주신 복이라고 여기니께 워찌게든 키울 거구먼."

이런저런 얘기 끝에 사공은 아무리 생각해도 영문을 모르겠다며 고개를 갸웃거렸다.

"워찌서 아그를 버리고 갔을까잉? 죄인이라고 아그꺼정 못 키우게 할까 봐서."

"아들을 죄인으로 살게 하지 않으려고 그랬을 거예요. 천민의 자식은 사람 행세도 못하는 나라잖아요, 조선이."

"암만, 어부의 자식은 좀 낫제. 적어도 천민은 아닝게."

"천출로 자라게 할 바엔 남의 집 업둥이가 낫다고 생각했겠죠."

"그런 게비네. 것도 모르고 난 매정한 여인네라 흉을 봤당게."

"천지개벽할 일이 아니면 어떤 어머니가 자식을 버리겠어요."

"왜 하필 추자도였을까잉? 거기 말고도 좋은 곳이 많을 텐디."

"섬이라서 사람 손이 덜 타고, 바닷가 사람들이 넓은 맘으로 아들을 잘 키워 줄 거라고 믿었겠죠."

"들어 봉께 자네 말이 맞은 것 같으네."

"섬이니까 육지처럼 말이 새 나갈 일도 없고 관료들의 주목을 받을 일도 없지 않겠어요."

"자네는 어린 사람이 워찌 그리 잘 안당가?"
"제가 아버지 따라서 행상 다니며 사람들을 많이 만나거든요."
"그 부인이 냉중에 와서 아들을 내놓으라믄 워쩌?"
"그럴 일 없을 거예요. 예사로운 맘으로 버린 게 아니니."
"돈을 받고 한 일이지만서두 아그를 버린 것이 당체 맘에 걸려서."
"좋은 일 하셨다고요. 마님이 날마다 절을 할 거예요."
"자네 말을 들응께 맘이 좀 놓이네. 오늘 일은 우리만 알고 있어야 혀. 알것쟈?"
"물론이죠. 자칫 입을 열었다가 무슨 날벼락을 맞으려고요."
"자네만 믿어 볼랑께."
"저도 어르신만 믿어요."

한 사람의 생사가 달린 비밀이 두 사람을 친하게 해 주었다. 나중에 추자도에서 만나더라도 일체 아는 척하지 말자고 약속한 뒤 노인이 홀가분한 표정으로 돌아갔다. 다음 날 여수리는 어머니가 짜 둔 가을 낳이 두 필과 무명, 삼베옷, 비단 등을 한 짐 챙겨서 집을 나섰다. 남도의 장터를 둘러보고 오겠다며 열흘 후에나 돌아올 거라고 했다. 해남까지 곧장 배를 타고 갔다. 돛이 바람을 안고 팽팽하게 부풀었다. 배가 물살을 헤치며 거침없이 나아갔다. 여수리에게 추자도 소식을 전해 준 사람은 낯선 사공이지만, 어쩌면 외올베 두 필을 주문하고 간 그는 세상에 없는 황사영이었고, 아들을 섬에 버리고 간 정난주였다. 그런 연유로 여수리는 생애 처음으로 등짐을 지고 장삿길에 올랐다. 첫 출행이 천리 길이나 되는 추자도인 걸 보면 자신은 보부상을 팔자로 타고 난 거라고 여겼다.

'기억하게, 자네는 내 소중한 친구라네.'

배론으로 비단을 갖고 간 날 황사영이 여수리의 술잔을 채워 주며 말했다. '소중한 친구!' 그의 말 한마디로 여수리는 열 살이나 더 많은 황사영의 친구가 되었다. 그렇게 해서 여수리는 선암 정약종 외에 또 한 분의 친구 같은 스승을 모시게 되었다. 진정한 친구는 살아 있건 죽었건 상관하지 않고 서로 신의를 지키는 거라고, 여수리는 혼잣말을 읊조렸다. 그는 등짐에 기대어 뱃전을 스치는 풍경을 바라보았다. 한번 지나치면 두 번 다시 돌아오지 못하는 찰나의 환영들. 여수리는 나중에라도 자신의 행동을 한 점 후회하지 않기를 바랐다. 배가 물결에 출렁이며 순조롭게 나아갔다. 햇잎이 돋기 시작한 수양버들이 기다란 머리채를 흔들어 그를 배웅해 주었고, 조금씩 작아지는 집들이 눈에서 아득하게 멀어졌다.

강물은 순하고 부드럽게 뱃길을 열어 주었다.

등짐을 지고 추자도에 도착한 여수리는 사공이 일러 준 대로 황새바위에 앉아서 인절미 몇 조각으로 끼니를 때웠다. 바다에 고기잡이배가 나뭇잎처럼 간들거리며 떠다니고 있었다. 가없이 넓은 바다에 비해 배가 어찌나 작아 보이던지, 여수리는 아찔하게 멀미가 이는 기분에 사로잡혔다. 배를 오래 타면 육지를 걸어도 몸이 출렁거리며 움직인다더니 정말 그랬다. 사공의 말로는 두 살배기 경한이 버려진 곳이 황새바위로 알려진 갯바위 틈바구니였다. 파도가 들이쳐도 떠내려가지도 않을 자리. 여수리는 그곳을 눈으로 쓰다듬었다. 버려야 산다고 말한 사람은 난주의 아버지 정약현이었다. 난주는 아버지의 말을 알아들었고 그것을 실천했다. 갯바위 틈새에 아기의 태명이 새겨진 장명루가 떨어져 있었다. 손목에 걸려 있어야 할 것이 거기 떨어져 있었다. 매듭 모양과 참죽나무 열매가 소나무에 걸어 둔 황사영의 것과 똑같았다. 비로소 황사영의 아들이 추자도에 머물고 있다는 사실이 실감 났다. 부자가 가진 똑같은 장명루, 그것은 황사영의 어머니, 황경한의 할머니가 만들어 준 것이었다. 여수리는 아기의 장명루를 손아귀에 꼭 쥐었다.

인절미로 허기를 달랜 여수리는 예초리를 돌아다니며 비

단과 삼베가 왔다고 소리쳤다. 어디서 그런 용기가 났는지, 골목골목 소리치며 다닌 건 처음이었다. 그런데도 목소리가 마치 장사를 하도록 생겨 먹은 것처럼 우렁차게 터져 나왔다. 아마도 낯선 곳이고 아는 사람이 없다는 사실이 그에게 용기를 준 듯했다. 집집마다 여인네들이 베를 다섯 자씩 끊어 갔다. 어떤 사람은 베 값으로 콩을 주고 어떤 사람은 미역을 주었다. 베보다 베 값으로 받은 곡물이 더 무거웠지만 마다하지 않았다. 그게 행상의 시작이라 생각하고 사람들에게 적응하는 법을 익히기로 했다. 그러다 어느 집에서 아기 기저귀 감으로 쓸 거라며 외올베를 서른 자나 끊어 갔다. 베 값으로 소금에 절인 조기를 주려는 걸 여수리는 잠을 재워 주고 밥을 주면 반값만 받겠다고 했다. 그래서 추자도에서 첫 잠을 자게 된 곳이 어부 오 씨의 집이었다. 작정하고 들어갔지만 그 집 식구들이 여수리의 존재를 알아챌 리 만무했다. 바람도 구름도 모르게 다녀가야 했다.

  방 안에 연기 냄새가 나고 흙벽에 천장까지 낮아서 안온한 집이었다. 옆방에서 아기 울음소리가 들렸다. 아기는 어부의 아내가 달랠수록 더 서럽게 울었다. 오 씨는 아기가 밤만 되면 그렇게 울어 댄다고 했다. 아기의 울음소리를 듣고 있으려니 가슴 한구석이 타들어 가는 느낌이었다. 신경이 쓰이는지 오 씨가 방문을 열고 '어이, 보소!' 하고 아내를 불렀다. '아그를 우째 그리 울리는가.' '낯가림 하느라 그러재이.' 잠시 후에 오 씨 안사람이 아기를 안고 들어왔다. 어린 경한이 낯선 사람을 보고 자지러질 듯 울어 젖히자 오 씨 안사람이 가슴을 훌렁 열어서 젖을 물렸다. 젖을 물려도 소용없었다. 오 씨는 늦둥이가 낯을 가리는 중이라고 했다. 어부 아내가 미음을 끓여 오겠다며 아기를 오 씨에게 넘겼다. 오 씨는 우는 아기를 받아 들고 어찌할 바를 몰랐다. 이를 보다 못해 여수리가 아기를 받아 안았다. 구럭에서 꽃잎이 수놓인 손수건을 꺼내어 아기 손에 쥐어 주었다. 그러자 경한이 허기진 듯 손수건을 입으로 가져가 빨기 시작했다. 여수리는 아기를 안고 경기 민요 한가락을 흥얼거렸다. '둥가둥가 내 사랑! 이 화문전 바라보니 석양은 늘어져 종달새 울고, 어둥둥 내 사랑! 능수버들 휘늘어지네.' 어릴 때 누조 할미가 여수리를 등에 업고 불러 주던 노래였다. 노래 때문인지 아기가 손수건을 입에 물고 잠들었다. 자면서도 울음 끝을 흐느끼는 경한의 머리를 쓸어 주었다. 그날 여수리는 처음으로 제 가슴에 깊은 강물이 흐르는 것을 알아보았다. 하늘을 담은 시퍼런 물살이 출렁출렁 물소리를 내며 흐르고 있었다. 여수리는 아기가 깊이 잠들 때까지 장타령을 그대로 불러 주었다.

'춘천이라 샘밭장 신발이 젖어 못 보고, 홍천이라 구만리 장 길이 질어 못 보고, 이귀저귀 양구장 당귀 많아 못 보고, 한 자 두 자 삼척장 배가 많아 못 보고, 명주 바꿔 원주장 값이 비싸 못 보고, 횡설수설 횡성장 에누리 많아 못 보고, 이 통저통 통천장 알 것 많아 못 보고…'

오 씨 내외는 여수리가 아기를 재운 게 신기한지 비법이 뭐냐고 물었다. 엉겁결에 둘러댄 것이 조혼이었다. 조모의 재촉에 못 이겨 일찍 혼인을 했는데 가을에 아기가 생겨 날마다 어르고 재우는 것이 일이라고 둘러댔다. 다산 선생이 여수리의 나이에 혼인을 했다는 말을 듣고 둘러댄 것이었다. 오 씨의 안사람이 아기를 자리에 눕히며 손에 쥐고 있는 손수건을 빼려는 걸 그냥 두라고 했다. 조모가 말하기를, 아기에게도 의지할 게 필요하다며 뭔가 믿는 구석이 있으면 아기의 마음이 빨리 안정된다고 일러 주었다. 오 씨 내외가 고개를 끄덕이며 손수건을 주고 가면 안 되겠느냐고 물었다. 여수리는 아기 손수건이 든 꽃주머니를 내밀며 그것을 항상 손에 쥐고 있게 해 주라고 일렀다. 오 씨 내외에게 말을 하지는 않았지만 그 손수건은 정난주가 경한에게 젖을 먹일 때 쓰던 수건이었다. 허연 젖이 뚝뚝 흐를 때 정난주는 그 손수건으로 젖을 닦았고, 그 수건으로 아이의 입가에 흐르는 침을 닦았다. 혹시나 해서 얻어 두었더니 그렇게 요긴하게 쓰일 줄 몰랐다. 아마도 그날 정난주가 그 수건으로 흐르는 눈물을 닦던 모습이 여수리의 마음을 울렸는지도 모른다. 아기는 불현듯 헤어진 어머니의 냄새를 기억하고 있었고, 그 손수건이 아기의 허기를 달래 준 게 틀림없었다. 조혼을 했다고 엉겁결에 둘러댄 말이 아기를 달래는 데 도움이 되었으니 다행이었다. 하루가 가고 이틀이 가고, 그러다 보면 어느 순간에 어머니의 냄새조차 잊고 말 것이다. 그러다 아기는 새로운 냄새에 익숙해지며 비로소 안정을 찾게 될 터였다. 여수리는 잠든 아기를 바라보며 먼 길을 달려온 보람이 있다고 생각했다. 다음 날 여수리가 그 집을 떠날 때까지 경한은 내처 손수건만 가지고 놀았다. 손수건을 입에 물고 빨고 만지작거리느라 울지도 않았다. 아침을 먹으며 어부 오 씨가 물었다.

"자네 본디부터 베 장시를 댕샀능가?"

"아버지가 오일장으로 행상을 다녔고 저는 누에를 쳤어요."

"근디 가업을 물리받았구먼이라."

"그런 셈이에요. 할머니와 어머니가 베를 짜고 있어요. 옷도 만들고."

"세상을 두루 돌아댕기자믄 구경은 좋것구먼."

"낯선 집에서도 자고, 행상이 그렇죠 뭐."

"자네가 부러우이. 어부처럼 바다 눈치만 보고 살지 않아도 되니께."

어부가 말하는 바다는 가혹하고 매정하기가 노론 벽파와 다름없다고 했다. 바람은 언제 들이닥칠지 모르는 포도대장 같고, 바람을 만난 파도는 가혹한 벼슬아치 같아서 저 좋을 대로 어부를 들었다 놓았다 하며 목숨을 위협하는 통에 심란해 죽겠다고 하소연했다. 그렇게 파도에 목숨을 맡기고 살다 보니 섬사람들은 올봄처럼 바람이 잦은 해는 보름이고 한 달이고 배 한 번 띄워 보지 못하는 건 물론이고, 흔해 빠진 꽁치 한 마리 구경 못한다고 했다. 그런데도 관리들은 세금을 꼬박꼬박 걷어 가니 살라는 건지 죽으라는 건지 분간이 안 간다고 한숨을 내쉬었다. '신기허지 않소이? 아그가 오니께 애를 다 키운 저거 어메한티서 없던 젖이 나온다잉.' 오 씨는 젖을 빨고 있는 아기를 보며 기적이 일어난 듯 싱글벙글 웃었다.

"언제 또 올 텡가?"

"저야 행상이니까 팔도 장을 돌아다니다 언제든 마음 내키면 오죠."

"자주 좀 오고 그랴. 대접할 건 없지만서두 객지 사람 귀경을 허니께 좋구마이."

오 씨는 여수리가 속이 무던하고 좋아 보인다며 지나가는 걸음이 있으면 꼭 다녀가라고 당부했다. 여수리는 젖을 빨고 있는 아이를 미어지는 가슴으로 바라보았다. '수리야, 너만 믿는다.' 짙은 눈썹과 단호한 눈빛, 굳게 닫힌 입술. 형장에서 마지막으로 본 황사영은 죽음 앞에서도 의연했다. 배론에서 황사영이 말했다. 경한이 아비를 부끄러워하지 않는 사람으로 자랐으면 좋겠다고. 남편의 마지막을 지키려고 혼례복을 입고 온 정난주는 또 어떤가. 그녀의 처연한 모습이 가슴에 돌올하니 남아 있었다. 황사영이 하늘을 우러러 보며 마지막까지 생각했던 게 아들 경한이 아녔을까. 그가 할 말이 많은 얼굴로 여수리를 바라보았다. 만약 그가 유언을 남겼다면 아마도 배론에서 말했던 대로 경한이 잘 부탁한다는 말이었을 것 같았다. 언젠가 황사영이 선암의 집에 경한을 한 번 데려온 적이 있었다. 그날 아이의 새롱을 보며 선암과 황사영이 얼마나 환하게 웃던지. 황사영이 햇빛을 보며 맘껏 나다니던 그때만 해도 정조가 살아 있었고, 만백성이 평화로웠다. 지나고 나서 생각하니 그 평화가 바로 폭풍 전야의 고요함이었나 싶다.

첫 행상 이후 장사를 핑계 삼아 추자도를 드나들었다. 한 계절에 한 번씩. 누조 할미가 그랬다. 한솥밥을 먹다 보면 닮게 되어 있다고. 남이었던 부부가 함께 사는 동안에 서로 닮아 가는 게 바로 날마다 거울을 보듯이 서로를 바라보기 때문이라고. 황 진사의 아들에서 오 씨의 아들로 자라며 오 씨 식구들을 닮을 터인데도 경한은 피의 힘을 증명하듯 커 갈수록 황사영을 닮고 있었다. 여수리는 그 집을 나오며 아기 포대기 속에 정난주가 준 폐물 몇 점을 넣어 두었다. 간혹 섬에 갈 때마다 폐물을 두어 점씩 내려놓으면 오 씨가 경한을 복덩이로 여기고 잘 키워 줄 것 같았다. 그러라고 정난주가 주고 간 것이었다.

*

'나중에 그 아이가 오면 뿌리에 대한 얘기를 해 주련?'
 황사영도 정난주도 그때 벌써 이런 날이 올 걸 알고 여수리에게 그토록 간곡하게 부탁을 했다. 아들을 부탁할 만큼 여수리가 그리도 믿음직스러웠던지. 머리에 떠올리는 것만으로도 가슴이 먹먹해지는 사람. 그의 아들이 청년이 되어 돌아왔다. 여수리는 연초를 피우며 이런저런 생각에 빠져 있었다. 조각배 같은 달이 미루나무 꼭대기에 걸려 있었다. 방문이 열리고 경한이 밖으로 나왔다. 그도 잠이 오지 않나 보앉다.

"잠이 오지 않으면 여기 앉아서 얘기나 나누세."

"갑자기 생각이 많아지네요."

"출생의 비밀을 알았으니 그럴 만도 하지."

여수리는 경한과 마주한 순간, 함께 비단길에 갔으면 좋겠다고 생각했다. 대뜸 그에게 물음을 던졌다.

"자네 여기 얼마나 머무를 수 있나?"

"집에서 나올 때 언제 올지 모른다고 했어요."

"그럼 나를 따라갈 텐가?"

"어디 가시게요?"

"한 달 후에 비단길에 가는데 생각 있으면 따라나서게."

"제가 자격이 될까요? 위계질서가 엄격하다던데."

"짐꾼 하나가 설사병으로 빠졌다네. 빨리 사람을 구해서 적응시켜야 하는데 마땅한 사람이 없어. 행상이나 짐꾼이나 몸이 튼튼해야 하지만 무엇보다도 사람을 믿을 수 있어야 하거든."

"뱃놈도 상관없다면 가죠."

여수리는 물집이 터지고 피딱지가 앉은 경한의 발에 상어 등뼈를 갈아서 만든 가루약을 뿌렸다. 경한은 생각지도 않은 호사를 한다며, 본래 이렇게 자상한 사람이었느냐고 물었다.

길을 많이 걸어 본 터라 경한의 고생을 알기 때문이기도 하지만 특별히 오늘만 유난을 떠는 거라는 이죽거림에, 경한이 와하하 소리 내어 웃었다. 여수리는 발이 헐고 피딱지가 앉도록 먼 길을 걸어온 섬 청년의 소박한 모습을 지루한 줄 모르고 바라보았다. 경한을 보고 있으려니 어린 아들을 무릎에 앉히고 어르던 황사영의 모습이 어제 일처럼 선연히 떠올랐다. 총명해 보이는 눈빛과 결의에 찬 어조로 희미하게 사위어 가는 조선 성교회의 앞날을 염려하던 사람. 그의 격앙된 목소리가 귀에 쟁쟁했다.

"조선을 이대로 죽게 내버려 둘 수 없어요."

황사영은 지금 조선에서 일어난 피투성이의 내분은 단순한 천주교의 문제가 아니라 조선 전체의 앞날에 관련된 문제라고 주장했다. 조선이 언제까지나 양반들을 위한 정치를 하고 양반들의 정치 놀음에 놀아난다면, 그들의 틈바구니에서 죄 없이 희생되는 사람은 백성들이고 조선의 미래 또한 한 치 앞도 보장할 수 없게 된다고 황사영이 분노에 찬 목소리로 말했다.

"세상은 지금 변화를 바라고 있어요."

언젠가 평화와 평등, 사람에 대한 사랑을 일깨우며 새로운 문물이 파도처럼 밀려오고 천주교가 그것을 담는 그릇 역할을 하게 될 거라고 했다. 그것을 억지로 내치고 짓밟는 것은 순리를 저버리는 일이고 이 땅에서 진리를 내쫓는 것이라고 했다. 어느 누구도 사랑과 평등의 물결을 막지 못하고, 어느 땐가는 모든 사람이 그것을 공기처럼 자유롭게 호흡할 날이 올 거라고 미래를 예견했다.

황사영이 조선에 신부를 모시고 조선만의 교구를 설립하기 위해 교황청에 보낼 백서를 쓰겠다고 마음먹은 것은 선암을 비롯한 지도자들이 모두 살상당한 이후였다. 천주학도 학문인데 어째서 유학은 되고 천주학은 되지 않는가. 그는 교황청의 힘을 빌려서라도 박해를 멈추게 하고, 신을 자유롭게 경배할 수 있는 세상을 만들겠다고 했다. 언젠가 선암 성악종이 말한 적 있다.

"학문은 커다란 나무와 같아서 사방으로 나뭇가지가 뻗어 있는 형상과 같다네. 그 숱한 가지가 모두 나무의 생명을 이루고 있으니 어느 것 하나 소중하지 않은 것이 없어. 학문도 그와 같아서 수많은 갈래가 모두 나름대로 탐구해 볼 만한 가치를 갖고 있다네."

선암의 그 말은 일찍이 천주학을 연구했던 여러 학자들에 의해 검증된 얘기였다. 종교이면서 학문이고, 학문이면서 종교인 천주학은 실제로 권일신, 이승훈, 정약전, 정약용을 비롯한 여러 학자들이 진지하게 탐구했던 것이고, 그들이 무자비한 박해로 세상을 떠났는데도 천주학을 따르는 사람은 소리 없이 가지를 뻗어 나갔다. 황사영이 백서를 쓴 것은 한 발도 더 내디딜 곳이 없는 상황에서 벌인 그의 마지막 항쟁이었고, 청원이었다. 비록 계획이 좌절되고 뜨겁게 끓는 가슴을 안고 죽었지만 그들 두 분의 스승이 주고받은 대화는 여수리가 어른이 되도록 생생하게 살아 있었다.

"자네 부친이 글씨 잘 쓴다고 나를 얼마나 칭찬해 주셨는지 아는가?"

"그랬어요? 그러고 보니 형의 글을 한 번도 못 봤어요."

"사헌부 서기를 해도 되겠다고 하셨네."

"두 분은 어떻게 알고 지낸 사이였어요?"

"그분은 내 스승님의 조카사위이면서 친구이기도 했어."

"조카사위와 친구를 해요?"

"두 분은 그랬어. 처숙과 조카사위가 친구이면서 스승과 제자였어. 신분과 나이에 상관없이 말일세. 스승님이 조카사위를 친구로 삼았듯이 자네 아버님 역시 나같이 천한 놈을 소중한 친구로 여겨 주셨네."

선암이 「주교요지」를 묶어 낸 후, 그들은 연꽃차를 마시며 여수리가 필사해 놓은 「주교요지」와 「천주실의」를 놓고 환담을 나누었다. 비록 그들과 자리를 함께하지는 못했지만 여수리는 연꽃차를 끓이며, 문 하나를 사이에 둔 그들의 얘기에 열심히 귀를 기울였다. 그 후, 폭풍에 쓸려 가듯이 그들이 모두 떠난 후 여수리는 천민의 아들로서는 상상할 수 없는 호사를 누렸던 아름다운 기억을 떠올리며 얼마나 먼 길을 걸었는지 모른다. 여수리가 헤아릴 수 없이 많은 길을 걸어 본 바로는 길 끝에 또 길이 있었고, 산이든 들이든 어느 곳 하나 길이 없는 곳이 없었다. 어느 길로 다니든지 길은 말없이 길손을 받아 주었고, 그가 지나가고 나면 아무 일도 없었던 것처럼 초연한 모습으로 놓여 있었다. 그 많은 길 중에 어느 길은 다녀도 되고 어느 길은 다니지 말라고 막아 둔다면 길이 막혀 버린 곳은 폐허가 되거나 사람이 살 수 없는 섬이 되고 말 것이다. 황사영의 죽음으로 그들은 자신들의 비열한 승리를 기뻐했을 테지만 무의미한 박해로 조선은 폐허의 길로 한없이 곤두박질치고 있었다.

"관리들이 모두 제정신을 잃었어."

여수리는 길을 걸으며 혼잣말을 중얼거렸다. 숱한 사람들이 한꺼번에 죽어 버려 세상이 온통 비어 버린 것 같던 공허감을 어떻게 다 말할 수 있을까. 끝내는 공허감을 어쩌지 못하고 땅만 내려다보며 걸었다. 어디로 가는지도 모르고 무작정 남쪽을 향해 걸었다. 그때 여수리는 평생 길에서 살다 죽겠다고 마음먹었다. 여수리가 비단길을 걸으며 살겠다고 마음먹은 것은 그때부터였다. 가만히 있으면 속에 화기가 찬 듯 가슴이 답답해서 어디든 발길이 닿는 대로 걸어야 했다. 가슴에 뚫린 구멍으로 사막의 밤보다 더 차고 시린 바람이 드나들었다. 사랑이든 우정이든 존경이든, 사람을 마음에 담는 것이 그토록 큰 슬픔인 것을 여수리는 두 분의 스승을 잃고 나서야 알았다. 그렇지만 마음을 함부로 내주는 것이 아닌 것을 알았다고 해서 인연까지 끊어지는 게 아니어서, 여수리는 또 다시 그들의 자식을 안고 말았다.

"사대부의 핏줄이니 당연히 내가 자네를 양반 댁 도련님으로 모셔야겠지만 지금까지 그래 온 것처럼 그냥 아우로 대하겠네. 그래도 되겠는가?"

"여부가 있겠습니까. 우리 의형제 맺어요."

"그럴까? 그럼 지금부터 자네 부친께 부여받은 권리로 자네를 아우로 여기겠네."

오 씨는 자신이 죽기 전에 꼭 일러 주고 싶은 말이 있다며, 오래 감춰 두었던 비밀의 말머리를 꺼냈다. 분원이나 의주 상단으로 여수리를 찾아가라고 이르고는 아들 오한서에게 경한이라는 다른 이름이 있고 또 다른 아버지가 있다고 했다. 경한은 제 귀를 의심했다. '아버지, 지금 거짓말하는 거죠?' 경한의 물음에 오 씨는 거짓말이 아니라고 몇 번이나 말해 주었다. '저고리 글씨를 보믄 얼렁 알아보재잉. 저런 글씨를 우리가 워찌케 쓰겄어라.' 하며 여수리가 비단길에서 돌아왔을 거라며 서둘러 가라고 재촉했다. 나머지 얘기는 여수리에게 들으라는 오 씨의 재촉에 경한은 할 수 없이 봇짐을 꾸렸다.

"금방 올게요."

"영 돌아오지 않아도 암말 안 혀."

"제가 집을 두고 어딜 간다고 그러세요."

사람이 올 때가 있으면 갈 때도 있는 거라며 오 씨는 다 자란 새가 둥지를 떠나는 건 당연한 이치라고 했다. 집을 나서기 전에 경한은 이십 년이나 품고 있던 새를 날려 보내는 오 씨에게 큰절을 올렸다. 그것은 키워 줘서 고맙다는 인사이기도 했고, 꼭 돌아오겠다는 약속이기도 했다. 경한은 스무 번째 맞는 아버지 기제사를 사흘 앞둔 날에 분원으로 왔다. 제사라고 해 봐야 여수리와 이천수가 조촐하게 차린 상에 절 몇 번 하고, 봉도 없는 묘지에 술을 끼얹으면 끝나는 것이었다. 그렇게나마 한 번도 빠뜨리지 않고 제사를 지낼 수 있었던 건 이천수가 있어서 가능했던 일이었다. 이천수는 황사영의 제사를 위해 혼자서 전을 굽고 떡을 하며 남몰래 준비를 했다. 사흘 후가 제사여서 오늘쯤 장을 보고 준비를 할라치면 이천수는 어느새 한 발 앞서 장으로 달려가곤 했다. 그러기 전에 경한을 인사시킬 겸해서 날이 밝으면 이천수에게 먼저 다녀와야 했다. 이번 장은 자신이 볼 테니까 몸만 오라고 일러두었는데도 그는 또 말을 듣지 않을 게 뻔하다. 여수리가 비단길에 가면 그 일을 이천수 혼자 도맡아 지내기가 다반사였다. 비단길에 갈 날을 한 달 앞두고 있어서 떠나기 전에 경한을 앞세워 기제사를 지낼 수 있어서 다행이었다. 경한이 조금만 늦게 왔어도 여수리를 만나지 못할 뻔했다. 경한이 물었다.

"아버지는 어떤 분이셨어요?"

첫닭이 울려면 아직 한식경은 기다려야 했다. 여수리는 말을 시작하기 전에 벽장에 넣어 두었던 정종을 꺼냈다. 제사에 쓰고 남은 술이었다. 한 모금씩 아껴 먹은 탓에 두 사람이 목구멍을 적실 만큼은 되었다. 술 없이 황사영을 어떻게 입에 올리고, 그 슬픈 죽음을 어떻게 회상할 수 있으리.

"황 진사가 어떤 분이셨느냐 하면, 성격이 올곧아서 불의를 참지 못하는 분이셨고 정이 많아서 가난한 백성들의 말을 잘 들어 주는 분이셨지. 스무 살에 벼슬을 할 기회가 있었지만 진사 어른은 벼슬을 주겠다고 한 임금의 약속을 물리치고 하느님께 귀의를 하셨네. 당쟁으로 하루가 멀다 하고 싸움을 벌이는 대궐에 들어가는 걸 마뜩찮아 하셨고, 벼슬아치들과 얼굴 맞대고 사는 게 싫다고 하셨네. 참형을 당하던 날, 자네 모친이신 난주 마님이 두 살배기 아기를 안고 제주도로 유배의 길을 떠나셨네. 그날 난주 마님은 진사 어른의 마지막 모습을 보게 해 달라고 포도대장에게 애원을 했네. 마님은 마지막 인사를 나눌 셈이었는지 혼례복을 곱게 차려 입고 오셨더랬어. 물론 먼 길을 가며 다시 옷을 바꿔 입었겠지만 그게 황 진사 나리께 드리는 마님의 마지막 인사였던 것 같네. 내게서 한 걸음 떨어져 있었으니까 그 얼굴을 자세히 볼 수 있었지. 마님은 눈썹 한 올 움직이지 않고 그 광경을 똑똑히 지켜보았어. 비록 시신을 거두지는 못했지만 마님의 꼿꼿한 성품대로라면 그자들이 보는 데시 눈물 한 방울 보이지 않고 지아비의 마지막을 지켜 주고 남을 분이셨네. 나리도 두 살배기였던 자네가 어머니 품에 안겨 있는 걸 보셨으니 할 말이 많으셨을 걸세. 난 똑똑히 기억하네. 나리가 처참한 죽음을 맞기 전에 혼례복을 입은 마님을 보고 웃으셨네. 두 분이 서로를 바라보며 말없이 고개를 끄덕였어. 마님은 참형이 시작되는 걸 보고 서둘러 자리를 떠났어. 그게 나리의 부탁이었나 보더라고. 그날 자네 부친의 팔에 감겨 있던 붉은 비단이 바람에 날려 갈 때 마님은 이미 유배 길에 오른 후였네. 지아비의 마지막도 지켜 주지 못하고 떠나는 그 마음이 어땠을지 말하지 않아도 짐작이 갈 걸세. 더구나 두 살배기 아들까지 안고 있었으니 앞날이 얼마나 캄캄했겠나. 그날 밤 신자들이 어둠 속을 다니며 시신을 거두어 문중 산에 묻어 주었네. 수일 후에 나는 등짐을 메고 추자도로 갔었네. 오 씨 식구들에게 나는 그저 지나가는 행상이었지. 첫눈에 봐도 오 씨 내외는 업둥이를 다시 버릴 사람으로 보이진 않았어. 하늘이 도우신 거라고 생각했어. 고기잡이로 생계를 잇는 사람인데도, 자네를 선뜻 거두어 준 걸 보면 하늘의 명을 받은 사람이 틀림없어. 오 씨는 그 와중에도 아기를 버리고 간 사람 걱정을 하더군. 아기를 떼어 놓고 가는 마음이 오죽했겠느냐고. 어머니를 원망 말게. 자네를 죄인의 아들로 자라지 않게만 해 주면 죽어서도 은혜를 잊지 않겠다고 하신 분이셨으니. 정말 신기하지 않은가? 오 씨 부부가 소에게 풀을 먹이러 갔다가 울음소리를 들었다고 했네. 때맞춰 아기 울음소리를 들은 것도 기적인데 빈 젖에서 젖까지 나왔으니 이게 하느님의 섭리가 아니고 무엇인가. 아마도 자네 아버님의 거룩한 죽음에 하느님이 상을 내려서 그 아들의 목숨을 건진 게 틀림없다고 생각했네. 그게 마님이 자네를 홍역을 앓다 죽은 아기로 만든 연유라네."
 첫닭 울음소리를 듣고 두 사람은 잠자리에 들었다. 잠시 눈을 붙일 요량이었다. 두 사람은 어스름하게 여명이 밝아 올 동안 푹 잤다. 밥 냄새가 구수했다. 아궁이로 피어오른 연기가 처마 밑으로, 용마루로, 와송이 자라는 지붕과 낮은 담벼락을 어루만지며 집 안 곳곳으로 자욱하게 번졌다. 하루에 두세 번 피어오르는 그 연기가 집 안의 나쁜 기운을 몰아내고 지붕 아래에 깃든 해충을 걷어 내며 사람을 보호해 준다던가. 아이들의 웃음소리가 드높았다. 여수리는 두 번째 아이가 태어나기를 기다려 방을 하나 더 넓혔다. 황토로 벽돌을 만들고 방을 하나 더 지어 지붕을 덮었다. 방이 세 개나 되니 낯선 손님이 와도 방을 내줄 수 있게 되었다. 보름 후에는 비단길에 가게 될 터, 경한에게 내줄 수 있는 시간이 보름뿐이었다. 비단길에서는 서로를 모른 체하고 일만 해야 할 터.
 "이번 기일에는 아들이 제를 올리게 되었으니 얼마나 기뻐하시겠나."
 "저를 알아보실까요?"
 "어찌 모르겠나. 뿌리가 맞닿아 있는데."
 황사영을 아버님이라고 표현하는 게 어색한지 경한은 호

칭을 빼먹었다. 여수리는 그런 경한의 마음을 이해했다. 오래 떨어져 있었던 시간만큼 그들에게도 서로에게 다가서는 데 시간이 필요하다고 생각했다. 그들 사이를 지나간 시간이 무려 이십 년이었다. 정말 사람에게 영혼이 있고, 몸이 죽는 것과 상관없이 영혼만 살아서 하늘로 올라가는 거라면, 모르긴 해도 영혼에게 마음이란 게 있어서 두 살배기 아들이 어른이 되어 돌아온 걸 알고 너무 기뻐서 덩실덩실 춤을 추지 않을까. 사람이었을 때와 영혼이었을 때의 삶이 같을 수는 없겠지만 마음이 기억하는 사랑까지 잊을 것 같지는 않았다.

조마조마하게 가슴을 태우던 나날이 이어지던 어느 날, 국경을 넘으려던 황심이 책문에서 걸렸다는 소문이 여수리의 귀에 들어왔다. 그날 오후, 감천댁이 와서 무명 한 필을 갖다달라는 주문을 하고 갔다. 베를 둘러메고 부랴부랴 달려간 곳은 황사영의 집이었다. 감천댁이 뒷문에서 기다리고 있었다. 감천댁의 안내로 사랑채에 들어가자 정난주가 여수리를 반가이 맞았다. 그녀가 다급하게 말을 이었다. 황사영에게 좋지 않은 일이 생길 것 같다며, 그녀의 안색이 파랗게 변해 있었다. 만약에 황사영에게 무슨 일이 생기면 그의 어머니와 아내까지 유배를 가게 될 거라고 했다. 그러면서 정난주는 아들을 섬에 버릴 생각이라며 뒷일을 부탁한다고 했다.

여수리는 너무도 엄청난 말을 듣고 어찌할 바를 몰라서 말을 더듬었다.
"어쩌려고 그러십니까?"
"저 애를 노비로 살게 내버려 둘 수 없어."
안색이 창백한 정난주의 목소리가 떨렸다. 여수리는 그 얼굴을 마주보고는 차마 그 일을 그만두라고 말하기가 어려웠다. 조선에서 노비로 사는 것이 어떤 것인지 누구보다 잘 아는 사람이었다. 노비는 자식까지 대를 이어서 노비가 되고, 그 식구들이 모두 노비가 되어 양반들의 개가 되어 살아야 한다는 말이었다. 그것을 다 알고서야 자식을 노비로 살게 내버려 둘 수 없다는 정난주의 결심은 목숨을 건 위험이었다.
"어디에 버릴 건지 알아두셨습니까?"
"추자도 부근에서 제주도로 가는 배를 갈아탄다는 말을 들었네. 거기가 좋을 것 같네."
"소인이 무엇을 하면 됩니까?"
"아기가 어떻게 자라는지 가끔 돌보아 주게."
"그냥 지켜보기만 하면 됩니까?"
"나중에 경한이 어른이 되면 황씨 가문의 사람인 것을 알게 해 줘야지. 그때가 되면 세상이 조용해지지 않겠나?"
"소인이 뭐라고 이리도 믿어 주십니까? 요즘 믿을 사람이 어디 있다고."

"내 오라버님이 너를 제자로 삼은 것을 무척 자랑스러워하셨더니라. 황 진사도 네 말을 하더라. 미더운 친구라고."

"몸 둘 바를 모르겠습니다."

"황 진사와 내 오라버님이 너를 믿었듯이 나도 너를 믿고 있어. 그것이면 내 아들을 부탁하는 이유가 되지 않겠니?"

"찾아올지 어쩔지 모르지만 만나서 마님의 마음을 전하면 되는 것입니까?"

"그 애의 뿌리를 찾아 주게. 그 애가 황씨 가문의 핏줄인 것을 알게 해 주란 말이다."

여수리가 고개를 갸웃거리며 말했다. 언젠가 사면이 되면 마님이 직접 찾으면 될 텐데 이십 년 후의 일을 미리 걱정하는 것은 너무 멀리 바라보는 것이 아니냐고. 그러자 정난주는 고개를 저으며 말을 이었다. 자신은 유배 길에서 생을 마치게 될 거라며, 아마도 임금이 바뀌어도 황사영의 식구들을 유배에서 풀어 주지는 않을 거라고 했다. 만약 운 좋게 풀려난다고 해도 한 번 죄인은 죽을 때까지 죄인이어서 그 아들까지 죄인으로 살다 죽어야 한다고 했다. 그럴 바엔 어부의 아들로 살다 죽는 편이 낫다고 했다. 그렇다고 해도 스무 살이면 뿌리는 알고 살아야 할 나이라며 보따리 하나를 내밀었다. 풀어 보라는 말에 보자기를 열었다. 보자기 안에 패물과 돈을 비롯한 귀중품이 가득 들어 있었다. 정난주는 경한을 키워 주는 사람들의 은혜에 조금이라도 보답하고 싶다며, 이걸 맡길 사람이 여수리뿐이라고 했다. 정난주는 그 패물이 경한을 추자도에서 버림받지 않게 해 주기를 바랐다. 그 부탁이라면 이미 황사영과 약속이 되어 있다고 털어놓았다. 황사영이 뒷일을 부탁하더라는 말에 정난주는 아기 손수건으로 젖은 눈시울을 훔쳤다.

"그랬구나. 그 사람도 나만큼이나 걱정이 많았구나."

그런 걸 모르고 원망만 했다며 정난주는 참았던 울음을 흐느꼈다. 머잖은 날에 지아비와 영원한 이별을 하고, 아들과 헤어지게 될지 모른다는 사실이 눈을 뜨고 꾸는 악몽같이 느껴지나 보았다.

"아드님이 의지할 수 있는 나무가 되어 달라고 말씀하셨어요."

"그래서 뭐라고 대답했니?"

"힘닿는 데까지 아드님을 돕겠다고 했습니다."

"수리야, 나는 말이다. 경한이 보통 아이들처럼 부모의 사랑을 받으며 자랐으면 좋겠어."

"명심하겠습니다."

그날 여수리는 폐물 보따리를 잠실 바닥에 깊이 묻었다. 그 위에 누에장을 놓고 짚을 흩어 놓아 흔적 없이 해 놓았다. 정난주와 황사영이 그렇게도 애타게 부탁하던 이십 년 전의 약속은 경한이 제 발로 찾아오며 지켜졌다. 철마다 남도로 행상을 나가서 예초리에 드나드는 사이 이십 년이 흘렀다.

그렇게 해서 여수리는 경한을 멀리서 가까이에서 지켜보는 사람이 되었다. 황사영이 여덟 달 동안 토굴에 살면서 가장 그리워했던 아이. 정난주가 두 살배기 아들을 안고 유배를 떠나던 그 악몽 같은 날이 어제 일처럼 또렷이 기억났다. 어쩌면 황사영은 다 자란 아들이 찾아오기를 기다리고 있는지도 모른다. 여수리가 벽에 비스듬히 기대며 말했다.

"그렇지 않아도 수일 내에 추자도에 한 번 가려고 했었다."
"얘기 듣고 많이 놀랐어요. 아버지라는 분이 궁금했고요."
"자네가 어른이 되는 날만 기다렸을 걸세."
"아버지와 많이 친했습니까?"
"난 그렇게 생각했는데 진사 어른의 마음은 어땠는지 잘 모르겠어."
"형에 대한 신뢰를 알 것 같아요. 얼마나 믿었으면 20년 후의 일을 부탁했을까요?"
"난 사람 사이에 진실한 믿음보다 더 중요한 건 없다고 보네. 내 스승님이 나를 믿어 주었듯이 진사 어른 역시 사람에 대한 믿음으로 나를 거두었다고 보네."

경한이 고개를 끄덕였다. 여수리는 잠시 뜸을 들이다 말했다. 만약 황사영이 천주교를 모르고 살았으면 여수리와 만날 일도 없었을 것이다. 그랬으면 경한을 만날 일도 없었을 테고. 여수리가 천주교 신자도 아니면서 그렇게까지 그들 가까이 있을 수 있었던 것은 선암을 만났기 때문이었다. 스승의 책 「주교요지」를 베끼며 명도회 회원들을 알게 되었고, 그 필사본이 연결 고리가 되어 황사영을 비롯한 많은 학자들을 가까이에서 볼 수 있었고, 배론까지 가서 황사영을 만나게 되었다. 당시의 풍전등화 같은 시국에서 서로에 대한 신뢰가 없었으면 엄두도 못 낼 일이었다고, 여수리는 은근슬쩍 자랑을 섞었다. 아버지의 진심을 이해할 수 있었으면 좋겠다는 경한의 말에 여수리가 물었나.

"자네, 백서에 대해서 들은 바 있나?"

"나라를 팔아먹으려 한 반역자라는 말을 들었어요. 사실이에요?"

"그럴 사람도 아니고, 그렇게 간단하지도 않아."

"내용이 어떤지 모르지만 그걸 왜 썼는지는 알고 싶어요."

"그때는 쓸 수밖에 없었어. 아버지는 교리를 가르치는 지도자였고, 진심으로 천주교의 앞날을 걱정하고 분노한 분이 셨으니."

"그때 제가 더 컸으면 아버지를 말릴 수 있었을까요?"

"그건 운명이었다고 봐. 백서를 쓰려고 마음먹었을 때 진사 어른은 운명을 받아들이신 듯했네."

"식구들보다 바깥일을 더 중요하게 여긴 아버지를 이해하기 힘들어요."

"스승님이 순교를 하실 때 나도 그런 마음이었다네."

"가까이 모시던 사람이 몰살을 당했으니 그걸 바라본 형의 마음도 어지간했겠어요."

"그걸 어떻게 말로 다하겠나. 오죽하면 미친놈처럼 천리 길을 걸어서 땅 끝까지 갔겠나."

"보부상 팔자를 타고나셨네요. 걸어서 화를 푸니 말입니다."

두 사람은 서로를 바라보며 껄껄 웃었다. 오랜 시간이 지났기에 웃으며 회상할 수 있다며, 당시 그 일촉즉발의 순간은 입에 올리기도 버거운 것이었다고, 여수리는 힘겨운 듯 천천히 말을 이었다. 경한은 아버지 황 진사가 열 살이나 어린 누에치기 소년의 친구가 되어 주었다는 말을 듣는 순간, 전혀 기억나지 않는 아버지를 조금 알 것 같은 기분이 들었다. 아버지와 여수리가 높디높은 신분의 벽을 넘고 친구가 되었다는 것은 그만큼 사람에 대한 사랑이 깊었던 탓이라고 짐작했다. 경한은 여덟 달 동안 토굴에 엎드려 있었다는 아버지를 머릿속에 그렸다. 숨쉬기도 어려운 토굴에서 견딘 그의 외로움이 가슴 가득 스며들었다. '아버지! 하느님이 뭐라고 그렇게까지….' 아버지를 영원히 이해하지 못할 것 같던 반발심과 뼈아픈 연민이 복잡하게 뒤섞였다.
"나리가 자네에게 미안하다는 말을 전해 달라고 하셨어."
"뒤늦게 그 말이 무슨 소용이에요."
경한의 표정이 어두워졌다. 귀하게 쓸 비단이라는 말을 듣고 여수리는 배론까지 한달음에 달려갔다. 그날, 황사영이 여수리의 술잔을 채워 주며, 나중에 혹시 자신에게 무슨 일이 생기면 아버지가 미안해하더라는 말을 경한에게 꼭 전해 달라고 했다. 청년으로 자란 경한에게 그 말을 전하고 나자 여수리는 비로소 무거운 짐을 벗은 느낌이었다. 자신이 지고 있던 짐을 경한의 등에 지어 준 것 같아서 미안했지만 뿌리를 찾는 과정의 어려움이라 여기고 잘 견뎌 주기를 바랐다. 생각에 잠긴 경한이 먼 곳을 바라보았다. 흰 구름이 산봉우리를 맴돌고 있었다. 여수리는 장타령을 읊조렸다. '엉성듬옷 고성장 심심해서 못 보고, 이천저천 이천장 개천 많아 못 보고, 철턱철턱 철원장 길이 질어 못 보고, 영 넘어라 영월장 담배 많아 못 보고, 희희층층 희양장 길이 험해 못 보고, 이 강저강 평강장 강물 없어 못 보고⋯.' 낯선 사람의 품에서 자지러질듯이 우는 아기에게 어머니의 손수건을 쥐어 주고 장타령을 불러 주니 잠이 들더라고 했다. 경한이 내가 그랬느냐며 싱겁게 웃었다. 여수리가 말했다.

"달이 본시 어두운 것이었던 걸 아는가?"

"저렇게 밝은데 달이 어두운 것이라고요?"

"우리 눈에 밝아 보이는 건 해의 광선이 비쳐서 그렇다는 거야."

"그래요? 첨 듣는 얘기예요."

"예전에 스승님이 읽으시던 책에 그런 말이 쓰여 있었어."

별은 어둠 속에 존재하며 스스로 빛을 내는 항성이지만 달은 제 스스로는 빛 한 점 뿌리지 못한다. 그러한 달을 빛나게 하는 것은 태양이다. 달은 해의 반사 작용으로 칠흑 같은 밤을 속속들이 밝혀 주며 어둠을 쫓는 데 기꺼이 제 몸을 내주었다. 그 빛이 본디 달의 것이 아니라 해의 광선이라 해도 달이 없으면 꿈도 갖지 못하고, 반사된 빛도 아무 쓸모가 없다. 그래서 태양도 소중하고 달도 소중하다. 오늘 경한이 아버지의 죽음을 헛되고 어리석은 것이었다고 원망할지 모르지만,

여수리는 황사영을 비롯한 모든 순교자들은 스스로 달이 되어 신의 빛을 보여 주는 것으로 성심껏 제 할 일을 했다고 믿었다. 그들은 자신의 몸을 빌어서라도 세상의 어둠이 가시기를 빌었다. 그들이 박해의 칼날 아래 몸을 던진 것은 사람들이 평화로워지기를 바랐기 때문이고, 자신들의 죽음이 결코 헛되지 않다는 것을 후일 역사가 말해 줄 거라고 믿었기 때문이다. 여수리는 부실한 소견이나마 한마디 거들었다. 눈에 보이는 것이 전부는 아니라고.

백서 일기 1

1801년 4월 8일

까치 소리에 잠을 깬 귀동은 일찌감치 흙이나 밟아 두자며 잠자리를 털고 일어났다. 첫닭이 울기 전이어서 몇 시가 되었는지 짐작이 가지 않았다. 몇 시가 되었건 개의치 않고 귀동은 여명이 밝기를 기다려 채에 쳐 둔 흙에 물을 부었다. 달빛을 벗 삼아 흙을 짓이기다 보면 어느새 날이 밝고 긴 하루가 시내처럼 흐르다 온다 간다 말도 없이 서산을 넘어가 버리는 것이 날마다 반복되는 그의 일상이었다.

판관 댁에서 두 말들이 옹기를 구워 달라고 한 것이 사흘 전이었다. 먹을 입이 많으니 장을 두 말씩 담아도 모자란다던가. 입소문을 탔는지 옹기 주문이 늘어났다. 귀동은 두 발로 백토를 짓이기며 길 끝에서 어른대는 두 개의 흰 점을 주시했다. 어디로 가는 손님인지 잴 것도 없이, 백구가 먼저 알아보고 짖어 댔다. 백구와 귀동은 멀리서 봐도 그 손님이 제 집으로 올 사람인 걸 알아챘다. 옹기를 사러 오는 사람이면 이렇게 일찍 오지도 않을 것이고, 재를 넘을 사람이면 잘 닦아 둔 마을 길을 두고 이 골짜기로 들어올 턱이 없었다. 장안에 선암이 포도청으로 끌려갔다는 소문으로 떠들썩하더니, 이어서 최창혁, 홍교만, 최창민, 홍낙민, 최필고, 최창주가 변을 당하고 말았다. 그 일로 인해서 온 장안에 먹구름이 감돌았다.

  장안 사정이 어수선해서 귀동은 팔려고 늘어놓았던 옹기를 거두어 서둘러 돌아오고 말았다. 집으로 오던 중에 한빈이 슬그머니 다가와 손님을 모시고 한 번 가겠다고 귓속말을 하고 갔다. 귀동은 산골의 적막을 깨고 손님이 온다는 사실이 반가워서 그냥 고개를 끄덕였다. '누구면 어떠랴. 사람 잡는 백정만 아니면 되지.' 귀동은 반죽을 만져 보고 만족스러운 웃음을 지었다. 노랫가락을 흥얼거리며 이긴 반죽이 더할 수 없이 차지다. 흙을 오래 밟아 주어야 엉그름이 가지 않고 그릇이 단단해진다. 귀동은 반죽을 젖은 베로 싸고 자배기로 덮어 두었다. 시린 발을 녹여가며 몇 시간이나 밟았지만 흙도 숙성이 필요하다. 질그릇과 옹기를 크기대로 구워서 주문한 사람들에게 나누어 주면 된다. 짬짬이 만들어 둔 옹기가 언덕바지에 총총히 서 있다. 귀동은 미처 임자를 찾아가지 못한 옹기에 산사과와 매실을 담아서 식초를 만들기도 하고, 술을 담기도 했다. 머루 포도로 담근 술과 오래 묵은 식초는 오일장에 옹기째로 들고 나가서 팔기도 하고, 주막이나 기방에 가져가서 곡식으로 바꾸어 오기도 했다. 귀동은 옹기를 굽지 않을 때면 산에 가서 약초를 캐고 산열매를 채취하고 다니는 것이 유일한 즐거움이었다.

지난번처럼 판관 댁 마님이 또 한 번 옹기를 놓고 트집을 잡으면 까짓, 두 말 않고 지고 나오면 그만이다. 칭찬보다 트집 잡기를 일삼고 애써 구운 옹기를 흔해 빠진 돌멩이 취급하는 사람을 상대로 옹기의 가치를 읊어 대는 건 벽을 보고 말을 하는 것과 다를 바 없다. 그럴 때는 옹기장이의 명예를 위해서라도 옹기를 갖고 나와야 한다. 오일장에 들고 나가면 물건을 알아보는 사람이 있어서 손쉽게 팔 수 있는데 굳이 양반 댁에서 수모를 겪으며 팔아야 할 이유가 없다.

오일장에 지고 갈 질그릇까지 구우려면 서둘러야 했다.

산 속에서 들려오는 종달새와 딱따구리 소리에 귀를 기울이고, 먹이를 찾아서 마당을 기웃거리는 노루와 애기도 나누는 사이 안개가 걷히고 있었다. 귀동은 아침 해를 온몸으로 받으며 걸어오는 두 사람을 묵묵히 살폈다. 걸음걸이로 보아 앞서 오는 사람은 김한빈인데 뒤따라오는 사람이 얼른 보기에도 허옇게 차려 입은 상주였다. 웬 상주가 오는겨? 귀동은 고개를 갸우뚱거렸다. 앞서 오던 사내가 귀동에게 '여!' 하고 손을 흔들었다.

"여보시게, 잘 지냈능가?"

귀동은 한빈의 목소리에 반가운 맘이 들어서 슬쩍 농을 던졌다.

"거기 오시는 손님들, 옹기 사러 온 거면 헛걸음 했구먼유."

"좋은 술안주 있응게 술 단지나 들고 오랑께."

한빈이 목을 틀어쥐고 오던 꿩을 귀동의 발치에 던졌다. 구워 먹던 삶아 먹던 알아서 하라는 말에 귀동이 고기 생각이 나던 차에 잘됐다며 기뻐했다.

"꼭두새벽에 들이닥친 걸 보니 급한 사정이 생깃나 뵈네."

"야그는 낸중에 허고 손님부터 안으로 뫼시게."

"웬 상주랴?"

귀동의 물음에 흰 갓을 벗은 옥골 선비가 훤한 모습을 드러냈다. 수염을 밀어 버린 황사영이 댓잎처럼 푸른 웃음을 짓고 있었다. 황사영이 상복을 입은 것이 의아해서 귀동은 '혹시 어머님이?' 하고 예를 갖추려니까 황사영이 두 손을 저으며 말렸다.

"관리들을 속이려고 잠시 변복을 했다네."

"고것이 뭔 말씀이랴?"

귀동은 궁금증을 못 이겨 그가 상복 입은 사연을 캐물었다.

"관리들의 감시가 어지간해야지. 예상대로 상주는 건드리지 않더군."

"아, 그런 줄도 모르고 깜짝 놀랐구먼유."

"일단 안으로 들어가세. 산골이라 해도 사방에 쥐새끼가 들끓으니."

귀동은 뜰에 엎드리고 있는 백구에게 구운 고구마 하나 던져 주고 잘 지키라고 일렀다. 귀동은 두 사람을 질그릇 재워 두는 뒷방으로 안내했다. 혹시 미행자가 따라왔을지 모른다는 생각으로 귀동은 그들의 신발을 구럭에 넣어 방 안에 걸어 두었다. 자배기 가득 샘물을 담아서 들고 갔더니 어지간히 목이 탔는지 두 사람은 순식간에 물그릇을 비웠다. 귀동은 미숫가루를 넣어 둔 옹기를 가져다 앉은자리에서 그릇 가득 타 주었다. 허기가 겹친 조갈증은 맹물로 다스리기 어렵다. 마침 쥐눈이콩과 호두, 참깨를 섞어서 갈아 둔 게 있던 참이라 물에 섞기만 하면 되었다. 한강에서 배론까지 오자면 아마 산등성이를 너덧 개는 넘었을 테니 배도 고플 것이다. 추위와 굶주림은 양반도 갓끈을 풀게 만든다.

황사영이 상복 차림으로 산골까지 오게 된 사정을 한빈이 자세히 일러 주었다. 주문모 신부와 장안의 천주교 지도자들이 모두 변고를 당한 터라, 성안에 피비린내가 그득하다며 두 사람이 체머리를 절레절레 흔들었다. 지금은 부딪치기보다 잠시 피해 있어야 할 시기여서 배론까지 오게 되었다고 황사영이 변명 같은 말을 했다. 사실상 그는 단 한 명 남은 지도자였다. 그러니 관아에서 황사영을 찾으려고 얼마나 뒤지고 다닐지, 눈으로 본 듯 그림이 훤히 그려졌다. 속이 타는지 한빈이 물을 더 달라고 재촉했다. 밤새 산을 넘어왔다면 물보다 밥이 급하겠건만 속이 타는지 그들은 물만 찾았다.

"밤새 걸었더니 목이 바짝 타네."

도랑에 귀가 따갑도록 흐르는 게 물인데 머리 처박고 한 모금 마시지 그랬느냐고 되받으려던 귀동은 한빈의 표정이 굳어 보여 헛말을 삼가고 한밤에 재를 넘은 부모함을 나무랐다.

"밤에 재 넘다 호랭이한티 물려 간 사람이 적잖더만."

"호랭이한테 물려 가는 것보다 더 급한 일이 생긴 걸 워쩌산니."

찬물을 마시고 진정하라며 두 사발 가득 물을 떠 주었더니 한빈이 황사영에게 먼저 물그릇을 주고 난 후에 자신이 마셨다. 물을 두어 그릇 마시고 나서야 긴장이 풀리는지 황사영이 가라앉은 목소리로 말했다.

"도랑마다 철철 흐르는 게 물인데… 목이 타도 그게 물인 걸 모르고 걸었다네."

마음을 콩 볶듯이 볶느라 귀가 따갑게 흐르는 물소리를 그냥 지나쳤다는 말이 짠하게 들려 귀동은 두 사람을 위해 아침상을 차렸다. 밤길을 함께 걸어온 두 사람은 막막한 눈길로 서로를 바라보다 밥상에 마주 앉았다. 상을 물리고 귀동은 두 사람을 쉬게 했다. 두 사람을 자도록 내버려 두고 주문받은 옹기부터 빚기로 했다. 늘 해 오던 일인데도 갑자기 손끝에 힘이 빠져 모든 것이 시큰둥해지는 걸 어쩌지 못했다. 앞이 보이지 않는 시국에 옹기는 구워서 뭘 하나 싶었다.
"살아갈 희망이 한 조각이라도 보여야 옹기도 빚고 뚝배기도 빚는 법인디."
멀쩡한 사람들이 맥없이 죽어 나가는 세상에서 무슨 부귀영화를 누리자고 아등바등 이놈저놈 눈치 보며 아부하고 살까. 누굴 위하자고 귀동이 시틋한 얼굴로 중얼거렸다.
지쳐서 구들장에 등을 대자마자 코를 고는 두 사람을 지켜보며 귀동은 마음 한구석이 휑하니 비어 가는 것을 어쩌지 못했다. 조선에 한 명뿐인 신부가 스스로 포도청에 걸어 들어갔다는 말을 듣는 순간 귀동은 내리막길로 치닫는 수레가 생각났다. 무엇으로 그 수레를 멈추게 할 것인지.

이십 년을 걸어온 만남

아침은 붉은 빛을 거느리고 찾아왔다. 아침 햇살이 툇마루에 깔릴 때쯤 경한과 집을 나섰다. 보자기에 싼 짚동그미를 경한이 들었다. 제사에 쓸 음식이 뚜껑 달린 짚동그미에 차곡차곡 담겨 있었다. 이천수에게는 아침 일찍 가겠노라고 일러두었다. 이천수가 양자봉 아래에서 밭을 일구고 살게 된 것은 그의 아버지가 돌아가신 이후부디디. 생전에 황사영 집안의 청지기였던 아버지 덕분에 이천수는 황사영의 행랑에서 어린 시절을 보냈다. 그의 아버지는 대를 이은 청지기였다. 황사영보다 열 살이나 나이가 많지만 이천수와 황사영은 친구처럼 가까이 지냈다. 황사영의 아버지가 그들을 분가 시켜주며 그들 식구들을 양자봉 산 밑에 터를 잡고 살게 했다.

그로부터 이십 년 세월이 흐르고 이천수는 지금 오십을 넘긴 중늙은이가 되었다. 이번에는 여수리가 장을 보겠다고 수일 전에 일러 주었는데도 이천수가 또 뭘 준비하는지 그의 집 굴뚝에서 연기가 모락모락 피어오르고 있었다.

원정遠程 가기 전에 제사를 지낼 수 있어서 다행이었다. 이번에는 아들까지 왔으니 성대하게는 치르지 못하더라도 서운하지 않게 하려고 마음먹었다. 제사를 지내고 난 후에 경한이 부모님과 헤어지게 된 연유와 백서의 내용을 상세히 일러 주리라 마음먹었다. '내 아들에게 뿌리를 찾아 주게.' 경한에게 그들 집안의 역사를 알게 해 주고, 뿌리를 찾아 주는 일은 이십 년 전에 황사영과 정난주가 부탁한 일이었다. 여수리는 마침내 그들의 부탁을 들어줄 수 있게 된 것을 다행으로 여겼다.

이십 년 동안 오씨 집안의 사람으로 자란 경한에게 그의 아버지 황사영과 그에게 일어난 전후 사정을 일러 주는 건 여수리가 해야 할 일이지만 아버지의 속사정을 이해하고 못하고는 전적으로 경한에게 달린 문제였다. 이십 년의 시간을 뛰어넘어 아버지와 아들이 만나기 위해서는 먼저 아버지를 이해하려는 아들의 노력이 필요하고 또한 여타의 사정을 받아들일 시간이 필요했다. 그런 일련의 과정이 얼마나 어려운 일인지 잘 알지만 경한과 여수리가 반드시 해내야 할 일이었다. 단순히 이름을 찾는 일이면 오 씨가 건네준 배냇저고리 하나면 충분했다. 오 씨가 여수리를 만나서 나머지 얘기를 들으라고 한 것은 백서를 포함하여 뿌리 이상의 것을 말해 주어야 한다는 뜻이었다.

"아저씨, 저희들 왔어요."

여수리가 이천수를 부르며 사립문을 들어서자 그가 부지깽이를 들고 나왔다. 그는 낯선 청년이 서 있는 걸 골똘히 바라보았다. 저놈은 뭐야, 하는 물음에 더하여 오늘 같은 날 낯선 사람을 데려왔느냐고 나무라는 표정이었다. 속내를 감추지 못하는 이천수를 못 본 체하고 여수리는 딴청을 피우듯 물었다.

"뭐하세요?"

"시루떡 찐다네. 노란 콩고물 묻힌 시루떡이 먹고 싶어서."

"아무것도 하지 말라니까요."

"그래도 자네가 할 일이 있고, 내가 할 일이 있는 게지."

"떡이 두 접시나 오르면 나리 얼굴에 웃음꽃이 활짝 피겠어요."

"이분은 누구신가? 오늘 같은 날 낯선 사람을 왜?"

"걱정 안 해도 되는 사람이에요. 누군지 알면 깜짝 놀라실 걸."

"누군데."

여수리는 경한을 이천수 앞에 세웠다. 청년이 누구냐는 이천수의 물음에 대답하지 않고 여수리는 그를 자세히 보라고만 했다. 이천수가 게슴츠레한 실눈으로 경한을 요모조모 살폈다. 미리 가르쳐 주면 만나는 기쁨이 줄어들 것 같아서 이천수가 스스로 알아채기를 기다렸다. 한참 동안 경한을 쳐다보던 이천수가 경한을 바라보며 말을 더듬었다. '여보게, 이 사람… 내가 생각하는 그분과 똑같아 보이는데 어떤가?' 여수리는 틀림없는 그분의 아들이라며 고개를 끄덕였다. '세상에… 이런 일이!' 이천수의 울음 섞인 한마디에 여수리는 경한의 어깨를 치며 '부친과 닮았다는 말이 괜한 소리 아니지?' 하고 말했다. 앞으로 부친을 뵙고 싶으면 거울을 보면 된다니까 이천수는 씨 도둑질은 못한다더니 딱 맞는 말이라며 소맷자락으로 눈물을 닦았다. 나리를 닮았다는 생각이 들자마자 온몸에 소름이 돋더라고 했다. 두 살배기 아기가 이렇게 늠름하게 잘 자란 줄 꿈에도 몰랐다고 했다. 그때 험한 뱃길에 시달리다 죽었다는 말을 듣고 가슴이 찢어졌다며 이천수는 또 한 번 눈물 바람을 했다.

"그동안 어디 살았다던가?"

"마님이 남쪽 섬에 아기를 두고 가셨대요."

"그랬는가?"

"아무도 모르는 사실이에요. 영원히 비밀이어야 하는 거 아시죠?"

"더 말해 뭣하겠나. 이십 년 전 그날이 바로 오늘인데."

노란 콩고물을 얹은 시루떡이 잘 쪄졌다. 소쿠리에 떡을 담아서 길을 나섰다. 세 사람은 앞서거니 뒤서거니 하며 산을 넘고 재를 넘어 한나절 내내 걸었다. 오후의 햇살을 받으며 고요히 가라앉은 산야에 새소리가 드높았다. 나무를 파는 딱새 소리, 때까치의 우짖음, 수꿩의 외침까지, 홍복산은 가을 햇살을 받으며 고요히 적막에 가라앉아 있었다. 마을 정경이 훤히 보이는 산자락에서 걸음을 멈추었다. 산꿩의 울음이 숲의 정적을 깨뜨렸다. 풀이 웃자라 무덤을 덮었다. 농사가 풀만큼 잘되면 천하의 걱정거리가 반으로 줄어들 거라고 이천수가 중얼거렸다. 세 사람은 누가 먼저랄 것도 없이 낫으로 풀을 베기 시작했다. 웃자란 풀 사이에서 후다닥거리며 오소리 한 마리가 놀라서 뛰어나왔다. 산꿩 울음소리가 맑은 메아리를 울리며 이 산 저 산 옮겨 다녔다. 이천수는 산 둘레를 가리키며 어디서 어디까지가 황黃씨 가문의 문중 산인지 자세히 일러 주었다. 지금은 묘비가 없지만 나중에 후손들이 황사영의 비석을 세워 줬으면 좋겠다고 했다. 표식으로 돌이 놓여 있는 황사영의 묘 위로 조상들이 차례대로 누워 있다니까 경한이 감회가 깊은 눈길로 조상들의 선영을 둘러보았다.
여수리는 흰 보를 깔고 가져온 음식을 차려 놓았다. 이천수가 묘지를 내려오며 차례대로 술을 치게 하고 경한에게 절을 시켰다. 경한이 추자도에 버려진 이후 처음으로 창원 황黃씨 가문의 자손으로 인사를 올리는 셈이었다. 절을 할 때마다 이천수는 몇 대 할아버지 할머니라고 자세히 일러 주었다. 마침내 황사영 아버지의 묘에 술잔을 놓으며, 경한의 할아버지가 정5품 정랑직을 역임했다고 일러 주었다. 애석하게도 명이 짧아서 일찍 세상을 떠나는 바람에 황사영이 유복자로 태어났다니까 경한이 아, 하고 짧은 탄식을 뱉었다. 이천수가 말했다.
"자네 아버님은 무척이나 외로운 사람이었다네."
"아들 술을 받고 얼마나 좋아하실까요."
"아마 기뻐서 울고 있을 걸."
이천수는 옛일을 회상하듯 먼 산을 바라보았다. 그 외로움 때문에 황사영이 친구를 좋아하고 사람을 그렇게 아꼈던 거라고 했다. 지금은 비록 죽은 조상에게만 인사를 올리지만 언젠가는 산 조상들을 만나는 일도 있을 거라고 했다. 집성촌에 아직도 황씨들이 모여 산다고 했다. 살아 있는 조상들은 묘도 못 쓰게 할 정도로 황사영에게 크게 마음이 상했다며, 종가 어른들의 마음이 풀어지려면 시간이 좀 걸릴 거라고 했다. 황사영뿐만 아니라 모든 천주교 신자들은 집안 사람들에게 그저 역적일 뿐이었다. 정난주는 친척들에게 외면당할 걸 미리 알고 아들을 섬에 버렸다. 섬사람으로 자란 아들이 청년이 되어 돌아왔으니 정난주는 어머니로서 아내로서 떳떳하게 할 일을 한 셈이었다. 황사영의 아들이 죽지 않고 살아 돌아왔다고 해도 집안 사람들 중 누구도 버선발로 달려 나와 반겨 줄 것 같지 않아서 여수리는, 서운하겠지만 다음을 기약하자고 경한을 위로했다. 그렇지만 아버지가 잘못 살아서 그런 게 아니라 서로 견해 차이일 뿐이라고 했다. 경한이 '견해 차이, 오해' 같은 말을 입 안에서 우물거렸다.

 겉보기에는 묘비가 없어서 쓸쓸해 보이지만 여수리는 묘소 앞에 눈에 보이는 묘비보다 더 소중한 것이 묻혀 있다고 말했다. 여수리는 돌을 치우고 땅을 판 뒤 항아리 하나를 꺼냈다. 보에 곱게 싸서 묻어둔 청자백자합의 뚜껑을 열자 돌로 만든 십자가와 향나무 묵주, 가는 붓과 붉은 비단 수건이 햇빛 속에 모습을 드러냈다. 생전에 황사영이 귀하게 여기던 물건이었다. 여수리는 붉은 비단에 담긴 내력도 들려주었다. 열여섯 살에 진사시에 급제하자 황사영의 뛰어난 재능에 감탄한 정조가 황사영의 손을 덥석 잡으며 스무 살이 되어서 찾아오면 벼슬을 내리겠다고 약속한 이야기를. 황사영은 임금의 손이 닿은 팔에 그 붉은 비단을 감고 다녔다. 그렇듯 황사영은 임금이 약속한 벼슬을 마다하고 천주교에 귀의한 사람이라며, 여수리는 소나무에 걸어 둔 두 개의 장명록을 경한에게 주었다. 경한은 크고 작은 두 개의 장명록에서 눈을 떼지 못했다.

"아들에게 가장 미안하다고 하셨네."

붉은 비단을 만지는 경한의 손끝이 떨렸다. 비단 수건은 오랜 세월이 무색하도록 곱게 빛났고, 묘지를 비추는 햇살은 차디차게 맑았다. 딱따구리는 나무둥치에 구멍을 파고 종달새는 맑고 고운 소리로 숲의 고요를 흔들었다. 지절대며 흐르는 물처럼 숲은 저희들끼리 수다스러웠다. 재를 지낸 후, 고수레를 외치며 음식을 작게 떼어서 던지고 음복했다. 술잔을 비운 경한이 모든 게 혼란스럽다고 속내를 털어놓았다. 천주교 때문에 수많은 사람이 죽어야 하는 이유도 모르겠고, 그런 일에 목숨을 바쳐서 남은 식구를 슬픔에 빠져 살게 만드는 이유도 모르겠다고 했다. 그의 물음에 누가 옳은 대답을 할 수 있을까. 그나마 옳은 대답을 해 줄 수 있는 사람들이 모두 죽고 말았으니. 그들의 죽음이 어떤 거룩한 사명을 위한 것이라 해도, 정말 그 방법뿐이었는지 여수리 역시 누군가에게 진심으로 묻고 싶었다. 여수리가 도무지 이해하기 어려웠던 건 그들 순교자들이 택한 죽음의 의미였다. 얼마나 많은 시간이 흘러야 이 땅에 평화가 찾아오고, 순교자들의 죽음이 숭고한 의미가 되어 줄지, 여수리가 풀리지 않는 의혹으로 혼돈을 겪었듯이 경한 역시 지금 그런 진통을 겪는 중이었다.

황사영이 말했다. 자신에게 죄가 있다면 하느님의 법으로 달게 받겠다고. 저 사악한 자들이 순교자들의 몸은 죽일 수 있었지만 영혼은 털끝 하나 건드리지 못하니, 사실은 아무도 죽이지 못한 거나 마찬가지라고 비웃었다. 여수리는 붉은 비단과 성상을 항아리에 넣고 본래대로 묻어 두었다. 먼 후일에 누군가가 우연히 땅을 파게 되어 그 청화백자합을 발견할 때쯤이면 황사영의 신앙심과 진심을 제대로 이해하게 될 것이다. 세 사람은 묘지 주위에 술을 뿌리고 남은 술을 한 잔씩 나누었다.

경한은 그렇게 아버지를 만났다. 경한은 뿌리를 찾은 것과 상관없이 두 개의 이름으로 살아갈 터였다. 그는 부모님을 찾아서 먼 길을 걸어 여수리를 찾아왔고, 마침내 아버지를 만났다. 그렇지만 그들 부자 사이에는 아직도 서로를 이해할 시간이 필요했다. 여수리가 실마리를 제공했다고 하나 진정으로 그들 부자 사이의 매듭을 풀 수 있는 사람은 오직 경한뿐이었다.

세 사람은 산을 내려와 제를 지내고 이천수의 집으로 갔다. 제를 지내고 남은 음식을 안주 삼아서 술을 마셨다. 이천수 아내가 담근 조 껍데기 술이었다. 여수리는 술기운을 빌어 열여섯 살의 날다람쥐 같은 소년이 목전에서 바라본 명도회 어르신들의 얘기를 시작으로, 그때 만났던 사람들의 특징과 사연을 백서에 기록된 내용에 기대어 옛 얘기처럼 주워섬겼다. 그것은 백서의 내용을 이야기로 풀어내는 것이기도 했다. 차마 끄집어내기 어렵고 힘든 얘기일수록 옛날이야기를 하듯이 쉽게 말하는 게 듣기도 좋고 말하기도 편하다.

경한이 느낄 마음의 부담을 덜어 주려는 듯 이천수가 황사영의 어릴 적 얘기를 들려주었다. 황사영의 부모님에 관한 얘기와 친척들, 가풍 등을 비단 짜듯이 씨실과 날실로 총총 엮어 냈다. 얘기 끝에 이천수가 한마디를 슬쩍 덧붙였다.

"천주교만 아니면 백서를 쓸 일도 없고, 그렇게 죽지도 않았을 걸."

"말하면 뭐해요. 그분들은 그것 아니면 안 되겠다는데."

"그러게나 말이다. 그때의 살벌함을 어떻게 다 말로 해."

"그분들 탓이 아녀요. 권력에 미친 자들의 난장판이었지."
"글쎄, 그런 빌미를 왜 주냐고."
"운명이겠죠. 스승님도 그랬지만 나리 역시 그걸 운명으로 받아들였어요."

얘기가 백서에 이르자 이천수는 흥분을 참지 못했다. 백성들을 궁지로 몰아넣은 사람들이 나쁜 건 말할 것도 없고, 그들의 사악한 계략에 말려든 사람들도 어리석기는 마찬가지라고 했다. 종교가 제 아무리 숭고한 의의를 가졌다 해도 사람의 목숨만큼 귀하지 않다는 건 이천수나 여수리나 같은 생각이었다. 황사영이 귀하게 여긴 것은 사람이었고 백서의 내용 반이 온통 사람에 관한 기록이었는데도 정작 자신의 목숨은 구하지 못했다. 나라와 백성을 저버린 걸로 따지면 임금과 당쟁을 일삼은 관료들이 먼저라고 이천수가 열띤 어조로 말을 이었다. 또한 여수리는 그들 관료 중에 황사영의 백서 앞에서 떳떳할 수 있는 사람이 몇이나 되겠느냐고 따졌다. 황사영은 관료들이 저지른 잔혹한 살상을 기록으로 남긴 유일한 사람이라고 했다. 황사영에게 죄가 있다면 모두들 쉬쉬하며 입 다물어 버린 일을 글로 써서 전하려 한 것인데, 앞뒤 사정을 살피지 않고 무작정 황사영의 백서에 돌을 던질 수 없는 거라며, 이천수가 술기운을 빌어 참았던 분노를 터뜨렸다. 여수리와 이천수가 흥분을 참지 못하고 떠드는 동안 경한은 두 사람의 말을 묵묵히 듣고 있었다. 생각에 잠겨 있던 경한이 고개를 들고 물었다.

"권력은 항상 백성들 머리 위에서만 존재해야 하는 걸까요?"

"백성의 머리 위에서 군림하려는 이상 그 둘은 영원히 만날 수 없다네. 권력만 앞세우면 임금은 백성을 모르게 되고, 백성은 임금을 모르게 되니 말일세."

이천수의 대답으로, 세 사람은 말을 끊고 술만 마셨다. 가까운 곳에서 산짐승 울음소리가 들렸다. 경한은 뭔가 시원하게 풀리지 않는 매듭을 쥐고 끙끙대는 듯 답이 없는 물음을 자꾸 던지고 있었다.

"그런 일이 또 일어날까요?"

"역병 같아서 언제 재발할지 모르는 일이지."

"어째서 나라에서는 새로운 것을 받아들이려 하지 않죠?"

"변화가 두려운 게지. 그것이 사람들의 눈을 뜨게 하니 말일세."

"눈을 뜨면요?"

"군림하기가 어려워지지. 세상의 모든 폭력이 그 때문이거든."

사막을 걸으며 여수리가 수도 없이 '왜?'라는 물음을 되풀이한 것이 바로 명확한 답이 없다는 사실 때문이었다. 반란과 폭력은 어느 곳에나 있는 것이지만 밀려오는 변화를 폭력으로 몰아내고 잘되었다는 나라는 아직 들어 보지 못했다. 경한이 변화를 읊조렸다. 술이 떨어지고 흥분이 가라앉으며 벌겋게 술이 오른 이들에게 잠이 몰려왔다. 속 깊은 이야기를 풀어놓아도 누가 엿들을까 걱정할 필요가 없도록 깊은 산골이어서 세 사람은 이십 년 묵은 회포를 맘껏 풀었다. 늑대 울음이 가까이에서 들렸다. 여수리가 문득 생각난 듯 이천수를 보며 말했다.

"서용보 귀향했던데요?"

"명도 길고 복도 많은 놈."

"인삼 배달하러 갔더니 다산 선생님께 사람을 보냈더군요."

"뭣하러?"

"머리를 숙이고 오라는 말이겠죠."

"뺨 때리고 어르는 격이군."

"다산 선생님은 본 체도 않던걸요."

"죽었다 깨어나도 서용보는 다산 선생을 못 이겨. 산속에 처박혀 사니 이 꼴 저 꼴 안 봐서 좋다."

부엉이가 밤을 지키며 부엉부엉 울어 댔다. 냇물 흐르는 소리, 문풍지 떨리는 소리와 함께 산골의 밤이 하염없이 깊어 갔다. 경한은 자신의 생애에 이토록 커다란 역사가 숨어 있으리라곤 짐작조차 못했다. 그가 아는 거라곤 저고리에 적혀 있는 이름 석 자 뿐이었다. 그럴 수밖에 없었으니, 오 씨가 전달하기에 황사영 사건은 너무 크고 복잡 미묘한 것이었다.

옹기째 들여놓은 조 껍데기 술이 바닥나고서야 세 사람은 군불을 지핀 방바닥에 등을 대고 누웠다. 축시가 지나고 있었다. 세 사람은 바닥에 등이 닿기 바쁘게 시큰한 술내를 뿜으며 코를 골았다.

*

여수리는 서둘러 길을 나섰다. 의주 장날이어서 장터가 시끌벅적했다. 약장수와 놀이패들의 각설이 타령에 장터의 행인들이 발길을 멈추었다. 여수리는 한 걸음 처져서 따라오는 경한을 곁눈질로 살폈다. 행상 15년에 여수리가 배운 것이라고는 가까운 사람일수록 무심한 듯 한 걸음 떼어 놓아야 한다는 것이었다. 그래야 적의 기습에서 서로를 지켜 줄 수 있었다. 경한을 가리키며 누구냐고 캐묻는 사람이 더러 있었다. 그럴 때마다 여수리는 새로 온 짐꾼이라고 대답했다. 그러자 더 캐묻지 않았다. 무심한 것 같지만 사람들이 관심을 갖지 않게 하는 그 이상의 보호책은 없었다. 사람 사이에 일어나는 말썽은 항상 필요 이상의 관심에서 비롯되는 것이었다. 의심으로 희번덕거리는 눈이 사방에 깔려 있고, 그중에는 좋은 눈만 있는 것이 아니라 나쁜 눈도 섞여 있어서 더욱 주의가 필요했다.

여수리는 집을 나설 때마다 아버지의 다짐을 받아야 했다. 말을 아낄 것. 베풀지 않아도 되는 친절을 삼갈 것. 남의 일에 끼어들지 말 것. 그리고 사람을 믿지 말 것 등의 네 가지 맹세를 하고 나서야 아버지에게서 벗어날 수 있었다. 주막에서 끌려가 죽을 만큼 매를 맞은 경험으로 아버지는 대문 밖을 나오면 가장 먼저 경계해야 하는 것이 가까운 사람인 것을 알고 있었다. 그것이 괜한 걱정이 아닌 것을 알기에 여수리는 누구보다 인간관계에 공정하려고 노력했다.

"저 포구에서 배를 타게 될 걸세."

비단길에 가기 전에 부지런히 몸을 만들고 일을 배워 두라고 했다. 상회에 가면 입이 아프게 듣게 될 소리지만 여수리는 마음의 준비를 하라는 뜻으로 미리 일러 주었다. 여수리는 의주 장터를 돌아다니며 구경을 시켜 주고 난 후에 경한을 상회로 데려갔다. 석포 아저씨가 힘깨나 쓰는 젊은이면 데려와도 좋다고 했다. 어릴 때부터 이웃하고 지낸 친구 동생인데 이제 스물두 살이고, 젊고 건장하기도 하지만 무엇보다 심성이 반듯하고 정직한 사람이라고 했다. 석포 아저씨는 나이가 마음에 든다며 경한을 부란에게 소개했다. 부란은 경한을 앞에 세워 놓고 곰방대에 연초를 가득 채웠다. 연초에 불을 붙이라고 명하지 않았는데도 경한이 넙죽 나서서 연초에 불을 붙였다. 그러자 부란도 내심 싫지 않은지 연초를 한 입 가득 빨아들이고는 한참 동안 숨을 찾으며 연기를 배 속 가득 채웠다. 잠시 후 천천히 내쉬는 숨과 함께 연기가 모락모락 피어오르자 부란은 몽롱하게 풀린 눈으로 '뭐하다 온 놈이야?' 하고 대뜸 물음을 던졌다. 경한은 한 치의 망설임 없이 '뱃놈 오한서입니다.' 하고 대답했다. 어부의 아들로 십팔 년을 살았으니 사실 경한은 뱃놈임에 틀림없었다. 그가 '황경한' 아닌 '오한서'라고 대답한 것은 몸에 맞는 옷처럼 '오한서'가 입에 익은 탓이었다. 배 타는 게 싫어서 상회의 일을 배우러 왔다는 경한을 부란이 부리부리한 눈으로 살폈다. 연초 담배 연기 너머로 부란의 날카로운 눈이 매섭게 빛났다. 그 눈을 보며 여수리는 부란에게 '바람'이라는 뜻을 가진 이름이 잘 어울린다고 생각했다. 몽골의 고비 사막을 넘어 돌아온 첫 원정에서 그는 '부란'이라는 이름을 스스로에게 붙여 주었다. 본래 이름이 춘삼이라던가. 이름이 사람을 만들어 준다더니, 지금의 그에게는 춘삼보다 부란이 더 어울렸다.

"글은 알고?"

"이름자는 씁니다."

석포 아저씨는 뱃놈이라는 말이 마음에 드는지 상단에서 일을 하려면 손도 검지 않아야 하지만 마음도 거울같이 맑아야 한다고 했다. 행상이 되고 안 되고는 저 하기 나름이라며, 특히 남의 눈을 속이는 일은 없어야 한다고 했다. 가끔 허튼 욕심으로 물건을 빼돌리다 걸리는 사람이 있는데, 만약 그런 일로 걸리면 그날로 작두에 손모가지 날아갈 줄 알라고 겁을 주었다. 짐꾼은 그저 입이 무거울수록 좋고, 동료들과 화목하게 지내야 한다니까 경한은 명심하겠다고 했다. 부란은 말만 뱃놈이지 험한 일을 하고 산 것 같지 않다며 노나 제대로 저을 줄 아느냐고 놀렸다. 경한은 좋게 봐 줘서 그렇게 보일 뿐이라며, 코흘리개 시절부터 배를 탔다고 했다.

석포 아저씨는 여수리를 믿고 데려가는 거니까 실망시키지 말라고 일침을 놓았다. 의주 상단에 소속된 상인들만 천 명이 넘고 비단길에 행상을 한 번 나가면 한꺼번에 백여 명 이상이 움직인다며 물건 축나지 않게 잘 보관하는 것도 짐꾼이 할 일이라고 일러 주었다. 먼 길 나서기 전에 상회 일을 도우며 사람들 얼굴부터 익히라는 명령을 내렸다. 짐의 무게가 반으로 줄어들고 말고는 등짐을 얼마나 요령 있게 지느냐에 달려 있었다. 봇짐은 꼬리뼈에서 어른 한 뼘 위에 닿는 것이 적당하고, 봇짐의 끈이 넓을수록 어깨가 받는 중압감도 줄어들고 마음으로 느끼는 짐 무게도 그만큼 줄어든다며 여수리는 짐 메는 법을 먼저 가르쳤다.

"보름 후에 배가 뜰 거니까 그동안 상회에서 일이나 거들어."

그렇게 해서 경한은 여수리를 따라서 비단길에 가게 되었다. 비단길에 가는 사람은 행상 중에서 가장 건강하고 경험 많은 이를 골라서 조를 짜는데 간혹 경한처럼 부란의 눈에 들어 특별히 채용이 되는 경우도 있었다. 그런 사람은 심심찮게 동료들의 시새움을 받기 때문에 경한에게 주어진 보름 간의 여유는 그들과 얼굴을 익혀야 하는 중요한 나날이었다. 경한의 표정이 들떠 보였다. 여수리는 비단길의 혹독한 여정이 경한에게 도움이 될 거라 믿었다. 머릿속에 떠다니는 괴로운 갈등이 하얗게 말라서 원정에서 돌아올 때쯤이면 아버지의 시간을 조금은 이해를 하게 될지도 모르는 일이었다.

연경 상회에 들른 다음 장안을 거쳐 둔황까지 가는 먼 여정이 될 거라며, 부란이 각오를 단단히 하라고 원정대에게 일렀다. 천 명이나 되는 상인들을 수십 개의 조로 나누어 비단길이나 이웃 나라, 혹은 지방의 오일장으로 보내는 건 전적으로 만상인 부란의 재량이었다. 그는 상회에서 자리나 지키는 배부른 장사치가 아녔다. 부란은 비단길에 직접 가서 물건을 사고파는 진짜 상인이었다. 이번 원정이 환갑을 넘긴 부란의 마지막 여정이 될 것이다. 삼십 년 동안 의주 상단의 비단길 원정을 도맡았던 부란은 이제 상회에서 물러나 심산유곡에 묻혀 장뇌삼이나 키우겠다고 선언했다. 그가 떠나고 나면 석포 아저씨가 뒤이어 부란의 역할을 떠맡게 될 터이다.

열일곱 살 봄에 여수리가 석포 아저씨를 찾아갈 때가 생각났다. 강진현을 다녀온 여수리는 의주 상단으로 석포 아저씨를 찾아갔다. 그때 짐꾼을 관리하는 일을 석포 아저씨가 도맡고 있었다. 누조 할미가 짠 비단을 들고 상회를 드나든 터라 낯이 익은 사람이었다. 무슨 일로 왔느냐고 묻는 석포 아저씨에게 심부름이라도 시켜 주면 하겠다니까 그가 여수리를 빤히 쳐다보았다. 여수리는 다시 부탁했다.

"아저씨 밑에서 일을 배우고 싶어요."

생각지도 못했던 제의에 놀랐는지 석포 아저씨가 양쪽 겨드랑이로 팔을 지르고 여수리를 내려다보았다. 걱정 반 호기심 반의 우려 섞인 시선으로 바라보던 석포 아저씨가 고개를 저으며 누조 할미와 아버지 어머니께 허락을 받았느냐고 물었다.

"아저씨가 저를 쓰겠다고 하시면 집에 가서 말씀드릴게요."

"내가 쓰겠다고 해도 집에서 안 된다고 하면 내 허락이 무슨 소용이냐."

그러면서 석포 아저씨는 스무 살이 되거든 찾아오라고 했다. 그 말은 정조가 진사시에 급제한 황사영의 손을 잡고 한 말이었다. '스무 살이 되거든 나를 찾아오너라.' 열여섯 살은 벼슬을 하기에 너무 어린 나이이니 스무 살이 되어서 찾아오면 벼슬을 내리겠다며 했다. 그와 같이 석포 아저씨도 여수리에게 스무 살이 되거든 오라고 했지만 삼 년이라는 시간이 너무 아득했다. 여수리가 삼 년을 어떻게 기다리느냐고 묻자 석포 아저씨가 타이르듯 말했다. '상회의 일은 힘들기 때문에 열여섯 살에게는 너무 무리라니까 여수리는 스무 살까지 새경을 받지 않고 일을 하겠으니 심부름이라도 시켜 보라고 애원했다.

선암에게 글을 배울 때부터 여수리는 의주 상단에서 일을 배우는 게 꿈이었다. 큰 배를 타고 외국을 드나드는 대상인이 되고 싶었다. 그것은 아버지의 꿈이기도 했다. 아버지는 글을 몰라서 상단에도 못 들어가고 비단길에도 못 갔지만 오일장은 누구보다 열심히 다니는 행상이었다. 아버지가 행상이 된 것은 누조 할미의 응원에 힘입은 탓이었다. 사농공상이라며 상인을 천대하지만 노비로 살지 않고 조선팔도를 맘껏 돌아다니는 게 어디냐며, 누조 할미는 여문휘에게 오일장에 다니라며 베를 짜 주고 옷을 만들어 주었다.

그날 밤에 석포 아저씨가 여수리의 집을 찾았다. 누조 할미가 버선발로 뛰어나가서 석포 아저씨를 맞아들였다. 여수리가 찾아와서 심부름꾼으로 써 달라고 하더라니까 어머니는 장사라면 치가 떨린다며 말렸고, 누조 할미는 상인의 아들이 장사 말고 뭘 하겠느냐며 큰일하려는 사람 기죽이지 말라고 며느리를 나무랐다. 잔심부름을 하면서 일을 착실히 배우면 나중에 비단길에 데려가겠다는 석포 아저씨의 말에 누조 할미는 굿은일 마른일 가리지 말고 착실히 배우라고 여수리를 격려해 주었다. 힘들다고 그만두면 두 번 다시 상단에 얼씬도 못한다는 석포 아저씨의 으름장에 기죽지 않고, 도중에 그만두는 일은 절대로 없을 거라고 큰소리쳤다. 장사꾼 아버지의 피를 물려받았으니 아들도 당연히 장사를 잘할 거라고 누조 할미가 힘을 불어넣었다.

그게 여수리가 장사꾼이 된 배경이었다. 십오 년 전의 일이었다. 부란에게 첫인사를 하는 날, 여수리는 너무 긴장한 나머지 딸꾹질을 다 했다. 여수리가 상회를 벗어나 첫 원정길에 오른 것은 스물일곱 살 봄부터였다. 그때부터 석포 아저씨는 일 년에 한 번씩 여수리를 비단길로 데리고 갔다. 사람의 몸을 자라게 하는 건 밥과 잠이지만 영혼을 자라게 하는 것은 용기와 관심이었다. 여수리가 경한을 만나자마자 그의 보호자가 되어 주기로 한 것은 그때껏 자신이 받은 충분한 자양분을 나누어 주기 위해서였다.

백서 일기 2

5월 20일

산자락 곳곳에 산벚과 수유꽃이 피었다. 최필제와 윤윤혜, 정복혜, 정인혁을 비롯하여 선암의 큰아들 정철상 등의 다섯 명이 서소문 밖에서 참형되었다. '나리가 기실 곳이 필요헌디 워쪄?' 맨 처음 한빈이 어렵게 말을 꺼낼 때도 귀동은 사태의 심각성을 깨닫지 못했다. 금압령이 발표되고 전쟁이 난 것처럼 포졸들이 떼를 지어 몰려다니는 걸 보고서야 큰일이 벌어지고만 상황을 실감했다. 오가작통법으로 온 백성이 서로 감시의 눈길을 번득이는 장안 어디에도 황사영이 숨을 만한 곳은 없었다. 선암과 이승훈 등의 천주교 지도자 예닐곱 명을 비롯해서 교우들이 무더기로 검거되어 참형을 당한 것이 온 장안 사람들에게 큰 충격을 안겨 주었다. 그 일로 교우들은 살 길을 찾아서 숨거나 배교를 하고, 때로는 가까운 사람을 밀고하는 믿지 못할 사태가 벌어지고 있었다. 하루 앞날을 장담할 수 없는 지경이어서 귀동은 황사영을 거절해야 할까, 잠시 고민을 해 보았다. 그러나 귀동은 금방 마음을 고

쳐먹었다. 다른 뜻은 없었다. 궁지에 몰려서 도움을 청하는 사람을 물리치는 건 그동안 지내온 정으로 봐도 도리가 아니라는 생각 때문이었다. 그들의 행랑채에서 교리를 배우는 동안 사람이 밥만 먹고 일만 하다 죽는 것이 아니란 걸 알았고, 모든 사람이 천하고 귀한 것 없이 평등하다는 걸 알았고, 가난해도 희망과 기쁨을 갖고 살 수 있는 깨달음에 얼마나 많은 위안을 받았는지. 한빈이 귀동의 마음을 들여다본 것처럼 말했다.

"저 냥반은 잽히면 그대로 죽음이여."
"뉘는 안 그런가. 우리도 마찬가지인디."
"우리야 배교하면 살아날 희망이나 있제."
"배교할라고?"
"말이 글타는 거지마는 낸중 일을 누가 알거."

평신도라면 배교하고 엉덩이 몇 대 맞으면 목숨이라도 보존하지만 황사영은 달랐다. 노론 벽파의 관료들이 노리는 게 시파들이고 천주교 지도자들이어서 황사영은 잡혔다 하면 그날로 참형이었다. 만약 혼자만 살겠다고 황사영을 거절한다면, 그에 대한 신의를 저버려 자신은 살고 황사영이 죽는다면, 신이 있는지 없는지 모르지만 귀동은 죽어서 하느님 앞에 얼굴을 들지 못할 것 같았다. 천당과 지옥이 있건 없건 상관없이 그의 양심이 부끄러운 짓을 하지 말라고 타일렀다. 지금껏 가난하게 살았지만 어느 누구에게도 부끄러운 짓을 한 적은 없었다. 하루를 살다 죽더라도 떳떳하게 살겠다는 마음이 황사영을 받아들이게 했다. 한빈이 황사영을 어디로 숨길까, 물었을 때 귀동은 가마굴을 하나 더 만들면 된다고 했다. 숨어 지내기에는 토굴만큼 안전한 곳이 없다는 귀동의 말에 마침내 황사영이 배론으로 오기에 이르렀다.

 토굴에 숨어 있다 보면 세상이 조용해지고 좋은 날이 오리라 믿었다. 꺼진 불씨를 일으키듯 교회를 다시 살리기 위해서는 황사영처럼 영세를 받고 교리에 밝은 사람이 꼭 필요했다. 한빈은 어려운 부탁을 해서 미안하다며 자기가 숨겨 줄 형편이 되면 문제도 아닌데 사정이 그렇지 못하다니까, 귀동은 그런 일이면 자기가 가장 적격이라며 맡겨 보라고 했다. 귀동은 한빈이 마음에 없는 말을 할 사람이 아닌 걸 누구보다 잘 알고 있었다. 한빈은 포도청으로 잡혀가던 중에 달아난 적이 있는 사람이었다. 운 좋게 목숨을 건진 터라 한곳에 오래 머물지도 못할뿐더러 남의 생사를 책임지기는 더욱 어려운 처지였다. 그 대신 한빈은 여기저기 돌아다니며 사방 곳곳에서 벌어지는 수많은 사건과 사고 소식을 갖고 왔다. 서소문 밖의 형장뿐만 아니라 지방의 각 포도청에서 누가 어떻게 죽었고, 누가 배교로 목숨을 건졌나, 하는 가슴 아픈 소식을 그를 통해서 들었다. 덕분에 황사영은 토굴에 앉아서 교인들의 이름과 활동 상황을 낱낱이 기록할 수 있었다. 황사영은 한빈이 물고 오는 소식을 하나도 흘려버리지 않고 세세히 기록해 두었다. 귀동이 밥상을 들여놓았다. 수저를 들기 전에 황사영이 앞으로 밥을 축내게 되었다고 농담을 하자, 귀동은 질그릇이라도 구워 팔 수 있으니 밥걱정은 하지 않아도 된다며 그를 안심시켰다. 세 사람은 말없이 수저를 들었다. 방 안에 그릇 소리만 달그락거렸다. 밥그릇을 비운 한빈이 걱정스럽게 물었다.

"첩첩 산골이라고 저놈들이 모른 척 냅둘까?"

귀동이 숭늉으로 입가심을 하며 대답했다.

"제깟 놈들이 암만 똑똑혀도 토굴 뒤에 토굴이 또 있을 걸 워떻게 알것어유."

"그 토굴에서 숨 맥혀 죽진 않것지?"

"지가 하룻밤 들어가서 자 봤는디 흙도 숨을 쉬더만유."

귀동이 미리 들어가서 자 봤다는 말에 한빈이 겨우 마음을 놓았다. 화문석까지 깔아 두었다는 말에 황사영은 원시 시대의 사람들도 동굴에서 살았다며 황사영은 토굴을 생각해 낸 귀동의 지혜를 극찬했다. 뭐 뜯어먹을 게 없나, 하고 똥파리처럼 기웃대는 관리 나부랭이를 피하기에 딱 좋은 방법이라며, 황사영이 망설임 없이 토굴로 들어갔다. 실은 좋고 싫고 가릴 처지가 아녔다. 그에게도 정신적인 안정이 필요했다. 한 달이 될지, 두 달이 될지, 일 년이 될지 알 수 없는 시간을 저 토굴 속에서 보내야 하는 황사영의 앞날이 예사롭지 않아서 한빈과 귀동은 토굴만 맥없이 바라보았다. 앉아서 허리를 펼 정도의 높이에, 누우면 발을 뻗을 정도의 길이였다. 이불과 베개까지 넣어 두니 제대로 된 방 같았다. 짐이라고 해야 귀동이 급하게 짠 책상과 지필묵, 종이 뭉치, 갈아입을 옷이 고작이었다. 호롱불을 밝히자 제법 아늑한 느낌이 들었다. 사방의 붉은 흙이 정겨운 느낌마저 든다며 황사영은 엉겁결에 만든 피난처를 기뻐했다. 귀동은 목이 긴 토기 물병과 선식, 볶은 콩, 미숫가루 등의 비상식량을 넣어 주었다. 나뭇단을 쌓아서 입구를 감춘 데다 토굴 앞에 옹기까지 쌓아 두니 멀리서 보기에 여느 언덕배기와 다를 바 없었다.

"나리처럼 귀허신 몸을 이런 디다 모셔서 워쩐대유."

"이런 판국에 누가 날 받아 주겠는가. 난 그저 임자의 정성에 감복할 따름이네."

"감복이라뉴. 워째 숨은 쉬것어유?"

귀동이 걱정스러운 어조로 물었다.

"내게는 더할 수 없는 요람이네. 앉아서 글도 쓸 수 있으니 이런 호사가 어딨는가."

"만족허는 척이라도 해 주시니 지 맴이 쬐끔 편허구먼유."

"앞으로 자네에게 폐가 많겠네."

"나리께서 이런 산골을 찾아 주시는 것만도 영광이구먼유."

옹기 굽고 사느라 사람 구경한 지 한참 되었다고 했다. 바깥세상이 어떻게 돌아가든 귀동은 되도록 아는 체하지 않으려 애썼다. 사람 사이에 생기는 나쁜 일이 밀고처럼 아는 사람 사이에서 일어나는 사단인 걸 알기에. 누가 옹기를 주문하면 정성껏 구워서 갖다 주면 그만이고, 오일장에 가도 그릇이나 팔고 오면 그만이지 남의 일에 귀 기울이거나 알려고 애쓰지 않았다. 산골에 처박혀서 옹기를 굽고 사는 것도 사람을 피하기 위해서인데, 한빈을 만나서 어울리다 보니 천주교 신자가 되었고, 선암의 행랑채에서 교리를 배우며 황사영을 만났다. 옹기장이 팔자에 언제 양반들과 무릎 마주대고 앉아서 이야기를 나누어 볼까. 마주앉아서 그들이 들려주는 이야기를 듣고 있으면 꼭 오랜 친구 같은 느낌이 들어서 잠깐씩 제 박복한 삶을 잊곤 했다.

'좋은 날이 오겠지.'

설마하니 세상이 지금보다 더 나빠질까. 사람의 일이 모두

신의 뜻으로 이루어지는 거라면, 황사영이 가마골로 들어온 것도 그에 합당한 이유가 있는 거라고 믿었다. 만약 사태가 더 나빠져서 가마골을 피로 물들이는 일이 벌어진다면, 그때는 참지 않고 왜 그러셨느냐고 신에게 따지겠다고 마음먹었다. 사람을 사랑한다면서, 당신 손으로 만든 사람을 너무 아프게 한 것도 죄가 아니냐고 물을 생각이었다. 그런데 신이 죄를 지으면 누가 다스릴까?

성 밖의 안개

　조숙과 권천례 부부가 감옥에서 굶어 죽었다는 소식으로 양근이 온통 술렁거렸다. 식구들이 포도청에서 두 사람의 시신을 거두었는데 뼈와 머리카락밖에 남지 않았더라고 했다. 사람이 그 지경이 되도록 내버려 둔 관료들에 대한 원성이 온 나라로 전염병처럼 번졌다. 신유년의 악몽이 되풀이 되는 게 아닐까, 가슴을 졸여서인지 사람들의 얼굴에서 웃음이 사라졌다. 포구로 가는 장사꾼의 수선스런 발길은 여전하지만 장안에 안개처럼 떠다니는 음습한 기운만은 어쩌지 못했다. 나루터에 배를 타고 갈 손님이 빼곡하게 서서 기다렸다. 조숙과 권천례 부부에 대한 얘기는 열흘이 지나도 가라앉을 기미를 보이지 않고 우물가에서, 빨래터에서, 기방에서, 동네 사랑방에서 귓속말로 은밀하게 퍼져 나갔다. 그럴 수밖에 없는 것이 그들 부부의 아름다운 사랑은 혼인하는 것에서 감옥에 이르기까지 특별하고 남달랐다.

조숙과 권천례 부부는 동정 부부로 널리 알려져 있었다. 조숙은 함경도에서 유배를 살고 있는 조동섬의 종손자從孫子였고, 권천례는 신유년에 순교한 권일신의 딸이었다. 천주교 집안에서 자란 두 사람은 양가 부모의 허락 아래 자연스럽게 부부가 되었다. 그들 부부는 양가 부모들의 기대와 달리 혼인 첫날밤에 서로 순결을 지키며 살다 가자는 동정 서원을 하고 말았다. 그 서원은 신앙심이 깊었던 권천례가 남편 조숙에게 자신의 진심을 글로 써서 전한 것으로 시작되었다. 그 편지에 권천례는 영혼의 사랑을 고백하고 동정 부부로 살다 갔으면 좋겠다는 진심 어린 고백을 털어놓았다. 순결이란 말의 고귀함 때문이었는지 조숙은 아내의 청을 받아들여 남매처럼 살자는 약속에 순순히 동의했다. 그들 부부는 떨리는 가슴으로 주고받은 편지를 죽는 날까지 소중히 간직했다. 그렇게 이루어진 그들의 순결한 사랑은 감옥에서 굶어 죽을 때까지 계속되었고, 첫날밤의 약속대로 순결한 몸과 순결한 영혼을 간직한 채 하늘나라로 갔다. 소문은 때때로 나쁜 공기 같아서 턱없이 부풀려지기도 하고 없는 말을 만들어 내기도 하는 것이라, 그들 부부의 서원을 두고 온갖 의심과 비난이 따르기도 했다.

"젊은 부부가 이부자리에서 손만 잡고 잤다고?"

"고자 아니고서야 남자가 어떻게 그럴 수 있어."

"뭣하러 그런 약속을 하지? 하느님이 그러라고 시켰나?"

"남자와 여자가 부부로 만났으면 부모님에게 손자를 안겨 드리는 게 당연하거늘 손만 잡고 잔다니, 몹쓸 사람들이군."

두 사람의 동정 서원은 그들이 주고받은 편지로 인해서 널리 알려지게 되었다. 관군들이 들이닥치지 않았으면 그들은 아무도 모르게 동정 부부로 살다 갔을지도 모른다. 그때나 지금이나 비밀은 깨지기 쉬운 유리그릇과 같아서 언젠가는 드러나고 마는 것이다. 아름다운 것일수록 비밀은 지키기가 더욱 어렵다. 그들 부부의 서원이 세상에 널리 알려지면서 은밀하고 고왔던 비밀이 만천하에 알려졌다. 그들 부부가 뼈만 앙상하게 남은 채로 굶어 죽었다는 안타까운 소식을 듣고 마을 사람들이 침울함에 빠졌다. 누조 할미와 묘령의 얘기를 듣고 있던 경한이 느닷없이 물지게를 지고 나섰다.

"산에 좋은 약수터가 있다던데 어디예요?"

"물 뜨러 가게?"

"그냥 있자니 속이 갑갑해서요."

모처럼의 이른 귀가로 누에고치에서 실을 뽑던 여수리가

지게를 지고 따라나섰다.

"천진암 약수터 물맛이 최고지. 오랜만에 거길 가 볼까?"

"천진암이라고요?"

"지금은 없네. 20년 전에 불타 버렸거든."

"소문으로 들었어요. 거기서 강학회가 열렸다고."

"지난 얘기지만 그랬다네."

비단길에 가려면 보름을 기다려야 하고, 상회의 일도 일찍 마쳤다. 비단길에 가기 전까지 몸을 돌보라는 석포 아저씨의 배려였다. 석포 아저씨는 원정을 앞두고 있을 때는 부부 관계도 자제하라고 할 정도로 건강을 중요하게 여겼다. 겨우내 쓸 땔감을 뒤꼍에 수북하게 쌓아 놓긴 했지만 자신이 집을 비운 동안에 쓰려면 더 많은 나무가 필요했다. 아버지가 있으니 염려하지 않아도 되지만 땔감만은 제 손으로 쌓아 두고 싶었다. 경한과 산을 오르며 많은 얘기를 나누었다. 경한이 물을 길을 동안 여수리는 땀을 흘리며 나무를 한 짐 해 놓았다. 두 사람은 강과 마을이 내려다보이는 산등성이에 나란히 앉았다. 절은 불에 타고 없지만 약수터는 언제나처럼 맑은 물이 샘솟고 있었다. 수꿩이 요란하게 우짖으며 날아갔다. 여수리는 수꿩이 날아간 하늘을 올려보며 말했다.

"늦은 저녁에 물지게를 지고 나서는 걸 보니 할 얘기가 있나 보군."

"형은 백서에 어떤 내용이 담겨 있는지 아시죠."

"들은 얘기가 있으면 말해 보게. 어디까지 알고 있는지."

"자세한 내용은 모르고 밀통이역과 반역의 글이었다는 얘기만 들었습니다."

"읽기에 따라서 밀통이역이 아닐 수도 있는데 꽉 닫힌 눈으로 읽으니 그렇게 읽히지."

"말해 줘요, 어떤 내용인지."

"진사 나리의 토굴에서 글씨가 틀려서 잘라 낸 사본을 하나 발견했어."

"그걸 어쨌어요?"

"진사 나리 묻을 때 시신을 덮어 주었어. 어려운 글이라서 속속들이 이해하기는 어렵지만, 내 보기에는 글자 몇 개만 빼면 더할 수 없이 진실한 내용이어서 모두 외웠네."

"그 내용을 알면 제가 아버지를 이해하는 데 도움이 될까요?"

"이해한다는 건 마음이 따라갈 때나 가능한 거라네. 부모 자식 간이라 해도 말일세."

"전 아직 마음이 준비되지 않았다는 말인가요?"

"그분을 향한 원망을 먼저 버려야 한다는 말이네."

"알고 계셨어요?"

"훤히 보이는 걸."

여수리가 아픈 곳을 꼬집었는지 경한이 고개를 힘없이 떨어뜨렸다. 경한은 마음을 숨기는 데 아직 서툴다. 그런 점에서 성정이 격한 아버지를 많이 닮았지만 때에 따라서는 아버지보다 더 위험한 인물로 보이기도 했다. 경한이 듣고 싶은 얘기는 하나였다. 무슨 글이 쓰여 있기에 백서를 입에 올리는 것조차 조심스러워하는지. 그게 무엇이기에 처자식을 유배지로 보내고, 능지처참을 당하고, 친척들까지 외면하는 사람이 되었나 하는 것이었다. 긴 시간을 필요로 하는 얘기지만 다른 사람도 아니고, 황사영의 아들 황경한만은 반드시 알아야 할 얘기이기도 했다. 백서의 내용을 이해하든 못하든 그것은 경한이 뿌리를 찾는데 빠뜨릴 수 없는 필수 과정이었다. 다행히 경힌은 온 마음으로 아버지를 이해하려고 노력하는 중이고, 아버지의 말을 들으려 귀를 열고 마음을 열고 있었다. 여수리는 그를 도와주기로 했다. 여수리는 비단 조각에 담긴 13384자의 한자를 머릿속에 그려 보았다. 한때 여수리도 황사영을 이해하기 위해 베낀 글을 읽고 또 읽으며 백서의 내용을 익혔던 적이 있었다. 여수리가 베낀 사본은 내용을 익힌 즉시 불에 태웠다. 하지만 여수리는 당장이라도 외운 글귀를 옮겨 적을 수 있었다. 여수리는 백서의 내용보다 거기에 담긴 황사영의 마음을 먼저 읽어 주기를 바랐다. 우선 백서의 각 부분마다 밑줄을 그은 부분만 들어서 내용을 읽어 주기로 했다.

'누가 주님의 백성이 아닌 이가 있겠습니까마는, 지역이 멀고 궁벽하여 가장 늦게 성교회를 들었고, 가냘프고 연약한 기질은 고통을 견디기가 어려워 십 년 풍파에 늘 눈물과 근심 가운데 있었습니다. 금년(1801년)의 잔혹한 박해는 꿈에도 생각할 수 없이 나타난 일이었습니다. 실로 슬픈 일이 아닐 수 없습니다. 인간이 어찌 이토록 극단에 이를 수가 있겠습니까. 감히 바라건대, 교황님께 자세히 아뢰시어 진실로 저희를 구원할 수 있는 방법을 찾아서 주님의 박애 정신을 본받고, 성교회에서 가르치는 바대로 모든 이를 두루 사랑하는 뜻을 드러내어 간절히 바라는 저희의 정성을 도와주십시오…'

경한은 돌조각으로 땅바닥에 내용을 받아 적었다. 글씨 위에 글씨를 쓰고, 또 그 위에 글씨를 쓰고. 조용히 깔리는 황혼이 흙에 쓴 글씨를 금빛으로 물들였다. 여수리는 백서를 이해하려면 백성을 무자비하게 학살하고, 배반하고, 밀고자로 만들었던 배반의 역사를 먼저 알아야 한다고 말했다. 그 역사의 배경에 아들을 뒤주에 가두어 굶겨 죽인 영조가 있고, 어린 아들의 장래를 위해 뒤주에 들어가야 했던 비운의 왕세자 장헌 세자가 있고, 열한 살의 나이에 굶어 죽는 아버지의 비극을 경험한 정조가 있다. 장헌 세자를 뒤주에서 죽게 만든 자들은 정조가 왕위에 오르고 난 후에도 왕이 한시바삐 죽기만을 기다렸다. 정말 우연이었을까. 정조의 갑작스런 죽음으로 온 조선 땅이 슬픔에 빠졌고 정조 독살설이 나돌았다. 정조의 침실에 노론의 거두였던 대왕대비 김씨 혼자서 임종을 지켰다는 사실이 독살설을 부추겼다. 정조의 죽음으로 대왕대비 김씨가 권력을 잡고 심환지와 서용보 같은 노론 벽파가 권력의 중심에 서며 신유년 비극이 시작되었다. 노론 벽파들은 대왕대비 김씨를 앞세워 대궐에서 시파를 몰아내기에 전념했고, 백성들의 피와 땀으로 이루어진 녹을 받아서 뱃속의 기름을 채우고 좋은 옷으로 몸을 가리는 것도 모자라서 천주학을 사학으로 몰아붙여 백성들의 목숨을 빼앗는 일에 앞장섰다.

"당시의 그 험악함을 어떻게 말로 다할 수 있겠나. 누군가 저놈은 천주교 신자다, 하고 밀고하면 그 사람이 진짜 천주교 신자인지 아닌지 알아볼 생각도 하지 않고 무조건 잡아 가두고 고문부터 하는 게 일이던 세상이었어. 우리 아버지가 그렇게 잡혀가서 죽다 살아났다네. 배교를 하면 살려 준다지만 그냥 살려 주는 게 아니고, 형제든 조카든 친구든 또 다른 누군가를 밀고해야 풀려날 수 있었단 말일세. 정치를 한다는 자들이 그렇게 온 백성을 감시자와 밀고자로 만들었다네."

"아버지가 그 악한 자들에게 당한 게 너무 억울해요."

"토끼 몇 마리 잡자고 산에 불을 지르는 놈들이니 도리 없지."

경한은 주먹을 움켜쥐고 몸을 부르르 떨었다. 예전에 여수리가 스승의 죽음을 지켜보며 그랬던 것처럼. 죄 없는 백성을 역적으로 만드는 것도 모자라서 서로 밀고하게 만든 저들은 입만 벙긋하면 효와 충을 들먹였다. 유학이 제 아무리 조선의 정치 이념이라 해도 그것이 백성을 죽이는 일에 쓰인다면 유학은 이미 학문으로서의 가치를 잃어버린 살인 도구에 불과하다고, 경한이 따끔하게 꼬집었다. 학문의 차이, 정치적 견해 차이로 아까운 목숨을 파리 잡듯이 때려잡는 편협함은 군주만 있고 백성이 없는 죽은 정치일 뿐이라며, 경한은 백성 위에 군림하려는 관료들의 교만함에 침을 뱉었다.

경한은 오 씨에게서 출생의 비밀을 듣고 아버지란 사람을 영원히 이해 못할 줄 알았다고 털어놓았다. 아버지가 너무 미워서 양근으로 오면서도 뿌리를 찾으려는 것이 아니라, 영원히 육친을 마음에서 지워 버릴 생각으로 왔다고 했다. 그냥은 지워지지 않아서 제 발로 고향이란 곳을 찾아올 수밖에 없었다고. 그런데 여수리를 만나서 함께 자고 먹으며 얘기를 하는 동안에 아버지를 알아 갈 마음이 생겼다고 했다. 무엇보다도 여수리가 고마웠던 건 처음부터 경한에게 아버지를 이해시키려 하지 않고 그저 옛날 스승의 추억을 들려주듯이 천천히 알아 가게 해 준 것이라고 했다. 억지로 이해시키려 했다면 아마도 지금쯤 추자도로 돌아갔을 거라고. 뭔지 모르게 신경이 쓰이고 좀체 마음에서 내려놓을 수 없게 하는 그게 핏줄인지, 이제는 어떡하든 아버지를 이해하고 싶어졌다고 했다. 연민으로서가 아니라 인간적으로 그의 진실이 전해 주는 체온이 느껴져 진심으로 아버지를 껴안고 싶어졌다고. 경한이 가라앉은 목소리로 물었다.

"아버지가 천주교를 몰랐다면 어땠을까요?"

"이미도 벼슬아치 중의 한 사람이 되어 자기 밑에 사람이 없는 줄 알고 살았겠지. 열여섯 살에 사마시를 통과했으니 그 당당하고 오만한 기세가 어지간했겠나. 그렇지만 진사 어른은 사람을 아는 분이셨으니 천주교를 몰랐다고 해도 사람에 대한 사랑으로 살아 있는 정치를 하셨을 거라고 믿네. 천성이 정의로운 분이셨어."

"그랬으면 우리 식구가 헤어지는 일도 없었겠죠?"

"아버지와 백서를 부정하지 말게. 그것은 아버지를 모욕하는 것이니."

"아버지도 밀고를 당했다면서요?"

"그때는 누구나 그랬어. 그게 악마들의 계략이었으니."

"누구였어요?"

"알 필요도 없다니까. 그 사람 역시 바닥에 내동댕이쳐진 상태에서 참혹하게 당했으니까."

"사람을 때려잡고 음해하는 게 당연한 세상에서 진실은 샘물 한 바가지만큼의 가치도 없는 것이었군요."

"더 중요한 것은 그게 아직 끝난 일이 아니라는 거야."

"그 악몽이 다시 재현될까요?"

"조숙과 권천례 부부의 죽음을 보면 모르겠나. 그 사람들이 무슨 죄가 있어서 당했겠나. 그냥 그렇게 된 거야. 단지 천주학을 했기 때문에 그렇게 된 거라고."

"무서운 편견이군요."

"조선이 살아 있는 한 계속될 악몽이겠지. 이 모든 원흉이 유학인 듯싶지만 저놈들이 정말 공자의 정신을 제대로 알고나 있나 의심이 든다네. 인의예지를 외치면서도 저놈들은 백성들을 위해 아무것도 참지 않고, 인간에 대한 예의조차 차리지 않으니 유학의 근본은 애당초 이 땅에 뿌리도 내리지 못한 거라고 봐. 진정한 학자는 사람을 아끼고, 읽은 글을 사람을 위해 써야 한다고 보네. 모든 학문의 중심에 사람에 대한 사랑이 자리 잡고 있으니 말일세. 백성 위에 군림하고 백성을 개처럼 끌고 다니려는 자들의 인의예지는 돼지 목에 걸린 진주라고 보네."

"형 얘기를 듣고 있으면 아버지와 함께 있는 것 같아요."

"두 분 스승님께 그렇게 배웠어."

"아버지는 천주교인의 씨가 마를까 봐 염려되어 백서를 썼다지만 저들이 악착스레 없애려 들면 아버지 같은 사람이 아무리 애써서 지키려 해도 소용없는 거 아닌가요?"

"들판의 풀씨를 생각해 보게. 풀이 뽑아 버린다고 없어지는 것인가? 한 번 생겨 버린 풀은 아무리 열심히 뽑아내도 또 싹이 올라오거든. 신유년에 그렇게 많은 사람들이 죽었으니 두 번 다시 천주학을 하는 사람이 없어야 하지 않겠나. 그런데도 감옥에서 굶어 죽은 동정 부부가 생기지 않았는가. 어디 그들뿐이겠나?"

"문명의 물결이 사람의 힘으로 막을 수 없다는 걸 저들은 왜 인정하지 않을까요."

"한여름 밤에 꾸는 하룻밤의 꿈같은 것이겠지. 권력을 잡고 있는 동안은 자신들이 신이라도 된 줄 알 테니까."

어둠이 내리며 산속의 어둠이 더욱 깊어지고 세상의 시름은 적막 속에 고요히 가라앉았다. 새들은 잘 곳을 찾아들고, 어디선가 산열매가 후두둑 떨어지는가 하면, 산의 숨결인 듯 안개가 서서히 덮이고 있었다. 산은 새와 나무들의 얘기를 귀 기울여 들어 주고, 침묵할 줄 알며 때로는 상처 입은 영혼을 위로해 준다. 스승이 죽었을 때도 황사영이 죽었을 때도 여수리는 산을 오르내리며 들끓는 속을 게웠다. 산이 있어서 누에를 키울 수 있었고, 견디는 법을 익혔고, 살기 위해 친구를 밀고했던 아버지를 용서할 마음도 키웠다. 그때 산은 여수리에게 가장 큰 위로자였다. 경한이 늦은 시간에 물지게를 지고 산을 오른 것도 아버지를 위해 온 마음을 열기 위해서였다. 산 아래의 민가에서 할 얘기가 아니었다.

"제가 아무리 그 모든 사정을 깨우쳤다 해도 아버지를 죽인 자들의 머리카락 한 올 건드리지 못한다는 사실이 너무 분해요. 아버지도 이런 마음으로 글을 썼을 것 같아요. 부모 형제, 친구, 동료, 스승을 잃은 이들의 눈과 귀와 입이 되어 그들의 말을 받아쓴 것이 아닐까요? 설령 백서에 거슬리는 내용이 실려 있다 해도 그것은 편견에 사로잡혀 백성을 해치는 군주에 대한 항의였다고 봐요."

아버지는 세상 사람들이 함부로 드러내서 말하지 못하는

걸 솔직하게 글로 쓴 죄밖에 없다고, 경한이 결론을 내리듯 말했다. 스물두 살. 그의 아버지만큼이나 피가 뜨거운 청년 황경한은 생각을 정리하고 내려가겠다며 여수리에게 먼저 가라고 했다. 산짐승이 내려올지 모르니 너무 오래 있지 말라고 일렀다. 이미 날이 어두워진 후였다. 산을 내려오는 여수리의 귀에 악악, 내지르는 소리가 들렸다. 열여섯 살 그때에 여수리도 경한처럼 악악 소리를 지르며 울었다. 때로는 눈물도 좋은 약이 된다. 그날 밤 경한은 등잔 아래서 보낼 수 없는 편지를 썼다. 먹을 갈아서 첫 글자를 쓰는 그의 손이 떨렸다.

'어머니! 소자 경한이 어머니께 큰절을 올리옵니다. 가까이에서 어머니의 섬섬옥수를 바라보고, 어머니가 그 손으로 소자의 뺨을 쓸어 주시면 지난 이십 년간의 그리움과 슬픔이 씻은 듯이 사라질 텐데 그럴 수 없어서 소자의 가슴이 미어집니다. 소자는 대엿새 전에 섬을 떠나서 분원으로 왔습니다. 분원에 오고서야 우리 가족사의 슬픈 사연을 알게 되었습니다. 무엇보다도 바다 건너에 어머니께서 계신다는 말을 듣고 얼마나 놀랐는지요. 바다 건너의 섬이 영원처럼 멀게 느껴지기는 처음입니다. 육친의 정까지 외면하고 살아야 했던 고통을 어머니, 어떻게 견디셨는지요. 그리움이 파도처럼 밀려와 소자가 그만 투정을 부리고 말았습니다. 이렇게 원망하고 마음속 얘기를 할 수 있는 어머니가 살아 계시다는 것만으로 소자에게 얼마나 큰 위로가 되는지 아신다면. 어머니! 소자는 천지 분간도 못하는 갓난쟁이였으니 말할 것도 없지만 어머니께서는 어린 아들을 낯선 곳에 떼어 놓고 어떻게 견디셨습니까. 처음 양부에게서 출생의 비밀을 듣고 분원으로 올 때는 그저 아버님이 어떻게 돌아가셨고, 우리 가족들이 어떻게 헤어지게 되었는지 그 사연을 알아보고자 하는 마음이었습니다. 그랬는데 뜻밖에도 도착하자마자 아버님의 기일을 맞았습니다. 천재일우의 기회를 맞아 스무 해 만에 아버님의 영전에 잔을 올렸습니다.'

*

 장작을 가득 채워 놓았고, 감자와 고구마까지 캐서 헛간에 재워 두었으니 떠날 준비가 된 셈이었다. 여문휘는 아비가 있는데 무슨 걱정이냐며 먼 길 가기 전에 푹 쉬라며 여수리를 자꾸 방으로 밀어 넣었다. 여수리는 밑불이 발갛게 남은 잿더미에 굵은 고구마 몇 개 파묻었다. 아이들이 오면 구운 고구마라도 먹일 셈이었다. 경한은 산에서 애기를 나눈 다음 날 추자도에 다녀오겠다며 길을 나섰다. 비단길에 가면 반 년 넘도록 돌아오지 못할 거라는 말을 하려고 갔다. 그것은 스무 살이 되도록 키워 준 양부모에 대한 도리였다. 최대한 빠른 시간에 다녀오겠다고 했으니 그럭저럭 돌아올 때가 되었다. 아궁이 앞에 앉아 있으려니 삽짝으로 웬 텁석부리가 성큼성큼 걸어왔다. 경한인가 하고 고구마 먹으러 오라고 했더니 '잘됐네. 그렇지 않아도 배가 고팠는데.' 하며 텁석부리가 아궁이 앞에 털썩 주저앉았다. 텁석부리가 아궁이에서 고구마를 꺼내며 인사를 했다.

"형은 여전하십니다."

생각지도 않았던 정하상이 불쑥 나타났다. 여수리는 갑자기 나타난 그를 놀란 얼굴로 바라보았다. 경한 때문에 하상을 잊고 있었다. 선암 정약종의 아들 정하상. 때가 되어 올 사람이 온 것인데도 여수리는 경한과 하상이 앞서거니 뒤서거니 하며 여수리의 집에 모이는 것이 기이한 인연같이 느껴졌다. 이십 년을 서로 모르는 사람으로 살았지만 두 사람은 생판 모르는 남이 아녔다. 그들이 친척인 것을 떠나서 하상이 여섯 살이고 경한이 두 살일 때 그들의 아버지들이 얼마나 밀접한 관계를 맺고 있었는지를 알면 반갑지 않을 리가 없다. 황사영에게 정약종은 처숙이고 스승이었으니. 여수리는 텁수룩한 모습으로 나타난 하상이 꼭 우화 속에 나오는 산적 같아서 저도 모르게 헐헐 웃고 말았다. 잊을 만하면 불쑥 나타나는 하상이 때로는 바람같이 느껴질 때도 있었다. 땟국이 흐르는 도포자락이며, 버선은 먼지와 때로 올이 보이지 않을 지경이었다. 열흘 굶은 승냥이마냥 핼쑥하고 창백한 안색을 찬찬히 살피던 여수리가 산에서 도 닦다 왔느냐고 물었다. 하상은 그것보다 더 장한 일을 하고 왔다며 아궁이의 잿더미에서 찾아낸 군고구마 껍질을 까고 있었다.

"아궁이에 고구마를 묻어 두는 건 여전하네요."

"먹을 입이 좀 많아야지."

"제가 먹을 복이 많군요."

하상은 고구마를 반 나누어 여수리에게 주었다. 속까지 노랗게 익은 고구마가 사뭇 먹음직스러웠다. 허겁지겁 달려드는 하상을 잠시 기다리게 하고 여수리는 장독대에서 사발 가득 동치미를 떠왔다. 노란 배춧속과 시원한 무가 어우러져 알맞게 단맛이 우러나 있었다. 동치미 국물을 한 모금 마시고 난 하상은 세상에서 가장 맛있는 음식이라며 자지러지듯 탄성을 질렀다. 두 사람은 후후 불어 가며 구운 고구마를 나누어 먹었다. 가을 농사가 잘되어 고구마가 하나같이 굵고 탐스러웠다.

"걸어오는 내내 서러운 생각이 들어서 울적했는데, 이유가 뭔지 알았어요."

"배가 고파서 그렇다고?"

"맞아요. 속이 허하니 마음이 갈피를 못 잡더군요."

"그 말을 들으니 예전에 나리께서 화로에 묻어 두었던 고구마를 내주시던 기억이 나네. 그때 군고구마를 먹으며 했던 생각이 바로 그것이었어. 아버지가 행방불명이 되고 혼자 누에를 키우느라 몹시 힘들 때였거든."

"근데 이 고구마 누구 주려고 묻어 둔 거였어요?"

"우리 아궁이 고구마는 먼저 본 사람이 임자라네."

뽕잎을 따고 까맣게 탄 얼굴로 산을 내려오면 선암이 구운 고구마를 내주곤 했다. 구운 고구마를 먹으며 나중에 고구마 농사를 지으면 아궁이에 고구마를 항상 넣어 두겠다고 마음먹었다. 신유년의 박해로 조선 땅이 온통 피로 물들고, 가까이 지내던 사람들이 처참한 죽음을 당한 그때에 여수리는 허탈감을 이기지 못하고 땅 끝까지 내려가서 빈 마음을 달래고 왔다. 집으로 돌아온 여수리가 가장 먼저 한 일이 뒷산 자락을 갈아서 고구마를 심은 것이었다. 누구든 배가 고픈 사람에게 아궁이에서 꺼낸 고구마를 하나씩 내주곤 했던 것이 선암이 준 군고구마 하나로 시작된 일이었다. 첫 고구마 수확을 끝내고 정식으로 의주 상단의 심부름꾼이 되었다.

 오늘 하상이 아궁이에서 군고구마를 꺼내 먹는 걸 보고 여수리는 사람살이가 물레방아처럼 돌고 돌다 마침내 제자리로 돌아온다는 사실을 깨달았다. 선암의 화로에서 구운 고구마를 자신이 먹고, 그의 아들이 여수리의 아궁이에 앉아서 고구마를 꺼내 먹고 있으니. 출출할 때 군입거리로 군고구마보다 든든한 것이 없다. 고구마를 한 점 허실 없이 캐서 헛간에 재워 놓고 굵은 놈을 골라서 아궁이에 묻을 때마다 선암의 말 없는 가르침이 떠올랐다. 하상은 어른 팔뚝만 한 고구마 두 개와 동치미 사발을 비우고서야 살 것 같다며 허리를 폈다. 여수리는 굳이 캐묻지 않아도 하상의 속사정을 훤히 알 것 같았다. 그래도 양반 자손이라고 뻣뻣한 기운이 남아 있어서, 배가 고파 죽을 지경인데도 밥 한 그릇 구걸 못하고 양근까지 내처 달려왔을 것이다. 홀로 떠돌아다니자면 먹는 날보다 굶는 날이 더 많은 것을 어찌 모를까. 지난 십오 년간 장터를 돌아다니며 보고 들은 것이 세상의 그런 뒷면인 것을. 경한은 아직 추자도에서 돌아오지 않았다. 혹시 못 오는 건 아닌지. 여수리는 동치미 국물을 마시며 하상에게 물었다.

 "장가는 들었는가?"
 "먹여 살릴 자신이 없어서 못했어요."

"그래도 할 건 해야지. 예전에 나리께서도 동정으로 살다 가시겠다고 우기다 형제들의 권유로 혼인을 하셨다더니, 자네가 여태 혼자인 걸 알면 나리께서도 잘했다고는 않으실 걸."

"어린 남매를 두고 가시며 아버지는 끝까지 동정으로 살지 않은 걸 후회하셨을 거예요."

여섯 살의 단아와 네 살의 홍이 쪼르르 달려 나왔다. 여수리는 두 아이를 불러서 인사를 하게 했다. 두 아이가 배꼽에 손을 모으고 꾸벅 절을 했다. 아이들의 소란에 누조 할미와 묘령이 버선발로 달려 나왔다.

"아이구, 도련님이 아니신겨."

하상이 편하게 말을 놓으라며 누조 할미를 안았다. 묘령은 마님과 아가씨는 잘 계시느냐고 안부를 물었고 수련은 오랜만에 왔다고 인사를 건넸다. 누조 할미가 준 아버지의 목수건을 아직도 갖고 있다며 하상은 다들 무탈하게 잘 지낸다고 했다. 그들은 이 년간 모르고 살았던 안부를 주고받느라 시간 가는 줄 몰랐다. 그들은 어머니와 수련이 차린 밥상에 둘러앉아서 오랜만에 정겨움이 묻어 있는 식구 분위기를 맛보았다. 여수리는 막 산에서 내려온 것 같은 하상을 훑어보며 물었다.

"어디서 오는 건가?"

"조숙 알죠? 그 사람 조부님이 함경도에서 계시는데 거기 다녀왔어요."

"조동섬? 유배 간 사람에게 무슨 일로?"

"그분에게 글을 배웠어요."

조숙의 할아버지 조동섬은 선암이 참형을 당한 신유년 2월에 체포되었다. 배교로 간신히 목숨은 건졌으나 함경도 무산으로 유배를 가고 말았다. 오랜 세월이 흘렀고, 이제 풀어 줄 만도 하건만 조동섬은 여태 함경도를 벗어나지 못했다. 끝내 거기서 죽게 만들 셈인지. 무작정 묶어 두기만 하는 조동섬의 유배가 벽파 위관들에게 어떤 이익을 가져다주는지 알 수 없지만 여수리가 보기에 그것은 어떤 명분도 없는 억지일 뿐이고 설득력도 없었다. 조동섬은 오래도록 유배를 사는 동안 천주교를 버리긴커녕 배교로 살아난 것을 뉘우치며 기도와 묵상으로 시간을 보낸다고 했다. 조동섬이 유배를 사는 동안 그의 종손자인 조숙은 권일신의 딸 권천례와 혼인을 했고, 동정 부부로 살다 함께 순교까지 했다. 그들 부부의 죽음은 여러 가지로 하상에게 슬픈 소식이었다. 그들 부부는 사제를 모시는 일에 적극적으로 앞장서며 하상에게 큰 힘이 되어 주었다. 또 하나 소중한 팔이 잘린 셈이지만 그렇다고 여기서 멈출 하상이 아니었다. 게다가 조동섬에게 글까지 배우고 왔으니 이제 어떻게도 하상의 발길을 멈추게 할 방법이 없었다. 함경도로 가기 전까지 조숙 부부의 집에 얹혀살던 하상은 교우들이 만들어 준 자금으로 연경을 두 번 다녀왔다. 사제를 보내 달라는 청원의 편지까지 건네고 왔다던가. 그것은 일찍이 황사영이 하려던 일이기도 했다.

하상이 함경도로 간 것은 교리를 익히기 위해서 학문을 먼저 익혀야 한다는 어머니의 조언에 따른 출가였다. 하상의 어머니 유조이는 아들을 조동섬의 유배지로 보냈고, 하상은 2년 동안 소식을 끊고 학문을 익히는 데 온 힘을 쏟았다.

"저기 오는 넘 달식이 아녀?"

누조 할미가 손으로 그늘을 만들어 먼 곳을 바라보았다. 누조 할미 말대로 불알에 요령 소리 나게 뛰어오는 사람은 분원의 체전부 달식이었다. 그의 발밑에서 흙먼지가 뽀얗게 일었다. 달식이는 느긋하게 걷는 법이 없다. 늘 뛴다. 편지를 배달할 때도 뛰고 양반들의 심부름을 할 때도 뛴다. 양근을 탈탈 털어서 달식이만큼 잘 뛰는 사람이 없다.

"형님, 편지 왔어유."

"우리 집에 오는 거여?"

"그렇구먼요."

달식이 왔구나, 하면 그는 어느새 편지를 주고 돌아서서 내달린다. 달식은 여수리의 손에 편지를 쥐어 주고 벌써 돌아서서 가는 중이었다. 여수리가 그를 불렀다.

"어이, 달식이, 뭐가 그리 급한가. 세월이 쉬는 것도 아닌데."

"습관이 되어서요."

여수리는 머리를 긁적이는 떠꺼머리총각을 세워 놓고 수련에게 식혜 한 사발 가져오라고 시켰다. 달식이는 절을 꾸벅하고는 선 자리에서 그릇을 비웠다. 달식이 소매 깃으로 입술을 닦으며 가는 걸 보고 여수리는 편지를 품에 넣었다.

"열심히 사는 사람이라네. 저런 사람이 대접받는 세상이 와야 해."

달식은 포구로 들어오는 모든 편지를 도맡아 배달하는 일을 하고 있었다. 처음에는 소금배의 선장이 부탁받은 우편물을 어떻게 처리해야 할까 고민하다 포구에서 어슬렁대는 달식을 불렀다. 선장은 달식의 빈 지게에 부탁받은 물품을 얹어 주며 삯으로 한 푼 쥐어 주었다. 그날부터 달식은 마을의 체전부가 되었다. 그는 하루 종일 포구에 붙어살며 우편물 전할 거 있으면 맡겨 달라고 배마다 기웃거렸다. 그러다 보니 나중에는 분원의 체전부는 달식이라고 할 만큼 유명한 사람이 되었다. 아버지, 할아버지, 그 할아버지의 할아버지 때부터 백정이었던 달식이 체전부로 자리 잡은 것은 '백정의 아들'이라는 천한 신분을 벗어던지기 위한 피나는 노력의 결과였다고 봐도 무방하다. 사람들이 그를 믿었던 것도 달식이 어느 누구보다도 부지런하고, 책임감 있고, 입조차 무거워서 어떤 우편물을 부탁하든지 말이 새는 법이 없고 차질 없이 목적지에 전해 준다는 믿음 때문이었다. 행여나 도중에 우편물이 없어진다거나 잘못 받아서 돌려보내는 일도 없었다. 달식은 우편물을 가져오면 일단 머리가 땅에 닿도록 절을 하고는 열 일 제치고 그 우편물을 전했다. 수고비를 잊고 있으면 말없이 줄 때까지 기다리다 반드시 심부름 값을 받아서 돌아갔다. 이게 무슨 편지인가 하고 앞뒤로 돌려 가며 살펴봐도 보낸 사람의 이름이 쓰여 있지 않았다. 다만 편지 봉인 부분에 참죽나무 열매가 달린 장명루가 그려져 있는 것으로 그 편지가 경한에게 온 것임을 알았다.

날이 까맣게 어두워지고서야 터덜거리며 돌아온 경한은 난데없는 손님에 어리둥절한 표정을 지었다. 두 사람은 다소 서먹한 눈빛으로 서로를 바라보았다. 여수리가 예측했던 대로 가까이 두고도 서로를 알아보지 못했다. 여수리는 일부러 두 사람의 혈연관계를 일러 주지 않았다. 나중에 저절로 알게 되겠지만 여수리는 그전에 두 사람이 연고와 상관없이 친해지길 바랐다. 여수리는 두 사람을 있는 그대로 소개해야 할지 어떨지, 잠시 고민을 했다. 같은 아픔을 가진 사람들이어서 서로에 대해서 알고 나면 남다른 형제애를 느낄 수 있겠지만 그게 또 부담이 될 수 있겠다는 생각이 들었다.

두 사람은 엄연한 혈연 관계였다. 정난주가 하상의 큰아버지인 정약현의 딸이고 하상과 사촌간이니, 경한이 사촌 누이의 아들이면 하상에게는 생질인 셈이었다. 족보로 따지면 경한이 하상을 아저씨라고 불러야 하지만 그것은 여수리만 알고 있는 사실이어서 그들은 보통 남자들이 처음 만나서 부르듯 서로를 정형과 오형으로 불렀다. 가장 가까운 사람이 밀고자가 되는 걸 얼마나 많이 봐 왔던가. 경한과 하상을 그런 지경에 빠뜨려서 안 된다는 결론을 내렸다. 여수리가 믿지 못하는 건 사람의 마음이었다. 나중에 저절로 알게 되면 할 수 없지만 일부러 말해 줄 필요는 없었다. 모르고 있는 것보다 더 큰 함묵은 없으니. 더구나 여수리는 화로처럼 끓고 있는 경한의 속내를 믿지 못했다. 황사영이라는 뿌리를 찾아오긴 했지만 어부의 아들로 이십 년을 살아온 경한이 신에게 목숨을 바친 아버지의 생애를 얼마만큼 이해할지, 또한 아버지의 뒤를 잇고자 하는 하상을 얼마만큼 이해할지 알 수 없었다. 생각 끝에 여수리는 두 사람을 서로 모른 채로 두는 게 낫다는 결론을 내렸다.

"두 사람 인사나 하게. 하상은 우리 옆집에 살았고, 경한은 두 살 되던 해에 이사를 갔으니 서로 만난 적이 없을 걸세. 경한이 이번에 나를 따라 비단길에 가게 되었네."

"비단길?"

"보름 후에 출항하는데 짐꾼 한 명이 설사병이 났거든."

비단길에 간다는 여수리의 말에 하상이 눈을 크게 떴다. 보름 후에 간다니까 하상은 행선지가 어떻게 되느냐며 캐물었다. 의주 포구에서 압록강을 건너 산해관, 계주를 거쳐 연경 상회에 들른 다음 장안에서 란저우를 거쳐 둔황으로 간다고 했다. 의주에서 산해관까지 천삼백 리가 넘는 길이었다. 압록강을 건너서 몽고 땅을 오백 리쯤 걸어야 산해관에 도착하는데 그 길에 어른 키만큼 웃자란 풀이 뒤덮여 있어서 걷기가 여긴 힘든 것이 아녔다. 연경 상회에서 주문한 비단을 내려 주고 장안으로 간다니까 하상은 둔황까지 다녀오면 시간이 얼마나 걸리는지, 돌아오는 길에 다시 연경에 들르는지 자세히 캐물었다. 갈 때는 연경을 거쳐 가지만 돌아올 때는 대개 장안을 거쳐 광저우에서 배를 타기 일쑤였다. 그런데 이번에는 좋은 말을 사 달라는 사람이 있어서 광저우로 가지 않고 연경을 거쳐 돌아오게 될 것 같다니까 하상은 잘

됐다며 자기를 짐꾼으로 데려가라고 했다. 여수리는 생각지도 않은 청이어서 되물었다.

"장안을 거쳐 둔황을 다녀오려면 반년은 걸릴 텐데."

"연경 가는 것 말고는 아무것도 바쁜 일 없으니 나 좀 데려가요."

"생각처럼 근사하지 않다구. 날이 저물면 어디든 땅바닥에 누워서 잠들고, 배가 고프면 걸으면서 요기를 해야 돼."

"저도 두 번이나 연경을 다녀온 사람이라구요. 잠시 눈만 감아도 짐이 없어지고 여차하면 길에서 목숨을 잃기도 하죠. 그렇게 험악한 곳으로 행상을 가면 도적이 아니라 산적 떼들이 물건을 빼앗으려고 달려들겠죠. 어때요, 제 말이 틀렸어요?"

"참 어이없네. 그렇게 잘 알면서 따라가겠다고?"

여수리는 하상의 말에 허허 웃고 말았다. 하상은 그런 긴장이 필요해서 가는 거라며 일을 시켜 보면 자기만큼 눈치 빠르고 셈 빠르게 해낼 사람도 많지 않을 거라고 장담했다. 하상의 추측은 하나도 틀리지 않았다. 상단에 몸담고 있는 십오 년 동안 수없이 겪어 온 여정이지만 매번 긴장이 되고 승냥이처럼 날카로워져서 한시도 편히 쉬지 못했다. 비단길이 생각처럼 만만한 여정이 아녀서 살을 태우는 더위와 모래바람, 도적 떼와 싸워야 하는 고충에 더하여 자칫 병이 들면 길에서 죽게 될지도 모른다고 겁을 주었다. 그러자 하상이 팔뚝을 내보이며 농사일로 다진 몸이라고 큰소리쳤다. 여수리가 능청스레 말을 받았다.

"차라리 그 일이 낫다고 후회할 걸세."
"절대로 후회 안 해요. 갈 수 있도록 형이 힘 좀 써 줘요."
"생각 좀 해 보고."
"생각할 게 뭐 있어요. 저 같은 젊은 짐꾼이면 상회에서도 대환영이겠구먼."

여수리가 하상에게 물었다.

"연경을 꼭 가야 하는 이유가 뭔가?"
"거기 사모하는 이가 살아요."
"삼천 리 길을 뛰어다니며 연애한다고?"
"그렇게 되었어요."

하상은 그 사람이 고향과 식구를 다 버리고 따라올 때까지 뛰어다닐 거라며 너스레를 떨었다. 여수리는 어처구니없다는 듯 연애 한 번 요란하게 한다고 껄껄 웃었다. 웃어넘기려 했지만 생각보다 복잡하고 심각한 내막이 숨어 있는 게 여수리 눈에 훤히 보였다. 예전에 주문모 신부가 죽고 난 후, 황사영이 그를 대신할 사제를 모셔야 한다고 말했던 것이 생각났다. 책문에 가게를 열어야 하는 이유가 거기에 있다며 보다 먼 곳을 바라보던 황사영이 사뭇 위험스러워 보였던 생각이 떠올랐다. 만약 하상이 연경에 가려는 것도 그 때문이라면? 어쩌면 벌써 로마 교황청에 전할 두 번째 편지를 준비해 두고, 옥천희가 그랬던 것처럼 가슴에 편지 다발이라도 품고 갈지도 모른다는 생각이 들자 여수리는 모골이 송연해지는 것을 느꼈다. 하상이 어떤 일을 벌이든 곁에 있어 주겠다고 마음먹었지만 편지는 너무도 위험한 것이었다. 편지를 품고 가다 책문에서 들키기라도 하면 상단 전체에 책임을 묻기 때문에 누가 무슨 일을 당할지 몰랐다.

"꼭 가겠다면 말은 해 보겠지만 편지는 안 돼. 연애편지라 해도."

"형이 무슨 걱정을 하는지 알아요. 편지는 갖고 가지 않는 다고 약속해요."

"나중에 후회하지 마. 원망도 말고."

"모처럼 외국으로 갈 기회가 왔는데 그런 위협으로 물러날 것 같아요?"

여수리는 무작정 좋아할 일이 아니라며 짐꾼은 내처 짐을 지고 다녀야 할 뿐만 아니라, 하상의 말대로 비단길에는 유독 도적들이 많아서 목숨을 걸고 싸워야 할 때도 있다고 경한과 하상 두 사람에게 위협처럼 겁을 주었다. 경한은 귀동냥으로 들어서 알고 있는 얘기라며 노 젓는 솜씨로 다 물리 칠 테니까 자신의 굵은 팔뚝을 믿으라 했고 하상은 중국말을 좀 알아듣는다고 했다. 두 사람 모두 글만 읽고 살던 아버지들보다 굵고 튼튼하긴 했다. 여수리는 정말 갈 마음이 있으면 보름 후에 배가 뜨니까 내일 조반을 먹을 때까지 곰곰이 생각해 보라고 했다.
"형이 데려가지 않으면 혼자서라도 가야 돼요. 꼭 가야 할 이유가 있으니."
"그렇게 매달려야 할 만큼 중요한 사람이야?"
"그렇지 않으면 삼천 리나 되는 길을 왜 가려 하겠어요."
"야, 멀쩡하게 생긴 사람이 왜 그래."
여수리는 탄식하듯 말했다. 기어이 하상이…. 예상은 했지만 그의 어머니 유조이가 아들을 조동섬에게 보낸 것만 보아도 그들의 결심이 어떤 것인지 짐작하고 남았다. 설마하니 유조이가 넓은 세상 구경이나 하라고 아들을 함경도까지 보냈을까. 결심이 단호해 보여서 여수리는 하상을 더 말리지 않았다. 일단 석포 아저씨께 말이나 해 보겠다니까 결과를 빨리 알려 달라고 했다. 다행히 석포 아저씨가 짐꾼 부리는 일을 여수리에게 맡겨 주었다. 둔황까지 가는 길이 험난하고 고단한 여정이긴 하지만 사람의 일이 항상 그렇듯이 나쁜 일만 있는 게 아녔다. 좋은 일과 나쁜 일은 손바닥과 손등처럼 붙어 다니는 것이어서 비단길을 다니는 동안 도적을 만나서 짐을 빼앗기기도 하고 싸우기도 하는 반면에 피부색이 다르고 말까지 다른 외국의 대상인과 어깨를 나란히 하고 걷는다거나 사막의 황혼, 별, 오아시스 같은 놀라운 기적도 만나는 놀라운 경험도 하게 되는 것이다.

"참, 편지 왔더라."

여수리는 경한에게 편지를 주었다. 경한은 놀란 표정으로 편지를 받았다.

"누가 주고 갔어요?"

"달식이라고, 있어. 배로 오는 물건과 편지를 배달해 주는 사람."

"아, 그런 사람이 있었군요."

"걸음이 빨라서 축지법을 쓰는 것 같아. 나라에 큰일이 있을 때는 그 사람을 데려갈 정도라네."

경한의 상기된 표정을 보며 하상이 사모하는 여인이 있나 보다고 놀렸다. 경한은 그렇다거나 아니라거나 대꾸하지 않고 수줍게 웃기만 했다. 어머니 편지라고 말할 수 없으니 어설픈 미소로 얼버무릴 수밖에. 경한은 편지를 들고 방으로 들어갔다. 여수리는 그런 경한의 뒷모습에서 사랑에 빠진 어린 소년을 보았다. 만약 그게 제주도에서 온 편지라면? 경한의 어머니 정난주에게서 온 편지라면? 경한이 두 사람 사이를 가로막고 있는 깊고 푸른 남녘 바다가 얼마나 원망스러울까. 여수리는 경한에게 경거망동하지 않도록 주의를 주어야 할까 잠시 고민했다. 자칫 신분이 탄로 나기라도 하면, 그동안 정난주가 쌓아 올린 이십 년 공든 탑이 하루아침에 무너지고 마는 것이다.

그날 밤 경한은 군불을 지핀다며 아궁이 앞에 쪼그리고 앉았다. 아궁이 앞에 앉아서 편지를 읽고 또 읽으며 밤을 지새우는 경한을 바라보며 여수리 역시 잠을 설쳤다. 바다 건너의 어머니에게서 온 편지였으니, 어찌 설레지 않을까. 어머니라는 말만으로 가슴이 먹먹해지는 것을. 그 편지가 경한을 비단길에 데려가야 할 확실한 이유가 되었다. 스물두 살 청년의 무모한 열정을 막는 데는 다른 생각을 못하게 일을 만들어 주고, 먼 곳에 뚝 떼어 놓는 것보다 좋은 방법이 없다. 만나서 안 될 사람을 사랑하는 것보다 큰 고통이 없으니, 그 연모의 상대가 어머니라 해도 말려야 했다. 비단길을 걷다 보면 들뜬 흥분이 가라앉고 분노마저 사위어져 조금은 성숙한 어른이 될 것이다.

여수리는 경한과 하상을 비단길에 데려가기로 마음먹었

다. 두 사람을 불길한 위험에서 구하기 위해서라도 데려가야 했다. 그것이 여수리가 두 사람에게 해 줄 수 있는 유일한 선의였다. 새로운 세계에 대한 기대로 잔뜩 부풀어 있어도 좋을 나이였다. 넓은 곳으로 가서 많은 걸 보고 오면 생각이 넓어져 그들의 앞날에 다른 길이 열릴지도 모른다는 기대가 없지 않았다. 안동 장에 갔던 여문휘가 돌아왔다. 장사를 하기 위해서가 아니라 구경을 하기 위해서 간 길이었다. 그렇게라도 용기를 내서 오일장에 가게 된 것도 여수리의 간곡한 격려 때문이었다. 하상이 '아저씨, 제가 누군지 아시겠어요?' 하고 묻자 여문휘는 이웃집 도련님을 모르려고, 하며 하상을 반겼다. 여문휘에게는 하상이 여전히 이웃집 도련님이었다. 그들 식구가 나라의 법을 어긴 역적이 되었건 노비가 되었건 아버지에게 하상과 경한은 언제까지나 양반 댁 도련님들이었다. 장은 어땠느냐는 여수리의 물음에 여문휘는 밥벌이를 했다며 껄껄 웃었다. 여문휘가 늦은 저녁을 먹으러 방으로 들어갔다. 그날 밤 세 사람은 여수리가 서재로 쓰는 사랑방에서 늦도록 얘기를 나누었다. 하상이 경한에게 물었다.

"자네도 세상 구경이 하고 싶어서 가는가?"

"너무 답답해서 한 번 나가 보려구요. 연경에 천주당이 있다는데 구경도 할 겸해서."

하상과 여수리가 말없이 눈길을 주고받았다. 하상의 얼굴에 호기심과 놀라움이 가득했다. 경한이 천주당에 관심을 갖고 있으리라곤 꿈에도 생각지 못한 터라 여수리 역시 한 대 쥐어 박힌 느낌이었다. 경한은 두 사람의 놀라움을 아는지 모르는지 태연하게 연경의 천주당 이름이 '선무문 천주당'이라고 말했다. 하상이 아무렇지 않은 척 태연하게 물었다.
"자네는 연경에 천주당이 있는 걸 어떻게 알았는가?"
"선무문 천주당에 서양 문물에 관한 책이 많다고 들었어요."
"그 소문을 어디서 들었어?"
"뱃사람들이 고기만 잡는 줄 아시지만 세상 물정에 누구보다 밝아요."
"나도 가 보지 않아서 잘 모르지만 사신들이 흘린 소문에 의하면 별을 보는 기계도 있고, 누르면 소리가 나는 귀신통도 있다디고."
여수리의 말을 듣고 있던 하상이 처음 듣는 애기라는 듯 능청스럽게 말을 받았다.
"야, 그 말을 들으니 나도 한 번 가 보고 싶어지네."
하상의 말에 경한은 살짝 들러서 책 구경만 하고 오면 안 되겠느냐고 물었다. 여수리는 어처구니없다는 듯 웃으며 비단길 행상을 너무 가볍게 본다고 조롱했다. 직접 짐을 지고

가 봐야 행상들이 놀러 다니는 것이 아니라 죽기를 각오하고 다닌다는 걸 알게 될 거라고 했다.

"행상이 되는 첫째 불문율이 위아래의 규율을 엄격하게 지키는 것이고 둘째가 입조심이라네. 윗사람들 눈 밖에 나지 않게 조심하고, 짐꾼 사이에도 엄연히 위아래가 있다는 걸 기억하게."

여수리는 다른 곳에 가서는 천주당을 함부로 입에 올리면 안 된다고 두 사람에게 주의를 주었다. 경한과 하상은 알겠다며 고개를 끄덕였다. 경한은 고깃배를 타고 다니며 중국 어선을 만난 적이 있는데 거칠고 사납기가 이를 데 없더라고 혀를 내둘렀다. 해적처럼 약탈을 일삼는 그들에게 배를 빼앗기지 않으려고 기름 묻힌 불화살과 화염병을 만들어 다닌 적도 있다고 했다. 여수리는 의외로 대담한 면이 있는 경한에게서 혈기 왕성한 황사영을 보았다. 황사영이 죽을 때 스물여섯 살이었다. 마음먹은 것은 어떻게든 하고 마는 단호한 의지를 갖고 있는 점이 부자가 닮아 있었다. 여수리도 하상도 경한의 얘기를 흥미롭게 들었다. 그러자 하상은 마부가 되어 사행원에 낀 적이 있다며 사신의 말고삐를 잡고 다닌 얘기를 했다. 한참 얘기를 하다 보니 경한이 잠들었다.

여수리가 연초나 한 대 피우겠다며 밖에 나가자 하상도 뒤

따라 나왔다. 목련 꽃이 나무 아래 꽃방석처럼 하얗게 깔려 있었다. 지난밤에 들이친 비로 꽃이 죄다 떨어졌다. 연초 한 대를 피울 동안 줄곧 생각에 잠겨 있던 여수리가 등불을 들고 잠실로 들어갔다. 비단길로 오일장으로 쉬지 않고 뛰어다니느라 잠실을 까마득히 잊고 있었다. 여수리는 누에장 아래의 옹기에서 면포로 싸 둔 꾸러미를 꺼냈다. 하상이 연초를 말고 있었다. 연초를 피우냐는 여수리의 물음에 '형 피우라고 말아 뒀어요.' 하며 말아 둔 연초에 불을 붙여 주었다. 여수리는 하상의 앞에 꾸러미를 밀었다. 뭐냐고 묻는 하상에게 여수리가 보자기를 풀어 보라고 했다. 보자기를 풀자 그 안에 또 한 겹이 싸여 있었다. 보자기를 두 겹 벗겨 내자 흰 비단이 사르르 풀리며 세 권의 두꺼운 책이 모습을 드러냈다. 여수리가 세 권의 책을 집어서 하상의 무릎에 놓아 주었다. 그것은 여수리가 필사한 「주교요지」와 「묵상 일기」라는 제목이 씌어 있는 책이었다.

"묵상 일기는 누구 책이에요?"

「묵상 일기」의 표지를 들추던 하상이 놀란 얼굴로 여수리를 바라보았다. 표지 안쪽에 '정약종'이라는 이름이 초서로 씌어 있었다. 글머리도 없이 날짜를 쓰고 곧장 본문을 써 내려간 글씨체가 더 이상 두고 볼 것 없는 아버지 글씨여서 하상은 마구 뛰노는 가슴을 눌러야 했다. 황사영의 백서처럼 가는 붓으로 자잘하고 곱게 쓴 글씨. 세례성사를 받던 날의 세세한 기록을 시작으로 신유년 음력 2월에 체포되기 이틀 전까지 짬 날 때마다 기록한 묵상 일기였다. 선암의 일기장! 선암은 책을 읽다 잠들기 전에 하루의 묵상을 기록하곤 했다. 신유년에 포졸들이 마당에 쌓아놓고 태웠기 때문에 선암의 서책이 하나도 남지 않은 것이 얼마나 서운하던지. 그 마음을 짐작한 듯 20년이 지나서 아들의 품으로 돌아온 아버지의 일기를 하상이 가슴에 껴안고 말을 잊었다. 여수리가 연초 한 대를 다 피울 동안 그러고 있던 하상이 마침내 젖은 눈을 들었다.

"형, 고마워. 이런 게 남아 있는 줄 몰랐어요."

"주인에게 돌려줄 때가 된 것 같아."

하상은 생각지도 않게 아버지의 일기를 만난 감동으로 목소리마저 떨고 있었다. 붉게 젖은 눈을 들어 여수리에게 물었다.

"형이 어떻게 아버지 일기를 보관하고 있어요?"

"대인 아저씨가 책롱을 옮길 때 혹시나 해서 빼 둔 거야. 만약 들통이 나서 책롱을 빼앗기더라도 스승님의 일기 정도는 남겨 두는 게 도리일 것 같아서."

"자세히 말해 봐요. 어디에 감춰 뒀고 이 사실을 누가 알고 있는지."

"누에장 아래 깊이 묻어 두었는데 혹시 장마가 지면 큰일이다 싶어서 나중에 독에 넣고 뚜껑까지 덮어서 묻었어. 우리 아버지 외에는 아무도 몰라. 대인 아저씨 오줌 눌 때 슬쩍 빼냈으니까."

"형, 이제 보니 아버지를 많이 좋아했구나. 이런 일은 진심에서 우러나지 않으면 할 수 없는 일이거든. 그때 어리기도 했지만 아들인 나도 이런 일은 꿈에도 생각지 못했어."

"갖고 다니다 빼앗기지 말고 읽어 본 뒤에 도로 넣어 두는 게 좋겠어."

"그럴게요, 형."

하상은 밤을 새워서라도 일기를 읽어야 할 것 같다며 등잔 기름을 좀 써도 되겠느냐고 물었다. 여수리는 혹시 모르니까 문을 이불로 가려 놓고 읽으라고 주의를 주었다. 괜한 주목을 받아서 좋을 게 없었다. 연경을 왜 그렇게 가려고 안달이냐는 여수리의 물음에 하상은 사귀는 여인이 있다니까, 하고 너스레를 떨다가 여수리가 곧이듣지 않으니까 그제야 바른말을 했다. 천주당에 가서 사제를 보내 달라고 요청해야 하는데 동지사 사행원에 낄 방법을 찾던 중이었다고 털어놓았다. 주문모 신부가 그렇게 죽었는데 또 사제를 보내 주겠느냐는 여수리의 말에 하상은 열 번을 가게 될지 스무 번을 가게 될지 알 수 없지만 조선에 사제가 와 줄 때까지 청원하러 다닐 거라고 했다. 하상의 얘기를 듣고 있던 여수리가 탄식이 섞인 목소리로 말했다.

"나리나 철상이 형이나, 너네 식구들은 왜 보통 사람들처럼 살지 않는지 모르겠다."

"미안해, 형. 아버지가 가신 길이기도 하지만 우리 식구들 모두가 원하는 길이기도 해."

"그러니까 하는 말이지. 하필이면 나라에서 금하는 일이냐고."

"태어날 때 이렇게 살다 오라는 임무를 받았겠지."

"참 나! 말릴 수도 없고 그냥 둘 수도 없고, 널 어쩌면 좋으냐."

하상은 아버지가 간 길이어서가 아니라 자신이 원하는 길이기 때문에 갈 수밖에 없다고 했다. 아버지가 돌아가실 때 결정된 운명 같다고. 여수리는 그게 얼마나 큰 고통인 줄 알면서도 굳이 그 길로 가려는 걸 보면 피할 수 없는 운명인가 보다고 한숨을 내쉬었다. 하상은 신부를 모시고, 조선만의 독립된 교구를 가지기 위해서라도 연경을 드나들며 교황청에 청원서를 넣어야 한다고 주장했다. 조선에 주교와 신부도 오고 정식으로 조선교구가 설립되는 것은 연경교구에 소속되어 있는 조선의 성교회를 독립시키는 일이라며, 그것은 나라가 독립하는 것이나 마찬가지라고 했다. 하상의 바람대로 신부가 와 주기만 하면 황사영이 그렇게도 바라던 조선교구가 설립되고, 명도회 회원들이 피로 일구던 천주교가 다시 꽃피게 되는 것이다.

하상은 조선에 다시 교리의 꽃을 피우고 말겠다며, 지금 「상재상서」上宰相書를 집필 중이라고 했다. 여수리가 기운 없이 웃으며 필사는 자신이 해 주겠다고 했다. 그렇게 말해 줄 줄 알았다며 아버지가 제자 하나는 똑똑하게 잘 키웠다고 하상이 능청을 떨었다. 여수리는 '요 땅콩이' 하며 엄지와 검지로 하상의 콧날을 튕겼다. 하상은 예전에 그의 아버지 정약종이 「주교요지」를 쓸 때, 여수리가 곁에서 밤을 꼴딱 새워 가며 베끼는 걸 봤다며, 그때 여수리가 필사한 책을 조동섬도 한 권 갖고 있더라고 했다. 반가워서 책을 집어 드는데 가슴이 뭉클하더라고 했다.

"이런 선물을 받으려고 여길 그렇게 오고 싶었나 봐요."

"책은 얼마나 썼어?"

"절반쯤? 완성되면 형에게 가장 먼저 보여 줄게요."

그렇지 않아도 「상재상서」가 완성되면 여수리에게 필사를 부탁할 생각이었다며, 하상은 여러 사람이 돌려 보려면 많은 책이 필요하다고 했다. 그때 선암은 중요한 일을 한다며 서재에 아이들을 얼씬도 못하게 했다. 그런데 어느새 엿듣고 하상이 아버지와 같은 말을 하고 있었다. 씨 도둑질은 못한다던 누조 할매의 말이 떠올라서 여수리는 슬쩍 농담을 던졌다.

"야, 조선 최고의 명문가 자손이 짐꾼이 되는 걸 보는구나."

그러자 하상이 입술을 실룩이며 한마디 되받았다.

"여어, 누에 치는 소년을 따라 비단길에 가네 그려."

하상은 아버지가 순교한 여섯 살 이후 줄곧 숙부님 댁에서 살았다. 유배 생활을 하는 숙부님 댁에 얹혀사는 게 여러모로 괴로운 일이었으나 어쩔 수 없었다. 그런 하상이 스무 살을 앞두고 숙부님 댁에서 나온 것은 자유로운 활동을 위해서였다. 한때 스승으로 모시던 두 사람의 아들이 어느새 자라서 비단길에 함께 가게 되었다는 사실이 여수리에게도 매우 감회가 깊었다. 억눌렀던 그리움인 듯 울타리의 수수꽃다리가 꽃잎을 펑펑 터뜨렸다.

백서 일기 3

7월 2일

비가 오려는지 종일 구름이 덮여 있었다. 황사영이 한빈을 앞으로 당기며 장안에서 보고 들은 얘기를 해 보라고 재촉했다. 한빈은 슬픈 소식을 전하게 되어서 마음이 몹시 괴롭다고 했다. 그러면서 한빈은 여교우들의 회장을 맡고 있던 강완숙과 강경복, 문영인, 김연이, 한신애 등 여교우 다섯 명과 김현우, 이현, 최인철 등 여덟 명이 참형을 당했다는 비보를 전했다. 황사영은 비통함을 감추지 못하고 두 손으로 가슴을 치다 머리를 감싸고 괴로운 신음을 뱉었다. 한빈은 그들이 처형당하는 장면을 거스러미 하나 빠뜨리지 않고 전해 주었다. '자세히, 더 자세히!' 황사영은 직접 눈으로 본 듯 자세히 알고 싶어 했다. 처음 토굴에 들어가던 날, 황사영이 한빈에게 특별히 부탁을 했다.

"자네가 해 줘야 할 일이 있네."

"뭣이든 말만 허세유."

"지방을 다니다 교우들의 소식이 들리면 귀담아 들어 두었다 내게 전해 주구료."

"그건 왜유?"

"글을 쓰는 중이라네. 지금부터 일어나는 모든 일을 기록해서 교황청에 보낼 걸세. 저들이 교우들에게 무슨 짓을 했는지 교황님께 알리고 도움을 청해야지 이렇게 내버려 둬서 안 되겠네."

그날부터 한빈은 사냥을 다니는 틈틈이 주막을 기웃거리며 소문을 듣고 다녔다. 참형이 있는 날이면 먼 길을 마다 않고 달려가서 참형 장면을 지켜보았다. 순교자들은 가족들에게, 친구들에게, 이웃들에게 철저히 외면을 당했다. 그들의 시신이 늦은 밤에 소리 없이 치워진다는 말에 황사영은 아직도 살아 있는 이들이 있어서 다행이라고 했다. 그러면서 낮은 목소리로 한빈에게 부탁했다.

"혹시 분원에 가는 걸음이 있으면 여수리를 좀 불러 주게. 선암이 제자로 키우던 아이 말일세."

"갸는 어쩐 일로 부른대유?"

"그 아이에게 비단을 부탁하려 하네."

"비단이유?"

"교황님께 보낼 편지를 비단에 쓰려 하네. 그 애를 불러 주게."

"그러쥬."

한빈의 대답을 듣고 황사영은 조금 마음이 놓였다. 갑자기 집을 떠난 터라 아내에게 소식을 전해 줄 사람이 필요했다. 누에를 친다고 온 산을 뛰어다니는 여수리라면 누구 한 사람 의심의 눈으로 바라보지 않을 것 같았다. 나이는 어리지만 눈치와 동작이 빠르고 속까지 깊어서, 선암이 죽을 때까지 곁에 두었던 아이였다. 그 아이라면 배론까지 와 줄 것 같았다. 누구에게도 피해를 주고 싶지 않지만 지금은 염치 불구하고 그 아이가 와 주기만 바랐다. 귀동과 한빈이 아무리 살갑게 챙겨 줘도 갇혀 있으니 아쉽고 답답한 일이 하나둘 아니었다. 무엇보다도 난주와 아이의 소식을 전해 줄 입이 절실하고, 그런 일은 집안 사정을 잘 알고 새처럼 가벼운 여수리가 적격이었다. 귀동은 토굴로 들어가려는 황사영을 방에서 자게 했다. 만약 멀리서 인기척이 느껴지면 백구가 더 먼저 알아볼 것이니 걱정할 것 없다고 안심시켰다. 그러자 황사영은 밥값이라도 하겠다며 아궁이에 불을 지피는 일을 자청했다. 마음뿐, 벽면서생이 언제 아궁이에 불을 붙여 봤어야지. 귀동은 불 살리는 법을 가르쳤다. 매운 연기를 마셔 가며 장작에 불을 붙인 게 신기한지 그는 아궁이에 붙어 앉아서 고구마까지 구워 먹었다. 숯불에 강된장을 끓여서 세 사람이 마주 앉아 저녁을 먹었다. 신분과 격식을 버리고 자연인으로 친구로 편안하게 생활하자는 황사영의 의견에 따른 것이었다. 거친 음식이라 내놓기 민망하다니까 양반도 벼슬을 하지 않으면 살기가 곤궁하기는 여느 사람들과 마찬가지라고 했다. 양반들도 양식이 없으면 굶기 마련이고 먹고 살기 위해 무슨 일이든 해야 한다며, 진작 아궁이에 불 때는 법이라도 배워서 식구들을 도와주지 못한 걸 아쉬워했다. 양반 중에는 당쟁에 휘말리지 않으려고 벼슬을 버리고 속세를 떠난 사람도 있다고 했다. 황사영은 가난한 양반들의 속사정을 들려주며 그들의 슬픔과 기쁨을 솔직하게 표현했다. 귀동이 그를 보며 말했다.

"천주교가 아니믄 우리가 만날 턱이 없것지만서두 나리는 그냥 양반 노릇이나 하고 살믄 팔자 좋게 살 턴디 괜한 고생이유."

"양반 노릇이라면 넌더리가 나네. 평생 남의 손을 빌려 사는 산송장이 뭐가 부러운가."

"못 묵고 살어서 처자식을 노비로 팔아넘기는 걸 보믄 그런 말 못헐 거구먼유."

"딱하기는 그대도 마찬가지 아닌가. 내가 온다고 할 때 안 된다, 한마디만 했으면 노심초사하지 않아도 되고, 옹기 구우며 배짱 좋게 살 텐데."

"옹기 장사도 예전 것지 않어유. 작으면 작다고 트집, 크면 크다고 트집, 몇 푼 안 되는 걸 깎아 먹을라구 별 트집 다 잡는당게유. 있는 집일수록 유세가 더 혀유."

"이참에 옹기장이 집어치우고 나 따라 사냥이나 다닐라능가?"

"그래두 울 아부지가 물리주신 일인디 치아불고 짐승이나 잡으러 다니는 건 좀 거시기하쥬."

세 사람은 서로를 쳐다보며 껄껄 웃었다. 산 그림자가 이슥하고 먼 곳의 나무 그림자가 사람 같기도 하고 개 같기도 할 즈음 한빈이 지리에서 일어났다. 귀동이 조금만 너 있다 가라고 붙잡았다.

"세월이 쉬어 터지는가. 오늘 못 가면 낼 가지."

"암만 있어도 가라고 떠밀어 내지 않것지만 갈 사람은 가야지. 딱 걷기 좋은 시간인디."

"시상이 험하니께 땅거미 지면 문 걸어 잠그기 바쁘다더만."

"집집마다 애 울음소리로 지붕이 들썩거리겠구먼."

"애 뿐인가? 소도 닭도 개도 우리마다 새끼가 바글거린다는디. 허허허!"

귀동이 집 생각 안 나느냐며 능청을 떨자 황사영이 별 싱거운 소리 다 한다며 멋쩍게 웃었다. 그러는 사이 해가 지고 까맣게 어둠이 덮였다. 시답잖은 농담을 하며 한바탕 웃고 나니 긴장이 풀리고 마음의 여유가 생겼다. 내일 죽더라도 사람답게 숨이나 실컷 쉬자며 평상에 드러누워 별을 보았다. 배론으로 온 다음 날부터 황사영은 가마굴에서 살기 시작했다. 언제 끝나게 될지 모르는 여정이지만 신의 가호가 따라서 세상이 조용해질 때까지 아무 탈 없이 지낼 수 있기를 바랐다. 귀동이 황토색과 재로 물들인 옷을 두 벌 토굴에 넣었다. 어둠을 타서 잠시라도 바깥바람을 쐬려면 흰색보다 진한 색이 나을 것 같아서 장만한 옷이라고 했다. 황사영이 밤하늘을 올려보며 시를 읊었다.

강호에 봄이 드니 미친 흥이 절로 난다.
탁료계변濁醪溪邊에 금린어錦鱗魚 안주로다.
이 몸이 한가로움도 역군은亦君恩이샷다.

조선 초기의 재상이었던 맹사성의 시라고 황사영이 설명을 해 주자, 귀동은 시가 뭔지 모르지만 듣고 있으니 슬그머니 술 생각이 난다고 했다. 귀동의 말에 황사영이, 시냇가에서 쏘가리 매운탕을 안주 삼아서 막걸리나 마시고 놀았으면 좋겠다는 자신의 심정을 맹사성의 시로 대신한 거라고 말해 주었다. 그러자 한빈이 쏘가리는 자기에게 맡기라며 귀동에게 막걸리나 한 단지 담아 두라고 했다. 한빈이 어둠을 틈타 산을 내려가고 황사영은 냇물에 들어가서 씻고 난 후 다시 토굴로 들어갔다. 두꺼비가 제 둥지를 찾아가듯, 잠시 술렁거리던 불안이 걷히고 모든 것이 제자리로 돌아간 듯싶었다. 어둠처럼 음험한 정적 속을 올빼미가 긴 울음을 울며 지나갔다.

 귀동은 젖은 베로 덮어 두었던 흙 반죽을 치대며 민요를 흥얼거렸다. '우리네 인생이 짧다 해도 이어지면 천년이요 손잡으면 만년이라….' 뻐꾸기가 이 산 저 산 옮겨 다니며 맑은 소리로 우짖고, 한 길음 떨어진 도랑에서는 냇물이 쉬지 않고 재잘대며 흘렀다. 겉보기에는 아무것도 달라지지 않은 것 같아도 온 산을 휘감고 돌던 적막이 냇물 소리 같은 속삭임으로 바뀌어 있었다. 이즈음 들어서 사람 소리가 좋아지고 혼자 있는 게 괴로워지는 이유가 궁금했는데 황사영이 오고서야 그게 사람이 그리워서 그런 것이란 걸 알았다. 귀동은 잠잠하기 이를 데 없는 언덕배기를 슬쩍 돌아보았다. 있는 것과 없는 것의 차이가 이런 것인지. 거기 사람이 있다 생각하고 돌아보면 토굴이 든든해 보이고, 아무도 없다고 생각하면 온 산이 텅 빈 것처럼 마음이 헛헛했다. 늙을수록 곁에 사람이 필요하다는 말뜻이 이런 것이었는지. 귀동은 노래를 부르며 부지런히 흙을 빚었다.

거꾸로 비친 하늘

이른 아침부터 장바닥이 비좁도록 사람이 들어찼다. 난전을 보려는 장꾼들이 밀고 들었다. 소쿠리 가득 담긴 산나물과 미나리, 떡, 하다못해 부추전이나 호박전을 구워 온 사람도 있었다. 무엇이든 돈이 될 만한 것은 다 들고 온 듯싶었다. 나룻배는 강을 오가며 사람들을 실어 날랐고, 배가 나루터에 닿기도 전에 강 저쪽에서 어이, 하며 사공을 불러 젖히곤 했다. 사공은 부지런히 팔을 놀려 배를 저었다. 아이 어른 할 것 없이 장터는 사람 소리로 콩을 볶듯이 소란스러웠다. 장을 보러 온 사람, 물건을 팔러 온 사람, 구경하러 온 사람, 사람을 만나러 온 사람들로 장바닥이 들끓었다. 장터 한복판에는 남사당패가 한바탕 판을 벌였고, 엿장수의 가위질 소리까지 합쳐져서 사뭇 구경거리가 풍성했다. 장을 보기 위해

꼭두새벽에 집을 나서서 십 리 혹은 이십 리, 삼십 리를 걷거나 배를 타고 온 사람들이었다. 장터는 물건을 팔고 사는 곳이지만 사람을 만나는 장소이기도 했다. 오래 만나지 못했던 친구나 사돈을 만나서 인사를 나누거나, 친정 나들이가 어려운 딸을 만나서 밀린 얘기를 나누는 어머니도 있었다. 오랜만에 만난 친구와 국밥을 먹고 탁주를 마시며 그간 적조했던 날의 회포를 푸는 등, 온 삼동네 사람들로 장터가 미어터졌다. 경한은 장터 구경에 여념이 없었다.

어슬렁거리며 다가온 장터 건달 네댓 명이 오십대의 삼베 장수를 둘러쌌다. 장터 건달들은 삼베 장수가 막 펼쳐놓은 옷가지를 걷어차며 난동을 부렸다. 장터 건달의 텃세에 구경꾼이 오밀조밀 몰려들었다. 삼베 장수는 자식 또래쯤 되는 건달들에게 손을 비비며 사정했다. 병든 어머니와 자식까지, 식구가 여덟 명이나 된다며 장을 보게 해 달라고 통사정했다. 건달들은 자릿세를 내놓으라고 했다. 삼베 장수는 아직 개시도 못했다며 장을 보고 주겠다니까 중간에 도망가면 어디 가서 잡느냐며 삼베 두루마리와 비단의 고운 결을 발로 집적거리다 건달 중 하나가 비단을 한 필 들고 갔다. 그러자 삼베 장수가 짐 꾸러미 속에서 낫을 꺼내 들고 따라갔다. 장터에 있던 사람들이 모두 악, 하며 고함을 질렀다. 비단을 들고 가던 건달이 뒤돌아보다 헛발을 짚고 넘어졌다. 뒤에서 같은 패거리들이 피하라고 일러 주었기에 망정이지 하마터면 목 잘린 시체를 볼 뻔했다. 비단을 들고 가던 건달은 나둥그러진 채로 삼베 장수를 올려보며 입을 떡 벌리고 있었다. 삼베 장수가 건달의 파랗게 질린 얼굴을 보며 말했다.

"어느 놈이든지 내 물건에 함부로 손댔다간 모가지 날아갈 줄 알라구."

애먼 목숨을 잃기 싫으면 장사 잘하는 사람 함부로 건드리지 말라고 일렀다. 그러면서 삼베 장수는 낫을 움켜쥔 채로 자릿세는 벌어서 주겠다니까 건달이 겁에 질린 얼굴로 고개를 끄덕였다. 세 명의 건달이 넘어진 친구를 부축해서 가 버리자 장터는 아무 일이 없었던 것처럼 평온을 되찾았다. 삼베 장수는 놈들이 던지고 간 비단을 주워서 흙을 털고 태연하게 앉아서 장사를 계속했다.

행상들끼리 얘기를 나누던 여수리가 하상이 오는 걸 보고 '어, 왔구만!' 하고 그를 반겼다. 상단에 소속되어 있는 동안에는 여수리가 하상과 경한을 부리는 반장이었다. 여수리는 경한과 하상을 석포 아저씨에게 데려갔다.

"어르신, 진지 드셨습니까?"

"마음의 준비는 되었는가? 만만치 않은 여행이 될 걸세."

"각오 단단히 하고 왔습니다."

"좋아. 잘해 보자고."

석포 아저씨가 힘을 내자는 듯 불끈 쥔 주먹을 높이 쳐들어 보였다. 그 활기에 힘입어 하상도 주먹을 움켜쥐고 번쩍 쳐들어 보였다. 여수리는 여러 명의 반장들에게 '짐꾼'이라며 두 사람을 소개했다. 하상과 경한은 긴 여행을 함께할 행상들과 반장들에게 차례대로 인사를 했다.

"정상화라고 합니다."

"오한서입니다."

"초행길이라 모르는 게 많습니다. 가르쳐 주시면 열심히 배우겠습니다."

사오십 줄에 든 짐꾼들은 아들 같은 젊은이들이 온 것을 반겼다. 좋은 나이라며 잘해 보자고 말하기도 했다. 다른 사람의 눈에 하상과 경한은 그 자리에서 처음 만난 사람들이고 서로 모르는 사람들이었다. 여수리는 일부러 두 사람을 불러서 친구 삼아서 잘 지내라고 했다. 두 사람은 처음 만난 사람처럼 태연하게 인사를 나누었다. 물론 두 사람은 서로가 누군지도 모른 채 인사를 나누는 걸로 약속이 되어 있었다. 예전에 황사영과 선암 정약종이 명도회에서 만났던 것처럼 학문의 열정을 가진 만남은 아니지만 새로운 세계를 향하는 그들의 만남은 나름대로 진지했다. 여수리가 이어 주려 애쓰지 않아도 두 사람은 자연스럽게 친해졌다. 오한서는 밀린 군포세 때문에 배를 빼앗겼다 했고, 정상화는 가난한 함경도 촌놈인데 오랜 가뭄 때문에 토지를 빼앗겼다고 둘러댔다. 석포 아저씨는 그들 두 사람의 말을 믿는지 어쩌는지 그저 고개만 주억거렸다. 여수리는 석포 아저씨를 속이는 게 미안했다. 자신을 믿어 주는 사람이지만 차마 두 사람의 신분을 밝힐 수 없었다. 절대로 그런 일이 없어야겠지만 만약의 경우 석포 아저씨 역시 아무것도 모르는 게 신상에 이로웠다. 경한과 하상의 아버지가 어떤 연유로 어떻게 죽었건 그것은 이십 년 전의 일이고 지금은 그들의 아들이 자기 삶을 가꾸며 살아가는 중이었다. 여수리는 정말 그렇게 믿고 싶었다.

장난기가 발동한 하상이 경한에게 몇 살이냐고 물었다. 그러자 하상은 나이를 따져 보니 자기가 네 살 더 많다며 형으로 불러 달라고 넌지시 일러 주었다. 경한이 '그러죠, 형!' 이라며 순순히 대답했다. 여수리가 보기에 두 사람은 매우 잘 어울리는 조합이었다. 경한은 말수가 적으면서도 격렬한데 비해서 하상은 부드럽고 활기찬 성정으로 두 사람의 관계를 이끌어 가는 데 매우 도움이 되었다. 다행히 경한이 하상을 잘 따랐다. 그렇게 해서 경한은 오한서라는 가명으로, 정하상은 정상화라는 가명으로 비단길에 가게 되었다. 황사영의 아들, 정약종의 아들로는 책문을 통과하기도 어려울 뿐 아니라 나라 안팎 어디에도 못 가기 때문이었다.

하상은 석포 아저씨에게 면접 볼 때가 생각났다. 겉보기는 동네 아저씨와 조금도 다를 바 없는데 면접 볼 때의 석포 아저씨는 엄격하고 위엄 있었다. 그의 예사롭지 않은 기운에 위축되어 하상은 저도 모르게 두 손을 앞으로 모았다. 그때 하상은 가슴에서 울리는 소리를 들었다. '하상아, 정신 차려!' 그 말이 자신에게 이르는 자기 목소리였는지 아니면 어디선가 그를 지켜보고 있는 아버지 목소리였는지 알 수 없지만 금방 용기가 생겼다. 하상을 골똘히 살피던 석포 아저씨가 투박한 말투로 물었다.

"뭐하다 온 놈이야."

"농사짓다 왔습니다. 밭농사, 논농사까지 골고루 다 했습니다."

"농사일 말고 잘하는 게 뭔가?"

"장사에 도움이 될지 모르겠으나 농작물을 팔다 보니 셈이 좀 빠릅니다."

말이 떨어지기 바쁘게 부란이 옆에 있는 주판을 하상에게 던졌다. 하상은 얼김에 주판을 받아서는 소맷부리로 주판의 먼지를 닦았다. 네모로 된 나무틀에 알이 다섯 개씩 꽂혀 있는 물건인데 친구 집에서 본 것이었다. 싸전 맏아들인 친구가 명나라에서 사 온 '주판'이라고 자랑을 했다. 그렇게라도 주판을 익혀 두길 얼마나 잘했는지. 주판은 옻칠을 한 검정색 알이 두 개씩 꽂힌 윗줄과 알이 다섯 개씩 꽂혀 있는 아랫줄로 구분되어 있었는데 그 알이 위아래로 오르내리며 때로는 일 전이 되기도 하고 십 전이 되기도 하고, 열 냥 백 냥 천 냥이 되기도 했다. 손때에 절은 주판알이 검게 빛났다.

"부를 테니 계산해 봐. 칠십오 전이요, 오십육 전이요, 천오백팔십 전이요, 사천삼백 냥이요. 물건 값으로 받아야 할 돈이 모두 얼마야?"

부란이 셈을 불렀다. 그러자 하상이 더듬거리며 주판알을 올리고 내렸다. 그런 하상을 막내 동생 바라보듯 하며, 여수리는 지난한 세월을 건디며 질 자랐다고 생각했다.

"육천일 전입니다. 그런데 일 전은 깎아 줘야 합니까, 받아야 합니까?"

"하루 종일 땅을 파 봐라. 일 전이 나오는지."

"장사꾼이 덜 남긴 일 전이 물건을 사는 사람에게 기쁨이 된다면 깎아 줘도 될 것 같습니다만."

"일 전을 열 번 깎아 주면 한 냥인데 그래도 깎아 줘야 하는가?"

"깎은 일 전으로 인해서 그 사람들이 상회를 한 번 더 찾는다면 값을 다하는 것이 아니겠는지요."

부란이 고개를 끄덕이며 내일 아침에 물건이 들어오면 바빠지니까 늦지 말고 상회에 나오라고 했다. 계산이 빠르다는 이유로 하상은 석포 아저씨의 조수가 되었다. 행동이 부자유스러운 면이 없지 않으나 행수 어른의 신뢰를 얻을 좋은 기회가 될지도 몰랐다. 장사꾼이 될 것은 아니지만 상단의 짐꾼으로 있는 동안이라도 행수 어른인 석포 아저씨를 비롯해서 짐꾼 동무들과 잘 지내서 손해 볼 일이 없겠다 싶었다.

석포 아저씨는 두 사람을 여수리에게 맡겼다. 두 사람은 여수리의 집에 묵으며 배가 뜨기 전 보름 동안 상회에서 일을 했다. 온종일 먼지 뒤집어쓰며 짐을 싸고 묶고 나르는 등 일이 무척이나 힘겨웠을 텐데도 그들은 묵묵히 자기 일을 해냈다. 상회에서는 표정 한 번 흩뜨리지 않고 잘 해내던 두 사람이 집에 와서는 등을 붙이기 바쁘게 잠이 들고 간혹 신음을 하며 앓는가 하면 천장이 떠나가게 코를 곯아 댔다. 여수리는 잘 참아 내는 그들이 기특하고 자랑스러웠다. 모든 일이 그러하듯 일주일이 지나자 웬만큼 적응이 되는 듯 앓는 소리도 줄어들고 잠자리가 한껏 편해졌다. 석포 아저씨는 출항 사흘 전부터는 두 사람에게 일을 시키지 않고 장부 정리하는 일을 배우게 했다. 힘쓰는 일은 서툴렀지만 두 사람 모두 상단을 드나드는 물품의 품목을 장부에 기재하고 정리하는 일만은 꼬투리 잡을 여지없이 잘 해냈기 때문에 만상인 부란까지 무슨 연유로 여기까지 흘러왔는지 모르지만 두 사람의 뿌리가 함부로 뽑아 버릴 잡초는 아닌 것 같다고 짐작한 것 같았다.

"자네를 믿고 채용한 거네. 무슨 말인지 알지?"

석포 아저씨의 말에 여수리는 무조건 네, 라고 대답했다.

떠날 날이 되자 비단길로 갈 사람들은 전날 오후부터 의주 포구로 모여들어 하룻밤 묵었다. 날이 밝자마자 비단길로 가져갈 짐을 배에 실었다. 남은 짐을 마저 실으면 배가 떠나게 되어 있었다. 배에 짐을 옮겨 싣느라 등이 흠뻑 젖었다. 꽃샘추위로 바람이 차긴 하지만 사막으로 가기에는 그리 나쁜 계절이 아녔다. 여수리는 등짐을 지고 따라오는 정상화와 오한서를 걱정스럽게 바라보았다. 보름 동안 훈련을 하긴 했지만 그렇다 해도 등짐을 지는 것이 금방 익숙해지는 일은 아녔다. 걱정하는 여수리의 마음을 짚었는지 하상이 빙긋 웃어 보였다. 여수리는 갈 길이 먼데 괜찮겠느냐고 나지막이 물었다. 처음이라서 서툴지 금방 익숙해질 거라고 큰소리쳤다.

말은 그렇게 하지만 짐의 무게 때문인지 피로한 기색이 역력했다. 글만 읽다 왔으니 그럴 만했다. 일을 해 본 사람이 짐도 지고 힘도 쓰는 법이니. 배가 압록강에 닿을 동안은 그다지 어려운 일은 없어 보였다. 두 사람이 지는 등짐 중에 하나는 무게가 덜 나가는 것을 지어 주었다. 두 사람이 눈치껏 짐을 바꾸어서 지고 가면 한결 적응하기 쉬울 거라고 귀띔해 주었다. 여수리로서는 그들을 도와줄 방법이 그것뿐이었다.

삼 년째 가뭄이 계속되고 있었다. 벼슬아치를 제외한 모든 사람들이 그렇게 하루 앞을 장담할 수 없도록 불안하게 살아가고 있었다. 긴 가뭄으로 들판은 타들어 가고, 기근으로 굶어 죽는 사람이 생기는가 하면 집을 버리고 산으로 들어가는 사람까지 생기는, 그것이 바로 하상과 경한이 지켜본 평민들의 삶이었다. 알고 보면 산 도둑도 살기 위해 산으로 간 가난한 평민들이었다.

장터 한편에서 광대의 놀음이 시작되었다. 오후가 되면 씨름판이 벌어지고 산대놀음이나 줄타기로 광대들이 한판 걸게 놀며 흥을 불러일으킬 것 같았다. 배 시간이 가까워 광대들의 놀이마당을 못 보고 가는 게 아쉬웠다. 장날에는 차고 넘치는 볼거리 먹거리로 장 구경만 해도 하루해가 훌쩍 저물 것 같았다.

"이거 국밥 한 그릇 먹을 짬이 있나 모르겠네. 중국 가면 장터 국밥 맛이 간절해질 텐데."

떡함지를 인 여인과 나물 소쿠리를 든 노파가 서로 손을 맞잡았다. '엄마, 아버지 허리 병은 좀 어때요?' 젊은 여인의 물음에 노파는 저러다 영영 못 일어날까 봐 걱정이라며 눈시울을 붉혔다. 딸은 팔려고 가져온 떡을 싸 주며 아버지 갖다 드리라고 했고, 어머니는 나물을 팔아서 모은 돈 몇 푼을 딸의 손에 쥐어 주었다. 모녀는 떡을 하나씩 나누어 먹으며 울다 웃으며 얘기꽃을 피웠다. 출가한 여인들의 친정 나들이가 쉽지 않을 때였다. 여인들은 혼인을 하면 시댁 귀신이 되도록 문밖출입이 자유롭지 못했다. 장터는 그렇듯 일에만 찌들려 사는 민초들에게 만남의 장소가 되었다. 장터에서는 잊고 있던 친구와 친척, 사돈까지 다 만날 수 있었다. 장터는 누구의 시선도 개의치 않고 환담을 나눌 수 있는 곳이어서 늙은 이들은 그저 장날이 되기만 기다렸다. 햇살이 퍼지기도 전에 난전이 펼쳐져 장터에 빈자리가 없을 지경이었다. 푸줏간이나 어물전은 제사장을 보려는 사람으로 붐볐고, 함지박이나 보자기에 푸성귀를 담아 온 아낙네들은 일일이 다리품을 팔고 다녔다. 일없이 나온 구경꾼이 더 많아서 서로 어깨를 부딪치며 물결처럼 휩쓸려 다녔다.

우시장으로 너덧 명의 포졸이 우르르 몰려갔다. 궁금증을 참지 못한 사람들이 무슨 일이냐고 물으며 또 몰려갔다. 포졸들이 간 곳은 짚단을 쌓아 놓는 우시장의 헛간이었다. 잠시 후 포졸 네 명이 가마니 네 귀를 한 짝씩 거머쥐고 뭔가를 실어 냈다. 소 장수와 말 장수, 개 장수, 닭 장수가 무슨 일인가 하고 고개를 내밀자 포졸들이 '비켜!' 하고 고함을 질렀다. 가마니에 든 것을 쳐다보던 사람들이 얼른 고개를 돌렸다. 누더기처럼 뭉쳐져 있는 그것은 죽은 거지였다. 여기저기 떠돌던 거지가 장터 헛간에 숨어들어 숨을 거둔 모양이었다. 흉년이 계속되며 길에서 죽는 사람이 많아졌다. 삼 년째 이어지는 가뭄 때문이었다. 가뭄은 농작물을 말려 죽이고 가난한 농가의 쌀독을 말리고, 사람까지 말려 죽였다. 봄이 되어도 모판에 가둘 물이 없어서 모를 심지 못하자 굶주림을 참다못해 구걸에 나섰다. 도성 안에 거지의 숫자가 늘어나고 길에서 죽는 이들이 많아지자 임금은 그들의 시체를 거두어 잘 묻어 주라고 어명을 내렸다. 임금의 명령이라 어쩔 수 없이 따르긴 하지만 썩은 시체를 치우는 포졸들의 인상은 쓸개를 씹은 듯 우거지상이었다.

"배가 들어온다!"

포구로 사람들이 몰려갔다. 미역 꾸러미를 든 사람, 지게에 옹기를 지고 가는 사람. 곡식 자루를 든 사람의 대열을 보고 하상이 '뭐죠?' 하고 눈이 휘둥그레져서 물었다. 여수리는 사람들이 포구로 소금을 사러 가는 거라고 말해 주었다. 남편이나 아내 없이는 살아도 소금 없이는 못 산다는 말이 괜한 것은 아녔다. 조선은 삼면이 바다인데도 소금을 구워 내는 기술을 배우지 못했다. 그래서 조선에서는 소금이 매우 귀한 것이었다. 제 아무리 음식을 잘해도 간이 안 맞는 음식을 먹기는 괴로운 법. 하상은 처음 보는 풍경이라며 포구로 가 보자고 재촉했다.

여수리는 빙긋 웃음을 지었다. 물방개처럼 포구를 휘젓고 다니며 유년 시절을 보냈으면서도 생소한 듯 딴청을 부리는 것이 예전에 글을 모르면서 사서삼경을 다 뗐다고 우기던 땅콩 꼬마의 장난스러움이 저절로 떠올랐다. 여수리는 그때 깜박 속은 것이 생각나서 말했다.

"장난기는 여전하구나. 능청 떠는 폼이 그대로니 말이다."

"오랜만에 보니까 장터와 포구가 새로워 보이는 건 사실이에요."

"아버지 손을 잡고 다니며 많이 봤던 풍경인데 뭘 그래."

"정말 그랬어요? 그런데 어째서 그때 일이 하나도 떠오르지 않을까."

"생각하고 싶지 않은 거겠지."

"어째서요?"

"그때가 자네 생애에서 가장 행복했던 시절이었으니 돌이켜 보는 게 두려울 수도 있지."

"너무 행복해서 돌아보는 게 두렵다고요?"

"아름다워서 아픈 건 견디기가 더 힘드니까."

"아, 그렇구나. 역시 형은 시적이야."

사람들이 포구로 몰려가는 걸 보는데 이상하게 가슴이 마구 뛰더라며, 하상은 그게 아버지와 함께 본 것인 줄 꿈에도 짐작 못했다며 놀라워했다. 이제는 포구만 봐도 아버지를 떠올리게 될 것 같다던가. 이제 하상에게는 잊어버린 여섯 살까지의 기억이 저녁 종소리처럼 짧고 애틋하게 하나씩 떠오를 것 같았다. 하상은 한낮의 햇살에 반짝이는 강물과 소금배를 그윽한 눈으로 바라보았다. 뭔가를 기억한다는 것은 어떤 이와 함께 본 달과 별, 소금배 같은 것을 떠올리는 것과 같다는 여수리의 말에 하상이 슬픈 얼굴로 고개를 끄덕였다. 속절없이 흐르는 시간을 따라 기억이 희미해져도 마음에 담은 사람은 쉽게 잊지 못하는 거라고. 아마도 하상은 자신이 직접 장꾼이 되어 장터에 와 보기는 처음일 것이다. 15년 전에 여수리가 상단에 처음 발을 들여놓을 때도 모든 게 새로

우면서 두렵고 설렜다.

　행상들을 싣고 갈 배가 포구에 닿았다. 배는 커다란 돛을 펄럭이며 위엄 있는 모습으로 서 있었다. 짐이 먼저 올라가고 사람은 뒤에 올랐다. 어딜 가나 장사꾼에게는 짐이 우선이었다. 잠결에도 짐이 제자리에 있는지 살펴야 하는 것이 장사꾼이라고 여수리는 입이 아프게 설명했다. 배는 무거운 짐과 행상들을 싣고 강을 거슬러 올랐다. 팽팽하게 바람을 안은 돛이 배를 떠밀고 갔다. 행상들은 짐에 기대어 졸기도 하고 풍경을 즐기며 긴 여행 중의 짧은 여유를 즐겼다. 육로보다 뱃길이 편하긴 하지만 해적이 많은데다 갑작스런 날씨의 변화로 파도가 거칠어지기라도 하면 자칫 사람까지 잃고 마는 위험 부담이 따랐다. 도자기나 깨지기 쉬운 물품을 옮길 때는 뱃길을 이용하지만 대부분 육로로 짐을 지고 걷는 길을 택했다.

　배가 멈추고 마침내 배가 중국으로 가는 국경 관문에 닿았다. 비단길로 가는 모든 상인들이 나루터에 줄지어 있었다. 의주 부윤은 강을 건너는 말과 사람의 숫자를 장부와 맞춰 보고, 행상들의 짐과 몸을 수색하게 했다. 무역 금지 물품이나 허용량 이상의 물품이 들고 나는 것을 막기 위해서였다. 수색이 끝나면 검문을 맡은 삼사의 관료가 도강渡江을 알리는 깃발을 흔들고 나서야 행상들은 압록강을 건널 수 있었다. 책문을 통과하는 절차가 그렇게 끝났다. 강은 바다로 가는 길이기도 하지만 대륙을 넘어 비단길로 이어지는 생명의 길이기도 했다. 백두산에서 시작된 강은 중국과 국경을 이루며 황해로 굽이굽이 흘러간다. 경한이 낮은 소리로 여수리에게 물었다.

"강만 건너면 중국이에요?"

"그렇지."

"가깝네."

"싱거울 정도지."

여수리와 경한이 마주보며 싱겁게 웃었다. 국경을 처음 넘는 경한은 압록강을 마주하고 어이없다는 표정을 지었다. 처음으로 압록강을 넘어 도강하던 날 여수리도 압록강을 보고 그런 얼굴을 했다. 중국이 멀고 먼 곳인 줄 알고 있다가 배만 건너면 닿는 곳인 걸 알고는 압록강조차 시시하게 보았던 기억이 났다. 여수리는 아직 시작도 하지 않았다며 속으로 쿡쿡 웃었다. 그게 얼마나 쉬운 자만인지 중국 땅을 밟아 보면 알게 될 것이다. 가도 가도 끝이 보이지 않는 거대한 땅덩어리의 막막함을 직접 걸어 보기 전에는 알 수 없으니.

경한은 긴 여정을 앞둔 초조함을 뒤로 하고 농담을 한마디씩 던졌다.

"압록강도 동네 강과 다르지 않네."

"이래서 눈으로 보기 전에는 알 수 없는 거라고 했나 봐요."

"열 번 듣는 것보다 한 번 건너 보는 게 낫지."

오리 머리의 빛깔을 닮은 압록수 물빛을 내려다보며 짐꾼들은 물이 깊다 얕다, 저마다 한마디씩 보탰다. 연경이 가까워질수록 다들 말수가 줄었다. 이제 곧 배에서 내려 걷기 시작하면 조선 땅을 걷는 것과 느낌이 많이 다를 터였다. 긴 가뭄으로 강 가장자리의 토사가 드러나고 강폭도 한층 좁아져 있었다. 배는 강물의 일렁임에 흔들리며 사람들을 강 건너의 나루터에 내려놓았다. 배에서 내리자 석뽀 아저씨가 이제부터 정신 바짝 차려야 한다고 주의를 주었다. 남의 나라에 와서 물건을 도둑맞고 빈털터리로 쫓겨나기 전에 정신을 챙기라고 거듭 당부했다.

여수리는 압록강을 대할 때마다 생각나는 사람이 있었다. 삼십 년 전의 어느 날, 얼어붙은 압록강을 엉금엉금 기어서 건넌 사람이었다. 그는 명도회 교우들의 초청을 받고 조선에 들어 온 주문모 신부였다. 그는 먼 곳의 경비병이 알아채지 못하게 차가운 얼음판에 몸을 붙이고 기어서 조선에 들어왔다. 그는 어둠을 타고 다니며 미사를 올리고 성사를 주며 사제로서의 역할에 충실했다. 또한 그는 조선의 교우들을 위해 조선말을 배우고 강론도 조선말로 전했다. 관료들은 중국인 신부를 잡기 위해 교우들을 잡아들이고 고문했다. 주문모 신부는 고문을 당하는 교우들을 살리기 위해 스스로 포도청에 걸어 들어가 참형을 당했다. 그런 뼈아픈 역사에도 불구하고 하상이 또 다시 신부를 부르기 위해 도강을 하려는 참이었다. 여수리는 그를 지지하지도 말리지도 못하고 쳐다볼 수밖에 없었다. 하상은 혼자 몸이 아니라 그를 지지하는 수많은 사람들의 입이 되어 그들의 바람을 전하는 사람이 되어 있었다.

압록강을 건너 소서강까지, 강과 강 사이에 갈대밭이 못물처럼 가득 차 있었다. 행상들은 강물을 헤쳐 나가듯이 가쁜 숨을 몰아 쉬며 갈대밭을 헤엄쳐 나아갔다. 보이지 않는 곳에 크고 작은 위험이 도사리고 있어서 늘 긴장이 되는 곳이기도 했다. 경계를 늦추지 않는 것 외에는 위험에 대비할 특별한 방법이 없었다. 여수리와 석포 아저씨처럼 경험 많은 사람이 앞장서고 그 뒤를 이어 패랭이 모자를 쓴 하상과 경한과 같은 젊은 사람들이 물미장으로 갈대숲을 헤치며 나아갔다. 패랭이 모자와 물미장은 행상들의 상징이기도 했고 때로는 호신용 지팡이가 되어서 행상을 보호하는 무기가 되기도 했다. 누가 보든 하상과 경한이 나귀 방울 소리 울리고 다니는 행상 같아 보여야 하는데, 그런 점에서 패랭이 모자와 물미장은 선비와 어부를 행상으로 보이게 하는 데 크게 한몫했다. 긴 물미장으로 키 높이의 갈대를 헤치다 보면 노루가 후다닥 뛰어가기도 하고, 수풀에서 놀던 새가 후다닥 뛰어나가기도 했다. 길고 긴 갈대밭을 지나 소서강을 건너고서야 비로소 중국의 모습이 보였다.

경한이 앞서 걷고 그 뒤에 하상이 따라 걸었다. 하상의 남매가 숙부 정약용의 집에서 산다는 말을 듣고 여수리가 그들 남매를 만나려고 마재로 간 적이 있다. 아버지를 잃은 두 아이를 위로해 주기 위해서였다. 그날 유조이가 여수리를 문밖에서 놀려보내며, 하상이 다 자란 연후에 만나라고 했나. 서로 조심하는 것이 좋겠다는 유조이의 말에 돌아서는 발걸음이 무거웠다. 말귀를 못 알아들었다거나 서운해서가 아니라 죽은 듯이 엎드려 있어야 하는 극단적인 시대 상황이 워망스러웠다. 여수리는 유조이의 마음을 알 것 같아서 두 번 다시 하상을 찾아가지 않았다. 만나는 대신 여수리는 상회에서 일을 마치고 돌아올 때마다 먼발치에서 그들 남매를 지켜보곤 했다. 여수리가 할 수 있는 일이 그것뿐이었다.

이십 년은 경한과 하상을 청년으로 키워 놓았다. 경한은 어부의 자식으로 자랐으니 밥은 굶지 않았고, 앞으로도 뱃

사람으로 살아도 입에 풀칠은 하고 살겠지만 하상은 입장이 달랐다. 그는 친척들까지 피하는 순교자의 아들이었고, 송곳 하나 꽂을 땅이 없으니 사람 노릇 하고 살기도 여의치 않은 형편이었다. 그런 하상을 살게 해 준 이들이 조숙과 권천례, 유길준, 조신철 같은 교우들이었다. 여수리와 하상 사이의 보이지 않는 끈이 서로를 끌어당긴 것인지. 그 척박한 삶을 걸어서 여섯 살의 꼬마가 청년이 되어 여수리를 찾아왔다. 여수리는 그에게 정신적으로 의지가 되어 줄 사람이 필요하다는 것을 알았다. 배에 오르며 하상이 들뜬 목소리로 귓속말을 했다. 숙부님 댁을 나올 때 이런 날이 올 줄 알았다고. 교우들의 도움으로 연경을 두어 번 다녀오긴 했지만 지금처럼 일을 가지고 연경에 가는 건 처음이어서 가슴이 터질 듯 부풀어 오른다고 했다. 일을 가지고 움직이는 것이 너무 기뻐서 하늘로 날아오를 것 같다고.

  여수리가 의주 상단에 들어간 걸 가장 기뻐한 사람이 누조 할미였다. 조선에서 다섯 손가락 안에 든다는 의주 상단의 상인이 되는 것은 누조 할미가 아들 여문휘에게 바랐던 소망이지만 손자를 통해서 뜻을 이룬 셈이었다. 전에 있던 심부름꾼이 투전판을 드나들다 쫓겨났다니까 누조 할미는 만약 그런 짓을 하고 다니면 작두로 손목을 끊겠다고 겁을 주었다. 의주 상단은 비단과 면포, 인삼, 도자기 등 주로 값이 나가는 물건을 거래하지만 그중에서도 인삼을 가장 많이 파는 상단이었다. 인삼 캘 때가 되면 의주 상단의 만상은 전국에 상인을 골고루 풀어서 인삼을 죄다 사들이곤 했다. 상주와 안동, 풍기, 예천 등 남쪽에서 올라오는 인삼을 의주 상단이 독점한다고 소문이 날 정도로 인삼 거래의 폭이 넓다 보니 비단길로 가는 원정대도 이른 봄이나 인삼 수확이 끝난 이후에 움직였다. 연경이나 광저우로 보내는 인삼은 싱싱한 채로 보내고, 사막을 건너 먼 곳으로 가는 인삼은 홍삼을 만들어 보냈다. 장안이나 둔황이나, 의주 상단의 인삼이라면 물건도 보지 않고 받아 줄 정도로 품질이 좋기로 이름이 난 터라 비단길에서 가장 호평을 받는 품목이기도 했다. 이번 둔황까지의 여정도 로마 사람들이 즐겨 찾는 홍삼을 팔기 위한 것이었다. 이번에 복꾼들이 지고 갈 주요 품목이 비단을 포함한 피복과 홍삼, 생삼이었다.

지금까지 부란을 도와서 물건이 들어오고 나가는 것을 빠뜨리지 않고 기록하는 일을 여수리가 도맡았다. 글을 알고 셈이 빠르다는 게 여수리가 경리로 채용된 이유였다. 그렇다고 짐을 지는 것까지 면하게 해 주는 건 아녔다. 행상들에게 짐은 등에 붙은 혹이나 마찬가지였다. '등에 혹 하나 붙이고 산다는 생각으로 짐을 지라구.' 그게 부란의 조언이었다. 짐을 소중하게 생각하지 않으면 행상이 될 자격을 잃게 되는 건 물론이고 자칫 생명까지 위태로워진다고 했다. 압록강까지는 뱃길로 가기 때문에 그다지 큰 어려움이 없지만 연경에서 둔황에 이를 때까지는 한시도 마음을 놓으면 안 된다고, 한 사람이라도 흩어지면 도적의 표적이 된다며 석포 아저씨는 행상과 짐꾼들에게 흩어지지 말라고 당부했다.

비단길은 멀고 지루하다. 길은 좀체 줄어들지 않고 며칠을 걸어도 끝없는 벌판만 이어졌다. 지루한 길이 끝을 모르고 이어질 때에야 비로소 '중국이 이렇게 넓은 곳이었어?' 하고 탄식을 하게 되는 것이다. 그것이 행상의 길이었다. 경한과 하상의 탄식이 괜한 것이 아녔다. 그 넓디넓은 대륙의 한 귀퉁이에서 주민들은 바위에 붙은 조개껍질처럼 옹기종기 모여 살았다. 둔황 너머에도 길이 이어지지만 행상들은 압록강에서 둔황까지를 비단길의 기점으로 삼았다. 일찍이 신라의 혜초 스님은 스무 살에 인도의 불교 유적을 순례하기 위해 서역 구만 리를 걸었다던가. 누조 할미와 어머니는 오래 두고 먹을 수 있는 미숫가루와 누룽지, 육포를 만들어서 짐 꾸러미에 넣어 주었다. 여수리는 어머니가 꾸려 준 양식을 하상과 경한에게 한 꾸러미씩 나누어 주었다. 따로 행동하는 게 서로에게 편했다. 괜히 뭉쳐 다니다 동료들에게 미운 털이라도 박히면 여정이 그만큼 고달파질까 봐 여수리는 그들에게 일체 관심을 두지 않았다. 처음부터 그러자고 약속을 해 둔 터라 경한과 하상 역시 서로에게 무심했다. 숲 속의 날벌레조차 살아남기 위해 보호색을 가지니만큼 무리에서 살아남으려면 야생에 어울리는 짐승이 되어야 했다.

"늦가을부터 배고픈 살쾡이들이 많이 설치니까 정신 똑바로 차리게나."

석포 아저씨는 배고픈 짐승보다 포악한 것이 없다며, 잡아먹히지 않도록 조심하라고 일렀다.

백서 일기 4

7월 4일

옥천희가 토굴 앞에 앉고 황심이 구덩이 속에 기어들었다. 황사영을 밖으로 불러낼 수 없어서, 토굴 속이 어떤지 확인해야겠다며 그예 자기가 구덩이 속으로 들어가고 만 것이다. 그에게는 토굴이 너무 작았다. 한 사람이 누우면 꽉 차는 관 속 같은 토굴에 사내 둘이 이마를 맞대고 있으려니 무릎에 닿는 것은 물론이요, 서로의 숨소리까지 다 들려서 실없이 웃음이 나고 민망해지기도 했다. 황심은 눈을 굴리며 토굴 속을 두리번거렸다. 푸근하고 정이 담긴 눈길로 황사영을 바라보는 황심의 얼굴에 연민의 정이 그득했다. 그는 토굴에서 지낼 만한지, 불편한 곳은 없는지, 쓰고 있는 글은 잘되는지, 가장 아쉬운 게 무엇인지 꼬치꼬치 캐물었다.

토굴 앞에 무릎을 세우고 앉아 있던 옥천희가 무엇이든 필요한 게 있으면 말하라고 했다. 황사영은 종이와 먹이 필요하다고 했고, 작은 글씨를 쓸 수 있는 가느다란 붓이 필요하다고 했다. 그것은 좁은 지면에 정교하고 작은 글씨를 많이 담기 위한 것인데, 족제비 꼬리털로 만든 황모필이어야 하고, 성 밖에 사는 붓 장인에게 부탁하면 특별히 좋은 붓을 만들어 줄 거라고 일렀다. 말 사이에 간격을 둔 황심이 경기도에서 윤점혜와 정순매 두 명의 교우가 참형되었다는 소식을 전했다. 듣느니 참형 소식이고 무엇 하나 기쁜 소식이 없지만 그래도 하나도 빼먹지 말고 다 말하라는 황사영의 부탁에 따른 것이었다.

　황사영은 황심을 골똘히 바라보았다. 언제 그를 이토록 가까이에서 바라본 적이 있었던가. 좁은 곳에서 본 그는 콧수염을 헤아릴 수 있을 만큼 얼굴이 크고 몸집 또한 우람해 보였다. 본래 이렇게 큰 사람이었던지, 아니면 좁은 곳이어서 더 크게 보이는 것인지. 짙은 눈썹과 결의에 굳은 눈길, 굳센 두 어깨가 무사처럼 범상치 않은 기골이어서 그의 앞에 앉아 있는 자신이 더욱 왜소하게 느껴졌다. 황사영은 그에게 말로 전하지 못한 존경의 염까지 지니고 있었는데, 그것은 지황과 윤유일이 살아 있을 때부터 황심은 북경을 오가며 주문모 신부의 편지를 전한 연락책이었기 때문이다. 아무도 모르게 해내야 하는 그런 일은 힘만 있다고 할 수 있는 것이 아녀서 지황, 윤유일과 함께 주문모 신부를 조선으로 불러들이는 데 공헌을 한 옥천희와 황심의 용기가 그에게 큰 힘이 되어 주었다. 황사영이 목소리를 낮추어 조심스럽게 물었다.
"편지를 교황님께 전할 수 있겠는가?"
"어떻게든 전해야쥬."
"위험한 일을 맡겨서 미안하네."
"뭘유. 더운데 엎드리서 글을 쓴 사람도 있는디."
"들키지 않고 들어갈 방법을 찾아보겠네."

황심이 결의에 찬 얼굴로 고개를 끄덕였다. 편지를 들고 국경을 넘나드는 그런 일은 굳건한 의지와 용기 없이는 할 수 없는 일이었다. 황사영은 원정에 경험이 많은 황심과 옥천희를 마음으로 믿고 의지했다. 지금으로선 믿을 사람이 두 사람뿐이었다. 편지를 품고 간다는 것은 맨몸으로 국경을 넘을 때보다 열 배 백 배의 위험이 따르는 일이었다. 그 어려운 일을 맡기는 마음도 편치 않지만 지금으로서는 마지막 몸부림이라도 쳐보는 수밖에 다른 방법이 없었다. 황사영이 조선의 사정을 알리고 도움을 청하는 편지를 쓰겠다고 했을 때 황심과 옥천희가 얼른 동의를 했다. 혼자서 묵묵히 글만 써 내려가던 황사영은 천군만마를 얻은 듯 힘이 났다. 편지의 주인을 황심이라고 이름 붙인 것도 연경 주교와 낯이 익은 사람의 이름으로 하면 전달력이 빠를 것 같아서였다. 황사영이 그의 투박한 손을 잡고 말했다.

"위험한 일인 줄 알지만 성교회를 살릴 방법이 이 길 뿐이니…."

"꼭 해야 할 일이믄 신의 가호가 따르것쥬."

"나를 잡겠다고 저렇게 설쳐 대지만 않아도 바람처럼 훨훨 날아서 다녀오면 좋겠구먼."

"사방팔방 돌아다니는 건 제게 맡겨 주세유."

황심과 옥천희는 두 발로 뛰는 거라면 무슨 일이든 할 수 있다고 자신했다. 황사영은 더 길게 말을 잇지 못했다. 자신이 쓴 편지 때문에 한꺼번에 몇 명의 목이 날아갈지 모른다는 우려도, 이게 잘못되면 조선교구를 갖는 희망이 영영 무너지게 될지도 모른다는 염려도 황사영은 편지처럼 쏙쏙 접어서 가슴 한가운데 재워 두었다. 가슴이 전하는 말을 외면하듯 두 사람은 신뢰의 눈길로 서로를 바라보았다. 흙냄새가 정겹게 두 사람을 감쌌다. 사람의 입김이 닿았다고 처음의 촉촉하던 물기가 말라서 단단하게 굳어 있다. 세상과 한판 맞짱을 뜨고 있는 황사영이 애잔해 보이던지 황심은 굵은 눈을 끔벅이며 잠자리는 편하냐, 답답하지 않으냐, 몸이 괴로운 곳은 없느냐, 먹고 싶은 것이 있으면 귀동에게 일러두라는 등의 곰살궂은 물음을 해 댔다. 황사영은 조금도 괴롭지 않다고 대답했다. 바깥 날씨가 흐리거나 맑거나, 춥거나 덥거나 상관없이 토굴 속은 황토의 기운으로 훈기마저 감돌아 계절을 잊고 지낸다며 허세를 떨었다. 황사영은 내내 궁금하던 바깥 사정을 물었다. 그러자 토굴 앞에 앉아 있는 옥천희가 체머리를 흔들며 대답했다.

"탈탈 털어서 구석구석 후벼 낸당게유. 그 와중에 재미있는 일이 벌어졌쥬."

"무슨 일?"

"가짜 황사영 사건 말이어유. 그저께 가짜 황사영이 잡혀가는 통에 온 장안이 발칵 뒤집혔어라."

"헐! 누가 그런 일을…."

"사슴을 키우는 사람인디 누가 밀고를 한 모양이어라. 황사영이 거기 숨어 있더라고."

"그래서 어찌 되었나, 그 사람은?"

"아니라고, 황사영이 아니라고 아무리 외쳐도 자기 말을 믿어 주지 않으니께 낸중에는 이래 죽으나 저래 죽으나 마찬가지라며 입을 꽉 다물었다나벼."

"모진 사람들! 아니라고 하면 믿어 줘야지 어쩌자고 애먼 사람을 그렇게 괴롭히는지."

다행히 목숨을 건진 모양이라니까 황사영은 마음을 놓으면서도 억장이 무너지는 듯 제 가슴팍을 꽝꽝 내리쳤다. 토굴에 깊은 정적이 감돌았다. 뒷이야기 더 들은 것 없느냐고 물으니 가짜 황사영은 포도청에서 풀려난 후 시난고난 앓고 있더라는 소문을 전했다.

"식구들이 울고불고 초상집 따로 없쥬."

"억울하게 매를 맞았으니 얼마나 분할꼬. 황사영이 아니라고 믿어 줄 때까지 아니라고 하지 왜 입을 꾹 다물어서 더 얻어맞누."

"그놈들이 말을 들어 먹는 종자들인가유. 본때를 보여 준답시고 먼저 때려 놓고 보는 걸유."

"어찌하누! 정녕 이대로 무너지고 마는 것인가?"

"나리꺼정 워쩌 기운을 잃고 이러신내유."

옥천희가 나이를 더 먹은 사람답게, 동지사 편에 섞여 가려면 편지를 서둘러야 하지 않겠느냐고 황사영을 다독였다. 황심은 편지를 잘 전하고 올 테니 걱정하지 말라고 믿음직스럽게 말했다. 나이란 게 그런 것인지. 들끓는 감정을 가라앉히고 슬픔을 받아들이는 일에 능숙해지는 것인지. 황사영은 새삼스레 살아온 시간만큼 빚을 진 느낌이 들었다. 황심과 옥천희에게 술을 한 잔씩 따라 주었다. 비록 자리가 좁지만 그렇게라도 두 사람의 잔을 채워 주고 싶었다. 황사영은 곡주의 향을 음미하며 사람은 얼마나 오래 숙성이 되어야 곡주처럼 그윽한 향을 뿜을까, 하고 생각에 잠겼다. 술이 들어가자 목구멍이 뜨끈해지며 가슴을 짓누르던 걱정이 조금 풀어지는 느낌이었다. 두 번째 잔을 비우고 세 사람은 서로를 보며 실없이 웃었다. 방금 전까지 무슨 일로 그렇게 심각했는지 모르겠다는 얼굴로.

"술이 들어가니 편안해지네유."

"그러게 말이오. 갑자기 세상이 만만해 보이는 건 나만 그런 거요?"

"아녀라. 술의 조화인지 몰것소만 이놈도 시상이 좀 우습소."

"다 잊어버리고 좋은 사람들과 좋은 얘기만 하다 살다 가도 좋겠다 싶구려."

"나리 맴이 지 맴이유."

"토마스, 나중에 후회하지 않겠소?"

"후회라뇨. 이놈은 요로크롬 살다 갈라요."

"책문 감시가 여간 아니라는데, 일이 잘못되면 어쩌나 걱정이오."

"만약에 험한 일을 당한다고 혀도… 이미 시위를 떠난 활이랑께유."

지금 그들의 소망은 단 하나였다. 더 이상 어느 누구도 피를 흘리지 않고 자유롭게 종교 활동을 할 수 있는 토대를 만드는 것, 그 한 가지 소망만 이루어지면 그는 당장 죽어도 여한이 없다고 생각했다. 가재도구라고는 책상 하나뿐인데, 널빤지에 다리 네 개 붙이고 급한 대로 옻칠까지 한 것을 책상 삼아서 오로지 편지를 완성하는 데 온 힘을 쏟았다. 성경 구절대로 구하는 만큼 얻게 될 거라고 무조건 믿어야 할까. 믿음이 산을 움직이고 바다를 움직인다는데. 하루 앞도 예측할 수 없는 삶을 한 평짜리 토굴에서 견디며 오로지 편지를 써 내려가는 일에 몰두했다. 글을 쓰다 잠이 오면 책상 아래로 다리를 뻗고 자면 그만이었다. 책상을 배 위에 올려놓은 상태로 자고, 깨면 다시 먹을 가는 것이 일상이었다.

　황사영은 순교자들의 인물 됨됨이와 그들의 활동을 세세하게 기록하려 애썼다. 종이에 담아 둔 인물이 수없이 많으나 백서 한 장에 담기가 어려워, 조선의 긴박한 사정과 교구의 지도자들을 중심으로 써 내려갔다. 백서에 담을 글은 고작 만여 자에 불과했다. 억울하게 죽어 간 수많은 인물들의 순교 과정을 담은 종이가 두루마리로 남아 있었다. 사정이 허락하면 말로 다하지 못한 기록을 책으로 엮을 생각으로 한빈과 귀동이 들려준 얘기를 하나도 빠뜨리지 않고 기록해두었다. 잊지 말아야 하고, 또 잊어서도 안 될 얘기들이었다.

석양의 누

 상단 행렬은 산해관을 거쳐 연경으로 갔다. 사행단 행렬에는 미치지 못하지만 비단길을 향하는 상인의 행렬 또한 만만치 않아서 행상들이 머무는 곳에는 좀도둑과 날건달이 어슬렁거리며 물건 훔쳐 갈 틈을 노리기 일쑤였다. 그 외에도 주의할 것이 많았는데, 낮은 모래 언덕을 따라 걸을 것, 죽은 나무가 많은 모래 계곡으로 들어가지 말 것 등의 주의를 주었다. 모래 계곡이 깊은 구릉 아래에 죽은 버드나무들이 서 있었다. 사막이 처음부터 사막이 아녔다는 증거들이었다. 예전 어느 때에 그곳에 짙푸른 잎사귀를 흔들며 커다란 버드나무가 서 있었다. 사람이 살던 곳이 모래벌판이 되며 사람은 떠나고 죽은 버드나무만 남았다.
 객사에 묵은 첫날 밤에 도적이 들었다. 낮부터 주위를 맴돌던 자가 있다고 석포 아저씨에게 주의를 받은 터라 몇 사람이 두 개 조로 나누어서 짐을 지켰다. 짐꾼이 살짝 조는 틈을 타 물건을 갖고 달아나는 자를 잡았다. 짐꾼이 잡아 온 아이는 열서너 살의 어린 소년이었다. 석포 아저씨는 짐을 빼앗고 그 아이를 다그쳤다.

"다 어디로 튀고 널 보냈대?"

"저 혼자 한 짓이에요."

"바른말 못해? 어린놈이 손모가지 날아갈 줄 모르고 겁 없이 설쳐."

"물건 돌려줬으면 됐잖아요."

"그대로 훔쳐서 달아났으면 너 대신 짐꾼들이 매를 맞아야 하는데도 괜찮아?"

"미안해요, 배가 고파서 그랬어요."

"또 그럴 거야?"

아이는 고개만 숙이고 대답하지 않았다. 부란이 석포 아저씨를 말리고는, 아이에게 육포와 누룽지를 주었다. 다음에 또 물건을 훔치다 걸리면 죽인다며 손바닥으로 목을 자르는 시늉을 하자 아이는 크게 고개를 끄덕였다. 일대가 그들의 터전이어서 자칫 무력으로 다스리다간 무슨 트집을 잡힐지 몰랐다.

여수리 역시 햇내기 짐꾼 시절에 짐을 잃어 본 경험이 있었다. 너무 고단해서 자기도 모르게 깜박 졸았는데 정신을 차리고 보니 짐이 없었다. 그때 된통 혼이 난 후로는 반으로 나누어 한편이 졸 때 한편은 눈을 부릅뜨고 교대로 물건을 지켰다. 빼앗으려는 자와 빼앗기지 않으려는 자들의 다툼으로 크고 작은 소란이 끊이지 않는 곳이 비단길이었다. 그들에게서 짐을 지키는 것이 짐꾼들의 일이어서 객사에 머물 때도 마음을 놓지 못했다.

여러 번의 경험으로 여수리는 석포 아저씨와 부란을 통해서 짐을 지키는 법을 배웠다. 몇 푼 뜯어먹자고 파고드는 좀도둑에게는 인심 좋게 먹을 것을 안겨 주는 것도 문제를 해결하는 방법 중 하나였다. 좀도둑은 그 정도로 떨어지지만 항상 길목을 지키는 큰 도적 떼가 문제였다. 그들은 물건을 통째로 먹으려 덤비기 때문에 큰 싸움이 벌어져 누군가 목숨을 잃는 경우가 허다했다. 그럴 때 부란과 석포아저씨는 배포 크게 고기와 술을 한 상 차려서 먹이고 얼마간의 돈을 쥐어 주곤 했다.

"남의 땅을 이용하는 통관세 같은 것이여. 사람은 말이야, 먹은 만큼 값을 하게 되어 있거든."

그렇게 친해 놓으면 충돌 없이 사막을 건널 수 있다는 것이 부란의 생각이었다. 돈은 벌면 되지만 원정에서 사람이 다치면 계획에 차질이 생기니까 그것보다 큰일이 없다고 했다.

석포 아저씨가 좀도둑과 날건달을 잘 다룬다면 배포가 큰 부란은 큰 도둑들을 잘 다루었다. 만주 벌판에서 어린 시절을 보낸 부란은 그런 일에 대비해서 솜씨 좋은 무사를 키우기도 하고, 현지의 상회에 무사를 요청하기도 했다. 대개는 도적 떼의 침입을 막으려고 지역의 상회에서 미리 사람을 보내기 때문에 어렵지 않게 거래가 성사되곤 했다. 부란이 괜히 만상이 아녔다. 만상은 사람을 잘 다루고 적까지도 내 편으로 만드는 사람을 뜻하는 것임을 여수리는 부란을 보고 알았다. 도적들도 물건을 훔치다 잡히면 부란에게 손목을 내줘야 한다는 걸 알기 때문에 함부로 경거망동하지 않았다. 부란은 그런 일에 단호했다.

"적보다 더 강해야 살아남으니까 알아서 하라우."

매보다 무서운 말이었다. 도적에게 짐을 빼앗긴 사람은 알몸뚱이 하나로 중국 땅에 버려진다는 걸 알기 때문에 목숨을 걸고 짐을 지켜야 했다. 무리 지어 사는 짐승들이 적의 공격을 피하기 위해 무리에서 떨어지지 않듯이 짐꾼들도 한데 뭉쳐 있는 동안에는 아무도 근접을 못했다. 도적 떼 역시 부란만은 섣불리 건드리지 못했다. 만약 그의 짐을 잘못 건드리면 한 달 동안 머물며 사람을 풀어서 잡아낼 뿐 아니라 실제로 잡혀서 손목이 날아간 사람도 있었다. 부란의 성깔은 중국 땅에 널리 알려져 있었다. 그렇다고 늘 무섭기만 한 것이 아녀서 간혹 걸음이 처지거나 할 경우에는 선두가 기다렸다 함께 가 주는 아량을 베풀기도 했다. 행상의 대열은 현지 사정에 밝은 몽골인 길잡이에 통역관까지 따르는 대집단이었다. 비단길에서 행상들이 할 일은 싣고 간 비단과 인삼, 옥과 같은 고가의 물품을 좋은 가격에 팔고, 현지에서 구입한 화려한 색상의 비단과 홍삼을 둔황까지 가는 동안에 끊임없이 팔고 사며 이익을 남기는 것이었다. 짐이 늘기도 하고 줄기도 하며 한 차례 여정을 마치고 돌아오는 길에는 궁중 여인들과 사대부의 안주인들이 선호하는 귀금속과 유리 장식품, 화장품 같은 사치품으로 바꾸어 오기도 했다.

연경 상회에 그들이 주문한 생삼을 들여놓고 반으로 줄어든 짐을 무거운 비단으로 채웠다. 장안으로 가져갈 물품이었다. 생물을 덜어 내고 나니 마음이 홀가분했다. 혹시 상하지나 않을까 노심초사하는 것도 짐꾼의 역할이었다. 이러나저러나 짐꾼들의 등짝이 가벼워질 일은 없었다. 이튿날 아침 일찍 길을 나설 작정으로 연경 상회 주인이 내주는 객주에서 하룻밤을 묵었다. 워낙 큰 방이어서 짐을 부려 놓고도 아쉬운 대로 포개어 잘만 했다. 짐꾼과 행상들은 어디서든 군소리 한마디 하지 않고 숟가락처럼 포개어 자는 데 익숙했다. 그중에는 끼리끼리 모여서 술을 마시는 사람, 상가로 거리 구경을 나간 사람도 있고, 홍등가로 여자를 만나러 가는 이들도 있었다. 물론 부란과 석포 아저씨 몰래 눈치껏 빠져나가는 것이었다.

경한은 늦도록 짐을 지키고 잠자리에 들어 자는 척 누워 있었다. 사람들이 깊은 잠에 빠지기를 기다려 하상을 흔들었다. 사전에 약속이 되어 있었던 하상은 군말 않고 따라나섰다. 여수리는 두 사람이 나가는 걸 보고도 모른 척했다. 제 할 일을 다하고 나가니 뭐라고 말할 수도 없었다. 다만 귓속말로 빨리 오라고만 했다. 하상과 경한이 함께 가니 그나마 마음이 놓였다. 낯선 곳에서 행여나 나쁜 일을 당할까 염려가 되지만, 하상이 벌써 두 번이나 다녀간 길이라니 크게 걱정하지 않아도 될 것 같았다. 두 사람은 슬쩍 빠져나가서 인력거를 탔다. 경한이 목소리를 낮추어 속삭였다.

"늦은 시각인데 문을 열어 줄까."
"두드려 봐야지. 어렵게 왔는데."

하상도 은근히 걱정이 되긴 했다. 밤이 늦어서 만나 주기나 할지. 정 안 되면 문을 두드리는 무례라도 범하는 수밖에 다른 방법이 없었다. 먼 조선에서 불원천리 찾아왔다면 설마 하니 그냥 돌려보내기야 하려고. 역관 유진길과 부경사행의 노복인 조신철에게 연경에 관한 얘기를 많이 들었다. 그들 역시 아직 주교를 만나 보지 못했다. 갈 때마다 주교가 자리를 비운 탓도 있지만 사행원을 감시하는 눈길이 많아서 무리에서 빠져나가기가 쉽지 않았다. 인력거가 멈추었다. 성당이 먼저 눈에 띄었다. 하늘 높이 치솟은 첨탑 위에 십자가가 우뚝 서 있었다. 하상은 천주당을 부러운 시선으로 올려보았다. 건륭제가 죽고 가경제가 황제가 된 이후 청조淸朝도 세력이 기울어 백성들의 민심이 예전 같지 않다는 소문이었다. 천주교 탄압이 심심치 않게 자행되고 있다는 말을 들은 터라 하상에게는 천주당이 온전한 모습으로 서 있다는 것이 기적같이 여겨졌다. 인력거 덕분에 목적지에 쉽게 닿았지만 주교를 만나서 입이나 뗄 수 있을지 걱정이었다.

　사행원으로 간 이승훈이 맨 처음 천주학을 배울 때, 신부와 말이 통하지 않아서 종이에 한자를 써 가며 필담으로 천주교를 익히고 성사를 받았다고 했다. 그렇게 해서 이승훈은 조선의 첫 세례자가 되었다. 세례를 받은 그를 통해 조선에 수많은 신자들이 생겼다. 문득 그 생각을 떠올린 하상은 만약 말이 통하지 않으면 필담이라도 나눌 작정이었다. 설마하니 제 아무리 말이 다르다 해도 사람 사이에 나누지 못할 얘기가 있을까 싶었다. 어렵게 마련한 기회를 놓치기 아까워서 잠까지 포기하고 나온 덕분에 다음 날 길을 걸으며 졸 것 같았다. 밤에 잠 안 자고 뭐했느냐고 다그치면 홍등가로 여자 만나러 갔다고 둘러대면 믿을지. 하상이 경한의 어깨에 팔을 걸며 말했다.

"우린 지금 홍등가로 여자를 만나러 온 걸세."

"물론입니다."

모두들 잠에 취해 있어서 그렇게 물을 사람도 없을 거라며 경한이 장난스럽게 웃었다. 두 사람은 어른 어깨 높이의 담장과 굳게 닫힌 문 앞에 서 있었다. 하상은 아버지의 일기에 남당의 역사가 세세히 기록되어 있는 것을 몇 번이나 되풀이해서 읽었다. 나무 문 위에 '燕京教區 宣武門 天主堂'이라고 쓴 현판이 붙어 있었다. 사람들이 남당 혹은 선무문 천주당으로 부르는 그 성당은 사신들의 숙소와 가까워서 너나없이 찾아가는 곳이었다. 1601년 마테오리치 신부가 명나라 황제 만력제의 허락을 받아서 중국에 머물며 천주교 선교를 시작한 것이 중국 천주교의 시작이라던가. 남천주당은 1605년에 마테오리치 신부가 세웠다고 했다. 마테오리치 신부가 편찬한 '천주실의'는 조선의 학자들이 즐겨 읽은 책이기도 했다. 아버지가 그 책을 읽던 기억이 떠올랐다. 하상은 성당의 문을 밀었다. 늦은 밤이라 문이 잠겨 있었다. 키가 낮은 나무 문 너머로 딱총나무가 서 있는 성당 마당이 보였다. 문을 두드렸다. 아무런 반응이 없었다. 문 앞에 달려 있는 긴 줄을 잡아당기자 종이 뎅뎅 울렸다. 그러자 사제관에서 누군가 등불을 들고 나왔다. 수단을 입은 수사였다.

"무슨 일로 오셨습니까?"

하상은 그 신부가 조선말을 할 줄 안다는 데 감격한 나머지 고개를 숙여 인사했다.

"저는 의주 상단의 짐꾼 정상화이고 이 친구는 오한서입니다."

"야심한 시각에 어인 일입니까?"

"주교님을 만나러 왔습니다."

"주교님은 안 계시고 주임 신부님은 잠자리에 드셨습니다."

주교가 로마에 피정을 갔다며 성탄절까지 지내고 오려면 두어 달은 걸릴 거라고 했다. 하상은 내일 아침 일찍 천강으로 가기 때문에 시간이 없다며, 주임 신부라도 만나게 해 달라고 졸랐다.

"잠시만 시간을 내주십시오. 오래 있지 않겠습니다."

하상은 조바심이 났다. 삼천 리 길을 힘들게 걸어왔는데 문 앞에서 돌아갈 수 없다고 버텼다. 그대로 돌아가면 두고두고 후회할 것 같았다. 그가 안으로 들어가고 잠시 후 어두운 사제관에 불이 켜졌다. 두 사람은 중국인 같기도 하고 조선인 같기도 한 수사의 안내를 받아서 안으로 들어갔다. 문 앞에 평상복 차림의 외국인이 서 있었다. 그가 바로 선무문 천주당을 맡은 주임 신부 리베이로였다. 두 사람은 손님방에서 기다렸다. 다미아노 수사가 차를 가져오겠다며 안으로 들어가고 리베이로 신부는 잠깐 옷을 갈아입겠다며 들어갔다. 하상과 경한은 등불을 바라보며 앉아 있었다. 잠시 안으로 들어갔던 리베이로 신부가 목에서 발끝까지 덮이는 검은 수단을 입고 나왔다. 수단 아래로 신부의 맨발이 보였다.

등잔이 타고 있었다. 작은 불씨에 불과하지만 등잔 불빛이 사제관의 어둠을 몰아내고 있었다. 하얀 벽에 십자가가 걸려 있고 그 아래 제의 두 벌이 걸려 있었다. 책상에는 성경이 펼쳐져 있고 흙으로 구운 십자가와 아기 예수를 안고 있는 성모 마리아상이 자리하고 있었다. 아무런 치장 없이 원목을 잘라서 만든 책상 하나와 나무 의자 두 개, 벽에 붙여 둔 긴 의자가 장식물의 전부였다. 하상과 경한이 긴 의자에 앉고 맞은편 두 개의 의자에 주임 신부와 수사가 나란히 앉았다.

리베이로 신부가 하상과 경한의 관계를 물었다. 하상은 상단에서 일하는 동료라고 경한을 소개했다. 하상은 교황님께 조선에 사제를 보내 달라는 편지를 보낸 적 있다며, 두 번째 편지를 가져오려 했는데 경비가 너무 삼엄해서 갖고 오지 못했다고 했다. 지금 이 자리에서 편지를 쓰면 전해 주겠느냐고 물었다. 다미아노 수사가 지필묵을 가져왔다. 하상은 머릿속에 담아 두었던 글을 종이에 옮겨 적었다. 편지를 쓰는 것은 금방이었다. 조선에서 연경으로 오던 중에 수도 없이 되풀이해 외웠던 문장이어서 그것을 옮기는 데는 그리 많은 시간이 걸리지 않았다. 마침내 완성된 두 번째 편지를 리베이로 신부에게 주었다. 리베이로 신부는 편지를 받아서 읽어 보고는 조선의 안타까운 사정을 잘 알겠고, 사제를 청하는 두 번째 편지를 교황님께 꼭 전하겠다고 했다.

"먼 길 마다 않고 와 준 형제님들의 정성이 하느님께 전달이 되리라 믿습니다."

"편지에도 자세히 썼지만, 조선은 신유년 이후 신부님이 없는 상태에 놓여 있습니다. 조선에 신부님을 보내 주시는 일이 시급하다고 전해 주셨으면 좋겠습니다. 또 한 가지 저희들의 바람은 조선을 연경교구에서 독립시켜 조선만의 교구를 갖게 해 달라는 것입니다. 지금처럼 사제도 없이 연경에 소속된 채로 계속 내버려 둔다면 조선에서 천주교가 자멸하게 될 것은 불을 보듯 훤합니다. 어려울수록 신자들에게 힘이 되어 주는 기관이 있어야 합니다."

리베이로 신부가 하상의 말을 수긍하듯이 고개를 끄덕였다. 하상은 촉박한 시간 때문에 더 자세히 말하지 못하는 것이 안타까웠다. 상단의 행상을 따라 연경까지 오긴 했지만 말이 통하지 않을까 봐 큰 걱정을 했다. 선무문 천주당에 조선말을 아는 수사가 있을 줄 꿈에도 생각지 못했다. 하상은 일이 쉽게 풀릴지도 모른다고 예감했다. 뿌리가 허약한 조선의 성교회를 살리는 길은 사제를 파견하는 것이라는 하상의 간절한 호소를 다미아노 수사가 번역을 맡아서 교황청에 반드시 편지를 전하겠다고 했다.

다미아노 수사가 쟁반에 담아 온 차를 주었다. 마침 목이 마른 참이어서 차를 주는 대로 넙죽 들이켰다. 시원하고 단맛이 도는 것이 입에 착착 달라붙었다. 그것이 매실로 만든 차라며, 다미아노 수사는 매실로 차를 만드는 법을 일러 주었다. 아마도 서먹한 분위기를 걷어 내려 했던가 보다. 하상과 경한은 다미아노 수사의 얘기를 단단히 새겨들었다. 매실이라면 봄마다 즐비하게 깔리는 것인데 그것을 꿀에 절여 배앓이 치료제로 쓴다니 참으로 놀라운 얘기였다. 하상이 조선에 돌아가면 사람들에게 매실로 차를 만드는 법을 가르쳐 주겠다니까 수사가 다시 잔을 채워 주었다. 그들은 두 번째 잔을 아껴 가며 마셨다. 하상이 리베이로 신부에게 말했다.

"신부님, 지금 첫 고해를 할 수 있을까요?"
"지금 말입니까?"
"아직 첫영성체를 모시지 못했습니다."
"그런 일이라면 당장이라도 가능하고말고요."
하상이 경한을 돌아보았다.
"천주당까지 온 김에 세례를 받으면 어떻겠나?"
경한은 천천히 고개를 저었다. '아직 마음의 준비가….' 경한이 다음에 받겠다며 뒤로 물러앉았다. 그러자 하상은 아버지도 다른 사람이 모두 세례를 받을 때 마음의 준비가 되지 않았다며 물러앉았다가 나중에 세례를 받았다고 했다. 하상은 마음이 허락하지 않는 일을 할 수 없는 경한의 마음을 이해했다. 경한에게는 천주교를 이해할 시간이 필요한 듯했다. 식구들이 헤어날 길 없는 고통에 빠지게 될 줄 알면서도 신을 택한 아버지. 너무도 무책임하게 느껴지는 아버지를 따라 같은 길을 가려는 하상의 행동까지 이해되지 않아 경한은 세례를 받겠다고 말하지 못했다. 경한을 가장 혼란스럽게 한 것은 아버지를 비롯한 수많은 순교자들이 정말 자기 목숨이나 식구들보다 신을 더 사랑했을까, 하는 의문점이었다. 그것을 온전히 이해하기 전에는 아무것도 받아들이지 못할 것 같았다. 아버지가 가신 길, 하상처럼 아무것도 묻지 않고 따라갈 수 없어서 경한은 슬프기도 하고 서운하기도 했다.

경한은 스물여섯 살에 신의 제단에 목숨을 던진 아버지를 생각했다. 눈에 보이지 않는 어떤 힘이 아버지를 거기로 이끌었는지 시간이 갈수록 궁금증이 더했다. 아버지를 이해하기 위해서 세례를 받아 볼까 했지만 가슴에 매운 연기처럼 들어찬 의문을 걷어 내지 않고는 아무것도 받아들일 수 없다는 것을 알았다. 영혼의 이름을 가지는 것은 그 모든 것을 이해하고 난 다음이있다. 얼마나 시간이 흘러야 자신이 바라는 답을 얻게 될지 모르지만 경한은 그때까지 잠자코 기다리기로 했다. 그가 먼 길을 마다 않고 여수리를 찾아오고 비단길까지 따라온 것도 따지고 보면 아버지 황사영을 이해하기 위한 준비 과정이었다. 양아버지 오 씨에게서 친부모에 관한 얘기를 들을 때만 해도 아내와 어린 아들을 곤경에 빠뜨리면서까지 아버지가 고수하려 했던 '진리'라는 것이 이해되지 않아서 화가 났고, 무슨 그런 어리석은 죽음이 다 있나 해서 아버지를 용서할 수 없을 것 같은 분노에 휩싸였다.

정말 이해되지 않는 것은, 아버지뿐만 아니라 신유년에 천주교 때문에 참형을 당한 이가 수백 명이라는 놀라운 사실이 있었다. 포악하고 강경한 위관들의 악행이 나쁜 건 말할 것도 없지만, 아버지를 비롯한 순교자들은 또 뭔가. 그들에게 어머니와 아버지, 아내와 자식은 아무것도 아녔던 것일까. 그들이 식구들과 집, 땅을 버리면서까지 신을 따라간 것은 그들이 바보여서 그런가. 식구들을 진정으로 사랑하면서 어떻게 죽음으로 이별의 상처를 안겨 줄 생각을 할 수 있는지. 경한은 이해되지 않는 것들이 너무 많아서 세례성사를 받을 수 없었다. 아버지와 어머니 두 분을 이해한다고 무엇이 달라질지 모르지만 우선 경한의 마음이 그들을 붙잡고 있으니, 진심으로 두 분 부모님을 이해하는 길을 찾아야 했다.

순교자들이 추구한 그 진리란 것이 피리 부는 사나이가 가졌던 마법의 피리였던지, 수백 명이 같은 이유로 같은 죽음을 택한 피의 역사를 이해하기에 경한은 그들에게서 너무 멀리 떨어져 있었다. 경한은 '진리'라는 말을 읊조렸다. 진리가 무엇일까? 참된 진리는 사람으로서 마땅히 가지는 모든 욕망을 벗어던지는 거기에서만 존재하는 것인지. 순교로 신의 나라로 들어가는 것도 삶의 한 방법이긴 하겠으나 사람으로 태어난 이상 사람답게 열심히 사랑하며 사는 것도 선善이 아닐지. 선이란 다른 사람은 물론이고 자신까지도 다치게 하지 않아야 진정한 선이 아닌지. 스물여섯 해밖에 살지 못한 아버지는 무엇을 위해 세상에 태어난 것이었는지. 그의 가치는 어디서 찾아야 하는지 경한은 도무지 모르겠다는 듯 체머리를 흔들었다. 아버지가 확신을 가진 진리를 아들인 자신이 보지 못하는 이유가 무엇인지 정말 궁금했다.

그렇게 혹독한 시련을 겪고도 신을 사랑하는 어머니. 그분이 어머니에게 뭐라고 속삭였기에…. 전하지 못한 말이 파편처럼 쌓여 경한의 가슴을 찔렀다. 그가 비단길에 선뜻 따라나선 것도 마음을 안정시킬 시간이 필요했는지도 모른다. 경한은 생모가 아직 살아 있다는 사실이 감격스러워서 기억에 남아 있지도 않은 그녀를 마음속으로 부르고 또 불렀다. 경한은 난데없이 다가온 변화 앞에 서게 된 것이 그저 의아할 뿐이었다. 어머니에게 닿을 길이 편지뿐이어서 경한의 마음은 하루에도 몇 번이나 붓을 들고 앉았다. 어머니를 부르는 순간 온 세상에 봄빛이 찬란하게 피어오르며 마음은 바다 건너로 한없이 달려갔다. 바다에 떠다니는 배만 보아도 가슴이 떨리는 건 바다 너머에 그분이 계시기 때문이었다.

'어머니, 소자는 꿈에서도 비탄에 잠긴 어머니를 만납니다…'

아버지도 어머니도, 성교회의 진리도, 아무 말도 듣지 못한 것처럼 그냥 어부의 아들로 살다 죽으면 그만이지만 경한은 이미 알아 버린 사실은 더 이상 몰랐던 상태로 돌아가지 않는다는 걸 알고 말았다. 아버지와 어머니가 없었던 사람이 되지 않듯이 자신에게 다가온 성교회의 진리에 대한 의문과 혼란 역시 없는 것이 되지 않았다. 스무 살이 된 경한에게 다가온 첫 번째 과제는 부모님들이 소중하게 여긴 진리가 무엇인지 알아야 한다는 것이었다. 세례성사를 받고 안 받고는 그 다음이었다.

신앙은 진심으로 믿는 것, 경한은 그 말을 몇 번이고 반복해서 되뇌었다. '왜?'라고 묻지 않는 말없는 흠숭으로 눈에 보이지 않는 신을 온 마음으로 받아들이는 것. 하느님을 향한 사랑은 온전한 믿음에서 시작된다고 다미아노 수사가 일러 주었다. 리베이로 신부가 성경을 펼쳐 요한 복음 한 구절을 읽었다.

"예수님께서 오시어 당신의 두 손과 옆구리를 그들에게 보여 주셨다. 열두 제자 가운데 하나로서 '쌍둥이'라고 불리는 토마스는 '그분의 손에 있는 못 자국을 직접 보고 그 못 자국에 내 손가락을 넣어 보고 또 그분 옆구리에 내 손을 넣어 보지 않고는 결코 믿지 못하겠소.' 하고 말하였다. 여드레 뒤에 제자들이 다시 집 안에 모여 있었는데, 예수님께서 오시어 토마스에게 이르셨다. '네 손가락을 여기 대 보고 내 손을 보아라. 네 손을 뻗어 내 옆구리에 넣어 보아라. 그리고 의심을 버리고 믿어라.' 토마스가 예수님께 대답하였다. '저의 주님, 저의 하느님!' 그러자 예수님께서 토마스에게 말씀하셨다. '너는 나를 보고서야 믿느냐? 보지 않고도 믿는 사람은 행복하다.'"(요한 20,20.24-29)

리베이로 신부가 고해성사를 할 시간이라며, 촛불을 들고 고해소로 갔다. 하상은 흰 천을 사이에 두고 신부와 마주본 상태에서 마음에 쌓아 두었던 죄를 고백했다. 아버지를 잃은 슬픔이 너무 커서 하느님을 원망했고, 그 실존을 의심했고, 아버지를 죽인 악마들을 지옥의 벌로 다스려 달라고 기도했고, 아버지가 참형을 당했는데도 기도만 하는 어머니를 원망했던 죄책감까지, 하상은 빠짐없이 털어놓았다.

그들이 고해성사를 할 동안 경한은 어두운 성전에 앉아서 요요히 빛나는 촛불을 바라보았다. 그는 입안에 맴도는 한 구절을 우물거렸다.

'너는 나를 보고서야 믿느냐?'

이상하게 그 말을 듣는 순간 경한은 뭉클하게 가슴이 뜨거워지는 것을 느꼈다. 만약 누가 그에게 신의 존재를 믿느냐고 묻는다면 토마스처럼, 창에 찔린 예수의 옆구리 상처와 손과 발의 상처를 만져 보기 전에는 못 믿겠다고 말했을 것 같았다. 그것은 예수의 실체를 보고서야 믿는 토마스의 잘못이 아니다. 보지 않고도 예수를 믿는 사람보다 눈으로 보고 믿는 사람이 더 많으니. 경한은 벽에 걸린 고상을 올려보았다. 인간이 같은 인간의 사지를 찢고 생명을 마구 베어 버리는 아비규환의 환란을 보며, 당신은 어떤 생각을 했느냐고 물었다. 세상이 당신의 기대와 다르게 굴러가는 것에 혹시 당혹감을 느끼지 않았느냐고. 순교자들 수백 명의 죽음도 당신의 뜻이었느냐고. 경한은 묻고 또 물었다.

　고해성사를 마치고 리베이로 신부가 하상의 입에 하얗고 둥근 성체를 넣어 주었다. '내 살은 참된 양식이고 내 피는 참된 음료다.'라고 했다. 하상과 리베이로 신부는 자리를 옮겨 경한과 함께 앉았다. 하상의 이야기는 이어졌다. 리베이로 신부는 하상의 말을 심각한 표정으로 듣고 있었다. 오래전에 조선에서 대박해가 일어난 것은 기록을 읽고 알았다. 그 일로 신자들 수백 명이 한꺼번에 죽었다는 소식을 가슴이 무너지는 아픔으로 들었다. 그런데 이후 이십 년이 가까운 지금, 그 순교자의 아들이 교구를 살리겠다는 열정으로 연경까지 달려온 것이 너무 감격스러워 리베이로 신부는 할 말을 잃었다. 그들이 삼천 리나 되는 길을 마다 않고 왔는데도 현실은 그 당연한 요구조차 쉽게 허락하지 않았다.

"바오로의 아버님도 순교하셨다면서 천주교를 살리려고 이렇게 먼 길을…."

"아버지가 천주교를 받아들인 것은 하느님께서 가장 낮은 곳에 있는 사람을 아끼고 사랑하신 진리 때문입니다. 그분은 모든 사람이 평등하게 살아가는 세상을 추구하신 분이셨습니다."

"더 중요한 것은 하느님의 사랑으로 영원한 생명을 얻는 것입니다."

"저는 민民을 주체로 한 사람의 사랑도 영생만큼이나 중요하다고 생각합니다. 예수님께서 사람의 아들로 십자가를 진 것도 사람들을 죄에서 구하기 위한 거라고 들었습니다. 그와 같이 순교자들이 진리를 옹호하기 위해서 죽음을 받아들인 것 역시 사람에 대한 사랑 때문이겠죠."

하상은 침착하고 분명한 어조로 리베이로 신부의 물음에 대답했다. 아버지의 일기에 '모든 삶의 근본은 관官보다 민民이 우선 되어야 한다. 종교도 마찬가지다.'라는 글귀를 읽고 하상은 그 말을 뼛속 깊이 새겼다. 무엇을 위해 달려가야 하는가, 하는 하상의 질문에 아버지가 대답해 주었다. 그 말은 아버지 생전의 좌표이기도 했고, 이제 하상의 철학이 된 말이기도 했다. 하상은 리베이로 신부의 질문에 자신감 있게 대답하는 자신이 자랑스러웠다. 마치 아버지가 그 자리에 와 있는 것처럼 든든했다. 그들의 대화에 귀를 기울이던 경한이 물었다.

"순교자들이 보여 준 죽음의 의미가 무엇인지 모르겠습니다."

"바오로가 생각하는 순교의 의미를 말해 보겠습니까?"

리베이로 신부가 하상에게 물었다. 하상은 한 치도 망설이지 않고 대답했다. 그 말을 물어 주길 기다린 것처럼.

"그것은 사상적 통제와 반상의 제도로 백성을 억압하는 권위주의에 대한 도전이라고 여겨집니다. 뚜렷한 명분 없이 천주학을 사학으로 몰아붙여 살육을 일삼은 그들이 틀렸다는 것을 죽음으로 증명해 보인 거라고 할까요. 아버지를 비롯한 여러 순교자들은 하느님에 대한 사랑과 민衆에 대한 사랑을 죽음으로 보여 주었다고 봅니다."

그 외에도 하상은 관료들의 폭정에서 민衆을 구하는 방법으로 사랑과 평등보다 좋은 답안은 없다고 소신감 있게 말했다. 계란으로 바위치기라 할망정 어느 때고 반드시 진실이 통할 날이 오리라 믿는다고. 경한은 그런 하상을 보며, 같은 해에 같은 이유로 죽은 두 분 아버지를 어느 정도 이해할 수 있을 것 같은 기분이 되었다. 다소 무모하다고 여겼던 그분들의 사랑과 열정까지. '너는 나를 보고서야 믿느냐.' 그 말이 내내 경한의 입안에서 맴돌았다. 리베이로 신부가 일어서며 말했다.

"오늘은 많이 늦은 것 같습니다. 다음에 또 만날 기회가 있겠지요."

"또 오겠습니다. 조선에 신부님을 보내줄 때까지, 열 번이라도."

리베이로 신부가 고개를 끄덕였다. 이제 돌아가야 할 시간이었다. 숙소로 돌아가서 조금이라도 눈을 붙여야 다음 날 하루 종일 길을 수 있을 것이다. 자리에서 일어나며 하상은 편지에 자세히 써 두었지만 박해가 심한 나라에 사제를 파견하기가 얼마나 어려운지 잘 알고 있지만, 그 박해 속에서도 신앙을 지키려는 사람이 들판의 풀씨처럼 많다는 걸 기억했으면 좋겠다고 했다. 진실한 믿음은 산도 움직인다니까, 언젠가 조선으로 사제가 와 줄 것을 믿는다고.

리베이로 신부의 얼굴에 고통이 스쳐 갔다. 조선의 상황이 좀 나아지기를 기다린다는 말밖에 해 주지 못해서 미안하다고 했다. 신부도 사람이었다. 누가 그들에게 죽을 걸 알면서 불길 속으로 뛰어들라고 말할 수 있으랴. 조선의 사정을 알아챈 누군가가 스스로 가겠다고 말해 주는 것 외에 다른 방법이 없음을 어떻게 설명하랴. 얼어붙은 압록수를 엉금엉금 기어 들어온 주문모 신부는 신자들이 당하는 고통을 보다 못해 스스로 포도청에 걸어 들어갔다. 그는 조선의 어둠을 밝힌 아름다운 불빛이었다. 하상은 편지가 하루 빨리 교황님께 전달이 되었으면 좋겠다는 말을 남기고 일어섰다. 하상과 경한은 아쉬운 발길을 돌려 천주당을 나왔다. 하상은 자신이 언제 또 오게 될지 모르지만 문밖에서 내쫓지만 말아 달라고 거듭 부탁했다. 리베이로 신부는 자신이 성당을 지키는 한 그런 일은 없을 거라고 약속했다. 목숨을 다해서 성당을 지킬 거라고. 리베이로 신부와 다미아노 수사는 인력거가 어둠 속으로 사라지도록 그 자리에 서 있었다.

하상은 두 번째 편지를 전하는 소임을 무사히 마쳤다. 첫 술에 배부르지 않은 거라고 경한이 하상을 위로했다. 두 사람은 손을 맞잡고 평온한 마음으로 돌아왔다. 아니나 다를까, 여수리가 연초를 피우며 그들을 기다리고 있었다. 어두운 길을 되돌아오는 마음이 뒤숭숭했는데 여수리를 본 순간 안도의 한숨이 새 나왔다. 두 사람이 방으로 들어갔다. 하상은 여수리에게 빨리 들어와서 눈을 붙이라고 재촉했다. '연초 피우고 들어갈게.' 여수리는 연초의 마지막 한 모금을 빨아들였다. 잠시 후, 방문이 열리며 경한이 나왔다. 하상은 금세 잠들었다며 경한이 여수리 곁에 털썩 주저앉았다. 늦었는데 왜 나왔느냐고 했더니 경한은 생각이 많아서 잠을 이루기 어려울 것 같다고 했다. 여수리는 연초를 태우겠느냐고 물었다. 그러자 경한이 고개를 저으며, 하상이 세례를 권했는데 자신은 마음의 준비가 되지 않아서 거절했다며, 돌아오는 내내 마음이 불편하더라고 했다. 하상이 그토록 확신을 가진 믿음이 자신에게는 어째서 무주공산에 떠도는 구름같이 느껴지는지 모르겠다며, 아버지를 그렇게 잃고도 아무런 원망 없이 신을 받아들이는 것이 경이로워 보이더라고 털어놓았다. 어부 오 씨를 아버지로 알고 살았고 앞으로 그렇게 살게 될 테지만, 그렇다고 해도 가슴에 뚫린 구멍을 넘나드는 바람 소리까지 모른 체 못하겠다는 경한의 등을 여수리는 말없이 두드려 주었다. 자신은 그들을 수십 년 동안 지켜보고 살면서도 함께할 생각을 못하고 있다며 경한을 위로했다. 머리로 안다는 것과 가슴으로 안다는 것이 얼마나 큰 차이가 있는지, 머리가 아는 걸 가슴으로 느끼려면 얼마나 미어지게 아파야 하는지, 여수리는 차라리 모르는 채로 살라고 말해 주고 싶은 걸 참았다.

백서 일기 5

8월 25일

늦은 밤, 귀동의 옹기 가마굴에 여섯 사람이 둘러앉았다. 초복 날 몸보신을 위해서 옥천희가 잘 익은 복숭아를 한 구럭 풀어놓았고, 황심이 통통하게 살이 찐 오리를 안고 왔다. 귀동은 네 사람의 비밀스러운 만남을 위해 마당에 걸어 둔 솥에 매운탕을 끓였다. 옹기 가마굴 속에 자리도 깔았다. 어두워지기 전에 일을 끝내야 했다. 산이 겹겹으로 둘러싸여 있고 집이 삼태기 모양으로 오목해서 외지 사람들 눈에 잘 띄지 않겠지만 행여라도 사람이 드나드는 기척이 새나갈까 조심했다. 가마굴은 옹기를 굽는 곳이어서 방을 두 개 터놓은 것처럼 넓었다. 센 불에 익은 흙냄새가 구수했다. 산골의 가을은 노루걸음처럼 빨라서 여름이 지나면 어느새 바람에 찬 기운이 돌았다. 산 밑에 누렇게 벼가 익을 때면 산골에는 서리가 덮이게 마련이었다. 낮과 다르게 으슬으슬 춥다가도 가마굴 안에 들어가면 추위를 잊었다.

사람들의 이목을 피하는 데 가마굴만 한 곳이 없어서 귀동은 종종 그 속에서 모임을 갖는다. 가마굴은 말소리는 물론이고 불빛이나 사람의 기척이 새 나갈 위험도 없었다. 더구나 사립문 앞에 백구가 떡하니 자리를 잡고 길 아래의 기척을 살폈다. 귀동은 만약을 대비해서 가마굴 뒤편에 구멍을 하나 더 뚫어놓았다. 그 구멍은 뚫기도 하고 막기도 하며 뒷문 구실을 한다. 밖에서 보던 것과 달리 토굴 안은 별로 답답하지 않다. 일전에 맹사성의 시조를 읽다 약속한 것처럼 네 사람이 쏘가리 매운탕을 끓이기로 했다. 낮에 분원에서 여수리가 비단을 들고 와주었기 때문에 가마굴에 모인 사람은 황사영과 귀동, 황심, 옥천희, 김한빈 외에 여수리까지 여섯 명이었다.

이야기는 자연히 충청도와 전라도에서 일어난 참형 소식이었다. 사방에서 무고한 백성들의 목이 볏짚단처럼 잘려서 새들의 먹이가 되곤 했다. 배가 고픈 날짐승들은 겁에 질려 찾아가지 않는 시신에게 달려들어 주린 배를 채우곤 했다. 그렇다 보니 시신은 하룻밤만 버려둬도 형체를 알아볼 수 없는 지경이 되어 들판에 속절없이 버려졌다. 황사영은 이름이 뭐라 하더냐고 꼬치꼬치 캐물었다. 김광옥, 김정득 두 사람밖에 모르겠다고, 참형당한 사람이 너무 많아서 일일이 다 외울 수 없다고 하면 황사영은 그래도 기억해서 외워 오라고 독촉이었다. 그 사람들 모두 날짐승의 먹이나 되려고 이 세상에 온 것이 아닐 텐데, 그렇게 어이없이 죽은 이들을 우리가 기억해 주지 않으면 너무 서럽지 않겠느냐며 눈시울을 붉혔다. 그리곤 여수리를 가까이 당겨 식구들의 안부와 집안 얘기를 물었다.

"식구들이 모두 어쩌고 있더냐? 어머님은? 그 사람은?"

황사영이 여수리와 얘기를 나누는 동안 귀동과 한빈이 초망을 쳐서 쏘가리와 메기를 잡아 왔다. 황심이 불을 때고 옥천희가 물고기를 다듬어서 매운탕을 끓였다. 여수리는 마당에 닭을 키우는데 병아리가 여덟 마리나 되고, 아기가 병아리와 잘 놀더라고 했다. 황사영이 떠날 때 겨우 걸음마를 시작하던 아기가 마당을 마음대로 뛰어다니더라는 말에 눈물까지 글썽이며 기뻐했다. 아기가 장조림을 좋아해서 살코기를 잘게 찢어서 국물에 밥을 비벼 주었는데 잘 받아먹더라고 했다. 황사영에게는 아들 소식보다 더 기쁜 소식이 없어서 아이가 어떻게 노는지, 어떤 표정을 짓는지, 어떤 말을 하는지 몇 번이고 같은 얘기를 반복하게 했다. 여수리는 그렇게 모든 것이 궁금한 황사영에게 아기의 젖내가 묻은 손수건을 주었다. 아기는 젖과 밥을 함께 먹더라고 했다. 그 말을 듣고 있던 황사영이 붉게 젖은 눈시울을 닦으며 말했다.

"수리야, 내 너에게 긴히 할 말이 있다."

황사영은 여수리의 손을 잡고 어려운 말을 꺼냈다. 선암이 특별히 가까이 두고 있을 때부터 눈여겨보았다며 꼭 부탁하고 싶은 것이 있다고 했다. 여수리는 그의 말을 기다렸다.

"말씀하시어요."

"내 아들이 스무 살이 되면 너는 서른대여섯 살이 되느냐?"

"네, 서른네 살이 될 것입니다."

"그 애가 맘에 걸리는구나."

"나리와 마님이 계신데 무슨 걱정이십니까."

"사람 일은 모르는 것이야. 내 아들이 부모와 함께 살지 못하는 일이 생길지도 모르고."

"어찌 그런 말씀을…."

"너무 염치없는 부탁 같다만, 나중에 내가 없더라도 그 애가 청년이 되어서 돌아오면 형의 마음으로 지켜봐 주련?"

"소인이 아기를 위해 뭘 하면 되는지요."

"그 애가 청년이 되어 돌아오면 형제처럼 친구처럼 옛날얘기를 하듯이 아비의 생을 들려주게. 그 아이가 황사영의 아들 황경한인 것을 알게 해 주었으면 하네."

'나리!'

여수리는 대답할 말을 잃었다. 황사영은 이미 자신의 운명을 내다본 것 같았다. 나중에 경한에게 뿌리를 알게 해 주라는 황사영의 말이 여수리에게는 불안한 삶을 향해 던지는 유언처럼 들렸다. 그는 숨어서 지내는 생활이 그리 길지 못할 거라는 사실을 잘 알고 있었다. 잡히면 그날로 참형을 당할 거라는 사실까지. 자신에게 어떤 일이 일어나든 오늘 한 말을 기억해 달라고 했다. 자신이 지켜봐 주지 못하는 아들의 미래를 남에게 부탁하는 아비 마음이 오죽할까 싶어 여수리는 깊이 명심하겠다고 대답했다. 황사영은 그제야 마음이 놓인다며 여수리의 잔을 채워 주었다.

"나이는 어리지만 너는 내 친구야. 내 좋은 친구!"

귀동이 뚝배기 가득 매운탕을 담아 왔다. 황심이 고사리와 토란, 시래기, 매운 고추 듬뿍 썰어 넣고 밀가루 수제비까지 떠 넣은 터라 요기 겸 안주 삼기에 적당했다. 매운탕에 오리백숙, 막걸리 옹기를 가운데 두고 둘러앉았다. 여수리를 비롯한 여섯 명이 막걸리 잔을 기울여 가며 매운탕을 한 그릇씩 비웠다. 수제비를 건져먹던 황심이 오늘 먹고 내일 죽어도 좋을 맛이라고 감탄했고, 옥천희는 배가 부르니 무슨 일이라도 해낼 것 같은 자신감이 생긴다고 했다. 황사영은 막걸리 한 잔에 발그레하게 볼이 달은 여수리를 흐뭇한 표정으로 바라보았다. 여수리는 매운탕과 막걸리의 맛을 죽을 때까지 잊지 못할 거라고 했다.

여수리가 앉아서 꾸벅꾸벅 졸았다. 귀동이 술기운을 이기지 못한 여수리의 잠자리를 봐 주러 간 사이, 황사영과 옥천희, 황심이 이마를 맞대고 다가앉았다. 황사영은 두 사람의 어깨를 안고 한동안 그러고 있었다. 뜨거운 말이 피와 피로, 가슴과 가슴으로 전해져 세 사람을 하나로 엮어 주었다. 황사영이 결의에 찬 표정으로 말했다.

"이제 비단에 옮겨 적는 일만 남았네. 동지사 떠날 날에 맞추어 편지를 완성하는 건 어렵지 않네만 난 지금이라도 그대들에게 발을 빼라 이르고 싶네."

황사영은 진심으로 그들이 걱정되었다. 그러자 황심이 서운하다는 얼굴로 말했다.

"그런 말씀 마세유. 이건 나리 한 분의 일이 아니고 우리 교회 전체의 일이라디유. 워째 혼자서 짐을 질라고 허시남유."

"만약에 잘못되기라도 하면…. 저 아귀 같은 자들이 무슨 짓을 할지 알잖은가."

"다 떠나고 없는 마당에 혼자 살아남아서 뭔 숭한 꼴을 보라구 그러세유."

"맞구먼이라. 그런 시상은 너무 쓸쓸해서 살고 싶지 않을 거구먼유."

황심도 옥천희도 전혀 물러설 생각이 없어 보였다. 황사영은 차라리 그들 중 한 사람이라도 빠져 주었으면 했다. 귀동은 애써 자는 척 누워 있을 것이다. 세 사람에게 어떤 일이 생기면 귀동은 딱 잡아떼라고 일렀다. 그러면 매는 맞을지언정 목숨은 건질 거라는 황사영의 말에 귀동은 대답을 않고 먼 산만 바라보았다. 황사영은 그런 귀동에게, 오갈 데 없는 사람에게 잠자리를 마련해 준 것만으로도 충분히 할 일을 했다고 다독여 주었다.
"편지를 어떻게 가져갈지 생각해 보았는가?"
황사영이 바투 앉으며 황심과 옥천희에게 방법을 물었다. 동지사 사절단이 출발하기 전에 비단에 옮겨 적으면 된다며 앞으로의 계획을 펼쳤다. 글을 비단에 옮겨 적는 일도 수월한 일은 아니지만 한 달의 여유를 두고 쓰면 계획에 아무 차질이 없을 거라고 했다. 글을 쓰는 것이 어렵지 옮겨 적는 것은 그리 어려운 일이 아니라며 황사영은 남은 술을 잔에 채워 두 사람에게 나누어 주었다. 비단에 쓴 편지를 어떻게 가지고 나가느냐 하는 중요한 문제가 남아 있었다. 정월 스무하룻날 금교령이 발포된 이후 책문의 검문이 삼엄해졌다는 소문을 들었다. 행상들의 짐을 샅샅이 뒤지는 건 물론이고 나랏일로 나가는 사절단도 검문을 할 정도라며 중국을 다녀온 사람은 하나같이 혀를 내둘렀다. 그런 사정을 듣고 있는 바여서 황사영은 책문을 통과하려면 편지를 몸에 숨겨야 하고, 되도록 편지 글씨를 작게 써서 옷인 듯 숨겨도 표가 나지 않아야 한다고 했다. 편지를 작게 접어서 상투 속에 넣고 탕갓을 쓰면 어떨까, 버선 안에 넣으면, 저고리 섶에 넣어서 바늘로 기우면 어떠냐는 등의 여러 가지 방법이 동원되었다. 버선에 넣으면 땀에 젖어 글씨가 지워질 것 같고, 아무리 가늘게 접어도 저고리 섶에 끼우기에는 너무 두껍고, 상투에 넣기에도 편지가 크다고 했다. 그러다 바깥에 나갔다 오던 옥천희가 속옷 차림으로 들어왔다. 소매가 없는 흰 아마포 속옷이었다. 잠옷이니 평상복은 물론이고 땀을 잘 빨아들여서 먼 길에 나설 때 남자들이 즐겨 입는 속옷을 보는 순간, 황사영은 머리에 번갯불이 번쩍 지나가는 느낌을 받았다. 황사영은 애써 기쁨을 감추며 말했다.

"방법을 찾았어!"

황사영이 찾았다고 소리치며 황심에게 속옷을 벗어 보라고 했다. 황심은 영문도 모르고 속옷을 벗었다. 황사영은 땀에 절어서 누리끼리한 속옷을 펼쳐놓고 손가락을 길게 뻗쳐 길이를 쟀다. 한참을 이리 재고 저리 재던 황사영이 됐다고 소리쳤다.

"여보게, 편지를 입고 가게나."

홀로 우는 북소리

낙양과 장안을 거쳐 란저우에 닿기 전에 날이 저물었다. 먼 지평선으로 해가 넘어가고 있었다. 비박할 곳을 찾던 중에 유목민 노인이 겔을 짓고 있는 것을 보았나. 보리와 밀이 자라는 구릉에서 풀을 뜯는 양 떼의 모습이 평화로워 보였다. 석포 아저씨와 몽골인 길잡이가 생삼 몇 뿌리를 들고 가서 노인에게 말을 붙였다. 비단길을 자주 드나든 탓에 두 사람은 유목민들과 친하게 지내는 법을 익혀 둔 듯했다. 석포 아저씨가 겔 옆에 하룻밤 쉬어 가도 되겠느냐고 묻자 몽골인 길잡이가 통역으로 그 말을 전했고, 유목민 노인은 양이 놀라지 않게 말과 낙타를 잘 건사하겠다고 약속하면 쉬어도 좋다고 허락했다. 몰이꾼이 낙타를 잘 돌볼 거라며 걱정하지 않아도 된다고 했더니 노인은 석포 아저씨가 주는 생삼을 받으며 머물러도 좋다고 허락했다. 여수리는 작은 선심으로 사람을 기쁘게 만드는 법을 그렇게 배웠다. 석포 아저씨는 푸근해 보이는 인상대로 그런 일에 매우 능숙했다. 방해가 되지 않게 노인의 겔에서 뚝 떨어져 천막을 쳤다. 천막 안에 짐을 차곡차곡 재워 놓고 짐꾼들이 그 주변에 빙 둘러 자리를 깔았다. 밤이 되자 하늘 가득 별이 떴다. 유성 비가 내리는 들판에 누워 별을 바라보던 하상이 세상의 별이 고비 사막에 다 모여 있는 것 같다고 했다. 하상의 말에 경한은 별이 죽은 이들의 환생이라며 어부들은 바다에 나가면 별을 보고 길을 찾는다고 했다. 두 사람은 별의 전설을 나누다 누가 먼저인지 모르게 잠들었다. 그들이 자고 있을 때 여수리와 일부의 짐꾼들은 늦도록 깨어 있었다. 먼저 잔 사람은 늦게 자는 사람을 위해 깨어서 짐을 지켜야 했다. 그런 면에서 초저녁잠이 많은 하상과 경한은 딱 알맞은 야간 경비병이었다.

  사방이 암흑천지가 되고 별만 무성하게 반짝이자 유목민 노인이 겔 가까운 곳에서 짐승의 똥으로 불을 피웠다. 바싹 마른 짐승의 똥에서 파란 불꽃이 피어오르자 노인은 기도와 간단한 식사를 마치고 악기를 연주했다. 바람과 비, 천둥 같은 자연의 소리를 담은 선율이 산지와 구릉으로 이루어진 고비 사막 곳곳으로 바람 소리처럼 퍼져 나갔다. 노인이 선율을 타는 악기가 바로 말의 뼈와 힘줄로 만든 마두금이라고 길잡이가 일러 주었다. 몽골인 길잡이가 마두금에 관한 전설을 들려주었다.

"마두금을 만든 사람은 차하르 초원의 목동이었네. 쑤허라는 소년이었는데 양을 몰고 오다 길에 쓰러져 있는 망아지를 발견했다네. 그 망아지는 쑤허의 사랑을 받으며 잘 자라서 아름다운 준마가 되었지. 왕이 우승자를 부마로 삼겠다고 했는데, 쑤허의 말이 우승하자 말을 팔라고 강요했다네. 왕의 제의를 거절한 쑤허는 피투성이가 되도록 얻어맞고 말을 빼앗겼지. 그런데 백마가 왕을 내동댕이쳐 땅바닥에 떨어뜨리고 밀았다네. 화가 난 왕이 화살을 쏘았는데, 온몸에 화살을 맞은 말이 돌아와 쑤허의 품에서 죽고 말았어. 그날 밤, 쑤허의 꿈에 백마가 나타나 자신의 뼈와 힘줄로 악기를 만들라고 일러 주었는데, 그 악기가 바로 마두금이라네."

초원에서 소와 양, 말과 자연을 벗 삼아 살아가는 유목민들은 마두금을 타면 액운이 물러나고 말과 낙타에게 축복이 내린다는 믿음을 갖고 있었다. 마두금은 그렇게 몽골 사람들이 귀하게 여기는 악기였다. 소와 양이 풀을 뜯으며 노는 동안 유목민은 끝이 보이지 않는 벌판을 바라보며 마두금을 연주하거나 새의 뼈로 만든 피리, 혹은 갈대 피리를 불며 외로움을 달랜다. 은은하게 흐르는 마두금의 선율이 애간장을 녹일 듯 애절했다.

자연에 의지하고 사는 유목민들에게는 사람과 짐승을 굶지 않고 살게 해 주는 대지와 바람, 비와 같은 자연의 모든 것이 신이었다. 들판에서 지내는 시간이 많은 유목민들은 유난히 자연의 소리에 밝아서 마두금을 타며 입으로 바람 소리를 내는 흐미가 발달했다고 했다. 마두금 연주에 귀를 기울이던 하상이 여수리에게 물었다.

"사막에서 비슷한 소리를 들은 것 같은데, 그게 저 흐미였을까요?"

"아닐걸. 흐미가 아무리 멀리 가도 모래가 노래하는 소리를 못 따르지."

"모래가 노래하는 소리라고요?"

"간혹 모래가 움직일 때 소리가 들리거든. 꼭 갈대 피리 소리처럼 아름다운 선율이 있는데 이 소리야말로 아주 멀리까지 들리는데 가끔 피리 소리로 착각하기도 하지."

"사막에서 길을 잃고 헤매다 저 소리를 따라가면 큰일 나겠네요."

"그래서 모래 울음소리를 죽음의 노래라고도 하지."

"야 참! 신비스럽기도 하고, 무섭기도 하고. 이런 무한 지대에서 매번 길을 잃지 않고 살아 돌아오다니, 형은 정말 대단해요."

"못 돌아가는 사람도 많아. 사막에 별이 많은 이유이기도 하지."

"사막에서 죽은 이의 영혼이 별이 된다구요?"

"난 사막의 밤이 아름다운 게 금방이라도 쏴아 하며 쏟아질 것 같은 별 때문이라고 생각해. 그게 보부상들의 영혼같이 느껴지거든."

강에서 피어오르는 연무처럼 모래바람이 서서히 일며 부옇게 먼지가 덮이기 시작했다. 다행히 바람이 거세지 않아서 파도가 이는 정도에 그쳤다. 사막은 바다나 강물처럼 그렇게 조금씩 움직였다. 큰 파도가 밀려오면 크게 움직이고 작은 파도가 밀려오면 작게 움직이며, 모래는 바다나 강물처럼 혹은 생명을 가진 거대한 물체처럼 움직였다. 여수리에게는 사막이 거대한 생명체같이 느껴져 두렵기도 하고 신비롭기도 했다. 정글이 살아서 그 속에 수많은 동물을 품고 있듯이, 사막도 살아 움직이며 그 존재감을 과시한다. 모래의 바다는 바람을 따라 움직이며 사람이나 말, 들소, 산양, 낙타의 발자국을 흔적 없이 지운다. 배고픈 여우 한 마리가 나타났다. 사막 여우는 커다란 귀로 사막에서 일어나는 모든 일을 듣는

다. 사막 여우는 대부분 무리를 지어 살지만 가끔 여수리 앞에 나타나는 저 녀석만은 언제나 혼자 다닌다. 동물들이 무리 지어 사는 것은 약하기 때문이고 그게 힘이 센 동물들에게 잡혀 먹히지 않는 유일한 방법이다. 저 사막 여우는 사람들 가까이 접근해서 먹을 걸 얻어먹으며 사람들에게 보호를 받는다. 큰 동물들은 사람들이 잠들어 있어도 함부로 접근을 못하지만 사막 여우는 배가 고프면 태연하게 다가와 사람 언저리에서 잠들고 먹이를 얻어먹고 어느새 사라져 보이지 않다 배가 고프면 또 나타난다. 언젠가는 그 여우가 장안까지 따라간 적이 있었다. 사람들은 그 여우가 개나 고양이처럼 사람들에게 익숙하고 길들여졌다고 생각했다. 그래서 개를 기르는 셈치고 먹이를 한입씩 떼어 주곤 했다. 그렇다고 저 여우가 사람들에게 잡히는가 하면 절대로 그렇지 않다. 사막 여우는 비단길을 걷는 대상들이 먹이도 잘 나누어 주고 살생도 일삼지 않는 걸 알고 있었다. 사막 여우의 눈에는 대상들이 무리 지어 다니는 동물로 보일지 모른다. 사람이건 동물이건 약하기 때문에 힘을 합칠 수밖에 없고, 무리를 지어 다니는 법이니. 경한이 사막 여우에게 먹이를 던져 주며 물었다.

"맨 처음 사막에 길을 낸 사람이 누굴까요?"

석포 아저씨가 곰방대에 연초를 채우며 말했다.

"당연히 비단길을 다니는 대상들이지. 유목민들이 초원 지대를 휘잡고 있어 그들과 흉노족을 피해 다니다 보니 오아시스 길을 발견한 거지. 사막 곳곳에 오아시스가 있고, 오아시스를 중심으로 교역이 이루어지기 시작한 것도 대상들이 드나든 이후였어. 대상들을 통해서 모든 거래가 이루어졌거든. 물물 교환이 이루어질 때부터 세상의 모든 길이 대상들에 의해 만들어지곤 했어. 그래서 몽골을 통일한 칭기즈 칸도 유목민과 대상들을 보호했던 거지."

대상隊商은 무리 지어 다니는 큰 장사꾼을 이르는 말이고, 행상은 소규모의 작은 장사꾼을 이르는 말이다. 행상이 모여 대상이 되니 모든 길의 시작은 행상에서 시작되었다고 봐야 할 것이다. 어떤 길이든 동물들이 가장 먼저 지나가고, 그 뒤를 잇는 것이 바로 행상들이었다. 소와 양과 말이 초원을 찾아가듯이 행상도 등짐을 지고 사람이 사는 곳을 찾아다니는 거라며, 석포 아저씨는 사막을 걷는 대상들과 유목민을 같은 부류의 사람으로 보았다. 짐승들이 먹이를 찾아서 길을 만들어 가며 다니듯이 모든 길 위에 행상이 있고, 행상이 지나가면 없던 길도 생겨 그게 바로 비단길이 된다며, 석포 아저씨는 아득히 펼쳐진 평원을 가리키며 문명은 동물들의 발자국에서 시작되었다고 했다. 모락모락 피어오르는 연기와 함께 연초 향이 아스라이 퍼져 나갔다.

"낯선 길을 두려워할 필요 없어. 우리가 곧 길이니 말일세."

검은 바람이 몰려오는 걸 가장 먼저 알아챈 것은 비루먹은 말 영(影)이었다. 조조의 말 이름을 따서 절영이라고 지었는데, 사람들이 절영을 줄여서 그냥 '영'이라고 불렀다. 그림자도 따라오지 못할 정도로 빠른 말이라는 뜻으로 지은 이름이었다. 우루무치에서 돌아가는 길이었다. 둔황에서 란저우를 거쳐 장안에 이르려면 남쪽으로 치롄 산맥, 북쪽으로 아득한 고비 사막이 펼쳐져 있어서 하루에 백삼십 리를 걸어도 한 달은 걸어야 할 거리였다. 우루무치는 예정에 없던 일정인데 좋은 말을 구해 달라는 연경 상회 주인의 특별 주문을 받고 간 여정이었다. 덕분에 우루무치에서 서역 상인에게 비단과 차를 좋은 가격에 넘기고 질 좋은 향료와 옥까지 구한 터라 한층 걸음이 가벼웠다.

조용히 가던 영이 갑자기 히히힝 콧바람을 날리며 번쩍 다리를 치켜드는 통에 부란이 하마터면 말에서 떨어질 뻔했다. 부란이 그 말을 타고 있지는 않았지만 영이 날뛰자 다른 말도 덩달아 날뛰었다. 선우가 워워, 하며 진정시켜 보려 했지만 영이 제자리를 맴돌며 초조하게 서성거렸다. 영이 불안해하자 낙타 대장 쿤도 불안해하고, 나머지 이백 마리의 말과 낙타들이 덩달아 술렁거렸다. 마부 선우가 영의 고삐를 단단히 잡고 진정시키는 데 온 힘을 쏟았다. 몰이꾼들이 동요하는 낙타를 진정시키느라 애를 먹었다. 부란이 낙타와 말을 잘 잡으라고 짐꾼들에게 지시했다. 말이 흥분해서 달아나면 잡아올 방법이 없었다.

"애들이 갑자기 왜 이러죠?"

여수리의 말에 부란은 도적들이 다시 몰려오려나, 하고 걱정스레 먼 곳을 바라보았고, 마부 선우는 도적이 아니라 이번에는 바람 같다고 했다. 태양만 뜨겁게 내리쬘 뿐 모래의 움직임이 느껴지지 않지만 먼 곳에서 울리는 갈대 피리 소리 같은 모래의 울음소리를 영이 들었는지도 모른다. 부란은 만일의 사태에 대비해서 영이 날뛰지 못하게 고삐를 잘 잡으라고 선우에게 지시를 내렸다. 우루무치 농부가 팔려고 끌고 온 말을 가장 먼저 알아본 사람이 선우였고, 비루먹은 말에게 영, 절영이란 이름을 붙인 것도 선우였다. 육십 년을 말만 키우고 산 마부의 아들이라며, 달리는 데는 저놈을 따를 말이 없으니 선우는 자기 말을 믿으라고 했다. 선우가 부란에게 귓속말을 했다.

"한혈마예요."

"설마."

석포 아저씨는 비루먹은 말이라서 장안까지 살아 있기나 하겠냐고 비웃었다. 한 농부가 두 마리의 말이 끄는 수레를 타고 왔는데, 짐칸에 포도 상자와 함께 비루먹은 말이 짐짝처럼 실려 있었다. 말을 알아본 선우가 무조건 사들이라고 부란을 재촉했다. 부란은 잠시 구경하러 온 사람처럼 어슬렁거리다 농부에게 슬그머니 접근했다. 수레를 끄는 큰 말을 쓰다듬으며 부란이 좋은 말이라고 칭찬해 주었다. 농부는 종마라고 으스대며 자랑했다. 얼마를 주면 말을 팔 거냐고 묻자 농부는 세상 천지에 종마를 파는 사람이 어디 있느냐고 펄쩍 뛰었다. 짐을 싣고 가던 낙타가 죽어 버려 당장 말이 필요하다며 비루먹은 말이라도 팔라니까 농부가 얼마 줄 거냐고 물었다. 부란이 비루먹은 말을 요리조리 살피며 운을 뗐다.
"꼴이 좀 시원찮네."
"혈통을 봐야죠. 꼴은 저래도 명마의 자손이라오."
"될 놈은 떡잎부터 알아본다는데, 금방이라도 픽 쓰러질 것 같은 걸."
"어미가 산후통으로 죽어 버리는 바람에 젖을 못 얻어먹어서 저 꼴이오."
"젖이라도 먹여야 한다는 말이우?"
"젖 뗀 지가 언젠데. 저렇게 좋은 종자는 당신 생전에는 만나기 어려울 거요."

"그렇게 좋은 말을 왜 팔려고 하시오?"

"딸이 혼인을 하게 되었으니 어쩌겠소."

"나 같으면 큰 말을 팔겠네."

"저 놈은 종마라서 팔 수 없소. 자식 같은 놈이니."

부란이 마지못한 듯 비루먹은 말 값이 얼마냐고 묻자 농부는 돈 대신 비단을 달라고 했다. 병든 말이니 싼값에 달라니까 농부는 아직 어려서 그렇지 병이 든 건 아니라며 종자가 좋은 말이라고 몇 번이나 강조했다. 그래도 부란이 얼른 달려들지 않자 화가 난 농부가 말의 혈통이 의심스러우면 사지 않아도 된다며 마차를 끌고 갔나. 선우가 부란의 옆구리를 쿡쿡 찔렀다. 부란은 열 살 때부터 말과 살았다는 선우의 눈을 믿고 비루먹은 말을 사기로 했다. 우루무치의 농부는 말 값으로 혼수용 비단을 달라고 했다. 농부로서는 어쩔 수 없는 선택이라고 했다. 딸의 혼인을 앞둔 농부는 지참금은 못 챙기더라도 비단 몇 필은 챙겨 주고 싶어 했다. 옷을 입지 않은 듯 가볍고 매끄러운 비단이 왕가와 귀족 집안뿐만 아니라 혼수품으로 최고의 사랑을 받을 때였다. 농부는 부란의 기대대로 쉽게 속지 않았다. 밀고 당긴 끝에 겨우 가격을 맞춘 게 보통 말 값의 세 배 가격이었다. 농부의 마차에 말 값만큼 비단을 실어 주고 말을 내렸다. 마차를 끌고 가며 농부가 한마디 남겼다.
"잘 기르면 좋은 말이 될 거요."
 농부는 비루먹은 말을 딸의 혼수에 쓸 비단과 바꾸었다. '옛소, 기분이오. 딸이 혼인을 한다는데 면포 한 필 부주하리다.' 부란이 면포 한 필을 얹어 주자 농부는 고맙다며 절을 하고 갔다. 우루무치 농부에게 사들인 비루먹은 말, 선우는 그 말이 구경하기도 어려운 한혈마가 틀림없다고 장담했다. 부란이 말을 사들인 것은 한혈마를 구해 달라는 어느 갑부의 부탁을 받았기 때문이었다. 그 갑부는 비단으로 돈을 모은 장사꾼인데 유독 말에 관심이 많았다. 부란은 비루먹은 말이 정말 하루에 천 리를 달린다는 한혈마일까 싶지만 선우의 눈을 믿기로 했다. 말을 안다는 그 갑부가 싫다고 하면 조선으로 끌고 가서 애마로 키우면 되는 것이니. 선우는 아직 어리고 비루먹은 꼴이 제 모양새를 찾지 못하고 있지만 연경 상회에 도착할 무렵이면 혈통대로 훌륭한 말의 형색을 갖추게 될 테니 두고 보라고 큰소리쳤다. 농부 말대로 선우는 특별히 그 말에게 먹이를 많이 주었다. 물이 있는 곳에서 씻기고, 솔질해 주고, 말과 애기를 나누며 친구 대하듯 해 주니 몰골이 시원찮던 말이 하루가 다르게 살아났다. 열흘이 지나자

눈곱이 떨어지고 등에 윤기가 자르르 흐르며 때깔이 나기 시작했다.

"바람이에요. 검은 바람."

낙타를 몰던 몰이꾼이 어디로든 피할 곳을 찾아야 한다고 부란을 재촉했다. 동물들은 항상 보이지 않는 그 너머의 세계를 보는 힘이 있어서 지진이 일어나거나 정글에 불이 날 기미를 사람보다 먼저 알아차린다. 만약 영이 바람의 기미를 알아차린 거라면 마땅히 피할 곳을 찾고, 물품들이 모래바람에 날아가지 않게 단단히 묶어서 동물들의 동요를 막는 것 말고는 다른 방법이 없었다. 바람은 천리마보다 빨라서 순식간에 사막을 덮칠 테지만 바람이 일으킨 모래 먼지는 오래도록 시야를 가릴 게 뻔했다.

몰이꾼들은 말과 낙타를 한곳으로 모으고 보자기로 얼굴을 덮어 주었다. 여수리도 흰 보를 꺼내어 불안해서 앞발을 번쩍 쳐드는 말의 얼굴을 가렸다. 예감은 영혼으로 느끼는 것이지만 눈은 때때로 보이는 것 이상의 불안을 더하게 하는 역할도 한다. 그럴 때 눈을 가리면 불안이 가라앉는다. 눈을 가린 말과 낙타를 이끌고 둔황을 향해 걸었다. 마음이 안정된 동물들은 띠를 풀어도 더 이상 동요하지 않았다.

바람이 몰려오는 기미가 느껴졌다. 부란은 조금 둘러 가더라도 바람을 피하고 보는 게 좋겠다며 사막 갓길을 따라서 초원길로 갔다. 동물과 가장 친숙한 사람이어서인지 몰이꾼은 말과 낙타들의 말을 잘 알아듣는 것 같았다. 길잡이가 바위 계곡이 가깝다며 그리로 가자고 했다. 바람을 피하기에 알맞은 곳이었다. 모래바람이 밀려왔다. 청량하던 하늘이 모래 안개에 덮여 한 치 앞도 보지 못할 만큼 흐려지더니 검은 구름에 덮여 사위가 캄캄해졌다. 자연의 환란을 벗어날 방법이 그것뿐인 듯 신을 부르며 기도를 하는 사람도 있었다.

  뜻하지 않은 불상사가 생겼다. 한 치 앞도 분간할 수 없는 모래바람 때문에 방향을 잃고 허우적대던 낙타 한 마리가 모래바람에 떠밀려 모래 계곡으로 굴러 떨어졌다. 낙타가 지고 있던 향료가 모래 더미에 파묻혔다. 낙타를 몰던 몰이꾼은 낙타와 함께 굴러 떨어지지 않기 위해 고삐를 놓아야 했다. 간신히 기어올라 온 몰이꾼은 두 다리를 치켜들고 한없이 미끄러지는 낙타를 눈앞에서 지켜보고도 잡지 못했다. 몰이꾼이 천을 온몸에 감고 낙타를 구하러 갔다. 그에게는 식구나 마찬가지여서 낙타를 찾으러 가는 몰이꾼을 아무도 말리지 못했다. 여수리는 천으로 영의 온몸을 덮어 주었다. 모래바람 속을 헤치고 다니는 전사처럼 강한 말이지만 영은 사람으로 치면 아직 어린아이였다.

모래의 울음을 몰고 다닌다는 타커라마간 사막의 바람이 먼 길을 달려왔다. 거센 바람에 날린 모래가 비안개처럼 시야를 자욱하게 가렸다. 모래 때문에 눈을 뜨기가 어려웠다. 부란이 말을 몰아 협곡으로 먼저 가고 뒤이어 낙타 무리와 행상, 짐꾼이 뒤따랐다. 길게 이어진 대열이 모래바람에 덮여 흐릿해 보였다. 바위가 벽처럼 일어서 있는 협곡 사이에서 대열을 정비하고 쉬었다. 해가 있다면 노을이 아름다울 무렵이었고, 바람이 지나간다 하더라도 모래 구름이 쉽게 가라앉지 않을 테니 협곡에서 하룻밤 머물러야 할 것 같았다.

"바람이 지나갈 동안 짐을 내려놓고 편히 쉬게나."

부란의 명에 행상들이 짐을 야무지게 갈무리하고 한자리에 모여 쉬었다. 여수리는 거친 모래바람을 막기 위해 이불 삼아 덮고 자는 천을 하나씩 나누어 주었다. 그들 모두 목에서 발끝까지 덮이는 한 장의 헐렁한 옷을 입고 허리에 천을 두른 모습이었다. 머리에 모피로 만든 모자를 쓰거나 터번을 두르고 있어서 더 가릴 곳이 없지만 그것으로는 검은 바람을 막기에 역부족이어서 커다란 천으로 몸을 둘러싸고 협곡 사이에 가만히 엎드려 있어야 했다. 모래가 손가락 사이로 밀가루처럼 부드럽게 흘러내리지만 그것이 바람을 타고 날아다닐 때는 거친 나무껍질로 살갗을 문지르듯 따가웠다.

그 바람을 오래 맞으면 살갗이 바늘로 찌르는 것처럼 따갑고 빨갛게 부어오르는 무서운 것이 되었다. 바람은 한자리에 오래 머물지 않지만 바람이 일으킨 모래 먼지는 쉽게 가라앉지 않아서 한참 동안 모래 먼지를 마시며 걸어야 했다. 숨 쉴 때마다 코로 입으로 모래가 드나들어 괴롭기가 헤아릴 수 없을 지경이어서 천으로 얼굴을 가려야 하는 게 행상이었다. 밤이 오고 있었다. 의주 상단의 행상과 짐꾼들이 짐을 내려놓고 쉬면 뒤따라오던 베니스 상인, 화교 상인, 티베트 상인들이 너도나도 짐을 내려놓고 쉬었다. 낙양에서 만난 서역 대상이 얼굴만큼 커다란 낭을 꺼내어 조금씩 나누어 주었다. 낭은 밀가루를 얇게 밀어서 화덕에 구운 빵떡 같은 것인데 맛이 쉽게 변하지 않고 뱃속에서 천천히 불어나기 때문에 모래바람이 날리는 사막에서 먹기에 적당한 음식이었다. 여수리는 장안에서 몽골 여인이 화덕에 밀가루를 붙여 낭을 굽는 걸 보았다. 낭을 떼어서 우물거리며 걸으면 아쉬우나마 허기가 가셔 걸을 기운이 생기곤 했다. 상인들은 짐 속에서 볶은 콩이나 말린 사과 같은 것을 꺼내어 저녁을 때웠다.

 바람이 불 때는 낙타도 조용히 엎드려서 쉬었다. 간혹 눈에 띄는 초록빛을 찾아서 가시풀을 뜯어먹긴 하지만 낙타에게도 바람은 괴로운 것이어서 사람이 쉴 때는 낙타도 눈을 감고 바람이 지나가기를 기다렸다. 사막은 밤과 낮의 엄청난 간극으로 인간을 움츠려들게 했다. 한낮은 태양의 열기로 모래가 발이 델 정도로 뜨겁고 밤이 되면 매서운 추위로 사람을 얼려 놓았다. 바람이 이는 모래벌판에서 기괴한 울음소리가 들렸다.

  모래바람으로 인한 검은 밤이 시작되었다. 사람들은 천으로 몸을 감고 조그맣게 움츠려 있었다. 지평선은 모래 안개에 덮여 밤인 듯 어두컴컴하고, 길을 잃은 새들만 바위산에 부딪쳐 피를 흘리며 죽었다. 날개가 커다란 새가 모래바람에 떠밀려 날아왔다. 새는 퍽 소리가 나게 바위에 부딪쳐 피를 흘리며 쓰러졌다. 모래바람은 간혹 그렇게 길을 잃은 새를 바람에 날려 보내곤 했다. 이글거리던 뜨거움이 거짓말처럼 식어 버리고 추위가 몰려왔다. 비단길을 걷는 대상들에게는 숙소가 따로 없다. 걷다 날이 어두워져 걸음을 멈추면 거기가 잠자리가 된다. 바람은 기세를 멈출 줄 모른다. 바람이 센 날은 모래 산이 움직여 다닌다. 사구가 이리저리 옮겨 다니기 때문에 자던 중에 모래 산에 파묻혀 떼거리로 목숨을 잃기도 하고, 오아시스가 모래에 덮여 사라지기도 하고, 새가 이동 중에 길을 잃거나 바위에 부딪쳐 죽기도 했다. 검은 바람이 불 때는 그나마 안전한 곳이 바위 계곡이었다. 바람이 지나갈 동안 대상들은 물론이고 행상과 낙타를 모는 몰이꾼들까지 단잠에 취했다. 어디든 땅에 엉덩이를 붙일 기회만 있으면 눈을 붙여야 했다. 여수리는 눈을 감은 채 바람 소리를 들었다. 몽골인 길잡이가 물었다.
"저 소리가 어디서 오는지 아십니까?"
"모래 울음소리 말씀이세요?"
"자세히 귀 기울여 들어 보면 북소리가 들릴 겁니다."
"북소리라고요?"
"누란국 병사들이 진격하며 울리던 북소리 말입니다."
잠을 깨우려는 듯 몽골인 길잡이가 전설의 왕국, 누란국에 관한 얘기를 들려주었다. 누란국은 중국 신장 지역 북쪽의 호수 아래에 있던 나라였다고 했다. 한나라와 흉노족 사이에서 치이고 찢기다 끝내는 모래 폭풍 속으로 사라지고 만 왕국이라던가. 한때 그들 왕국의 병사들도 한 무제에 맞서 싸우기도 하고, 흉노족을 쫓기도 하며 살아남기 위해 몸부림을 쳤다. 그러나 누란국은 적국의 강한 힘과 모래 폭풍 같은 재해를 견디지 못했다. 누란의 왕과 왕녀가 모래 속에 조용히 잠들었다. 누란국이 모래 속으로 사라진 이후, 검은 바람이 불 때면 모래 속에 묻힌 병사들이 북을 울리며 진군하듯 북소리가 들린다고 했다. 여수리는 모래의 울음소리 같기도 하고 갈대 피리의 소리 같기도 한 그 소리를 들으며 누란의 성을 생각했다. 왕과 왕비, 아름다운 누란의 왕녀까지 모래에 묻혀 잠들고, 성과 북을 울리며 진격하던 병사들, 말, 백성이 모두 모래 속에 묻혀 버린 그런 나라가 있다니. 얘기를 듣고 나서 귀를 기울여 들어 보니 거센 바람 사이로 북소리가 들리는 듯했다. 그것은 슬프도록 희미하고 먼 소리였다. 북소리는 바람에 실려 다니며 가까워지다 멀어지곤 했다.

하상과 경한은 서로 뚝 떨어져 다녔다. 처음 해 보는 일이어서 힘이 들 텐데도 명랑함을 잊지 않으려 애썼다. 두 사람의 그런 노력이 대상들에게 힘을 주었다. 먼 길을 걷는 것보다 지루한 일이 또 있을까. 등에 짐까지 지고 있으니 그 고생을 어떻게 말로 다하랴. 그 와중에 경한은 몽골인 길잡이에게 피리 부는 것을 배워 어린 시절에 골목을 뛰어다니며 부르던 노래를 들려주곤 했다. 즐거움을 잃지 않으려 애쓰는 모습이 보기 좋았다.

영원히 계속될 것처럼 걷히지 않는 어둠에 잠겨 밤을 맞았다. 바위산 협곡에서 밤을 지냈다. 기온이 떨어져 온몸이 사시나무처럼 떨리는 걸 참으며 잠을 청하려니 어둠 저편에서 다시 북소리가 들렸다. 귀를 막았다. 가끔 그 소리를 따라간 사람이 있다며 괜히 자다가 바람 소리에 홀려가지 말라고 몽골인 길잡이가 겁을 주었다. 바람을 따라간 사람은 두 번 다시 돌아오지 않더라며, 서로 다리를 묶어 두자는 어느 행상의 말에 사람들이 와하하 웃어 젖혔다. 여수리는 바람 소리인지 북소리인지 모를 소리를 아득한 마음으로 들으며, 위구르족의 원주민들이 두 손으로 북을 두드리고 어린 소녀들이 춤을 추는 모습을 상상하다 어느 샌지 모르게 잠들었다.

"일어나. 바람이 지나갔어."

석포 아저씨가 여수리를 흔들었다. 잠시 눈을 감았는데 깊은 잠을 잔 듯 머리가 개운했다. 일찍 잠을 깬 낙타가 낙타초를 뜯어먹고 있었다. 밤새 모래 폭풍이 일었던 흔적이 거짓말처럼 가라앉았다. 낙타초에 아침 햇살이 비쳐 푸르고 싱싱해 보였다. 수분이 마르며 줄기가 온통 날카로운 가시로 변하는 낙타초. 그 가시 끝엔 신경을 마비시키는 물질이 들어 있어서인지 낙타는 가시투성이의 낙타초 때문에 입안이 온통 상처투성이가 되는데도 그냥 풀을 뜯어먹었다. 물 한 방울 얻을 수 없는 순간에 낙타는 낙타초를 먹으며 피를 흘리고, 제 피로 입을 축이며 갈증을 식힌다던가. 낙타에게도 갈증은 괴로운 것이었다.

여수리는 하상과 경한을 깨우고, 그들은 다시 상인들과 마부, 짐꾼을 차례로 깨웠다. 석포 아저씨가 연초를 태우고 있었다. 물을 주며 목구멍의 흙먼지를 씻으라는 석포 아저씨에게 여수리가 어디 아프냐고 물었다. 밤에 끙끙 앓는 소리를 들었다니까 석포 아저씨는 팔이 너무 아파서 잠을 깼다며 축 늘어진 팔을 보였다. 어깨가 빠졌는지 간밤에 잠을 다 설쳤다며 석포 아저씨는 곰방대를 연신 빨아 댔다. 연기가 맵다며 손부채로 쫓자 석포 아저씨가 곰방대를 내밀며 한 모금 빨아 보라고 했다.

"양귀비 잎사귀를 섞었어."

"부란에게 들키면 어쩌려고."

"어깨가 아파서 피웠는데 정말 아픔이 가라앉네."

부란이 슬그머니 다가와 석포 아저씨의 어깨를 주물렀다. 구린내가 난다며 코를 킁킁대던 부란이 여수리에게 석포 아저씨가 움직이지 못하게 잘 잡으라고 이르곤 어깨를 비틀어 어긋난 뼈를 맞추었다. 석포 아저씨가 비명을 지르는 사이 뚝 소리가 났다. 팔을 떼어 낼 셈이냐고 버럭 소리를 지르는 석포 아저씨의 어깨를 탁 치며 부란은 팔을 흔들어 보라고 했다. 석포 아저씨가 팔을 휙휙 내둘러도 비명을 지르지 않자 부란은 어깨뼈가 어긋난 줄 알았으면 진작 만져 달라고 하지 밤새 앓으며 미련을 떨었느냐고 나무랐다. 그러자 석포 아저씨는 밤새 생고생한 게 억울하다고 투덜댔다. 석포 아저씨가 곰방대를 내밀며 한 모금 빨아 보라고 하자 부란이 곰방대를 빼앗아서 땅에다 톡톡 털어 버렸다.

"아편쟁이로 살다 갈래?"

"아플 때는 약이 되니까 피우죠."

"상단에서 쫓겨나기 전에 끊어라. 한 번만 더 걸리면 죽는다."

부란은 아편은 절대로 안 된다고 일침을 놓고는 모두에게 떠날 준비를 하라고 일렀다. 석포 아저씨는 '안 피워, 안 피운다구.'라며 되받아 놓고는 금세 호주머니에서 마른 양귀비 열매를 꺼냈다. 껍질을 까고 손바닥에 앵속을 털자 까만 씨앗이 쏟아졌다. 석포 아저씨는 그 씨앗을 입에 톡 털어 넣고 꼭꼭 씹으며 씩 웃었다. 여수리도 그와 마주보며 웃었다. 이런 배짱도 없이 언제 죽을지 모르는 비단길을 어떻게 다니느냐며, 여수리에게 연초 한 대 구워 보려느냐고 물었다. 여수리는 손사래를 쳐서 그를 말렸다. 양귀비는 씨앗을 제외한 잎, 줄기, 뿌리 및 씨방 속에도 약간의 아편 성분이 들어 있어서 다치거나 병이 났을 때 고통을 견디게 해 준다며 석포 아저씨는 구하기 어려운 양귀비 잎사귀를 연초에 섞어서 따로 보관했다. 그러면서 양귀비의 잎사귀와 줄기, 씨방 전부 아편 성질을 갖고 있는데 유일하게 까맣게 익은 씨앗에는 그런 게 없다며 얼마든지 먹어도 된다고 했다. 여수리는 그런 석포 아저씨를 이해할 수 있었다. 일 년의 반을 비단길에서 보내다 보면 도적들과 싸워야 하고, 온갖 위험과 맞닥뜨리다 목숨까지 위태로운 적이 얼마나 많은지, 돌아가면 두 번 다시 비단길에 오지 않겠다고 매번 다짐하지만 태어날 때 이미 노비의 피를 갖고 난 터여서 머슴을 살든 백정이 되든 양반들 수발이나 들으며 살아야 했는데, 그를 늪 같은 수렁에서 건져 준 이가 바로 부란이었다. 노비로 살 바엔 비단길에서 죽겠다며 시작한 행상이 삼십 년 넘었다고 했다. 사정이 그렇다 보니 석포 아저씨에게나 여수리에게 비단길은 늘 다니는 고향의 둘레길 같았다. 석포 아저씨는 입버릇처럼 만약 자신이 사막을 걷다 죽으면 누구든지 뼈를 거두어서 고향 뒷산에 묻어 주면 죽어서도 은혜를 잊지 않겠다고 했다.

"유럽에서는 양귀비를 키워서 중국으로 보낸다고 야단들이래."

"그렇게 해로운 걸 어째서 사람들에게 팔아먹으려 애를 쓰죠?"

"중국이 비단으로 세계 시장을 장악하니까 상권을 빼앗으려고 일부러 아편 전쟁을 일으킨 거지."

"중국인들이 유럽의 계략에 넘어간 거군요."

"아편 맛을 본 사람은 집안에 망조가 드는 줄 알면서도 못 끊거든."

석포 아저씨는 아편 전쟁도 알고 보면 '쩐錢의 전쟁'이라고 했다. 중국이 비단과 차로 서역의 시장을 싹쓸이하니까 서역에서 돈 많은 중국인들의 주머니를 털기 위해 생각해 낸 것이 아편이라고 설명해 주었다. 중국이 그 전략에 말려든 건 강단이 약해서라며 석포 아저씨는 결론부터 말하면 중국이 아편에 취해 있는 동안 유럽인들은 비단 시장을 빼앗고 중국인의 지갑까지 가로챘다고 했다. 중국이 아편에 취해 있을 때 돈을 좀 긁어야 하는데 상단에서 쫓겨날까 봐 차마 아편 장사는 못하겠다며 석포 아저씨는 아쉬운 듯 입맛을 쩍쩍 다셨다. 부란이 그런 석포 아저씨의 속셈을 알고 있는 듯 '내가 있는 동안엔 어림없는 줄 알아.' 하고 일침을 놓았다.

지평선에서 해가 솟아오르는가 싶더니 금세 중천으로 둥실 떠올랐다. 사막의 해는 끓어오르는 열정으로 저 홀로 이글거리며 타올랐다. 하상과 경한은 태어나서 해를 그렇게 가까이에서 느껴 보기는 처음이라고 했다. 대상들은 이른 아침마다 해를 향해 두 손을 모으고 무사히 고향에 돌아가게 해 달라고 기도했다. 장사는 성공적이었다. 담비 털과 비단, 홍삼을 둔황에서 좋은 가격에 넘기고, 생각지도 않게 좋은 말까지 구했으니 더 지체할 필요가 없었다. 낙타의 등에는 장안으로 가져갈 옥과 향료, 후추, 귀금속과 질 좋은 차를 가득 실었다. 돌아오는 길은 짐도 가볍고 길도 가까웠다. 갔던 길을 되돌아가는 것이지만 돌아가는 길은 둘둘 말아 놓은 한지를 풀어 가듯 익숙한 길로 쑥쑥 나아가기만 하면 되는 것이어서 한층 가깝게 느껴졌다.

지방 오일장을 다니며 난전亂廛을 봤다는 행상 하나가 하상에게 어디서 왔느냐고 물었다. 양근에서 왔다니까 계랑에서 18년 동안 유배를 살았던 사람을 아느냐고 물었다. 행상의 고향이 계랑인데, 거기 소내 사람이 18년이나 유배를 살다 지난 가을에 사면되어 향리로 돌아갔다고 했다. 신분으로 보나 연배로 보나 가까이 접할 일이 없는 사람이라 얼굴도 모른다니까 행상은, 장사꾼과 양반이 애초에 노는 물이 다르니 얼굴도 모르는 게 당연하다고 했다. 하상은 사면되어 향리로 돌아갔다는 소내 사람이 숙부라고 짐작했다.

'마침내 해배가 되셨어.'

다산 정약용이 귀양살이를 끝내고 돌아가는 길이었다면 아마도 계랑이 떠들썩했을 것이다. 하상은 사의재 현판이 붙어 있던 주막의 작은 방을 머릿속에 그렸다. 다산은 초당으로 옮기기 전까지 주막 뒷방에서 동네 아이들을 모아 놓고 글을 가르쳤다. 유배를 살며 지은 책이 오백 권이 넘고, 마중 나온 마을 사람들과 제자들이 십 리까지 줄을 잇더라는 행상의 말에, 얘기를 듣고 있던 사람들이 저마다 다산에 대해 아는 대로 한마디씩 거들었다. 곡산 부사 시절부터 암행어사 시절까지, 양반은 폐족이 되어도 언제까지나 양반이고, 목민관은 퇴직을 해도 사람들이 목민관으로 기억하더라고. 얘기를 듣고 있던 몽골인 길잡이가 그런 사람이 무슨 일로 유배를 살았느냐고 물었다. 계랑에서 온 행상은 다산이 천주학을 했다며, 박해로 한 해에 죽은 사람만 수백 명이라니까 몽골인 길잡이가 왜 죽이지? 하고 물었다. '임금도 모르고 아버지도 모르는 그런 종교는 나라에서 믿지 말라고 했거든.' 다산은 배교를 해서 겨우 목숨을 건지고 18년 동안이나 유배를 살았다고 말해 주었다. 몽골인 길잡이는 고개를 갸웃거리며, 그럼 해나 달을 보고 절을 하는 것도 안 되느냐고 물었고, 여수리는 천주교만 빼고 다 괜찮다고 말했다. 천주교가 그렇게 나쁜 거냐고 물었고, 여수리는 천주학이 나쁜 것이 아니라 그것을 정치 싸움에 이용하는 사람들이 나쁘다고 했다.

"타우가 돌아온다!"

선우가 소리쳤다. 아지랑이가 가물가물한 모래 언덕 저편에서 타우가 혼자 털레털레 걸어오고 있었다. 타우가 가까이

다가오기를 기다렸다. 사막은 눈에 보이는 것보다 훨씬 거리가 멀었다. 타우는 모래 언덕에서 미끄러진 낙타를 찾으러 갔다가 빈손으로 돌아왔다. 낙타 때문에 울었는지 눈이 퉁퉁 부어 있었다. 그의 말로는 낙타를 부르며 밤새 미친놈처럼 돌아다녔는데도 끝내 낙타가 돌아오지 않더라고 했다. 부란이 그의 등을 두드리며 위로해 주었다. 낙타는 사람보다 똑똑하니까 혹시 어딘가에 살아 있을지도 모른다며, 사람이라도 살아서 돌아온 게 어디냐고 했다. 석포 아저씨는 낙타가 아무리 소중해도 사람 목숨만큼 귀하지 않다고 타우를 위로했다. 타우의 표정이 밝아지지 않는 걸로 보아 어떤 말도 위로가 되지 않는 모양이었다. 설미 낙티 잃은 걸 모른 척하겠느냐며 부란이 상단에 말을 잘해 주겠다니까 그제야 타우가 울음을 그치며 그 낙타가 여섯 식구의 밥줄이라며 값을 잘 쳐 달라고 부탁했다. 비단길을 다니다 보면 별별 일을 다 겪는다며 부란은 타우가 아직 경험이 부족해서 그런 일로 울고불고 난리를 치지만 두어 번만 더 오면 단련이 될 거라고 했다. 도적을 만나서 목숨 빼앗기고 물건 빼앗기는 것에 비하면 장난 아니냐며 마음 도사려 먹으라고 했다. 간혹 그렇게 어쩔 수 없는 순간이 있다. 낙타나 말이 더위를 못 견뎌 죽기도 하고, 사람이 죽기도 하고, 도적을 만나기도 하며. 석포 아저씨와 부란이 길을 재촉했다.

"자, 서두르게. 너무 지체했어."

석포 아저씨의 말에 느긋하게 쉬고 있던 행상들이 모두 짐을 지고 일어섰다. 석포 아저씨가 앞장서서 대열을 이끌었다. 말과 낙타는 마지막 남은 건초를 싹싹 핥아먹고 되새김질에 바빴다. 무거운 짐을 지고 다니는 동물들에게는 틈만 나면 먹을 것을 준다. 낙타와 말에게는 먹는 것이 유일한 낙이고 호사였다. 석포 아저씨가 쨍쨍 내리쬐는 해를 올려보며 말했다.

"이놈의 사막. 두 번 다시 오나 봐라. 모래바람이라면 아주 몸서리가 난다니까."

"그 소리 한 번만 더 들으면 백 번이다."

석포 아저씨의 말에 부란이 툭 쏘아붙였다. 아웅다웅 다투지만 두 사람은 그렇게 비단길을 함께 다닌 지 이십여 년이었다. 대개 배에 도자기를 싣고 광저우를 오가고, 연경이나 장안의 일을 보곤 했는데 이번처럼 둔황 너머 우루무치까지 오가는 게 흔한 일은 아녔다. 연경 상회 주인이 말을 부탁하는 통에 생전 구경도 못할 뻔한 우루무치를 다녀왔다. 하상과 경한은 고생스러우면서도 재미있다며 세상이 이렇게 크고 넓은 줄 몰랐다고 탄복했다. 두 사람은 멋모르고 따라나선 길이었지만 실은 험한 노정이어서 이십 년 관록을 먹은 부란과 석포 아저씨도 진저리를 치는 길이었다. 고비 사막도 아니고 죽음의 사막으로 알려진 타커라마간 사막의 턱 언저리까지 왔으니 검은 바람을 경험하는 건 당연한 절차였다. 여수리는 바람이 다시 불지 않겠느냐고 물었다. 그러자 몽골인 길잡이는 사막을 지나가는 동안 바람이 약해지다 사라지겠지만 간혹 바람도 길을 잃는 곳이 사막이라고 했다. 사막이 너무 넓어서 바람조차도 길을 못 찾고 헤매다 생을 마친다고.

부지런히 걸으면 오아시스 도시에서 잘 수 있다고 했다. 둔황에는 신녀가 목욕을 했다는 샘도 있고, 술도 있다며 부란은 숙소에 여장을 풀고 술과 고기를 실컷 먹여 주겠다고 했다. 지휘자답게 사람들에게 희망을 주고 기운을 북돋워 주려는 것이지만 부란은 마음에 없는 말은 하지 않는 사람이었다. 일행들이 환호성을 지르며 기뻐했다. 밤이 되면 엄청난 기온 차이로 뼛속까지 추위가 파고들기 때문에 숙소에서 모래 먼지라도 씻고 자려면 서둘러야 했다. 건초를 씹으며 졸고 있던 낙타의 등에 짐이 실리고, 길잡이가 앞장서서 걷기 시작했다. 낙타의 등에 짐을 실을 때 뿌연 황사 너머로 해가 비쳤다. 부란은 말 위에서 깜박깜박 졸았다. 자면서도 귀를 열어 놓는지 부란은 멀리서 들리는 말발굽 소리와 사람 소리를 누구보다 잘 들었다.

 하상의 걸음이 자꾸 처졌다. 그동안 잘 버텼다 했더니 마침내 한계에 도달했는지 피로한 기색이 눈에 띄게 드러났다. 경한은 배를 타고 거칠게 살다 와서 그런지 의외로 강한 반면에 하상은 글만 읽고 온 사람이어서 아무래도 견디는 힘이 약했다. 여수리는 지친 두 사람을 번갈아 격려를 해 주며 오아시스 도시에 가면 좋은 걸 보여 주겠다고 했다. 두 번 다시 비단길을 밟을 일이 없을지도 모르는데, 기억에 남는 것을 보고 가면 두고두고 오늘을 기억하게 될 거라니까 하상이 마지못한 듯 관심을 보였다.

 "그게 뭔데요?"

 "월아천!"

 "달이 뜬 샘?"

 "그냥 달이 아니고 선녀의 눈썹 같은 초생달이라네."

 여수리는 지친 두 사람에게 월아천의 전설을 들려주었다. 사막이 되기 전에는 둔황도 산림이 우거진 곳이었다고, 그 우거진 산림 속에 밤마다 선녀가 내려와 목욕을 하던 샘이 있었다고.

 "밤마다 내려와서 목욕을 하고 올라갔는데 어느 날 그 샘이 거대한 모래 산에 덮이고 말았지 뭔가. 선녀가 목욕하러 왔다가 샘이 사라진 걸 보고 슬피 울지 않았겠나. 얼마나 많이 울었는지, 그 선녀의 눈물이 고여 샘이 되었다네, 선녀가 울음을 그치고 나뭇가지에 걸려 있는 초생달을 따 넣었지 뭔가. 그게 바로 월아천이라네."

세 사람은 선녀의 샘에 관한 전설을 주절대며 지친 걸음을 떼어 놓았다. 얘기를 나누는 사이 어느 새 오아시스 도시에 닿았다. 거울처럼 맑게 흐르는 선녀의 눈물이 사막에 나무가 자라게 하고, 새를 모이게 했다는 월아천을 앞에 두고 세 사람은 짐을 풀자마자 잠이 들었다. 잠든 그들의 머리 위에서 초생딜이 지고 있었다.

백서 일기 6

8월 27일

 황사영이 생각해 낸 방안은 편지를 속옷 삼아서 입고 가는 것이었다. 옥천희와 황심은 편지를 입고 간다는 말이 이해되지 않아 속옷에 편지를 쓰려느냐고 물었다. 그에 황사영이 고개를 끄덕였다. 때마침 겨울이어서 두꺼운 옷 속에 감추면 한결 숨기기가 쉽다는 것이 그의 생각이었다. 솜옷 속에 감출까도 생각해 보았지만 속옷에 덧대는 것이 가장 자연스러울 것 같았다.

 "비단 속옷을 입어 봤는가?"

 "짐 속에 감추는 것보다는 낫것네유. 짐까정 샅샅이 털어본다던디."

 "그러니까 입고 가라는 거네."

 방법은 간단했다. 편지를 속옷에 덧대어 기운 다음 그것을 입고 가면 된다고 했다. 편지가 종이라면 부스럭거리며 소리가 나서 들키겠지만 비단이라서 소리도 나지 않고 몸에 착 감기니 들킬 일이 없을 거라고 했다. 황심이 땀에 젖어서 글씨가 지워지면 어쩌느냐고 걱정을 하자 황사영은 책문을 통과하고 사정을 봐서 쌈지 속에 넣으면 되지 않겠느냐며, 포졸이 제 아무리 영민하기로 설마하니 남의 속옷까지 살피겠느냐고 했다. 그럴 듯한 방안이었다. 달리 좋은 방법이 있을 리가 만무했다. 황심은 난데없이 비단 속옷을 입게 생겼다고 농담을 하면서도 걱정이 가시지 않은 얼굴이었다.

편지를 백서에 옮겨 쓰는 중이었다. 122행에, 1만 3천 384자나 되는 장문의 글을 속옷 크기만 한 비단에 옮겨 적기란 거북이를 타고 바다를 건너는 것만큼이나 어려운 일이었다. 내용을 좀 줄여 볼까 생각했지만 아무리 살펴도 더는 뺄 것도 넣을 것도 없이 꽉 짜인 글이었다. 글 내용은 수백 명의 순교자들 중에서, 선암이나 이승훈, 주문모 신부, 강완숙과 장조의 서장남이자 정조의 이복동생인 은언군 내외와 며느리 등, 교구 활동에 헌신적이었던 사람을 차례대로 언급했다. 편지의 중반 이후부터는 환란에 빠진 조선의 교인들을 구하기 위한 방안을 제시했다. 그 방안이 이루어질 수 없는 헛구호에 그친다 해도 황사영은 마지막 고함이라도 질러 보고 싶었다.

'이 땅에 신앙의 자유만 준다면 기꺼이 나를 내주마. 돌을 던지든 사지를 찢어 죽이든, 원하는 대로 육신을 내주마.'

전라도와 경상도에서 다섯 명이 잡혀 갔다는 얘기를 듣고 난 직후였다. 그런 말을 들을 때마다 황사영은 '내가 그 억울함을 다 갚아 주리다.' 하고 억울하게 죽은 이들을 향해 소리쳤다. 반역을 꾀한 적도 없고, 사람을 죽이지도 않았고, 남의 것을 탐낸 적도 없지만 이 나라는 정직하게 살았던 그들을 먼저 버렸다. 백성은 아무 죄도 없이 죽임을 당하고 밀고와 배교를 강요당하며 유배지로 쫓겨나고 식구들과 뿔뿔이 흩어지며 피눈물을 흘리는데, 임금은 노론과 한패가 되어 골육상쟁의 다툼에 앞잡이 노릇을 하며, 눈 멀고 귀 멀고 영혼마저 멀어서 무고한 살상을 멈추지 못한다. 사정이 이러니 임금은 백성의 마음을 모르고. 백성은 임금의 마음을 모를 수밖에. 황사영이 말했다.

"만약 일이 잘못되면… 나를 밀고하게."

"그럴게유."

"우리 세 사람만 죽으믄 되지 않것어유?"

황사영과 황심의 말에 옥천희와 귀동이 고개를 끄덕였다. 황사영이 말했다. 만약 책문에서 편지를 빼앗기면 그들은 편지를 빙자해서 얼마나 많은 사람들을 죽일지 모른다. 그 말을 받아서 황심이, 다른 사람 끌어들이지 말고 죽어도 세 사람만 죽자고 했다. 황사영은 옥천희와 황심에게, 정 고문을 못 견디겠으면 지체하지 말고 자신을 밀고하라고 했다. 그러면 두 사람만 죽어도 된다고. 그러자 옥천희가 관리들이 두 사람만 죽게 내버려 두지 않을 거라며 황심에게 자신을 먼저 밀고하라고 했다. 황사영에게 먹을 것을 갖다 주고, 편지를 쓰도록 먹을 갈아 주고, 곁에서 수발을 들어 주었다면 곧이들을 거라며 세 사람만 죽자고 각오를 다졌다. 황사영이 황심과 옥천희, 귀동의 손을 잡으며 말했다.

"어려운 일을 맡겨서 미안하네."

"나리 맴이 우리 맴인 걸유."

"누군가 해야 할 일이믄 우리가 해 버립시다."

황사영은 사람으로 태어나서 옳다고 믿는 한 가지 뜻을 품고 살다 죽는 것은 영광스러운 일이라고 했다.

"워찌게 살 생각보다 죽는 생각을 먼저 한대유?"

밤이 깊었는데도 집 뒤로 흐르는 물소리는 그칠 줄 몰랐다. 도란도란, 재잘재잘. 방 안에서 어떤 얘기를 나누건 계곡을 흐르는 물소리는 저 홀로 즐거이 지저귄다. 귀동은 문밖의 짙은 어둠을 무연히 바라보았다. 언제까지나 밤이 머물러 주었으면 하는 마음이 들도록 어둠이 다행스러웠다. 귀동은 죽는 게 두려웠으면 처음부터 황사영을 불러들이지도 않았다며, 세 사람이 똘똘 뭉쳐서 가 버리면 혼자 남아서 무슨 재미로 살겠느냐며 자신을 빼놓지 말라고 했다. 황사영은 그들 세 사람의 손을 일일이 잡아 주고 다독였다. 황사영이 벼슬에 올라서 양반 텃세나 부리고 살았으면 만나지 못했을 사람들이었다. 황사영은 다들 자기 뜻에 따라 줘서 고맙다고 몇 번이나 인사를 했다.

누란의 왕녀는 모래 속에 잠들고

여수리는 상회에 물건을 들여놓고 나오는 길에 굵직한 분홍색 초를 두 자루 샀다. 둔황의 노을처럼 고운 색상이었다. 한 자루는 식구들을 위한 것이고, 한 자루는 스승의 아내 유조이를 위해 산 초였다. 국화꽃 그림자도 촛불에 비추어 보는 사람. 촛불을 닮은 사람. 유조이의 단아한 모습이 떠올랐다. 초를 천에 돌돌 말아서 신발과 함께 짐 속에 넣었다. 날이 밝자 각처에서 모여든 상인들과 교역이 이루어졌다. 부란과 석포 아저씨는 싣고 간 비단과 홍삼을 내려 장사판을 벌였다. 각국에서 모여든 상인들이 홍삼을 집어 들었다. 비단과 면포도 동이 났다. 상인들은 팔아 치운 물건 대신 서역의 옥과 귀금속을 실었다. 비단을 로마까지 가져가기만 하면 큰돈을 만질 수 있지만 서역으로 가는 길목에 도적이 많아서 쉽게 갈 수 없는 길이었다. 웬만큼 간담이 크기로 유명한 부란조차 꺼리는 것으로 보아 로마로 가는 길이 멀고 험한가 보았다.

"너무 멀어서 실속이 없어."

부란은 이윤을 적게 남기더라도 안전한 쪽을 택했다. 아무리 이익이 되는 장사라 해도 상단의 이익보다 사람이 먼저여서 행상이나 짐꾼들이 위험한 지경에 빠지는 일을 벌이지 않았다. 사람을 아낄 줄 아는 그 점이 행상들과 짐꾼들의 신뢰를 받는 데 큰 역할을 했다. 평소에 그가 하는 말이 그랬다. '까짓, 한 번 더 오면 되지, 무리하지 말자.' 그게 부란으로 하여금 삼십 년간 별 탈 없이 비단길을 오가게 한 비결이기도 했다. 둔황까지 오는 길에도 도적은 있지만 합류하는 행상들이 많기 때문에 한꺼번에 움직이면 위험 부담도 적고 물건도 많아서 교역이 활발해지는 장점이 있었다. 상인들이 양처럼 몰려다니면 누구도 함부로 건드리지 못했다. 그래서 장안에서는 먼 길 가는 상인을 기다려 동행하기도 했다. 유프라테스 강을 지나온 상인들은 둔황에 모이는 비단을 사들여 다시 로마의 교역 도시인 팔미라로 가져간다고 했다. 비단을 팔고 난 행상들은 그들의 낙타에 좀 더 가벼운 짐을 실었다. 비단과 모피와 같은 무거운 짐은 옥과 향료, 귀금속 등의 가볍고 값이 나가는 물건으로 바뀌었다. 행상들이 몰려들면 장터가 활기차게 살아났다. 비단길을 통해서 오아시스 시장으로 몰려든 세계 각처의 장사꾼들은 갖고 온 물건을 팔거나 품목을 바꾸어서 지난 몇 달 간의 긴 행로를 되밟으며 고향으로 돌아가면 되었다. 언제나 둔황이 정점이었다. 행상들은 가져온 물품을 펼쳐 장을 벌였고, 짐꾼들은 상인들이 먹을 물과 식사를 챙기는가 하면 물건을 잃어버리지 않게 정신을 바짝 차려야 했다. 둔황에 온 이튿날부터 상인들은 팔 물건은 팔고 사들일 물건은 사들이며 부산한 나날을 보냈다. 서역에서 온 상인도 가져온 물건을 다른 물건으로 바꾸어서 돌아갔고, 해 뜨는 나라에서 온 의수 상단의 행상들노 둔황에서, 가져간 물건을 돈과 바꾸었다. 장사를 마친 그들은 비단길 반환 지점의 마지막 밤을 편안하게 쉬었다.

둔황은 비단길을 오가는 대상들에게 만남의 장소이기도 하고, 새로운 소식을 나누는 장소이기도 했다. 서로 말이 서툴러서 더듬거리긴 해도 눈과 마음으로 손짓 발짓으로 얼마든지 얘기를 주고받을 수 있었다. 다들 그렇게 만나서 술도 마시고 자기 나라 얘기도 들려주며 하룻밤 머물곤 다음 날 그곳을 떠났다. 아무도 다음을 기약하지 않지만 약속이나 한 듯 어느 날 같은 곳에서 다시 만났다. 그렇게 만났다 헤어지고는 병들어 죽거나 장사를 그만두거나 여러 가지 피치 못할 사정으로 두 번 다시 둔황의 오아시스로 가지 못하는 경우도 생기지만 사라진 상인 대신 또 다른 사람이 짐을 지고 가기 때문에 장터는 늘 붐볐다. 오아시스 도시는 시끄럽게 붐비면서도 평화롭다. 물이 있고 먹을 것도 넉넉하고 깨끗하게 목욕도 할 수 있고, 잠자리도 편했다. 단 하룻밤이지만 그간의 노고를 다 잊고 편안하게 쉴 수 있는 곳이 바로 오아시스의 도시인 둔황이었다. 낙타도 쉬고, 말도 쉬고, 동물들을 거두는 몰이꾼들도 쉬고, 상인들의 안전을 지키는 무사들도 오랜만에 긴장을 풀고 푹 쉬며 비로소 여행의 기쁨을 맛보기도 했다. 그곳에서는 도적들도 선녀의 눈물 같은 샘물을 마시고 아름다운 여인을 품으며 푹 쉬었다. 해가 설핏 기울면 부란은 일찌감치 장을 걷게 하고 술과 고기를 사다 배불리 먹게 해 주었다.

"자, 고단할 테니 짐을 내려놓고 편하게 쉬어, 쉬어."

의주 상단에 처음 온 사람들은 부란이 사람을 아낄 줄 안다고 고마워했다. 부란은 고기도 술도 과하면 탈이 난다며 석 잔 이상 마시지 말라는 엄명을 내렸다. 아직 갈 길이 머니까 고기도 뱃속이 든든할 만큼만 먹으라고 일렀다. 부란은 의주 포구에 도착하면 돼지 한 마리 잡아서 부족한 술과 고기를 실컷 먹게 해 주겠다고 약속했다. 이른 저녁을 먹고 상인들은 주변 풍경을 돌아보며 각자 사고 싶은 선물을 사거나 모래 산을 보며 시간을 보냈다. 어두워지면 숙소의 뜰에서 모닥불을 피웠다. 각처에서 몰려든 상인들과 짐꾼들, 몰이꾼, 무사, 길잡이, 마부들이 여기저기 모여 앉아서 두런두런 이야기를 나누거나, 술을 마시거나, 물 담배를 피우거나, 노래를 부르며 평화로운 저녁 시간을 보냈다. 잠들기 전의 그 짧은 순간이 등짐을 지고 먼 길을 걸어온 그간의 고생을 말끔히 잊게 해 주었다. 부란이 과일 향기가 나는 물 담배를 피우며 말했다.

"뒷방 늙은이로 들어앉으면 오아시스의 밤이 가장 그리울 것 같네."

"연경이나 장안까지야 어르신에게는 동네 오일장이지라."

"그때 왜 따리다니느냐고 구박이나 하지 말게."

"그럴 리가 있남요. 그동안 어르신께 배운 게 어딘데."

"알면 됐네. 다들 그동안 고생 많았어. 하늘 한 번 보게. 밤하늘이 참말로 곱지 않은가? 비단길에 오니까 이런 구경을 하는 줄 알라구. 누가 자네들에게 이런 구경을 시켜 주겠어. 처음 사막의 달을 올려보고 나는 죽어도 여한이 없겠다고 생각했네."

틀린 말이 아녔다. '평생 등짐 지고 오일장이나 기웃거리다 죽을 놈의 팔자가 비단길까지 와 봤으니 여한이 없고말고.' 계량에서 온 행상의 말에 석포 아저씨가 말을 이었다. '그런데 말이지….'

"너무 고생스러워서 다시는 안 오겠다고 마음먹다가도 사흘만 지나면 언제 그랬냐는 듯 이놈의 길이 그리워지니 이상하지 않은가. 어르신한테 먹살 잡혀서 끌려다닌 게 이십 년이네."

석포 아저씨의 말에 부란도 한마디 거들었다.

"난 삼십 년이네."

부란이 첫 원정을 마치고 가장 먼저 한 일이 뒷간에서 소리 내어 운 것이었다고 했다. 고생스러워서 울었고, 모래가 스친 살갗이 따가워서 울었고, 뒷산 등성이에 뜬 달이 너무 아름다워 울다가 웃었다는 말에 모두들 긴장을 풀고 와하하 웃어 댔다. 여기저기서 음악 소리가 들렸다. 울긋불긋한 옷차림의 여인들이 치맛자락을 끌며 다녔고, 온종일 사람으로 들끓는 장터 한복판에 춤추는 말이 음악에 맞춰 재롱을 부리고 있었다. 오가던 상인들이 말 주인의 모자에 엽전을 한 닢씩 던져 넣었다.

이튿날 아침에는 다들 떠날 채비에 바빴다. 몰이꾼은 낙타와 말의 먹이를 챙겨야 했고, 상인들은 짐을 챙겼고, 부란과 석포 아저씨는 빠진 물건이 없는지 꼼꼼하게 챙겼다. 준비가 끝나면 부란이 목에 걸고 있던 갈대 피리를 불어 출발 신호를 울리게 되어 있었다. 상인들은 부산하게 짐을 챙겨 귀향길에 올랐다. 장터를 떠나는 사람이 있는가 하면 막 도착해서 장을 펼치는 사람이 있고, 오아시스 도시는 그렇게 한시도 쉴 틈 없이 새로운 사람과 새로운 물품으로 화려한 변화를 거듭했다.

"자, 이제 돌아가니까, 도착할 때까지 각자 맡은 일에 소홀함이 없게 하라구."

달리 준비할 것도 없었다. 낙타에게 먹이를 주고 잠시 내려놓았던 짐을 다시 낙타 등에 실으면 되었다. 여수리와 하상, 경한 등의 짐꾼들은 행상들이 짐을 지는 걸 도와주기도 하고, 일어나지 않으려는 게으른 낙타를 일으켜 등을 쓸어주기도 했다. 무거운 짐을 지고 걷자니 얼마나 고단하겠느냐며 볼을 만져 주고 목을 긁어 주는 게 좋은지 낙타는 콧구멍을 열고 더운 김을 훅훅 불어 냈다. 낙타는 사막에 살기에 알맞도록 생겨 먹었다. 눈꺼풀이 두 개로 되어 있어서 모래바람을 막을 수 있고, 콧구멍도 창문처럼 닫았다 열었다 할 수 있었다. 귓구멍의 털은 또 얼마나 길고 무성한지. 온통 가시로 이루어진 사막의 풀을 먹으며 피를 흘리는 낙타도 가시풀은 아플 거라고 여겼다. 낙타는 건초를 먹으며 행복한 듯 콧바람을 날렸다. 부드럽고 연한 풀이 제 아무리 맛있다 해도 사막에는 고운 풀이 없기 때문에 어쩔 수 없이 가시풀에 적응했을 것이다. 그것 말고는 먹을 게 없으니. 여수리는 긴 속눈썹을 껌뻑이는 낙타의 순한 눈을 보며 오십 리만 가면 물을 마실 수 있고 편안하게 쉴 곳이 있다고 일러 주었다.

'집에 간다.'

귀향은 누구에게나 즐거운 여정이었다. 집이 뭐기에 이리도 쉽게 사람 마음을 설레게 하는지. 집이 뭐기에 늙은이나 젊은이나 할 것 없이 금세 얼굴에 화색이 돌고 걸음걸이마저 가벼워지는 것인지. 일어나라고 재촉하지 않아도 어느새 일어나 떠날 채비를 차렸다. 길잡이는 길 떠날 채비를 마치고 몰이꾼은 낙타의 고삐를 잡았다. 여수리는 길을 떠나기 전에, 명사산의 모래 한 줌을 대나무 통에 담았다. 모래가 쏟아지지 않게 마개를 꼭 틀어막고 구럭에 넣었다. 비단길을 처음 다녀가던 날 고비 사막의 흙을 가져가서 누조 할미의 손바닥에 부어 주었다. 누조 할미와 아버지는 물이 없는 그 척박한 땅의 모래흙을 손바닥에 놓고 냄새를 맡거나 비벼 보기도 했다. 비단길을 한 번 다녀가면 한 해의 반이 훌쩍 지나가고 어영부영 나이를 한 살 더 먹었다. 처음에는 얼굴을 자주 볼 겨를이 없어서 두 아이가 아비를 몰라보고 수련의 치맛자락 뒤에 숨기 바빴다. 여수리에게는 비단길이 두 번 다시 가고 싶지 않은 여정이지만 식구들에게는 자랑거리여서 쉽게 그만두지 못했다. 한 번만 더, 하던 것이 십오 년이나 되었다. 혼인을 하고 식구들이 하나둘 늘어날 때마다 여수리에게는 비단길에 와야 할 이유가 하나씩 늘어났다.

걷고 또 걸어서 란저우로 갔다. 산지에서 황허 강의 발원지인 란저우에 도착할 동안 불볕이 줄기차게 따라다녔다. 란저우는 서역을 비롯한 사방 천지에서 몰려오는 장사꾼으로 항시 붐비는 곳이었다. 부란은 먼 길을 오가는 장사꾼들은 잘 쉬는 것이 중요하다며 오아시스가 있는 곳마다 짐을 풀어서 쉬게 했다. 더구나 란저우는 동서양의 물품이 한자리에 모이는 비난길의 중간 거점이어서 항시 등짐을 진 상인으로 붐볐고, 어디든 장을 벌이면 그곳이 장터가 되었다.

준비가 끝났는데도 출발 신호가 울리지 않았다. 무슨 일인가 하고 기다리는 행상들에게, 짐꾼 한 명이 설사를 하기 때문에 하루 더 머물러야겠다는 석포 아저씨의 지시가 날아왔다. 한양 성 밖에 살던 영섭이라는 사람이었는데, 대수롭잖던 설사가 날이 밝도록 멈추지 않아 석포 아저씨의 걱정이 이만저만이 아녔다. 그 사람을 란저우에 두고 갈 수도 없고 구만리 머나먼 길에 아픈 사람을 데려갈 수도 없어서 난감했다. 그 사람은 먼저 가라며 설사가 멎으면 금방 뒤따라 가겠다고 했지만 넓은 황하 유역이 소내의 좁은 골목길도 아니고, 어디 있는 줄 알고 찾아오겠다는 것인지. 부란이 석포 아저씨와 의논 끝에 란저우에서 설사가 멎을 때까지 머물기로 했다. 행상들은 쌌던 짐을 다시 풀었다. 쉬면서도 그냥 쉴 수가 없어서 장터를 벌였더니 서역에서 몰려온 상인들이 금, 은, 옥으로 만든 귀금속과 장식품, 향료 등의 물품에 몰려들었다. 어차피 짐꾼의 설사가 멎어야 떠날 수 있기 때문에 부란은 아예 전을 펼쳐 놓고 걸게 장사판을 벌였다. 다 팔고 나면 빈손으로 가면 되니까 걱정하지 말고 시원하게 팔아 치우라는 말에 행상들은 오일장에서 갈고 닦은 실력을 다 발휘해서 장사를 했다. 싼 물건이 있으면 사들이려고 장바닥을 어슬렁거리던 부란이 향료를 내다 팔고 그 돈으로 옥을 사들였다. 이미 둔황에서도 많이 사들인 터라 석포 아저씨는 웬 옥을 그렇게 사들이냐고 물으니 사대부 마나님과 천관들이 좋은 향료나 반함으로 쓸 옥구슬 옥 반지·목걸이 등의 사치품이라면 사족을 못 쓴다는 것이다. 돈푼깨나 만지는 기생들이 특히 화려한 귀금속을 좋아한다며 아마 없어서 못 팔 거라고 장담했다. 부란의 장사 수완이라면 없는 주문도 만들어 낼 위인이어서 별 걱정을 하지 않았다. 어쨌든 짐의 부피와 무게가 줄어들어 짐꾼들이 꽤나 좋아하는 눈치였다. 짐이 줄면 낙타도 사람도 수월해서 돌아가는 길이 한결 편했다.

짐꾼의 병세가 더 심해졌다. 밤새 설사를 하다 새벽에는 열에 들떠 헛소리까지 했다. 경한과 하상이 오아시스를 다니며 의원이 있느냐고 물었다. 상회마다 기웃거리며 의원이 있느냐고 물었지만 모두 고개를 저었다. 두 사람이 바쁘게 뛰어다니는 모습을 보고 도자기를 팔러 온 티베트 노인이 중국인 상인을 통해서 어떻게 아프더냐고 물었다. 오한과 열이 겹쳐서 땀을 흘리며 떨고 머리가 아파서 잠을 못 잘 정도라고 하자, 티베트 노인은 말라리아에 걸린 것 같다며 림나무 잎사귀나 기나나무 껍질을 달여 먹이면 나을 거라고 일러 주었다. 두 사람은 기나나무 껍질을 찾아다녔다. 그러자 어느 중국인 상인이 유리병에 담긴 잎사귀를 한 움큼 집어 주며 그걸 달여 먹으면 낫는다고 했다. 경한은 중국인 상인에게 약값으로 엽전을 쥐어 주었다.

"약을 구했어요."

두 사람이 소리를 지르며 가자 행상들이 어디어디 하며 고개를 디밀었다.

"뭐야, 이건 나무 잎사귀잖아. 이게 무슨 약이라고."

"림나무 잎사귀라고. 이게 아프리카 원주민들이 말라리아를 예방하기 위해 먹는 약이래요."

하상이 주전자 가득 물을 끓여서 림나무 잎사귀와 기나나무 껍질로 차를 끓였다. 짐꾼에게 하루 내내 잎사귀 끓인 물을 마시게 했다. 그랬더니 정말 효과가 있는지 사흘쯤 열에 시달리던 짐꾼이 기진맥진한 모습으로 일어났다. 말라리아를 앓다 죽는 사람은 많이 봤지만 저승문 앞까지 갔다가 깨어나는 사람은 처음 봤다며 상인들이 혀를 내둘렀다. '객사하기는 싫었나 보군.' 짐꾼은 다시 살아난 게 기쁜지 죽을 먹으며 해쓱한 웃음을 지었다. 짐꾼 따위를 끝까지 버리지 않아서 얼마나 고마운지 모르겠다며 그는 부란에게 연신 머리를 조아려 절을 했다. 짐꾼 하나 때문에 귀향이 지체되었다고 불평이 많았지만 석포 아저씨가 아픈 사람 곁에 남겠다고 하자 부란은 딱 이틀만 머무르고 그래도 차도가 없으면 두고 가자고 했다. 살 운명이면 기어서라도 살아올 거라는 말에 아무도 토를 달지 못했다. 이틀 머물고 난 아침에 병자를 돌봐 줄 짐꾼 한 명을 더 남겨 두기로 하고 짐을 꾸렸다. 떠날 채비를 하던 중에 짐꾼이 부스스 일어났다. 짐꾼은 벗어 두었던 등짐을 지며 '저도 갈랍니다.' 하고 따라나섰다. 장안에 있을 테니까 천천히 오라고 해도 짐꾼은 엄마 품에서 떨어지기 싫은 아이처럼 기어이 따라나섰다. 아직 몸도 못 추스르는 그를 보다 못해 부란이 하루만 더 머물겠다고 선언했다. 행상 삼십 년에 오아시스에서 사흘이나 머물기는 처음이라며, 까짓 푹 쉬어 보자고 했다. 저승문 앞까지 갔다 온 사람을 길에서 엎어지게 하면 살려 낸 보람이 없어진다고 했다. 덕분에 행상들은 물론이고 짐꾼들도 팔자에 없는 란저우 구경을 하며 사흘 동안 푹 쉬었다. 처음에 불평이 많던 이들도 나중에는 식구들을 챙기고 아껴 주는 마음이 고맙다면서 부란과 석포 아저씨에게 감사를 표시했다.

비단길에 따라오기 전까지 경한은 사막에는 겨울도 없고 봄도 없이 여름만 있는 줄 알았다고 했다. 비단길을 걸어 보고서야 사막에도 봄이 있고 겨울이 있는 것을 알았다고. 어디 봄과 겨울뿐인가. 사막에도 폭풍우가 일고 비가 오고 꽃이 핀다. 다만 거기서는 농사도 짓지 못하고 집도 짓지 못한다. 모래바람을 가려 줄 나무 한 그루 자라지 못하니 당연히 사람도 살지 않는다. 그런데도 그 버림받은 땅을 찾는 사람이 있으니 그들이 바로 비단길을 오가는 행상들이었다. 경한이 혼잣말을 하듯이 여수리에게 물었다.

"이렇게 험난한 길을 처음으로 개척한 사람은 어떤 마음이었을까요?"

"역사를 개척하려는 위대한 사명감을 품고 나섰다고 들었다. 자네 아버님처럼. 장건이 자원을 했다더군. 장건은 전한 때의 장군이었는데, 흉노족 때문에 골치를 앓던 한 무제가 서방의 대월지와 동맹을 맺으려고 사자를 모집했는데 그때 장건이 백여 명의 군사를 이끌고 길을 떠난 게 비단길의 시초였다더군. 장건은 대월지와 동맹을 맺기도 전에 흉노에게 잡혀 십년 동안 포로 생활을 했다네."

한 무제는 흉노를 제압하고 서아시아로 통하는 길을 확보하기 위해 장건을 중앙아시아로 파견했다. 장건은 그 원정 중에 서역西域이라는 서방 각지와 사절을 교환하고 서역의 문물이 왕래하는 길을 열었다고, 여수리는 예전에 선암과 황사영이 객담으로 주고받던 얘기를 그대로 들려주었다. 경한과 그런저런 얘기를 나누는 동안에도 하상은 내내 말이 없었다. 숙부의 귀향 소식을 듣고 나니 만감이 교차하는가 보았다. 아버지 생각도 났을 것이다. 살아 있는 사람은 어떻게든 살아서 고향 땅을 밟는데 이미 죽어 버린 사람은 영원히 돌아오지 못하는 것이다. 하상은 그날의 일을 똑똑히 기억하고 있었다. 아버지가 옷을 갈아입는 동안 나졸들이 문 앞에서 기다렸고, 식구들과 마지막 인사를 나눈 아버지는 뒤도 돌아보지 않고 포도청으로 걸어갔다. 아버지와 헤어질 때 여섯 살이었으니 하상에게는 가장 오래된 기억이면서 또한 가장 슬픈 역사이기도 했다.

여수리는 짐을 넣어 두는 구럭에서 옥으로 만든 목걸이를 꺼냈다. 둔황에서 산 것이었다. 단아와 환의 웃는 얼굴이 떠올라 여수리는 혼자 빙긋 미소를 지었다. 아마도 두 아이는 양근 전체를 통틀어 아무도 갖지 못한 귀중품을 가진 아이가 될 것이다. 세상에 태어나서 아비가 상인이어서 고마운 이유를 하나쯤 만들어 주어야 할 것 같아서 어떤 고관대작의 아이들도 갖지 못한 목걸이를 마련했다. 유리로 만든 목걸이는 비싸서 귀한 것이 아니라 조선 땅에서는 쉽게 구할 수 없는 물건이어서 귀한 것이다. 여수리는 그 목걸이를 옥빛으로 물들인 목도리와 바꾸었다. 그들은 여수리의 어머니가 만든 목도리에 반해서 선뜻 목걸이를 내주었다. 목걸이의 유리는 햇빛을 품고 무지개를 흩뿌리며 아름답게 빛났다. 목걸이 선물을 받고 기뻐할 아이들의 얼굴이 눈에 선했다. 돌아가는 길에는 비박조차 달콤하다. 장막처럼 드리워진 어둠 속에서 별빛만 청초하게 빛났다. 자려고 누워 있으니 밤하늘의 별이 소나기처럼 왈칵 쏟아지려 했다. 어둠이 짙을수록 별은 더 밝게 빛난다. 은모래같이 흩뿌려 놓은 별 사이에 창백하게 달이 떠 있다. 사막의 달이 여수리를 비롯한 행상들에게 집을 떠난 나그네의 외로움을 일깨워 주었다.

사막의 밤은 뼛속 깊이 스며드는 추위로 사람을 못 견디게 한다. 부란이 뜨거운 차를 마시고 싶어 했다. 사막에서 뜨거운 차를 마셔야 할 때가 있다면 바로 공기가 싸늘하게 식는 밤이었다. 여수리는 부란이 일러 준 대로 끓인 물에 박하 잎을 띄워 홍차를 만들었다. 몽골인 길잡이는 그 홍차 맛이 부란을 또 다시 비단길에 오게 해 줄 거라고 우스갯소리를 했다. 그러거나 말거나 부란은 차를 마시는 동안은 온통 차 맛에 몰두했다.

여수리는 갈포 천을 덮고 밤하늘을 보며 누웠다. 하상과 경한이 덩달아서 그의 곁에 나란히 누웠다. 지나가던 베니스 상인이 갈포 천을 가리키며 하나만 팔라고 했다. 모래바람이 스친 팔다리에 벌겋게 염증이 생겨 있었다. 여수리는 쳐다보기 안쓰러워 짐 속에 접어 두었던 면포를 내주었다. 갈포 천을 주고 싶지만 여분이 없다며 면포를 주었다. 그가 면포 값을 주며 고맙다고 절을 몇 번이나 하고 갔다. 갈포 천을 주어도 되지만 그들이 비슷하게 흉내 내어 팔러 다니는 것이 싫어서 일부러 없다고 했다. 모래바람을 막는데 없어서는 안 될 천이었다. 삼나무 줄기와 질긴 칡 줄기, 부드러운 면을 섞어 짠 다음, 황토 흙으로 물들여 특별히 만든 천이었다. 밥을 먹을 때는 모래바닥에 깔고, 태양이 뜨거울 때는 몸에 둘러서 열기를 쫓고, 밤에는 추위를 막기 위해 몸에 두르고 자는 이불이 되었다. 베니스 상인은 그 갈포 천의 비결을 알아내기 위해 온갖 술수를 썼지만 여수리는 갈포 천을 내주지도 않았고, 비법을 일러 주지도 않았다.

몽골인 길잡이가 피리를 꺼냈다. 길잡이가 피리를 불면 낙타를 돌보는 몰이꾼 중에서 가장 나이가 많은 사람이 흐미로 노래를 불렀다. 콘도르를 위한 노래라던가. 고대 잉카인들은 그들의 영웅이 죽으면 콘도르로 다시 태어난다고 믿었다. 그들에게 콘도르는 자유와 힘의 상징이었다. 몰이꾼은 바람을 막기 위해 온몸에 갈포 천을 두르고 얼굴만 내민 채 노래를 불렀다. 흐미로 노래를 부르는데도 입조차 움직이지 않으니 노래를 부르는 셋도 알아채지 못할 지경이었다. 입을 움직이지 않고 목청으로 뱃속의 깊은 소리를 끌어내는 흐미 소리가 생각보다 멀리까지 퍼져 나갔다. 고요한 밤에 갈대 피리 소리에 어우러진 흐미가 이상하게 가슴을 울리며 애상에 젖게 했다.

여수리는 몰이꾼의 흐미를 들으며 서소문 밖에 즐비하게 늘어 서 있던 검독수리 떼를 생각했다. 독수리는 힘의 상징이며 죽은 이의 영혼을 좋은 곳으로 보내주는 신의 사자 역할을 맡은 새로 널리 알려져 있었다. 황사영의 영혼이 그가 바라던 대로 그의 신에게로 갔을까. 정말 그런 나라가 있기나 한지. 거기서 선암과 황사영이 다시 만나면 무슨 얘기를 나눌까. 기억의 강을 건너면 이승의 일을 죄다 잊는다는데 그들이 서로를 알아보기나 할지. 길잡이가 피리에서 입을 떼자 흐미도 덩달아 멈추었다. 사람들이 물었다. 어떻게 입술 한 번 움직이지 않고 그런 소리를 자아낼 수 있느냐고 묻자 몰이꾼이 수줍게 웃었다. 그는 양을 치며 할아버지에게 배운 노래라고 했다. 바람 소리를 닮은 그 입안에서 나는 소리도 콧소리와 입과 콧소리, 성대 소리, 가슴 소리, 몸통 소리, 다섯 가지가 있다고 했다. 뜨거운 햇빛 아래에 살며 오로지 가축들과 자연의 소리만 듣고 사는 유목민들에게 흐미는 양식처럼 삶의 많은 부분을 차지하는 것이라고 말해 주었다. 하루를 보낸 후에 부르는 노래와 춤은 그들의 신에게 바치는 기도라고 했다. 콧소리로만 가락을 만들어 가는 흐미의 창법이 묘하게 여수리의 가슴을 울렸다.

  몰이꾼이 흐미로 가락을 만들어 몽골의 전통 노래를 부르는 동안, 양 떼와 소 떼는 초원을 어슬렁거리며 풀을 뜯었다. 대초원에서는 해가 아주 더디게 졌다. 해가 지기 전에 길잡이는 두 손을 모으고 지평선을 넘어가고 있는 해에게 절을 했다. 그의 기도는 어둠이 내리도록 계속되었다. 그러는 동안 한편에서는 행상과 짐꾼들이 하루 동안의 일을 얘기하며 연초를 피우거나 술을 마시거나 편안하게 누워서 별을 보았다. 석포 아저씨가 가까운 겔에 가서 금방 잡은 양고기와 감자, 오리 알을 사왔다. 석포 아저씨는 양고기 값에 면포로 만든 잠옷과 목에 두르는 수건, 양고기 구울 때 뿌리는 후추를 얹어 주었다. 유목민의 아낙은 잠옷 바지를 몸에 대보며 기뻐했다.

양고기 스프에 감자를 곁들인 간단한 식사를 마치고 나니 까맣게 어둠이 덮였다. 저녁을 먹고 나자 행상들은 수나를 그치고 일제히 잠에 빠져들었다. 여수리는 커다란 농장에서 양을 수백 마리 키우는 상상을 했다. 양털을 깎아서 이불을 만들거나 옷을 만들어 팔면 사람들이 많이 살 것 같았다. 자연에 의지하고 사는 유목민과 떠돌이 행상의 삶이 많이 닮았다. 유목민은 소와 양이 풀을 뜯던 대초원 어딘가에 잠이 들고, 행상은 장터를 찾아 길 어딘가에 잠자리를 만든다. 유목민은 짐승들의 먹이가 떨어지면 물과 풀을 찾아 떠나고, 행상들은 파장이 되면 다음 장터를 찾아서 떠난다. 유목민은 끝없이 펼쳐진 초원에 집을 짓고 행상들도 길에 잠자리를 만든다. 유목민이나 행상이나 어디든 머무는 곳이 잠자리가 된다. 하늘과 바람을 벗 삼아 떠도는 유목민. 여수리는 스스로 유목민이라고 생각했다. 여수리는 십오 년 동안 행상 생활을 하고 있지만 그 일이 한 번도 싫었던 적이 없다. 너무 힘들어서 그만 와야지 하면서도 다시 비단길에 오게 되는 것은 한없는 자유로움 때문이었다. 비단길을 걷는 동안에는 양반이나 관료의 눈치를 보지 않아도 되고, 같은 민족끼리 죽이고 죽는 참상을 보지 않아도 되었다. 초원에서는 끼니마다 신에게 기도를 해도 누구 한 사람 간섭하는 이가 없었다.

몽골인 길잡이는 피리를 좋아한다. 그에게는 여러 개의 피리가 있다. 새의 뼈로 만든 피리, 갈대 피리, 짐승의 등뼈로 만든 피리 등. 피리 소리는 끊어질 듯 잦아들다 다시 이어지곤 했다. 그 아련한 피리 소리가 사막의 나그네를 잠들게 했다. 사막을 걷는 이들의 눈물과 한숨이 되어 주는 소리. 뼈로 만든 피리 소리가 사막에서 죽은 낙타의 흐느낌으로 들리기도 했다. 하상과 경한은 어느 때보다 평화로워 보였다. 그들은 낮 동안의 고단함을 잊고 별을 바라보며 늦도록 애기를 나누었다. 사막의 나그네는 광활한 자연 앞에 시인이 되고 아이가 되어 대초원을 떠돌아다니는 유목민들처럼 초연해진다. 사막이나 대초원에서는 누구나 신의 아이가 되었다. 피리 소리를 듣고 있으려니 경한이 다가와 말을 붙였다.

"제주도에 계시는 분 말예요."

"어머니?"

"어떤 분인지 한 번 만나고 싶어요."

"그건 안 돼. 혹시 아들에게 조금이라도 해가 될까 봐 죽은 셈 치라고 하셨어."

"멀리서 몰래 보고 오면 되죠."

"서 있으면 앉고 싶고, 앉으면 눕고 싶어지는 게 욕망이야. 행여나 아들이 다칠까 봐 노심초사하는 어머니 마음도 살펴 줘야지. 만약 찾아간 걸 알면 어머니가 낙심하실 걸."

"정말 그럴까요?"

"그분은 자네가 평온하게 살기를 바라셔."

여수리는 경한이 드디어 생모에게 관심을 갖기 시작한 것을 알았다. 생모가 살아 있다는데 왜 만나고 싶지 않을까. 그렇지만 그들은 만나면 안 되는 사람이었다. 관아에서는 그녀의 아들이 도중에 죽은 줄 알고 있다. 그런데 뒤늦게 경한이 나타나 그녀의 주변을 얼쩡거리면 당장 의심을 할 것이다. 제주도가 제법 큰 섬이라 해도 한정된 공간이어서 낯선 손님이 나타나면 금방 눈에 띌 게 뻔했다. 다른 사람도 아니고 그녀는 황사영의 아내이고, 계랑에서 18년 동안 유배를 산 다산 정약용의 질녀인 것이다. 그들은 서 있거나 앉아 있거나 잠을 잘 때조차도 남의 이목을 끄는 사람들이었다.

"아버지도 저 유목민처럼 모든 걸 자연에 맡기고 살았으면 좋았을 걸."

"그분들은 할 일을 하신 거야. 그러지 말았으면 하는 건 우리 마음이고."

"그렇게 허무하게 가는 사람이 어딨어요. 겨우 스물여섯 살의 나이에."

"유목민들이 양과 소를 기르며 자연에 순응하고 살듯이 스승님과 진사 어른도 신을 따르는 게 당신들의 운명이라고 생각하셨을 거야."

"여전히 이해가 되지 않지만, 남다른 사랑을 하셨다고 생각하면 안아 줄 수는 있을 것 같아요."

여수리는 훌쩍 키가 자란 경한을 연민의 눈으로 바라보았다. 아버지를 이해하려는 마음과 원망이 첨예하게 부딪치고 있는 게 눈에 훤히 보였다. 그나마 비단길에 오고부터 원망과 미움이 사랑으로 돌아서는 것이 눈에 띄게 느껴졌다. 경한은 그토록 가혹한 삶을 택한 아버지의 비장한 삶에 연민을 갖기 시작했다. 누군가에 대한 이해는 관심에서 출발하고, 마침내 그의 전 생애에 걸쳐 '단 하나'라는 결론에 이른 그것이 사랑이라면, 경한은 비로소 아버지를 이해하기 시작한 거라고 확신했다.

 붉은 양고기로 저녁 식사를 마치고 푸른 깃발이 달린 장대를 모래에 꽂아 두었다. 밤에 바람이 불어서 모래에 묻혀도 길을 잃지 않기 위해 표시를 해 둔 것이었다. 50일 동안 걸어도 인적을 발견할 수 없는 곳이 사막이었다. 사방에 모래 먼지가 일면 길을 찾기가 어렵다. 하루 온종일 더위와 모래바람과 좀처럼 줄어들지 않는 길과 싸우느라 얼마나 지쳤던지, 눈을 감고 있어도 무겁게 짐을 지고 걷는 느낌이었다. 꿈에 말발굽 소리와 말 울음소리가 들렸다. 번쩍 눈을 떠 보면 꿈이었다. 잘못 들은 거라고 여기며 잠을 청하려는데 영이 히이잉, 소리를 치며 날뛰었다. 영의 울음소리에 모두 잠이 깼다. 석포 아저씨가 선우를 부르며 영이 왜 저러느냐고 물었다. 여수리가 일어나 앉았고, 선우도 일어나서 무슨 소리 듣지 못했느냐고 물었다. 여수리는 혼자 들은 소리가 아녀서 석포 아저씨에게 무리 지어 달리는 말 울음소리를 들었다고 했다. 그러자 석포 아저씨는 잠을 안 자니까 사막의 악귀가 유혹을 하는 거라며, 정 잠이 오지 않으면 짐 꾸러미에 숨겨 둔 럼주를 한 모금 마시라고 일렀다. 돌아누워서 잠을 청하는가 싶더니 석포 아저씨가 벌떡 일어나서 혹시 도적이 올지 모르니까 준비를 해 두자며, 다들 불러 모았다. 그는 영이 뭔가를 알아챈 것 같다고 했다. 부란은 놈들이 화살을 쏠지 모른다며 무사들에게 양피로 만든 가슴 보호대와 팔목 보호대를 하나씩 나누어 주었다. 여수리는 준비해 둔 흰색 머리띠를 나누어 주었다. 어둠 속에서도 적과 아군을 구분하게 해 줄 머리띠였다. 머리띠를 이마에 질끈 묶었다. 도적들이 쳐들어온다면 틀림없이 말을 먼저 끌고 갈 거라며, 선우에게 영을 몰고 멀리 피하라고 일렀다. 몰이꾼들은 당근으로 낙타가 흩어지지 않게 돌보고, 짐꾼과 행상들은 적들과 싸울 준비를 하라고 일렀다. 긴장된 가운데 모두 일어나 조용히 움직이기 시작했다. 조금이라도 멀리 가 있어야 할 것 같다며 밤새워 걸을 것이니, 낙타와 말이 동요하지 않게 정신 바짝 차리라고 주의를 주었다.

  도적들이 모래 먼지를 일으키며 달려온 것은 그로부터 한 식경이 지난 시각이었다. 석포 아저씨가 예상했던 대로 적들은 초원길에서 달려오고 있었다. 달빛 아래 말을 타고 달려오는 모습이 영락없는 흉노족들이었다. 선우는 영을 데리고 일찌감치 대열에서 빠져 앞을 보고 달렸다. 동물들이 불안에 떨며 우왕좌왕 설쳐 댔고, 당황한 행상들은 도적 떼가 침입했다고 허둥거렸다. 검은 그림자의 무리가 달빛 속을 아득히 달려오고 있었다. 부란은 경거망동하지 말고 일러 준 대로 자기 위치를 잘 지키라고 명령을 내렸다. 누구든 혼자 도망가는 놈은 용서치 않을 거라고 일침을 놓았다. 도적들이 어둠을 타서 습격하는 경우가 흔하지만 미리 준비하고 방어하면 맥없이 당하지 않는다는 걸 부란은 오랜 경험으로 알고 있었다. 도적도 사람인지라 두려움이 뭔지 안다고 했다.

"저놈들 정체가 뭐지? 흉노족일까?"

"흉노족이면 우린 다 죽은 목숨이죠."

"그놈들이 그렇게 잘 싸워?"

"말해서 뭐해요. 오죽하면 한 무제가 그놈들을 치겠다고 군사를 다 보냈겠어요."

모래에 엎드려 적의 동태를 살피며 부란과 무사들이 머리를 맞대고 작전을 짰다. 무사들의 대장 말에 의하면 무리지어 몰려오는 꼴이 밤을 틈타서 습격을 일삼는 도적 떼로 보인다고 했다. 약속해 둔 대로 선우는 영의 등에 올라앉아서 깃발이 꽂혀 있는 방향으로 내달렸다. 부란은 북두칠성을 보며 무조건 앞만 보고 달리라고 했다. 영이 달리자 불안에 서성거리던 일부의 말이 영을 따라 덩달아 내달렸다. 어리지만 영은 불과 한 달 만에 동물들의 우두머리가 되었다. 몰이꾼이 낙타를 한자리에 모아 놓고 당근을 주었다. 낙타들은 사료를 먹는 동안은 누가 뭐라고 해도 조용하다. 예상대로 두 패로 나눈 도적 떼의 일부가 와와, 소리를 지르며 선우를 따라가기 시작했다. 한밤의 질주가 시작되었다. 도적들이 노리는 것은 노략질에 쓸 말이었다.

부란은 긴 줄을 두 개 나누어 주고 두 사람씩 양쪽에서 잡고 있으라고 했다. 경한과 정하상은 태연한 척 모래에 엎드려 줄을 잡고 있지만 심장이 두방망이질하며 뛰었다. 두 사람은 모래에 납작하게 엎드려 있다 도적들이 호이, 하고 소리를 지르며 달려오면 줄을 높이 쳐들어 그들의 질주를 막는 역할을 맡았다. 두 패로 나누어 모래에 엎드려 있다 도적들이 고꾸라지면 몽둥이로 내려치라고 했다. 무사들이 달려들어서 도적들을 제압하면 그들을 꼼짝 못하게 묶는 것은 짐꾼들이 할 일이었다. 석포 아저씨는 창과 방패를 들었고 행상과 짐꾼들은 각각 방망이를 하나씩 들었다.

어둠 속을 달려오던 말이 줄에 걸려 고꾸라졌다. 모래에 엎드려 있던 무사들이 칼을 들고 그들을 무찔렀다. 짐꾼과 행상들은 박달나무 몽둥이로 흰 띠를 매지 않은 자들을 닥치는 대로 내리쳤다. 사방에서 비명과 아우성이 난무했다. 달이 초원을 비치고 어둠에 눈이 익었다 해도 사막은 여전히 어둠 그 자체였다. 어둠 속에서 싸우는 건 적군에게나 아군에게나 반반의 득과 실을 가져다주었다. 도적들이 말을 타고 달아날 때 뿌옇게 날이 밝아 왔다. 야영지는 아수라장이 되어 있었다. 낙타들은 사방 곳곳에 흩어진 감자와 홍당무를 주워 먹기 바쁘고, 짐꾼들은 야밤의 전투로 칼을 맞아 다친 사람들을 거두어 치료하기에 바빴다. 그 소란 속에도 부란과 석포 아저씨는 물품을 안전하게 지키랴 도적들과 싸우랴 온 몸이 만신창이가 되었다. 다친 사람이 있긴 하지만 다행히 죽은 사람은 없었다. 밤에 또 들이닥칠지 몰라서 한시바삐 자리를 뜨기로 했다. 얼치기 도적들이었기에 망정이지 만약 그들이 흉노족이었으면 물품은 물론이고 행상들의 목숨, 말과 낙타까지 싹 쓸어서 훔쳐 갔을 거라며 부란과 석포 아저씨는 가슴을 쓸어내렸다. 밤에 또 들이 닥칠지 모르니까 힘들더라도 장안에 들어가기 전까지는 쉬지 않을 거라고 했다. 도적들에게 칼을 맞고 죽는 것보나는 걸으며 조는 편이 났다며 서둘러 길을 떠났다.

  길잡이가 길을 걸으며 피리를 불었다. 피리 소리를 듣고 선우와 영이 달려왔다. 영을 따라갔던 말이 모두 무사히 돌아왔다. 그들은 지난밤에 벌어진 전투로 이야기꽃을 피웠다. 도적과 싸움 중에 다친 사람도 있고 상당수의 물품이 망가지기는 했어도 말을 한 마리도 빼앗기지 않았고 죽은 사람도 없다는 사실이 그들을 자랑스럽게 했다. 이야기 중에 부란이 영의 어깻죽지를 만지다 '앗, 피다!' 하고 소리쳤다. 등불을 비추자 말의 어깨에 피가 묻어 있었다. 말이 다쳤다 아니다, 의견이 분분하게 오갔다. 선우는 그 피가 바로 영이 한혈마인 것을 말해 주는 증거라고 했다. 페르가모의 말 한혈마는 뒷목과 어깨 사이에 작은 구멍이 있는데 말이 열심히 달리면 그 부위가 부어오르고 혈관이 늘어나 어깨로 피가 흐른다는 것이다. 그래서 페르가모의 말을 이를 때 한혈마라 이른다고 선우가 자세히 일러 주었다. 그러자 너도나도 목을 디밀어 영의 어깨를 만지려 들었다. 부란은 다들 물러가라고 소리를 지르곤 증거를 남겨 둬야 연경 상회의 주인에게 말 값을 톡톡히 받아 낼 수 있다고 했다. 선우가 어깨를 세우고 뻐기며 말했다.

"제가 뭐랬어요. 영은 진짜 한혈마라니까요."

"정말 이 녀석 어깨에서 피가 흐르더란 말이지."

"그럼 제가 일부러 그랬겠어요?"

"야, 말만 들었지. 천하의 명마를 내 눈으로 보게 되는구나. 어디 한 번 안아 보자."

"저도 놀랐어요. 신나게 달릴 때 어깨에서 땀방울처럼 피가 뚝뚝 떨어졌다고 생각하면 온몸이 짜릿해져요. 어두워서 그걸 눈으로 보지 못한 게 원통해요."

선우는 그 당시의 얘기를 신나게 떠들었다. 바람의 그림자처럼 내달리던 영이 피를 뚝뚝 흘리며 달리니까 다른 말도 덩달아 미친 듯이 달리는데 그런 구경거리가 없더라고. 명마를 어째서 명마라고 하는지 알았다며, 선우는 한 마리의 명마가 나머지 보통 말까지 명마로 만들더라는 것이다. 어찌나 잘 달리는지 도적들이 따라오지 못하더라고 했다. 부란과 석포 아저씨는 기특하다며 말들에게 건초와 물을 듬뿍 주었다. 영의 검은 털빛에서 윤기가 자르르 흘렀다. 한바탕 뛰고 나니 활기기 넘치는지 영이 연신 말총 꼬리를 흔들어 댔다. 비루먹은 말이었던 한 달 전의 얘기가 거짓말이 되었다.

선우는 따라오는 도적도 없으니 이제 안심해도 된다며 말들을 진정시켰다. 다시 긴 여행길이 시작되었다. 얘기를 하며 걷는 사이 길이 반으로 줄어 어느새 장안이었다. 집으로 돌아가는 길인데다 지난밤의 야단법석이 즐거운 추억이 되었는지, 행렬이 어느 때보다 씩씩하고 활기차게 나아갔다. 연경의 대부호에게 영을 넘기면 잃어버린 물건 값을 빼고도 남는다며 부란은 선우에게 영을 지키는 일만 책임지라고 했다. 운이 좋으면 선우는 대부호의 마부가 되어서 영과 함께 살게 될지 모른다니까, 선우는 좋아하는 여자와 혼인부터 하겠다고 했다. 부란은 선우의 소망을 꼭 이루어주겠다고 약속했다. 선우는 영과 함께할 수 있으면 대부호의 마부도 좋다고 했다.

"저길 봐!"

길을 잃은 낙타가 주인을 찾아왔다. 먼 길을 돌고 돌아 천천히 걸어오고 있는 낙타를 보고 몽골인 길잡이가 호들갑스레 소리를 질렀다. 그가 가리키는 곳에 낙타가 한 마리 어슬렁거리며 걸어오고 있었다. 낙타는 느릿느릿 바쁜 일 없는 걸음으로 천천히 걸어왔다. 낙타를 잃었던 유목민 타우가 낙타를 향해 뛰었다. 타우는 낙타를 끌어안고 울었다 웃었다 어쩔 줄을 몰라 했다. 다리를 다쳤는지 절뚝절뚝 절며 온 낙타가 주인 앞에서 털썩 주저앉았다. 크게 다친 것 같지 않지만 다친 다리를 절며 돌아온 낙타는 주인의 무릎을 베고 잠들었다. 지친 듯 눈을 감은 낙타는 두 번 다시 깨어나지 못했다. 등에 지고 다니던 물건은 어디에 벗어 던졌는지 보이지 않았다. 타우는 죽은 낙타를 안고 소리 내어 울었다. 낙타도 길잡이의 피리 소리를 듣고 찾아온 것 같았다. 사람이든 동물이든 함께한 시간만큼 끈끈하게 정으로 연결되는 것인가 보았다. 장안은 여전히 흥청대며 각국의 상인들을 불러 모았다. 얼굴이 붉은 사람, 흰 사람, 검은 사람, 노란 사람.

사람들의 피부색이 비단의 색상만큼 다양했다. 지난밤의 혼란을 잊은 듯 행상들은 자리를 잡고 장을 펼쳤다. 말은 통하지 않지만 손짓 발짓이면 통하지 않는 것이 없었다.

백서 일기 7

9월 17일

비단에 편지를 옮겨 쓰는 것이 여간 까다로운 일이 아녔다. 우선 먹의 농도가 일정해야 처음부터 끝까지 같은 색 같은 굵기의 글씨를 쓸 수 있었다. 먹이 검다고 하나, 먹에도 엄연히 농도가 있었다. 어떻게 갈았느냐에 따라서 글씨가 진하기도 하고, 연하기도 하고, 굵고 가는 글씨체의 모양이 결정되기도 했다. 도중에 먹물이 없어서 먹을 다시 갈면 앞에 쓴 글씨와 색이 달라지기 때문에 한 번에 먹을 많이 갈아서 그릇에 담아 놓고 썼다. 똑같은 쪽빛으로 물을 들여도 매번 다른 색이 나온다고 하듯이 비단에 먹으로 글씨를 쓰는 것 역시 마찬가지였다. 비단은 생각 이상으로 예민했다. 지난 한 달간 획이 뒤틀리거나 행을 잘못 옮겨서 다시 쓰는 실수를 반복했다.

황사영은 백서에 마침표를 찍는 것으로 붓을 놓았다. '罪人多黙等 涕泣呼 干 本主敎大爺閣下.'(죄인 토마스 등은 눈물을 흘리며 우리 주교님께 부르짖어 아룁니다.)로 시작된 문장이, '天主降

生後一千八百一年 西滿達 瞻禮後一日 罪人多黙等再拜謹具.'
(천주 강생 후 1801년 시몬 타대오 축일 후 1일, 죄인 토마스 등은 두 번 절하고 삼가 갖추어 아룁니다.)라는 결구를 끝으로 마침내 122행에 1만 3천 384자의 백서가 완성되었다.

편지의 크기가 속옷보다 한 뼘이나 컸다. 속옷 모양에 맞추어 가장자리를 한 뼘씩 접었다. 글씨가 일그러지기 일쑤여서 더 이상 작게 쓰는 것도 한계가 있었다. 붓을 내려놓는데 손이 떨리고 눈앞이 캄캄했다. 흰 눈을 보고 눈이 먼 사람이 있다더니 정말인가 보았다. 비단의 흰빛 또한 눈만큼 귀기 서린 빛남이어서 오래 쳐다보고 있는 동안에 눈을 빼앗아 갔다. 백서가 등불 아래 서늘하게 빛나고 있었다. 황사영은 앞이 캄캄해서 벽을 보나 토굴 입구를 가린 나뭇단을 보나 온통 흰 것과 검은 것의 덩어리가 솜뭉치처럼 따라다니는 것을 망연자실 바라보았다. 까짓, 아름다움에 눈멀고 마음까지 멀어서 다시는 앞을 보지 못한다고 해도 상관없다는 생각이 들었다. 이제 사람으로 태어나서 마땅히 해야 할 일을 마쳐서인지 당장 죽어도 아무 여한이 없겠다 싶었다. 눈을 감으나 뜨나 비단에 쓴 글귀가 어른거려 그는 기쁨과 슬픔의 눈물을 흘렸다. 이 편지만 전하면 당장 죽는다고 한들 아까울 게 뭘까 하는 마음이었다. 머리 반쪽이 깨질 듯 아파서 붓을 놓고 한참 동안 누워 있었다. 뒤통수에서 눈을 잡아당기는 것 같고, 허리는 똑바로 펴기도 어려울 지경이었다. 천천히 몸을 일으켰는데도 멀미가 일고 어지러운가 싶더니 마침내 헛구역질이 치밀었다. 같은 자세로 너무 오래 움츠리고 있었던 게 어지럼증의 원인이었던 것 같다.

구역질이 가라앉기를 기다리며 흙벽에 잠시 기대고 있었다. 홍필주의 얼굴이 떠올랐다. 주문모 신부의 복사였던 사람이었다. 그는 강완숙 여회장의 의붓아들이었다. 아버지를 버리고 의붓어머니를 따랐던 사람. 오늘 그가 서소문에서 처형을 당했다. 그밖에 전라도에서 김종교와 유황검, 윤지헌이 떠났다는 소식이 잇따라 들어왔다. 살아생전에 얼굴도 마주친 적 없는 사람들이지만 황사영에게는 늘 봐 오던 사람처럼 그들의 비보에 가슴이 미어졌다. 이제 남은 사람이 몇 명일까. 남아 있기나 한지. 생나무 베어 내듯 옆도 뒤도 돌아보지 않고 무지막지하게 베어 버리니 남은 사람을 꼽으려도 열 손가락을 다 채우기 어려울 지경이었다.

문득 수심이 가득 찬 아내의 얼굴이 떠올랐다. '또 끼니를 걸렀나 보군요. 잠시 집을 다녀가시지 않구요.' 집에서 기다리는 사람 생각은 하지 않느냐며 조용히 나무라면서도 아내는 걱정스러운 눈길로 그의 이마를 만져 주었다. 아내의 서늘한 손이 이마에 닿은 듯 열이 가시며 온몸이 아내의 체온으로 따사로워졌다. 아내가 그를 물끄러미 바라보았다. 누가 떠밀었다고 집을 나가서 그러고 있느냐는 나무람이 담긴 눈길이었다. 그러나 눈을 뜨면 이마를 만져 주던 아내의 자애로운 손길은 온데간데없다. 마음보다 몸이 더 먼저, 간절하게 그녀를 원하고 있었다. 아내를 한 번만 편안하게 안아 보았으면, 그녀의 풋풋한 살 냄새에 얼굴을 묻고 곤히 잠들 수 있었으면…. 황사영은 두 다리를 앉은 자세로 흙벽에 등을 대고 있었다. 처음에 토굴에 들어왔을 때는 너무 좁고 답답해서 온몸이 흠씬 두들겨 맞은 것처럼 아팠다. 토굴에 적응하느라 한차례 호되게 몸살을 앓았다. 그러다 점차 몸이 좁은 공간에 적응을 하며 태아처럼 움츠린 자세가 편해지고, 토굴에 엎드려 반년을 지내는 동안 어머니의 배 속에 있는 듯 안도감이 들었다.

입구를 가린 나뭇단 사이로 파란빛이 어른거렸다. 그놈이 왔다. 지난밤에도 다녀갔다. 개가 있는 힘을 다해서 짖어 댄다. 개의 우렁찬 목청에 두려움이 가득하다. 개는 적을 알고 있다. 개의 목덜미를 물어서 한 번에 쓰러뜨릴 수 있을 만큼 그놈의 힘이 세다는 것을. 그놈이 한 번 다녀가면 닭장 속의 닭이 줄어들었다. 마음만 먹으면 하룻밤에 다섯 마리도 해치울 수 있을 테지만 녀석은 하룻밤에 한두 마리씩 잡아채서 사라졌다. 녀석은 아마도 닭장이 텅 빌 때까지 찾아올 것이다. 녀석이 쏘아 대는 두 개의 파란 불빛이 눈부시게 빛났다. 형형하게 빛나는 그것은 어둠 속에서 천천히 움직였다. 토굴 입구를 막아놓은 나뭇단 사이로 바라본 그것은 어둠 속을 돌아다니는 살쾡이의 눈빛이었다. 칠흑 같은 어둠 속에서 파랗게 빛나는 두 눈에 살기가 번득였다. 문득 황사영은 궁금해진다. 살쾡이를 노려보는 자신의 두 눈에도 푸른 광채가 번득이는지. 사람은 사람 노릇을 하고 살 때 비로소 사람이 되는 것이니. 토굴에 묻혀 있는 동안 자신은 사람이기보다 짐승에 가까워졌다고 생각했다. 그러니 눈빛도 짐승의 것으로 변하지 않았을까 하는 생각이 들었다.

　악을 쓰듯이 짖어 대는 개를 내버려 두고 살쾡이가 닭장으로 한 걸음씩 다가갔다. 살쾡이가 한 걸음씩 떼어 놓을 때마다 개가 발악하듯 짖어 댔다. 개는 이미 겁에 질려 있었다. 살쾡이는 개를 아랑곳하지 않았다. 줄에 묶인 개는 살쾡이를 쫓아내는 데 아무런 힘도 발휘할 수 없다는 것을 아는 눈치였다. 설령 개의 목줄이 풀려 있다 해도 살쾡이를 멀리 쫓아 버릴 수 있을까, 의심이 들었다. 야생 동물의 푸른 눈빛이 쏘아 내는 광채가 백구의 기를 질리게 하고 남았다. 승부는 결정 났다. 그대로 두면 닭이 아니라 개의 목덜미를 물어뜯을 기세였다. 살쾡이는 푸른 눈빛을 형형하게 빛내며 닭장으로 다가갔다. 살쾡이는 닭장 아래 구멍을 파고 있을 때 방문이 벌컥 열렸다. 닭의 비명이 드높고, 귀동은 잠결에 몽둥이를 들고 닭장으로 뛰어갔다. 살쾡이는 사냥을 포기하고 달아났다.

  황사영은 달아나는 살쾡이에게서 살아 있는 것의 생생한 아름다움을 보았다. 먹이를 쟁취하기 위해 피를 보는 결투와 속임수, 죽음도 서슴지 않는 야생의 세계에서 살아남은 자의 당당한 아름다움이었다. 그날 밤 닭장 속의 닭은 무사하지 못했다. 살쾡이는 먹이를 포기하는 법이 없다. 주인이 밤새 닭장을 지키지 못하는 것을 알고 있기에. 닭장에 깃털만 어지럽게 흩어져 있고, 살아남은 닭은 여전히 모이를 먹고 알을 낳았다. 닭이 남아 있는 한 살쾡이의 달빛 나들이는 계속된다.

  먹물을 떨어뜨리거나 잘못 쓴 글자 때문에, 혹은 행간이 고르지 않아서 몇 번이고 다시 쓰느라 비단 한 필을 죄다 허비하고 말았다. 글자 몇 개를 뺄까 말까 망설이다 일어난 일이었다. 교황의 이름으로 청의 황제 건륭제에게 편지를 보내어 조선이 성교회를 안전하게 지킬 수 있게 도와달라는 부분에서 오래 망설였다. 백서에 쓴 자신의 진심이 얼마나 올바르게 전달이 될지 알 수 없었다. 어려운 지경에 빠진 조선의 교우들을 구하고 신앙의 자유를 갖기 위해 정병과 무기를 실은 선박을 보내 달라고 썼고, 그 뒤를 이은 문장에 사리 밝은 선비 몇 명을 보내어 영원한 우호 조약을 맺자는 청을 넣어 달라는 문장도 써넣었다. 자신은 비록 임금에게 하사받은 아무런 권력도 가지지 못했지만 조선 성교회를 지키려는 한 사람으로서 마땅히 그런 제안을 할 수 있다고 생각했다. 나라와 나라의 우호 조약은 서역에서 이미 해 오던 일이었다.

편지가 책문에서 걸리지 않고 무사히 구베아 주교의 손에 들어가게 되면 더할 나위 없지만 만약에 한 치의 착오라도 생겨서 들통이 날 경우를 생각해서 다소 과격하다고 여겨지는 문장을 두어 개 뺄까도 생각해 봤지만 황사영은 신앙의 자유를 추구하는 백서 본래의 의미만 생각하기로 했다. 해서는 안 될 말을 쓴 것이 아녔다. 저들이 황사영을 잡으려고 저토록 기를 쓰고 있으니 죽은 날을 받아 놓은 터라 겁날 게 없는데 누구의 눈치를 본다고 편지의 글귀를 바꿀까. 편지의 글귀를 한 자도 고치지 않고 그대로 두었다. 이해와 오해는 토씨 한 개의 차이일 뿐이고 편지의 내용을 받아들이는 것 또한 편지를 읽는 사람의 몫이니 읽히는 대로 느껴지는 대로 내버려 둘 수밖에 없다. 생명을 짜내어 쓴 진심이 올바르게 전달되고 말고는 그의 의지와 아무 상관없는 일이었다. 세상은 이미 저들의 바람대로 흘러가는 중이어서 황사영이 어떤 몸부림을 쳐도 물길을 거스를 수가 없었다. 황사영은 제 마음을 잘 드러내는 문장을 소리 내어 읽었다.

'이 나라에서는 십 년 이래로 순교한 이가 매우 많아서 교회의 신부님과 국가의 중신들까지 손도 움직이지 못하고 죽음을 당했습니다. 악한 무리가 억지로 역적의 누명을 씌웠지만, 사실상 털끝만큼도 나라에 충성하지 않은 증거를 잡지 못했고, 그들의 착하고 어진 태도는 사람들 마음에 신임을 받고 있었습니다. 만일 이 나라의 교우들이 시끄럽게 떠들어 난을 일으켰다면, 그것은 틀림없이 표양을 파괴하는 것입니다. 서양은 2천 년 이래 모든 나라에 전교하여 귀화되지 않은 나라가 없는데, 홀로 이 탄알만 한 나라만이 성교회를 잔인하게 박해하고 신부님을 살해했습니다…'

황사영은 한밤중에 개울가로 내려가 황심이 벗어 준 속옷을 깨끗이 빨았다. 뽀송하게 마른 속옷 등판에 백서를 붙였다. 속옷보다 백서의 가장자리가 손가락 한마디씩 컸다. 그것을 곱게 접어서 속옷 등판에 대고 바늘로 꼼꼼하게 기워야 하는데 갑자기 눈이 어두워져서 바늘에 실을 꿰지 못했다.

비단의 흰빛을 너무 오래 들여다본 탓에 눈이 어두워졌나 보았다. 귀동에게 흰 실을 꿰어 달라고 했다. 귀동은 자기가 해 주겠다고 했지만 끝까지 제 손으로 매듭을 짓고 싶은 욕심에 직접 바느질을 했다. 생전 처음 해 보는 일이지만 몇 바늘 꿰매어 보니 금세 익숙해졌다. 세상에 태어나서 가장 정성을 들여 본 일이 아닐까 싶었다. 생뚱맞게 바느질이라니, 백서를 속옷에 대고 돌아가며 깁는 데 한나절이 걸렸다. 황사영이 속옷을 입어 보았지만 백서가 본래 속옷의 일부였던 것처럼 편안해서 앞에서 보면 거의 눈치를 채지 못할 정도였다. 황심을 불러서 속옷을 입혀 보았다. 그의 넓은 등판에 착 달라붙은 백서는 조금 두꺼운 느낌 외의 별다른 낯설음이 느껴지지 않았다. 그것으로 황사영은 사람으로서 할 수 있는 일을 다했다고 여겼다. 속옷에 덧댄 백서가 경계를 넘고 못 넘고는 신의 의지에 달린 문제라고 책임을 슬쩍 떠넘겼다.

물을 찾아다니는 장미

'어머니, 지난 반 년 동안 소자가 어딜 다녔는지 아십니까? 놀라지 마세요. 의주 상단의 행상을 따라 머나먼 둔황까지, 비단길을 다녀왔습니다. 믿기지 않으시겠지만 등짐을 지고 행상들 틈에 끼어 말로만 듣던 사막을 걸었습니다. 어머니, 조선 바깥에 그렇게 넓고 광활한 세상이 펼쳐져 있는 걸 보고 얼마나 놀랐는지요. 아아, 어머니, 둔황의 장터에 각국에서 모여든 사람들이 한 민족처럼 어울려 장사를 하는 정경을 어머니께 보여 드리고 싶습니다. 서로 말이 다르고 피부 색깔이 다른 사람들이 허물없이 어울려 웃고 떠들며 장사를 하다 헤어지면 그만이죠. 인사도 없이 헤어지며 다시 만날 약속을 하지 않지만 그들은 언젠가 장터에서 또 그렇게 만나게 되리란 걸 알고 있기에 헤어지는 것을 조금도 섭섭해하지 않습니다. 어머니, 낯선 나라의 끝도 없이 넓은 들판과 그 지평선을 넘어가는 석양의 아름다움을 떠올려 보세요. 해는 영원히 지지 않을 것처럼 기나긴 하루를 이글거리며 타오르다, 어느 순간 숨을 거두듯이 지평선 너머로 모습을 감춰 버립니다. 그러면 싸늘한 추위를 몰고 밤이 다가옵니다. 사막의 밤은 한낮이 뜨거웠던 만큼 차고 싸늘하기가 마음이 변한 연인 같습니다. 사람의 발길을 허용하지 않는 극한의 땅을 걸으며 혹독한 삶을 살아가는 행상들이 위대해 보였습니다. 행상들이 없는 길을 만들어 내는 사람들인 것을 그 먼 길에 따라가 보고서야 알았습니다. 사람 위에서 상전 노릇을 하며 책임감 없이 아까운 목숨을 해치는 자들에 비하면 얼마나 거룩한 삶인지요…'

"여보게, 난 잠깐 다녀올 데가 있는데, 자네는 어쩌려는가?"
"나도 가겠네."
"정말 괜찮겠나?"
"죽든 살든 같이 움직여야지."
"그럼 슬쩍 빠져나갈 테니까 따라오게."
"알았네."

행상들이 머무는 객실은 잔치 분위기였다. 연경 상회 주인이 좋은 말을 구해 줘서 고맙다며 행상들에게 술과 고기를 듬뿍 내주었다. 부란과 석포 아저씨는 아직 여정이 끝난 게 아니라며 술도 고기도 적당히 먹어 두라고 했다. 행상들이 술과 고기로 객실이 적당히 술렁대고 있었다. 기분 좋게 술렁대는 잔치 분위기가 무르익은 틈에 하상이 먼저 나가고 뒤이어 경한이 뒷간에 가는 것처럼 무리에서 빠졌다.

상회 주인에게 영을 건네 준 이는 선우였다. 말을 요모조모 살피던 연경 상회의 주인은 영의 어깻죽지에 묻은 핏자국을 놀란 눈으로 바라보았다. 선우는 영을 사게 된 경위와 도적 떼를 피해서 달려야 했던 한밤의 질주에 대해서 자세히 얘기해 주었다. 그 핏자국이 바로 영이 한혈마인 것을 말해 주는 증기라고 하자 상회 주인이 크게 고개를 끄덕였다. 영이 그의 마음에 들었던 게 틀림없었다. 말을 사려는 사람이 대부호인데 명마를 모으는 게 취미라고 했다. 말을 보면 매우 흡족해할 것 같다며 선우에게 말에 대해서 설명을 잘해 보라며 대부호를 만날 기회를 주었다. 말과 사람을 한꺼번에 사들일 사람이라고 했다.

밖으로 나온 두 사람은 선무문 천주당으로 갔다. 여러 번 왔지만 매번 처음과 같은 떨림으로 가슴이 설렜다. 발이 닳도록 다녀도 아직 신부를 보내 준다는 답변을 얻지 못했지만 하상은 실망하지 않았다. 인력거는 순식간에 두 사람을 천주당 앞에 내려놓았다. 하상은 굳게 닫힌 천주당의 문을 두드렸다. 뜰의 포석에서 나뭇잎이 사그랑대는 구르는 소리가 들리고, 이어서 다미아노 수사의 목소리가 들렸다.
"신부님, 바오로가 왔습니다."
다미아노 수사가 문을 열어 주었다. 주교님이 계시느냐는 하상의 물음에 다미아노 수사는, 사라이바 주교가 조선교구 설정을 위해 교황청에 들어갔다고 했다. 하상은 혹시 좋은 기별이 오지 않을까 하는 희망에 부풀었다. 리베이로 신부가 하상과 경한을 반가이 맞아 주었다. 사제관에 딸린 손님방에 등불이 요요히 타고 있었다. 두꺼운 책이 펼쳐져 있고 두루마리 종이 위에 먹과 붓이 놓여 있었다. 하상이 책을 쓰느냐고 묻자 다미아노 수사가 성경을 베껴 쓴다고 했다. 마음속으로 소망을 말하고 성경을 베끼면 뜻이 이루어질까 해서 그러는 거라고 했다. 하상은 신부도 소망을 가지느냐며 우스갯소리 삼아 물었다. 그러자 다미아노 수사는 어떤 사람보다 소망을 많이 가진 이가 신부라고 했다.
리베이로 신부가 나쁜 소식과 좋은 소식을 전해 주었다. 나쁜 소식은, 사라이바 주교가 전해 준 소식에 의하면, 남경에서 조선으로 가던 중국인 신부 한 명이 병사病死를 하는 통에 남은 한 사람이 남경으로 귀환하며 사제 파견이 실패로 돌아갔다는 것이다. 그렇다고 실망하기는 아직 이르다며 지난번에 주고 간 편지가 교황청에 들어갔으니 조만간에 어떤 연락이 올 거라고 했다. 신부들의 병사로 차질이 빚어졌지만 조만간 다시 신부를 보낼 거라는 말에 하상은 그간의 노력이 결실을 맺으려는 희망을 보았다. 다미아노 수사가 빨래를 걷어 왔다. 밤에 비가 올 것 같다며 실내에 빨래를 널었다. 경한이 쳐다보는 게 민망했는지 다미아노 수사가 멋쩍게 웃으며 말했다.

"신부는 아내가 없는 사람이어서 밥도 빨래도 직접 한답니다."

"일하는 사람이 있다면서요?"

"노는 손 뒀다 어디 씁니까? 밥 정도는 직접 해 먹습니다."

리베이로 신부가 화로에 차 주전자를 올려 찻물을 끓였다. 그러는 동안 다미아노 수사는 물을 줘서 기른 콩나물로 국을 끓이고, 직접 만든 두부를 구워서 상을 차렸다. 하상과 경한은 비단길에서 그랬던 것처럼 그릇에 반찬을 담고 밥을 담았다. 금방 만든 두부의 고소한 맛이라니. 네 사람은 이마를 맞대고 저녁을 먹었다. 하상과 경한은 배가 고프면 스스로 알아서 챙겨 먹으라는 가르침을 비단길에서 배웠다. 하상은 먹고 난 그릇을 씻으며, 연경 나들이 몇 번에 서역 문화가 제 것인 듯 친숙해진 느낌이 놀라웠다. 생각 같아선 조선을 얼마든지 좋은 세상으로 만들 수 있을 것 같았다. 차를 마시며 리베이로 신부가 경한에게 물었다.

"아직도 세례성사를 받을 생각이 없습니까?"

"그걸 꼭 받아야 할 이유를 모르겠습니다."

"사람은 세상에 태어나면 누구나 호적을 갖게 되죠. 누구의 아들 누구의 딸이라고. 세례도 그와 같이 하느님의 자식으로 이름을 올리는 것입니다."

"하느님의 아들로 인정을 받는 게 그다지도 영광스러운 일인가요?"

"다른 건 모르지만 이런 시간이 다시는 오지 않을 거라는 건 압니다."

"그게 무슨 말씀이신지."

리베이로 신부가 더듬거리며 전해 준 바에 따르면 다음 주에 다미아노 수사가 사제품을 받기 위해 연경을 떠난다고 했다. 신부는 한곳에 머무는 사람이 아니고 철새처럼 임지로 옮겨 다니는 사람이어서 다시 연경으로 오는 일은 없을 거라며, 사제는 유목민처럼 성경책과 묵주를 들고 훌쩍 떠나면 그만이라고 했다. 다음에 오면 다미아노 수사도 만나지 못할 뿐 아니라, 건륭제가 죽은 이후 정권이 불안해서 박해가 심

심찮게 일어나기 때문에 다음 날을 기약하기가 어렵다고 했
다. 그러면서 리베이로 신부는 더 늦기 전에 성사를 받고 가
는 것이 좋겠다고 했다.
"확실하지는 않지만 제게 남은 시간이 얼마인지 모릅니다.
이 시간이 지나면 형제님은 세례성사를 받기가 어려워질지
도 모릅니다. 물론 강요는 하지 않겠습니다."
리베이로 신부의 말에 경한이 세례성사를 받겠다고 했다.
세례성사를 받고 아버지처럼 자신의 행동에 확신을 갖고 싶
다고 했다. 그들에게 주어진 시간이 촉박해서 비교적 절차가
간단해졌다. 중국에도 박해가 시작되었다는 것을 리베이로
신부의 초조한 모습에서 실감했다. 애써 담담하려는 모습이
역력했다. 피할 수 없는 일을 기다리는 저 모습. 아버지도 토
굴에서 저런 얼굴로 종말을 기다렸을 것 같았다.
'백 번 생각해도 세상을 구할 양약이기에 성심을 다해서
서양학을 했습니다.'
경한은 백서에 쓰여 있었다는 글귀 한 구절을 외웠다. 리
베이로 신부는 경한에게 아버지와 똑같은 '알렉시오'라는 세
례명을 주었다. 그것은 경한이 바란 바였다. '황사영 알렉시
오, 황경한 알렉시오.' 리베이로 신부는 성사를 받는다는 것
은 자신에게 주어진 천명을 온 마음으로 받아들이는 것이고,

하느님의 부름에 예, 하고 기쁘게 응답하는 거라고 말했다.

경한은 아버지를 역적으로 만든 정치적 음모와 박해, 백서의 의미를 완전히 이해하지는 못했지만, 순교자 한 사람 한 사람을 잊지 않고 그들의 성격과 업적까지 세밀하게 기록한 아버지의 진심 어린 마음은 충분히 이해가 되었다. 그것이면 아버지를 받아들일 이유가 되고, 성사를 받을 준비가 된 거라고 생각했다. 경한은 아버지를 받아들이는 마음으로 세례성사를 받았다. 그것이 아버지 어머니에게로 나아가는 길이어서 더욱 그랬다. 그들의 아들로 태어나 일찍 헤어져 살았지만 뒤돌아보니 그분들은 아들을 한 치도 곁에서 떼어 놓지 않고 있었다. 그들에게서 버려졌다고 생각한 건 자신의 볼멘 마음일 뿐이었다. 여수리와 하상을 만나서 아버지를 알아 가는 동안에 그의 아픔을 이해하고 껴안을 마음이 되었다. 리베이로 신부가 아직도 아버지를 이해하기가 어렵고 의심이 되느냐고 물었다. 경한은 고개를 저었다. 처음부터 아버지의 진심을 의심했던 건 아니라고 했다. 만약 자신이 의심을 했다면 그것은 아버지가 아니라 하느님이었을 거라고. 그 숱한 죽음 너머에서 침묵으로 일관하시는 하느님의 들리지 않는 진리보다, 거칠고 투박하지만 아버지의 백서가 훨씬 진실하고 진정성 있는 호소로 느껴진다고. 자신의 생명을 깎고 가족을 희생시켜 가며 백서를 쓸 때 아버지는 이미 결과를 알고 있었던 것 같다고 했다.

"어떤 일을 말입니까?

"당신의 진심이 곡해되고 버림받게 될 거라는 사실 말입니다."

"음, 사람들에게 이해받지 못할 거란 걸 알고 있었을 거란 말이죠?"

"그걸 알면서도 백서를 쓸 수밖에 없었을 거예요."

"어째서요?"

"절박했으니까요. 당신 아니면 아무도 그렇게 말해 줄 사람이 없으니까요."

경한은 격한 감정의 일렁임을 애써 눌러 참았다. 그런 경한을 보며 리베이로 신부가 말했다.

"지금 형제님의 가슴에 흐르는 뜨거운 눈물이 그분의 외로움과 슬픔을 씻어 주었다고 생각합니다. 진정 어린 울림은 영혼끼리 통하게 되어 있으니까요."

"길에서 주워들은 소문으로 아버지의 백서를 부끄러워했던 적이 있습니다. 비단길을 다녀온 이후 생각이 바뀌었습니다. 장안이나 란저우, 둔황에는 말과 피부색이 다른 각국의 상인들이 다 모여 있었어요. 그들은 말이 잘 통하지 않는데도 상인들끼리 서로 약을 구해 주기도 하고 서로에게 필요한 물건을 나누기도 했습니다. 또 서양에서는 돈이 많은 나라가 가난한 나라를 도와주기도 하고, 도움을 요청하기도 합니다. 넓은 세상을 향해서 도움을 청하는 편지를 써야 했던 제 아버님은 사람 사이에 있을 법한 일을 글로 쓴 것이고, 위기에 처한 나라를 걱정하는 한 선비의 순수한 염려를 백서에 담은 거라고 저는 이제 당당하게 말할 수 있습니다."

하상은 경한을 돌아보았다. 외국인 신부 앞에서 아버지를 변호하는 그의 진심이 느껴졌다. 그의 고백은 아들이 아버지에게 보내는 이해와 사랑의 연서였다. 경한이 여수리 외의 다른 사람 앞에서 아버지를 입에 올린 건 처음이었다. 리베이로 신부에게 심정을 털어놓는 것으로 경한이 진심으로 아버지를 사랑하기 시작한 것으로 여겨졌다. 아버지를 변호해 주고 백서의 행간에 서린 의미를 올바로 이해하려고 애쓰는 점이 그랬다. 백서를 향해 돌을 던지는 건 생각 없이도 할 수 있는 일이다. 그러나 그 깊은 의미와 진실을 이해하고 마음으로 받아들인다는 것은 그에 대한 깊은 관심과 사랑이어야 가능한 일이었다. 진심 어린 이해는 고통을 수반하는 것이니.

리베이로 신부는 조용히 묵주를 굴리며 고개를 끄덕이기

도 하고, 말을 받아 주기도 하며 경한의 얘기를 들어 주었다. 하상은 경한이 그 많은 말을 가슴에 품고 답답해하는 것보다 저렇게라도 입을 열어 준 것이 다행이다 싶었다. 목청을 돋우던 경한이 갑자기 말을 뚝 그치자 리베이로 신부가 하고 싶은 말을 다 해 버리라고 재촉했다. 그러자 경한이 의기소침해서 풀이 죽은 목소리로 말했다.

"교황님이 청의 황제에게 편지를 보내면 황제가 칙령을 내려서 성교회를 안전하게 행할 수 있게 해 줄 거라고 기대한 걸 보면 아버지 역시 조금은 세상을 보는 눈이 부족했던 것 같아요. 청의 황제가 뭐가 답답해서 그런 편지를 보내겠어요. 청나라도 천주교를 몰아내지 못해서 안달인데 조선의 교우를 위해 편지를 보내 줄 리가 없잖아요."

경한의 생각으로는 아버지가 서양의 큰 선박을 불러들여 나라를 위기로 몰고 가려 했다고 비판을 받았는데, 서양의 큰 군함은 애초에 오지도 않을 그런 것이었고, 정예군 역시 오지도 않을 사람들이었다. 아버지가 편지에 그렇게 쓴 것은 그런 배와 그런 사람을 불러들여 뜻을 이루었으면 하는 바람이었을 뿐이었다.

황경한은 '알렉시오'로 다시 태어났고, 하상은 예정대로 견진성사를 받았다. 세례성사가 성교회에 입문하는 성사라면 견진성사는 아이에서 어른이 되는 성사였다. 성사가 끝나기를 기다려 하상이 말했다.

"생각해 보니, 그 조선에서 일어나는 모든 파탄이 나라와 나라 사이의 다른 풍습 때문에 일어난 일 같아요."

"조상에 대한 예를 중시하는 조선의 풍습을 이해시키기에 교황청이 너무 멀고 또 굳어 있죠."

"거기다 조선의 관료들은 그걸 정치적으로 이용하는 것도 모자라서 살상이라는 가장 쉽고 잔인한 방법으로 박해를 했으니."

임금이 저렇듯 천주교를 못 믿게 하는 것도 제사를 못 지내게 하기 때문이라며, 그것은 조선의 전통적인 풍습인데 그걸 못하게 하니까 반발이 일어난 거라고 하상은 리베이로 신부가 알아듣기 쉽게 조선의 사정을 일러 주었다. 하상의 말을 들은 리베이로 신부는 성교회의 법이 너무 일방적인 것이고, 나라마다의 전통과 관습을 전혀 고려하지 않은 점에 성교회의 불찰이 있다고 따끔하게 지적했다. 교황 중에 유난히 보수적인 교황은 제례에 참석하는 것을 엄격하게 금지하는 분이 있다며, 그게 다른 나라의 풍습을 인정하지 않는 성교회의 모순이라고 솔직하게 시인했다. 진정으로 사람을 위한 종교라면 단순히 법만 중시하는 것이 되어서는 안 된다고 했다. 서로 다른 풍습에서 빚어지는 문제는 중국에서도 끊임없이 제기되는 분란이어서 어느 때고 반드시 수정되어야 할 법이라 하느님의 계율에 어긋나지 않는 한도 내에서 현지 사정에 맞추어 성교회의 법이 수정될 거라고 예감했다. 하상과 경한은 리베이로 신부의 말을 듣는 동안 머릿속이 맑게 개는 것을 느꼈다. '성교회도 사람을 위한 것이다.' 경한은 그 말을 똑똑히 기억했다. 리베이로 신부는 혹시 실망스러워서 교구 설정과 신부 모시려는 일을 그만둘 거냐고 물었다. 그 말에 하상은 그럴 수 없다고 대답했다.

"제 어깨에 수많은 사람들의 바람이 얹혀 있는 걸요."

리베이로 신부는 곧 좋은 소식이 있을 거라고 말했다. 손수 기른 콩나물을 다듬던 다미아노 수사가 말했다.

"두 분들의 아버지는 참으로 훌륭하시네요. 저는 어머니 없는 집에, 동생이 셋이었어요. 아버지는 사시사철 놀고먹으며 투전판이나 기웃대는 난봉꾼이었죠. 아이가 네 명이나 되니 날마다 전장을 치르는 것 같았어요. 낳아 주신 어머니 원망 많이 했어요."

"힘들었겠어요."

"아버지 때문에 더 힘들었죠. 날마다 투전판에서 살았으니까."

"아직 살아 계세요?"

"하루 종일 먼 산만 쳐다보고 있어요. 그 모습이 오래도록 기억에 남을 것 같아요."

아버지를 대신해서 땔감을 해 오고 동생들을 돌볼 때, 선무문 천주당의 신부가 많은 도움을 주었다고 했다. 쓰러질 것처럼 힘이 들 때마다 그 신부를 찾아가서 위로를 받았고, 유일하게 말동무가 되어 준 그 신부의 세례명이 '다미아노'였는데 자신도 그 신부를 따라서 신부가 되기로 결심하고 세례명까지 똑같이 '다미아노'로 지었다고 했다. 아버지가 재혼하고 동생들이 새어머니에게 의지하는 걸 보고 집 걱정을 다 잊고 신학 공부에 전념했다고 했다. 다미아노 수사가 문득 생각난 것처럼 하상에게 물었다.

"여섯 살에 아버님을 잃었다고 했지요? 어린 나이에 아버지가 많이 그리웠겠어요."

"아버지가 살아 계시는 수사님이 부러워요."

"어릴 때는 어머니 대신에 아버지가 돌아가셨으면 좋겠다고 생각했어요."

그 말을 하며 다미아노 수사가 허허 소리 내어 웃었다. 아버지가 미워서 신부가 되겠다고 결심했는데 막상 집을 떠날 때는 눈물이 나더라고 했다. 아무도 말리지 않는 게 서운해서 많이 울었다고. 아버지가 말렸으면 신부가 되려 하지 않았겠느냐는 하상의 물음에 다미아노 수사는, 어머니의 죽음으로 세상일에 재미를 잃은 때여서 신부가 되려 하지 않았으면 스님이 되었을 거라고 했다. 볶은 감자를 먹으며 다미아노 수사가 하상에게 물었다.

"만약에….."

땅 속에 저장해 두었던 감자여서 아직 타박타박한 전분이 남아 있었다. 간장에 졸인 울콩을 집어먹으며 리베이로 신부가 하상을 똑바로 쳐다보았다. 어려운 말을 꺼내려는 듯 잠시 뜸을 들이던 신부가 다시 한 번 '만약에…..' 하며 천천히 입을 뗐다.

"내가 바오로에게, 신부가 되겠느냐고 물으면 뭐라고 대답하겠어요?"

"그 대답은 아주 쉬워요. 전 그만한 그릇이 되지 못하니까요."

"신부 될 그릇이 따로 있다고 봅니까?"

"아닌가요?"

"신부 될 소양은 타고나는 게 아니라 본인의 의지에 달린 문제라고 봅니다."

"의지라고 하심은, 어떤 뜻을 이루고 싶은 욕망 같은 것입니까?"

"자신의 가치를 결정하는 단 하나의 욕망을 가진다는 말입니다."

하상은 '사람의 가치를 결정하는 욕망.'이란 말을 읊조리다 신부가 되면 정말 희생의 삶을 살아가도록 마음가짐이 달라지느냐고 물었다. 그 말에 다미아노 수사가 대답했다.

"사제는 혹독한 수련의 과정을 통해서 단단해지고, 교우들을 만나며 사제직에 맞는 사람이 되어 갑니다."

사제가 될 사람은 땅바닥에 납작하게 엎드려 하느님의 사람으로 살겠다고 약속하는 사제수품의 순간에, 자신이 알고 있던 것보다 훨씬 많은 것을 내려놓게 된다고 했다. 머리를 깎는 스님처럼 세속의 기쁨과 슬픔 같은 욕망을 내려놓은 가벼운 상태가 된다고.

"바닥에 엎드리면 하느님의 마음을 알게 될까요?"

"가장 낮은 거기에 가장 높은 곳으로 가는 길이 있습니다."

하상은 잠시 생각에 잠겼다. 가장 낮은 자세로 엎드린다는 건 그런 마음으로 신의 나라로 한 걸음씩 다가가야 한다는 말로 들렸다. 신은 멀리 있는 것이 아니라 자신의 가장 깊은 곳에 있다 하니, 자기 안에 몇 겹의 세계가 존재하고 있는 것인지 알 수 없었다. 다미아노 수사의 말을 듣고 있으면 신을 만난다는 건 바로 제 영혼의 만남이라는 말로 들렸다. 신은 바깥에서 한 걸음씩 다가오는 분이라고 믿었는데 자기 안에 신의 집이 있고, 그 신은 보려는 자에게만 보인다고 하니. 하상은 자신이 신에게 얼마나 가까이 다가가 있는지 짐작하기 어려웠다.

두 사람은 자리에서 일어나 작별 인사를 나누었다. 술시가 해시로 바뀌기 전에 돌아가야 했다.

*

여수리는 삽짝을 들어서며 큰 소리로 아버지를 불렀다. 원정에서 돌아올 적마다 아버지를 먼저 불러 주는 것이 그를 기쁘게 하는 일인 것을 알고부터 여수리는 문밖만 나갔다 와도 아버지를 찾았다. 여문취가 달려 나와서 짐을 받았고, 누조 할미, 묘령, 수련이 나와서 여수리를 맞아주었다. 당연한 수순인 것처럼 아이들이 여수리의 구럭을 풀어헤쳤다. 여수리가 장삿길에서 돌아오면 아이나 어른이나 할 것 없이 구럭을 풀어 보는 것이 큰 즐거움이었다. 구럭 속에는 그들이 기대하던 선물이 하나씩 들어 있기 마련이었다. 아이들이 구럭에서 꽃신과 목걸이를 찾아냈다. 두 아이는 천장이 무너질 듯 소리를 질렀다. 그 모습을 흐뭇한 얼굴로 바라보던 여수리는 질 좋은 연초 두 봉지와 둔황의 모래가 든 대나무 통을 아버지에게 주었다. 그는 둔황의 모래를 한지에 부어 놓고 만지고 냄새 맡고 혀끝으로 맛을 보기에 바빴다. 그것은 단순한 모래가 아니라 사막의 바람과 마두금의 선율, 유목민들의 흐미 등, 여수리가 보고 온 사막의 전설을 들려주는 것이었다. 아들이 담아 온 모래를 가지고 노는 것이 여문휘의 유일한 낙이었다. 나라 밖으로 한 걸음도 나가보지 못한 그에게는 아들이 가져온 모든 것이 그렇게 귀했다. 비록 자신은 나라 밖으로 한 걸음도 나가보지 못했지만 아들을 통해서 꿈의 언저리라도 다가갈 수 있는 것을 기뻐했다.

아이들이 구럭에서 수건으로 말아 둔 것을 찾아냈다. 수건을 풀어헤치자 그 속에 세 개의 비단 주머니가 들어 있고, 주머니를 풀자 그 속에 옥 반지와 분갑 두 개가 나왔다. 여수리는 누조 할미의 손가락에 옥 반지를 끼워 주고 두 개의 분갑을 묘령과 수련에게 하나씩 나누어 주었다. 누조 할미는 너무 좋아서 입을 다물지 못했다. 아이들이 분갑에 달린 거울을 들여다보고 분을 바르며 한바탕 소란을 피웠다.

사나흘쯤 뒹굴며 쉬어도 아무도 뭐라고 하지 않건만 여수리는 상회에 인삼이 들어오는 날이라며 급히 나갔다. 하상은 친구를 만나러 가고 경한은 책상 앞에 앉아서 비단길에서 보았던 여행 기록을 편지에 담고 있었다. 말을 하지는 않지만 여수리는 그 편지가 제주도의 어머니에게 쓰는 것임을 알아챘다. 그러나 편지를 보낼 수 있을지. 언제나 그들 모자가 자유롭게 편지를 쓰고 답장을 받을 수 있을지. 그들의 그리움을 누가 달래 줄지.

여수리는 채 어둠이 걷히기 전에 상회의 문을 열었다. 지방에서 올라오는 인삼을 받으려면 첫 배가 들어오기 전에 포구에 나가야 했다. 인삼이 출하되는 시기여서 가을걷이가 끝날 동안 눈코 뜰 새 없이 바빴다. 이른 첫 새벽인데도 오일장을 향하는 행상들이 포구로 줄을 잇고 있었다. 포구는 배를 타고 갈 손님으로 북새통을 이루었다. 희붐하게 날이 밝으며 일꾼들이 속속 들어왔다. 여수리는 일꾼들이 들어오는 족족 포구로 보냈다. 그들은 수레외 소달구지를 끌고 서둘러 포구로 갔다. 석포 아저씨가 지방까지 내려가서 사 오는 물건이어서 일꾼들의 발길이 더욱 바빴다. 꾸물거리다 배보다 늦게 도착하면 당장 애나 보러 가라는 날벼락이 떨어지기 십상이었다. 석포 아저씨는 흥정의 달인인데다 물건을 보는 안목까지 높아서 만상이 특별히 믿는 상일꾼이고 오른팔이었다. 석포 아저씨는 일을 남에게 맡기지 못했다. 어떤 물건이든 자신이 직접 봐야 하고, 물건이 좋지 않으면 가게가 텅텅 비어 있어도 받지 않았다. 그렇다 보니 중간 상인들도 가장 좋은 물건을 들고 와서 제대로 값을 받으려 했다.

인삼을 상단으로 곧장 가져오는 소상인은 물론이거니와 지방에 내려가서 직접 눈으로 보고 밭떼기로 물건을 사 오는 경우에도 석포 아저씨는 다른 상회보다 한 푼이라도 값을 더 쳐주었다. 그렇다 보니 농부들도 좋은 물건이 있으면 석포 아저씨를 먼저 찾았다. 돈 앞에서는 의리도 우정도 찜 쩌 먹는 곳이 장사판이라지만 석포 아저씨의 의리는 신뢰를 바탕으로 한 것이어서 한 번 다녀간 손님은 특별히 서운한 일이 아니면 반드시 다시 찾아오곤 했다. 그렇다 보니 부란은 석포 아저씨를 오른팔 삼아서 비단길이든 어디든 데리고 다니며 일을 가르쳤다.

배가 닻을 내리고 일꾼들이 우르르 달려들어 인삼을 수레마다 빼곡하게 싣고 들어왔다. 인삼이 들어오면 그때부터 여수리의 일이 시작되었다. 인삼을 크기와 모양대로 구분해서 나무 상자에 차곡차곡 담았다. 사방팔방에서 올라오는 인삼을 거두어 나무 상자에 챙겨 넣는 일로 하루해가 짧았다. 가장 좋은 인삼을 골라서 보내야 할 곳이 있었다. 대궐 약재상에 들어갈 인삼은 석포 아저씨가 직접 담았다. 그 외에 삼사

대신들 집으로 인삼을 한 채씩 갖다 주라는 만상의 명령이 있었다. 뇌물이 될 인삼을 대충 담아서 여수리는 일꾼 몇 명을 골라서 배달 임무를 맡겼다. 대궐에 들어갈 인삼을 골라서 다녀오라고 특별히 여수리에게 일을 맡겼지만 여수리는 그 마저도 다른 사람에게 떠넘겨 석포 아저씨에게 꾸중을 들었다. 남들은 대궐에 못 들어가서 안달인데 돗자리를 깔아줘도 못하느냐고 나무라는 석포 아저씨에게 대궐 사람들은 아무도 만나고 싶지 않다고 했다.

"어째서?"

"그냥, 대궐 근처에만 가도 사지가 와들와들 떨려서요."

"인삼 배달하러 온 놈을 어떻게 할까 봐."

"그냥 싫어요."

아버지가 감영에 들어가서 초죽음이 되어 나왔고, 아무 죄도 없는 스승과 횡시영 등의 정의로운 사람들이 하루아침에 목이 잘려 죽는 꼴을 보고 난 뒤로 대궐 쪽으로는 오줌도 누기 싫었다. 이십 년이 지난 일인데도 그때의 쓰라린 기억이 여태 사라지지 않는 걸로 보아 어린 마음에 어지간히 큰 상처로 남아 있었던가 보았다. 석포 아저씨가 가장 품질이 좋은 인삼을 한 상자 그득하게 골라 두고는 임금님께 올릴 진상품이라고 했다. 여수리는 그중에서 가장 잘생긴 인삼을 골라서 한입 덥석 깨물었다. 그러자 석포 아저씨가 '아이, 미친 놈아! 목이 몇 개 되냐?' 하며 여수리의 등을 한 대 후려치고는 진상품 맛이 어떤지 나도 한 번 먹어 보자며 굵은 인삼 한 뿌리를 집어서 우적우적 씹어 먹었다. 석포 아저씨는 오래된 삼이 역시 맛도 향도 다르다며 보약 먹은 기분이 난다고 했다. 두 사람은 서로를 바라보며 껄껄 웃어 댔다.

"수리야, 이건 우리만 아는 비밀이다. 알겠냐?"

"이걸 어디 가서 말해요. 죽으려고 작정했으면 몰라도."

임금님 진상품? 여수리가 알기로 임금은 세상에서 가장 허우대가 멀건 바보였다. 겉으로 내색은 않지만 여수리는 자리만 지킬 줄 알지 무엇이 옳고 그른지도 모르는 임금이 싫다. 임금을 백성의 어버이라고 하지만 임금은 자식 사랑이 뭔지도 모르는 사람이고, 오로지 관료들의 의견을 좇는 허수아비에 다름 아니었다. 백성은 임금을 어버이로 생각하는데 임금은 백성을 자식으로 생각지 않고 자식의 마음조차 읽지 못하니. 지조 있고 소신이 또렷한 임금이라면 옳고 그름을 판단해서 죄 없는 백성이 파리처럼 죽어 나가는 것을 두고 봐서는 안 된다. 진짜 어버이라면 자식이 잘못을 저질렀다고 해서 함부로 죽이지 않는다.

언젠가 대궐 내의원이 인삼을 구하러 왔다가 만상에게 여수리를 사환으로 쓰겠다며 데려가겠다고 했다. 만상은 가도 좋다고 했지만 한곳에 갇혀 지내는 게 싫다며 여수리가 내의원의 제의를 거절했다. 내의원이 김샌 얼굴로, 가자고 하면 얼씨구나 좋다며 따라나설 일이지 네 주제에 거절이냐며 기분 나쁜 얼굴로 팽 하니 가 버렸다. 다른 사람들은 내의원에 못 들어가서 안달인데 무슨 배짱으로 그렇게 좋은 기회를 뿌리치느냐며 석포 아저씨가 진심으로 안타까워했다. 석포 아저씨는 모른다. 그곳이 자리다툼에 얼마나 맹렬한 곳인지. 어디든 어느 곳이든 편 가르기로 제 편 남의 편을 구별해서 내 편이 아니면 온갖 술수로 쳐내기 일쑤고, 때로는 권력을 위해 살인도 서슴지 않는 곳이니. 여수리에게 대궐은 사람 백정들이 모여 사는 곳이다. 겉보기에는 백성을 위하는 집으로 보이지만 대궐이야말로 백성을 가장 지독하게 괴롭히는 곳이다. 그곳에서 지리를 지키고 있는 자들이 스승님을 죽였고, 스승님의 친구 수백 명을 죽였다. 얼마 전에는 산 속에서 기도를 하던 사람 다섯 명이 끌려가서 문초를 당했다. 두 사람은 배교로 살아나고 세 사람은 우리가 뭘 잘못했느냐며 마지막까지 관료들에게 대항하다 죽었다. 세 사람은 사람들이 부처님을 보고 절을 하듯이, 마을의 당산나무를 보고 절을 하듯이, 정안수를 떠 놓고 절을 하듯이 그저 기도를 했을 뿐이다. 여수리는 용마루가 날아갈 것 같은 대궐 어느 구석에서 지금도 엉겁결에 끌려가 문초를 당하는 사람이 있다고 생각하면 마치 관아와 대궐이 모두 악마의 소굴 같아서 쳐다보기도 싫다.

석포 아저씨는 야무진 사환 정환과 떡배를 불러서 진상품을 짊어지게 했다. 진상품을 짊어지고 대궐에 들어가라는 말에 두 사람은 눈이 튀어 나갈 듯이 놀랐다. 석포 아저씨가 단단히 일러두었다. 중간에 다른 사람에게 진상품을 넘기지 말고 반드시 임금님 앞에 나아가 의주 상단에서 왔다고 아뢰고 지척에서 임금님을 알현하는 영광을 맛보라고 일렀다. 그러면서 석포 아저씨는 두 사람을 특별히 믿고 보내는 것이니까 한 치의 실수 없이 잘 다녀와야 한다고 다짐했다. 두 사람은 임금님이 드실 인삼을 지고 가는 게 보통 영광이냐며 입이 찢어질 지경으로 기뻐했다. 석포 아저씨는 직접 임금님께 올리라고 하지만 그런 일은 일어나지 않는다. 여수리가 알기로 그들은 대궐 중간 문도 넘기 전에 진상품을 담당 관료에게 넘겨주어야 할 것이다. 겨우 대궐 문턱을 넘고는 임금님께 직접 진상품을 올렸노라고 뻥을 치며 그들은 두고두고 자랑을 늘어놓을 터였다. 석포 아저씨는 그렇게 젊은 사람에게 대궐에 들어갈 기회를 만들어 주는 것으로 어깨에 뽕을 넣어 주며 간담을 키웠다. 젊은 사람들은 자칫 고된 일에 싫증을 내기 쉬운데 그럴 때 대궐을 한 번 다녀오면 자신이 상단에서 매우 중요한 사람이라는 자부심을 갖게 되고, 대궐 약제사 사환으로 들어가기 위해서 충성을 다하게 된다는 전략이었다. 석포 아저씨는 두 사람의 어깨를 두드려 주며 괜히 허세를 떨다 상단 욕먹일 짓을 했다간 그날로 모가지가 날아갈 줄 알라고 엄포를 놓았다.

여수리가 내의원 사환 자리를 거절했다는 소식이 귀에 들어갔는지, 누조 할미는 그렇게 좋은 기회를 저버린 이유가 뭐냐며 닦달이었다. 사람 백정들에게 허리를 굽히고 사느니 차라리 비단길을 걷다 죽겠다고 하면 누조 할미가 또 억장이 무너지듯 한숨을 쉴 것 같아서 여수리는 아버지와 장터를 돌아다니며 사는 게 좋다고 둘러댔다. 그 말에 여문휘가 껄껄 웃으며 자신의 마음을 알아주는 사람은 아들밖에 없다며 진심으로 고마워했다.

"형, 수리 형, 인삼 주문이 들어왔어요."

동식이 댕기 머리를 흔들며 뛰어왔다.

"뉘 집이냐?"

"모르겠어요. 여기 주문서 가져왔어요."

그 아이는 한 번도 그냥 형이라고 부른 적이 없다. 두 번씩 불러야 말이 나오는지 꼭 '형, 수리 형'이라고 불렀다. 동식은 여수리에게 주문서를 내밀며 마재로 인삼 한 채를 배달하러 가라는 만상의 명을 전했다. 6년 근 한 채라는 기록 아래에 이름이 적혀 있는데, 인삼을 보내는 사람 이름이 적혀 있지 않았다. 인삼을 보내는 사람이 누구냐고 묻는 여수리에게 동식이 서용보 집 사람이 다녀갔다고 귓속말을 했다.

영의정을 지낸 서용보가 달포 전에 향리로 내려왔다. 여수리가 비단길에 가 있는 동안이었다. 천주교 박해를 하면 시파의 반 이상을 궐에서 몰아낼 수 있다며 대왕대비 김씨를 움직여 박해를 부추긴 이들이 바로 심환지와 서용보였다. 특히 서용보는 박해에 앞장서서 양근을 쑥대밭으로 만들어 놓고 뒤늦게 노구를 끌고 그곳을 고향이라며 찾아왔다. 그로 인해 목숨을 잃은 사람이 수를 헤아리기 어려울 정도였는데 그는 너무도 평온한 얼굴을 하고 돌아왔다. 그가 정적이었던 정약용을 죽이기 위해 온갖 술수를 다 썼지만 끝내 죽이지 못했다. 더구나 그가 그토록 죽이지 못해 안달복달하던 정약용과 이웃하며 살게 된 것이 여수리로서는 실로 웃지 못할 우화 같았다. 권력의 중심에서 물러난 영의정의 귀향은 소문대로 떠들썩했다. 서용보의 그늘에서 먹고 사는 식솔은 말할 것도 없고, 끝도 없이 줄을 잇는 살림살이의 대열은 그가 누리고 산 부귀영화를 말해 주기에 충분했다.

  정약용과 서용보의 악연은 정조가 살아 있을 때부터 시작되었다. 정약용이 임금의 명으로 경기도 암행어사가 되었던 적이 있었다. 정약용이 받든 어명은 관료들이 백성들을 핍박한다는 소문의 진위를 살피고 오라는 것이었다. 관찰사였던 서용보가 관청 곡식을 비싸게 팔아서 돈을 만들고, 향교를 마음대로 폐지해서 그 땅을 정승에게 상납하려 한 비리가 임금에게 그대로 전해졌다. '서용보의 집 사람이 향교의 땅을 정승의 집에 바쳐 묘지로 삼고자 꾀를 부려, 땅이 불길하다고 속이고 고을 유림들을 협박해 향교 명륜당을 헐어 버렸다. 내가 이 사실을 탐시해 내고 곧바로 체포해 서빌했다. 또 관찰사 서용보가 강가에 인접한 7개 읍에 관청 곡식을 팔아서 돈을 만드는 데 너무 비싸게 팔고 있었다.' 그 일로 처분을 받은 서용보는 다산에 대한 미움을 마음속에 쌓아 두었다. 임금이 승하하신 이후 수렴청정을 시작한 대왕대비 김씨의 신임을 얻은 서용보는 정약용의 형제들을 해치고, 다산 정약용을 멀고 먼 계량에 유배를 보내기에 이르렀다. 유배 생활은 18년이나 계속되었다. 그토록 오랜 유배 생활을 했는데도 뒤끝이 긴 서용보의 앙갚음은 끝이 나지 않았다. 여수리가 어이없다는 목소리로 말했다.

"다산 선생이 그 자의 인사를 다 받는구나."
"형이 비단길에 가 있는 동안에 오셨는데 한동안 시끌벅적했어요."
"왜 시끄러워?"
"두 정적이 한 고향에서 만나는 일도 큰일이지만 그보다 다산 선생이 소실을 데려왔다니까요."
책을 실은 수레에 아이까지 얹혀 있더라고 동식이 목소리를 낮추어 말했다. 사대부들이 소실을 들이는 건 워낙 흔해 터진 일이라 새삼스러울 게 없지만 다산처럼 꼿꼿한 선비가 유배지에서 소실을 들였다는 사실은 사람들을 놀라게 하기에 충분했다. 여수리는 이미 알고 있던 사실이어서 놀랄 것도 없지만 그 댁 마님이 소실을 순순히 받아들였는지 궁금증이 일었다.
"마님이 소실을 받아들였다니?"
"웬걸요. 못 살고 쫓겨 간걸."
"어디로?"
"어디겠어요. 강진이지."
그러면서 동식은 여자를 고향에 데려다주라는 명을 받은 자가 강진 댁을 어느 양반의 소실로 주려다 목숨을 걸고 대항하는 바람에 실패했다고 덧붙였다. 강진 댁을 어느 양반의 소실로 넣으려 했다면 아마도 그건 마님의 생각이지 다산의 생각은 아녔을 것이다. 다산은 사람을, 몸을 섞고 살던 사람을 저버릴 만큼 매정한 이도 아니지만 그렇다고 강진 댁을 본가에 머물게 할 만큼의 강단도 없었다. 마님의 마음도 이해는 된다. 시앗을 보면 부처도 돌아앉는다지 않는가. 강진 댁이 고향으로 돌아갈 동안 이러지도 저러지도 못한 다산의 마음도 온통 수렁이었을 것이다. 강진 댁은 또 어떤가. 본가에서 쫓겨난 것만도 서러운데 생판 인연도 없는 자의 소실이라니. 그래도 한때 목민관이었던 사람의 아이까지 낳았는데 아무리 형편이 나락으로 떨어졌기로 누군가에게 함부로 몸을 내줄까. 마님 생각이야 그랬으면 오죽 마음이 변했겠냐만 그런다고 다산과 강진 댁이 수년간 쌓아 온 정이 그리 쉽게 끊어져야 말이지. 동식은 귀향한 다산에게 지인들이 귀향 선물로 인삼을 주문했다며, 이번 가을은 인삼이 금세 동나겠다고 싱글거렸다. '싱거운 녀석! 다산이 인삼을 얼마나 먹는다고.' 여수리는 동식의 댕기 머리를 쓰다듬었.

한바탕 수다를 떨던 동식이 가 버리자 여수리는 육 년 근을 나무 상자에 담으며 생각에 잠겼다. 다산이 귀향했으니 인사도 드릴 겸해서 한 번은 다녀와야겠다고 마음먹던 참이었다. 여수리는 나무 상자를 보자기에 싸서 길을 나섰다. 강을 건너 소내로 들어서자 눈에 들어오는 산야마다 가을빛이 완연하고, 물 냄새와 풀 냄새까지 달리 느껴졌다. 아직은 졸졸 흐르는 시냇물 소리가 정겹지만 서리가 내리고부터 조석으로 살얼음이 끼곤 했다. 들녘에 보리가 움트고 있었다. 여수리는 봄마다 가을마다 서른여섯 번이나 보아 온 풍경을 생전 처음 보는 듯 생소한 눈으로 둘러보았다. 누렇게 변한 잎사귀가 바람에 날렸다. 목을 스치는 바람이 제법 서늘했다. 여수리는 다산의 집 앞에서 걸음을 멈추었다. 대문이 완강하게 닫혀 있고 담 너머로 연기가 피어오르고 있었다.

 이십 년 전, 여수리가 봇짐 하나 짊어지고 길을 나선 것이 딱 이맘때였다. 그때 여수리는 주막 평상에 앉아서 국밥을 먹고 사의재 현판을 보며 멍하니 앉아 있었다. 여수리가 천리를 걸어오는 동안 다산 선생은 그 사이 방문 앞에 '사의재'라는 현판을 걸고 아이들을 가르쳤다. 그게 뭘 하는 방인가 궁금했는데 동네 꼬마들이 책을 들고 몰려가는 것을 보고서야 방의 용도를 알았다. 아이들이 좁은 방에 가득 모여서 정약용에게 글을 배웠다. 여수리는 아이들을 따라 들어가서 맨 뒷자리에 우두커니 앉아 있었다. 꾸벅꾸벅 졸아 가며 앉아 있다 공부가 끝나면 아이들을 따라서 방을 나왔다. 여수리가 무심코 뒤를 돌아본 거기, 다산이 그를 쳐다보고 있었다.

두 사람이 서로 눈이 마주쳤지만 다산도 여수리도 아무 말도 못한 채 한참을 바라보기만 했다. 그가 방문을 닫았기에 망정이지 아니면 도로 들어가서 세상이 왜 이렇게 그악스러워졌는지 시원하게 대답 좀 해 달라고 조를 뻔했다. 천 리 길을 걸어갔지만 여수리는 다산에게 아무것도 묻지 못했다. 거기 또 다른 황사영이 산송장처럼 앉아 있는 것을 확인했을 뿐이다. 그 역시 겨우 목숨을 건져 천리 밖으로 내몰린 사람이 아닌가. 살얼음판을 걷듯이 조심스레 살고 있는 그에게 뭔가를 물어본다는 게 너무 잔인하다는 생각이 들었다.
　사흘 동안 '사의재'를 드나들다 길을 나서기 전에 마지막으로 다산에게 절을 올렸다. 그제야 다산이 입을 열었다. 감정을 다스리는 것도 시간이 필요한 일이라며, 큰 상인이 되어 비단길에 가겠다고 한 말을 기억한다고 말했다. 좋은 세상을 만나기 위해서라도 참고 견뎌야 하고 그러자면 자신을 아낄 줄 알아야 한다던가. '내가 여기 있지 않느냐.' 다산의 그 말 한마디가 큰 위안이 되었다. 여수리는 그날 그 순간부터 마음에 사무치는 괴로움을 다 떨쳐 버렸다. 여수리는 집으로 돌아오자마자 의주 상단을 찾아갔다.
　그 사이 열여섯 살의 여수리는 서른여섯 살의 때 묻은 상인이 되었고, 사십 살이었던 다산은 환갑을 앞둔 늙은이가 되었다. 여수리가 비단길에 가 있는 동안 수레 가득 책을 싣고 온 다산은 유배를 가기 전이나 다름없이 글을 쓰며 살고 있다. 강산이 두 번이나 변해도 예나 지금이나 집 앞 나뭇가지에 앉은 새들의 맑은 재잘거림과 시냇물 소리는 한결같다. 흐르는 물은 날마다 새 물이고, 재잘거리는 새는 철마다 새끼를 치고 다 자란 아기 새가 자라서 또 둥지를 짓는다. 물도 예전의 그 물이 아니고 새도 예전의 그 새가 아닐진대 사람만 맥없이 늙어 가는 것 같았다.

여수리는 손에 들고 있는 종이 꾸러미를 내려다보았다. 사막에서 주운 나무뿌리였다. 몽골인 길잡이는 성경에도 나오는 식물이라며, 물에 담그면 흰 꽃이 필 것이라고 했다. 죽은 듯 보여도 잠시 휴면에 빠진 것뿐이라는 말에 그것을 주워 담았다. 겁쟁이가 된 아버지와 해배되어 목민관으로 돌아갈 날만 기다리고 있을 다산 선생이 떠올랐다. 여수리에게는 두 사람이 물을 찾아서 모래벌판을 한없이 굴러다니는 부활초 같이 여겨졌다.

대문을 두드렸다. 안에서 사람 소리가 들리고 학규가 나왔다. 마침 외출을 하려던 참이었던지 학규가 막 대문을 밀고 나오던 참이었다. 그가 여수리에게 무슨 일로 왔느냐고 물었다.

"배달하러 왔습니다."

"뭘 가져왔는가?"

"인삼입니다. 상자 위에 편지도 있습니다."

"열어 보게."

"나리께 직접 전하게 해 주십시오."

"꼭 그래야 하는가?"

"잠시 뵙고 가게 해 주십시오. 분원에서 누에를 치던 소년이라고 하면 혹시 아실지 모르겠습니다."

안으로 들어갔던 학규가 들어오라며 문을 열어 주었다. 여수리는 뜰에 서서 기다렸다. 한문으로 쓴 당호가 얼른 눈에 들어왔다. '與猶堂' 여유당은 다산이 유배를 떠나기 전에 달아 둔 현판이라던가. '살얼음이 언 시내를 건너듯 신중하게, 사방을 두려워하듯 경계하라.'는 노자의 말을 빌려 온 당호라고 언젠가 하상이 귀띔해 주었다. 하상은 그 당호를 보며 말을 삼가고 행동을 삼가며 살았다고 했다.

학규가 의주 상단에서 사람이 왔다고 했다. 무슨 일로 왔느냐고 물었고, 누가 인삼을 보낸 모양이라며 대답하는 소리가 들렸다. 인삼을 가져온 사람이 분원에서 누에 치던 아이라는데 혹시 아느냐고 물었다. 다산이 누구라고? 하며 묻는 소리가 들렸다. 그 틈을 타 여수리는 자신의 이름을 말하고는 잠시 인사를 드려도 되겠느냐고 물었다. 그러자 다산이 들어오라고 했다. 제자가 나가고 여수리는 방으로 들어가 다산에게 큰절을 올렸다.

여수리가 인삼 상자를 앞으로 디밀어도 다산은 누가 보냈느냐고 묻지도 않고 안에 편지가 들었다고 일러 줘도 못 들은 척했다. 소문으로는 서용보가 사람을 보냈다는 소문대로 다산의 마음이 어수선한 듯했다. 참고 또 참았지만 다산도 사람인지라 그렇게 모질게 괴롭히고도 모자라서 해배된 후에까지 마음을 헤집는 그가 너무도 야속했다. 허나 다산은 지난 18년간 유배지에서 쓴 책을 쓰다듬으며, 어떤 힘과 권력으로도 빼앗지 못하는 그것을 자랑스럽게 바라보았다. 다산을 죽이지 못해 안달할 때는 언제고 새삼스럽게 사람을 보내서 위로하는 서용보의 마음을 모르겠다니까 석포 아저씨는 그게 바로 머리를 숙이고 들어오라는 무언의 압력이라고 했다. 설마 하니 영의정까지 지낸 자에게 인사를 받고 입 닥을 배짱이 있으면 어디 해보라는 어깃장이라며, 두 사람 사이의 당쟁은 한 사람이 죽을 때까지 끝나지 않으려나 보다고 체머리를 흔들었다. '왜 그렇게 못 잡아먹어서 안달이죠?' 여수리의 물음에 석포 아저씨는 질시가 원한이 된 거라며, 자고로 당파 싸움은 시앗 싸움보다 더 악착스럽고 질긴 거라고 했다.

다산이 학규를 불렀다. 학규가 들어와서 인삼 상자를 들고 나갔다. 학규가 인삼을 갖고 나간 후에야 안색이 조금 편안해지며 다산이 여수리를 쳐다보았다. 앞으로 다가오게 했다. 여수리는 비단길에 가 있어서 진작 인사가 늦었다고.

"계랑까지 따라왔던 그 철부지가 비단길을 다닌다고?"

"비단, 홍삼, 보석 같은 것을 팔러 다닙니다."

"장사꾼이 되겠다더니 마침내 소원을 이루었구나."

다산은 면포의 다양한 쓰임새를 말하던 활기찬 소년을 기억하고 있었다. 글을 배우기 위해 선암을 스승으로 모신 아이. 어린 나이에 가사를 도우려 누에를 치던 아이. 조모가 비단의 신이어서 임금께 올릴 진상품을 짠 적이 있다고 자랑하던 아이. 다산은 강진까지 따라왔던 그 아이를 똑똑히 기억하고 있었다. 다산은 문득 생각난 듯이 그때 무슨 마음으로 서기까지 따라왔느냐고 물었다. 이십 년 전의 일을 참 빨리도 물어본다며 여수리는 속으로 고소를 금치 못했다. 여수리는 뭔가 말을 고르듯 잠시 머뭇거리다, 그때 꼭 물어보고 싶은 말이 있었는데 다 잊었다고 대답했다. 다산은 알 듯 말 듯 고개를 끄덕이며 할 말을 다하고 살았으면 너도 나도 지금쯤 세상에 없을 거라고 말했다. 조선 사람 누구에게나 가혹한 시절이었다며 화로에 차 주전자를 올렸다.

다산은 차 마시는 게 유일한 기쁨이라며, 여수리에게도 차를 따라 주었다. 마음을 안정시키고 건강을 회복하는 데는 차보다 좋은 것이 없더라고 했다. 여수리는 찻잔을 들어 차를 한 모금 마셨다. 하고 싶은 말을 다하고 살면 속은 편하겠지만, 때로는 진득하게 참을 버릇을 들여야 생각도 말도 숙성되어 진정으로 자신이 얻고자 하는 답을 얻게 된다고 했다. 너무 많은 것을 알려고 하지 말고 때로는 모른 체하고 흘려보내는 것도 살아가는 지혜라며, 그때 말없이 돌아간 건 참 잘한 일이라고 칭찬해 주었다. 다산에게나 여수리에게나 똑같이 어려운 시절이었는데 무슨 말을 더 했겠느냐며 다시 찻잔을 채워 주었다. 다산의 그 말은 여수리에게 이른다기보다 자신에게는 타이르는 말로 들렸다. 방 안 가득 차향이 감돌았다.

　다산은 차를 마시며, 세상을 다 잃은 얼굴로 방바닥만 내려다보던 누에 소년의 절망 어린 눈빛을 떠올렸다. 어쩐 일로 먼 길을 따라왔느냐고 묻지 않고 내버려 두었다. 사람을 만나는 일이 끔찍이도 싫을 때였다. 사흘 후에 아이는 제 스스로 발길을 돌렸다. 걸어가는 뒷모습이 한결 편해 보였다. 퀭한 눈으로 쳐다보던 여수리의 깊은 눈빛을 보고, 다산은 선암이 그 아이에게 주고 간 것이 무엇인지 깨달았다. 아이는 난생 처음으로 사람에 대한 정을 알았고, 그리움을 알았고, 그에 더하여 홍역처럼 성장통을 앓고 있었다. 머리는 지난날의 악몽을 다 잊으려 하는데 가슴이 잊지 못하는 괴로움을, 아이는 열병처럼 모질게 앓고 있었다. 슬픔과 괴로움, 원망, 그리움을 한 아름 안겨 주고 간 선암은 살아남은 자들을 부끄럽게 만들었다. 율정 삼거리에서 헤어질 때까지 그들 형제는 한 번도 선암을 입에 올리지 않았고, 그에 관한 글귀 한 줄 남기지 않았다. 그러자고 약속한 것도 아닌데 저절로 그렇게 되었다. 적지 않은 시간이 지났는데도 여전히 생생하게 남아 있는 사람, 모질고 독한 사람!

그를 스승으로 모시던 댕기 머리의 소년이 자라서 듬직한 남자가 되어 있었다. 햇볕에 그은 얼굴에 수염이 거뭇하고 키가 훤칠한 것이 전신에 갓 잡아 올린 물고기의 생기가 퍼덕거렸다. 어릴 때부터 상인이 되겠다고 한 아이였다. 아버지보다 더 큰 상인이 되겠다더니 마침내 뜻을 이룬 듯싶었다. 몸이 장대한 청년으로 자라고 수염이 나고 혼인까지 했는데도 다산의 눈에는 그가 하나도 변하지 않은 느낌이 들었다. 변한다는 건 겉보기를 이르는 말이 아니라 그 사람 본연의 모습을 두고 하는 말일 터, 그런 점에서 여수리는 겁 없이 사람의 눈을 마주 보던 대담하고 맑은 눈빛이 예전 그대로였다. 다산은 예전 모습을 그대로 가져온 여수리가 새삼스레 반가웠다.

"말해 보렴. 어디서부터 어디를 다녀왔는지."

"연경에서 고비 사막을 거쳐 장안을 다녀왔습니다."

"고생이 많았겠구나. 험한 곳이라는 소문은 들었다."

"한 달 후에 또 나갑니다."

"저런, 돌아온 지 얼마나 되었다고 또 나가노?"

"십 년이 넘은 걸요. 그러고 다닌 지."

"이번에도 장안을 가느냐?"

"더 멀리 가게 될 것 같습니다. 죽음의 사막 가까이 둔황까지."

"사막이 어떤 곳인지 말해 보렴. 그곳에 가서 무엇을 보았는지 자세히."

다산은 보고 온 것을 소상히 말해 보라고 다그쳤다. 찻잔을 들어 시원하게 목을 축인 여수리는 누란의 미녀에 관한 얘기로 말문을 열었다. 한 번 들어가면 살아서 돌아오지 못하는 죽음의 사막에 '누란 왕국'이라는 나라가 있었다고 했다. 사막의 모래바람과 흉노족에게 시달리다 모래 더미에 묻혀 버린 나라라니까 다산이 허, 하며 안타까운 표정을 지었다. 오아시스가 모래바람에 덮여 사막이 되어 버리는 수가 있나 보더라니까 다산이 호기심 어린 표정으로 고개를 끄덕였다. 사막을 건너다 물이 흐르는 초원을 찾지 못하거나 검은 모래바람을 만나면 그렇게 되고 만다며, 누란 왕국을 묻어 버릴 만큼 모래 폭풍이 무섭고, 태양은 또 사람이건 동물이건 태양이 뼈만 남기고 깨끗하게 말려 버리기 때문에 모래벌판을 걷다 보면 가끔 사람의 것인지 짐승의 것인지 알 수 없는 뼈를 만난다고 했다. 그렇지만 그 모래 더미에도 '오아시스'란 것이 있어서 상인들이 죽지 않고 살아 돌아오는 거라며, 차갑고 서늘한 사막의 달이 얼마나 매혹적인지 다산이 보면 한눈에 반할 거라고 했다.

여수리는 옛날 얘기를 하듯 둔황을 가까이 두고 협곡에 납작하게 엎드려 보낸 밤을 말해 주었다. 낮을 밤처럼 어둡게 만드는 모래바람의 그 어두운 혼돈을 행상들은 악귀의 소행으로 본다는 말까지 곁들여 가며. 검은 바람에 휘말리면 누구도 살아남지 못하고 사막에 뼈를 남기게 된다니까 다산은 고개를 끄덕이며 무서운 곳이라고 탄식을 했다. 여수리는 사람에게는 가장 잔인하고 무서운 곳이지만 악귀 같은 그 사막이 세상에서 가장 남다른 것을 세 개 가졌는데, 그게 바로 '끝이 보이지 않는 모래벌판과 이글거리는 태양과 끝이 보이지 않는 초원'이라고 말했다. 물이 귀한 것만 빼면 세상에서 가장 매혹적인 땅일 거라고 하자 다산은 옳거니, 하며 추임새를 넣었다. 다산은 사람들이 마음으로 동경하면서도 가질 수 없는 것 중의 하나가 사막인데, 그곳을 걸었다는 것은 세상 너머의 세상을 다녀온 느낌일 거라고 했다. 그 속에 발을 들이는 순간 죽음을 각오해야 하는 것이 그렇고, 가까이 다가가면 어느 새 눈앞에서 사라지는 사막의 신기루가 그렇고, 그곳을 지나야 서역의 다른 나라로 갈 수 있는 것이 그렇다고 했다.

"옳거니, 때로는 악마의 발톱이 되었다 천사의 손길이 되기도 하는 사막의 아름다움이야말로 검의 양날 같은 것이로군."

다산은 시인답게 한 번도 보지 못한 사막을 그렇게 표현했다. 여수리는 다산의 추임새에 흥이 나서 더욱 기운차게 떠들었다. 둔황에서 물건을 팔고 돌아오던 중에 도적을 만나서 야밤에 한바탕 싸움판이 벌어진 이야기를 곁들이자 다산은 '저런, 몹쓸 놈들!' 하며 행상들의 편을 들어 주었다. 여수리는 우루무치를 거쳐 이스탄불에 이르는 서역 만 리까지 50일을 걸어도 모래뿐인 죽음의 사막이 있는데, 한 번 들어가면 살아나오지 못하는 그 사막에서 검은 모래 폭풍이 태어난다고 했다. 사막의 모든 바람이 그 죽음의 사막에서 태어난

다니까 다산은 태풍이 태평양 바다 한가운데서 태어나는 것과 같은 거라며 점점 더 이야기에 빨려 들었다. 그 사막에서 길을 잃고 영영 돌아오지 못하는 사람도 있다니까 다산은 갈증이 나는 듯 차를 마시며, 사막에 가더라도 죽음의 사막 근처에는 얼씬도 말라고 했다. 여수리는 다산의 추임새에 빙글빙글 웃으며 이야기를 이어 갔다. 상인들은 사막으로만 다니는 것이 아니라 사막을 둘러싼 초원 비단길로도 다닌다며, 초원 비단길에는 만년설을 얹고 있는 산이 있다고 했다. 낮에는 태양이 사막을 달구고 밤에는 만년설이 사막을 얼려 놓기 때문에 밤에는 뼈가 시릴 정도로 추운 곳이 사막이라니까 다산은 사막이 덥기만 한 곳이 아니라는 사실이 매우 신기하다고 했다. 그렇게 신기한 곳을 보고 다녀서 여수리가 구김살 한 점 없이 싱그럽고 젊은 거라며 다산은 입이 마르게 칭찬을 했다.

"장하구나, 장해. 그런 곳에서 먹고 자고 장사까지 하고 다닌다니."

"별을 보며 자는 날이 많아서 안방에 누워 있으면서도 한뎃잠 자는 꿈을 꾸기 일쑤입니다."

"그래도 마음은 편하지 않은가. 훌훌 떨치고 나가면 세상 근심을 다 잊을 테니까."

"농사지을 땅이 없어서 이러고 다니지만, 솔직히 말해서 장사꾼의 가치를 누가 알아줘야 말이죠."

"무슨 소리! 조선이 필요로 하는 사람이 바로 너희들처럼 바깥세상으로 나가서 많은 것을 보고 듣고 온 이들이야. 미래에는 너희 같은 사람이 나라를 바로 세울 것이란 말일세."

"정말 그런 날이 올까요?"

"조선이 언제까지나 주머니 속처럼 답답하게만 살까."

다산은 지금 세상은 비록 사농공상이라며 상인을 천대시하지만 먼 훗날 조선의 미래를 열어 갈 사람은 상인들이라며, 여수리가 상인이 된 것을 칭찬해 주었다. 양반들이 물거품 같은 권세를 쥐고 아귀다툼을 벌일 때 상인들은 세상 곳곳을 다니며 바람처럼 구름처럼 자유로운 새처럼 살고 있다면서 다산은 자신 역시 그렇게 살다 갈 거라고 했다. 임금이 부르면 관직에 오를 생각이 전혀 없지 않으나 반대파들이 방해를 하니 관직 회복은 어려울 것 같다고 했다. 마지막 한 조각 자존심을 내주느니 앓다 죽겠다며, 다산은 시나 쓰며 여생을 보내자고 마음을 정한 듯했다. 배를 타고 강을 거슬러 오르다 산을 거닐거나 시냇가를 거닐며 살아도 바쁠 것 같다고.

"네게서 냄새가 나는구나."

"냄새라고… 하셨습니까?"

"좋은 냄새가 나. 바람의 향기와 사막의 모래 냄새 말이다."

다산은 어디에도 얽매이지 않는 상인들이 부럽다고 농담을 했다. 기둥처럼 튼튼한 두 다리로 험난한 비단길을 개척하고 시장을 형성하는 상인들이야말로 세상의 주역들이라며, 수만 리 밖의 사막을 다녀온 여수리를 대견스러운 눈으로 바라보았다. 여수리는 가져온 종이 꾸러미를 다산의 책상에 올려놓았다. 다산이 종이 꾸러미를 풀어놓고 물었다.

"이게 무엇인고?"

"부활초라고도 하고 예리코의 장미라고도 합죠."

"부활초라고?"

멀리서 보면 새 둥지 같기도 하고 노랗게 말라죽은 겨우살이 같기도 한 그것이 바로 사막의 장미라니까 다산이 손바닥에 올려놓고 요모조모 살폈다. 여수리는 다산이 관찰할 동안 가만히 입을 다물고 기다렸다. 사막에 사는 회색거미조차 십 분 이상 먹이 활동을 할 수 없는 모래 바다를 태연하게 굴러다니는 그것. 죽은 것처럼 모래바람을 따라 굴러다니다 물을 만나면 기다렸다는 듯 회생을 하는 그것이 바로 부활초였다. 마침내 관찰을 끝낸 다산이 말했다.

"부활초라면 다시 살아난다는 말인데 어떻게 살아나는고?"

메마른 모습 그대로 바람을 따라 수 년, 수십 년 굴러다니며 물을 찾아 헤매다 비를 만나면 금세 파랗게 살아나는 그것이 바로 사막의 장미이고 부활초라고 했다. 부활초가 살고 죽는 것은 비나 이슬 같은 물방울을 만나느냐 못 만나느냐에 달려 있었다. 여수리는 그 나무뿌리가 죽은 것처럼 보이지만 지금이라도 물에 담그면 새파랗게 살아나는 걸 볼 수 있다고 했다. 화석 속에 있던 밀알이 깨어나듯이 부활초 역시 죽은 것처럼 보일 뿐이지 죽은 것이 아니라며 몇 시간 전에 가족들이 모여 앉아서 그 부활초가 깨어나는 것을 지켜보았다고 했다. 사막에도 식물이 살고, 비가 오고, 폭풍도 인다며 부활초는 모든 생물에게 똑같이 가혹하기만 한 사막을 태연하게 굴러다니는 식물이라고 했다. 죽어 있어도 영영 죽은 것이 아녀서 어쩌면 영원히 사는 나무라고 해야 할 것 같다며, 다산은 사람을 비롯한 모든 동물들이 그렇듯 고초를 겪으며 환경에 적응해서 살아가는 거라고 했다. 물을 가져올까, 하고 물으니 다산이 혼자서 봐 버리면 아까울 것 같다고 했다.

"이걸 내게 주겠나?"

"나리 드리려고 가져왔습니다."

"귀한 선물이구나. 마음이 담기지도 않은 인삼에 비하겠느냐, 허허허."

여수리는 천으로 만든 구럭에서 또 하나, 굵은 초를 내놓았다. 얇은 종이를 벗겨 내자 굵기가 어른 팔뚝만 하고 살색이 발그레한 분홍색 초가 나왔다. 촛불을 켜 놓고 부활초가 피는 걸 보면 지루한 줄 모르고 기다릴 수 있을 거라니까 다산이 분홍색 초를 손에 들고 요모조모 살폈다. 불을 켜면 몸통이 발그레하게 빛난다니까 짐도 무거울 텐데 초까지 사 오느라 애썼다고 했다. 여수리는 돌아올 때는 갈 때만큼 무겁지 않다고 했다. 다산은 분홍색 초를 사막의 장미와 나란히 놓고 지루한 줄 모르고 바라보았다. 골똘한 생각에 빠져 있는 다산을 두고 여수리는 조용히 방을 나왔다. 매우 흡족해하는 다산을 보며 여수리는 기분이 날아갈 듯 가벼웠다.

  벼슬에서 물러난 서용보가 정약용에게 사람을 보냈다는 소문이 온 양근 바닥으로 퍼져 나갔다. 명분은 긴 유배에서 돌아온 정약용을 위로한다는 것이었지만 다산은 서용보가 보낸 사람을 선 자리에서 돌려보냈고, 그가 보낸 위로의 물품을 쳐다보지도 않았다는 소문에 마을 사람들이 시원하게 가슴을 쓸어내렸다. 다산이 머리를 숙이고 찾아오리라 믿었던 의도가 빗나간 것이 서용보를 화나게 했던지, 유배지에서 육백 권에 이르는 서책을 써낸 정약용을 유용하게 쓰자는 대신들의 의견에 다시 서용보가 반대하고 나섰다. 겉으로는 위로한답시고 달콤한 소리를 해 대면서 금세 시커먼 속을 드러내고 만 셈이었다. 힘으로도 누르지 못하는 게 있다는 사실이 그를 실망시켰는지 서용보는 끝까지 정약용을 방해하고 나섰다. 서용보의 방해로 비록 벼슬길에 오를 기회를 잃었지만 마을 사람들은 끝까지 서용보를 찾아가지 않은 다산을 매우 자랑스러워했다. 천주교 신자 수백 명을 다 죽여도 정약용을 살려 두면 다 헛것이라며 독을 뿜던 서용보도 정직한 목민관으로 백성들의 마음을 얻은 정약용만은 끝내 죽이지 못했다.

백서 일기 8

9월 24일

장에 갔던 귀동이 숨을 헐떡이며 뛰어왔다. 얼굴은 사색이 되어 있고, 지게는 어디 벗어 두었는지 맨몸이었다. 그의 다급한 발소리에 황사영은 저도 모르게 붓을 떨어뜨리고 말았다. 불길한 예감이 머릿속을 휘저었다. 귀동은 집에 들어오자마자 가마굴 옆에 두 다리 뻗고 한바탕 서러운 울음을 퍼냈다. 불혹을 넘긴 사내의 울음에 두려움이 담겨 있었다. 올 것이 왔다는 예감으로 온몸이 떨리기 시작했다.

"하느님, 워쩌자고 우리를 버리신대유? 우리는 워쩌라고…."

귀동의 그 원망은 황사영에게 한 말이기도 하고, 보이지 않는 신에게 던지는 하소연이기도 했다. 그의 통곡을 들으며 황사영은 소리 없이 무너졌다. 조선교구를 중국교구에서 독립시키는 일도, 신부를 모시는 일도, 신앙의 자유를 쟁취하는 일도 물거품이 되고 만 예감으로 한없이 무너지고 있었다. 먼 길 떠나기 전에 황심은 잘하고 올 테니 걱정 말라며 황사영을 안심시켰다. 그를 죽음의 길로 보내며, 백서의 운명은 그분의 뜻에 달려 있으니 맡겨 두자고 했다. 무사히 전달되면 네 사람의 정성이 하늘에 닿은 것이고, 만약 계획이 무산되면 그것 또한 하늘의 뜻으로 여기자고. 여섯 달 동안 토굴에 숨어 지내며 백서를 썼던 그 노력과 정성이 부족했던지, 아니면 아직 때가 이른 것인지. 그들의 뜻이 좌절되고 말았다. 얼마나 더 많은 피를 보아야 이 땅에 진정한 성교회의 자유가 꽃피게 될지. 황사영은 선암을 잃었을 때처럼 포도청으로 끌려간 황심을 생각하며 뜨거운 눈물을 흘렸다.

"미안하네. 못할 짓을 시킨 내가 죽일 놈이네."

포도청으로 끌려 간 황심이 얼마나 많은 고통을 당하게 될지. 황사영은 무너지는 가슴으로 땅바닥에 이마를 찧었다. 황심이 받게 될 고통이 생생하게 느껴졌다. 신은 어쩌자고 그들의 바람이 허무하게 무너지는 것을 보고만 있는지. 그들이 애타게 부르는 신이 진정으로 길 잃은 양들을 사랑하긴 하는지 의심스러워지며 자신이 무엇을 위해 그토록 달려왔는지 모르겠다는 마음이었다. 한참을 울고 난 귀동은 울음 섞인 목소리로 국경에서 보고 들은 일을 주절주절 늘어놓았다. 황심이 밀고를 당한 것 같다고 했다. 전하는 소문으로는 다른 사람은 대충대충 검문을 하면서 유별나게 황심만 잡아 두고 짐을 풀어헤치는 것도 모자라서 기어이 옷을 벗게 하더라. 귀동은 토굴 앞에 두 다리를 뻗고 앉아서 귀담아 온 소문을 횡설수설하며 전했다. 누가 봤으면 귀동이 혼자서 중얼댄다고 여기겠으나 그것이 토굴에 숨어 있는 황사영에게 들려주는 말인 것을 새와 쥐나 알까. 황사영이 힘없이 물었다.
"이 사실을 옥천희도 아는가?"
"알고말고요. 소문보다 빠른 게 있는감유."
"또 멀쩡한 사람이 죽겠구나. 어쩔꼬, 내 죄를 다 어쩔꼬!"
"간절히 원하면 하늘도 감동하는 법인디, 참말로 너무하시구먼유. 지 자슥을 다 죽게 내버려 두는 부모가 어딧간디유. 증말로 자슥을 사랑하믄 이러심 안 되쥬."
귀동은 신이 있으면 네 사람의 정성이 이처럼 허무하게 들통이 날 턱이 없다며, 애초에 없는 신을 섬겼나 보다고 말끝을 흐렸다. 황사영은 귀동에게 멀리 가서 숨으라고 했다. 숨어서 살다 보면 좋은 세상이 올 거라고 하자 귀동은 혼자 살겠다고 달아나는 짓은 못한다고 고집을 부렸다. 한 사람이라도 살아서 뒷일을 봐 줘야지 함께 죽는다고 그게 잘하는 일은 아니라고 설득을 하자 귀동은 글도 알고 교리도 잘 아는 황사영이 살아야 교회를 일으키는 데 쓸모가 있지 않겠느냐며, 뒷일은 자신에게 맡기고 멀리 달아나라고 도리어 재촉이었다. 서로 떠밀며 달아나라고 하지만 그들이 갈 곳은 어디에도 없었다. 밤늦게 옥천희가 두름으로 엮은 굴비와 항아리 가득 든 곡주를 둘러메고 나타났다. 옥천희는 토굴 입구의 나뭇단과 옹기를 치우고 황사영을 밖으로 나오게 했다. 맑은 공기가 얼마나 그리웠느냐며, 아직 마지막 만찬을 들 시간은 남아 있다고 했다.

 세상 다 끝난 듯 기운을 빼고 늘어져 있던 황사영이 그 말에 힘을 얻고 토굴에서 나왔다. 죽을 때 죽더라도 비굴하지는 말자고 스스로에게 결심했던 것이 기억났다. 선암의 당당한 죽음이 그에게 그런 결심을 하게 해 주었다. 토굴에서 백서를 쓰는 동안 여름이 가고 가을이 가 버렸다. 그는 하늘을 올려보며 심호흡을 했다. 겨울 찬바람에 실려 온 더덕 향기가 그의 코를 간지럽게 했다. 하루를 살아도 자신에게 부끄럽지 않게 살았으니 그것으로 충분했다. 옥천희는 죽을 날을 받아 놓고 마시는 술이 얼마나 맛있겠느냐며 오늘밤 맘껏 취해 보자고 했다. 내일 술에 취한 채로 포도청에 끌려가더라도 오늘 밤만은 다 잊고 취해 보자는 말에 귀동이 얼른 일어나 술잔을 가져오고 화로에 숯불을 담아 왔다. 예수도 죽기 전에 제자들과 최후의 만찬을 들고, 제자들의 발까지 씻어 주었다며, 황사영은 다 잊고 오랜만에 뱃속 편하게 마셔 보자고 했다. 그는 숯불에 노릇노릇하게 구운 굴비를 들고 말했다.

"이게 뭔가? 천장에 매달아 놓고 쳐다보기만 하는 굴비가 아닌가."

"까짓, 죽기 전에 양반들만 먹는 괴기나 실컷 먹어 보자고 한 두릅 샀쥬. 울 엄니 제사상에 굴비를 올린 건 첨예유."

"난 아무것도 해 준 것 없이 이렇게 신세만 지다 가서 어쩌누."

"나리는 백서를 쓴 것만으로 만 가지 빚을 다 갚았구먼유. 교황청에 가기 전에 빼앗겼지만 나리의 노고가 아녔으면 이 땅에 신앙의 싹을 키우고 간 사람들의 삶을 누가 증명한대유. 허다 못해 저 사악한 놈들이 나리의 편지를 읽어 보긴 할 거 아녀유. 그동안 뭔가를 해 보겠다고 꿈을 꾼 것만으로 지는 참말로 사람답게 살았구먼유."

옥천희가 황사영의 잔을 채우며 결의에 찬 목소리로 말했다. 포도청에 끌려가면 죽을 때 죽더라도 가슴에 꽉 막혀 있는 말이나 다하겠다고 별렀다. 모든 것을 포기하고 나니까 오히려 평화롭다며 옥천희가 술잔을 들어 벌컥벌컥 들이켰다. 자기 아버지도 사십 조금 넘어 세상을 떠났고, 동생들은 열 살도 되지 않아 홍역으로 둘이나 죽었다고 했다. 그들에

비하면 오래 살았다며, 임금도 죽고 그 사악한 자들도 나중에는 다 죽게 되어 있다고 했다.

"나중에 저놈들이 두름으로 엮여서 지옥으로 끌려가는 걸 두 눈 똑똑히 뜨고 지켜볼 거구만유."

옥천희는 미안하다는 말만 거듭하는 황사영에게 저쪽 나라에 가면 먼저 간 분들이 기다리고 있을 테니 두려워 말자고 했다. 황사영이 배 속의 힘을 끌어모아 말했다.

"누가 먼저 끌려갈지 모르지만 나중에 거기서 만나세."

"하면유."

"오래 살지는 못했지만 그대들을 만난 것이 내 생에서 가장 값진 것이었다네."

"소인들도 마찬가지구면유. 나리를 곁에서 뫼신 것이 이놈에게는 더할 수 없는 영광이었쥬."

그들은 메기와 쏘가리 매운탕을 먹던 날을 되새기며 울다 웃었다. 궁지로 몰리긴 했지만 그때만 해도 실낱같은 희망이 그들을 하나로 엮어 주었는데 결국 이렇게 되고 말았다며, 이게 하느님의 뜻인가 보다고 체념했다. 살아 있는 자들에게는 아무것도 주고 싶지 않은가 보다고. 누군가 그들에게 어이없는 몽상을 꾸었다고 비웃을지 모르지만 황사영은 사람으로서, 신을 사랑한 사람으로서 마땅히 해야 할 일을 했을 뿐이라며 하늘을 올려보았다. 설령 백서가 신의 뜻을 거역한 것이었다고 해도 황사영은 그것은 자신이 할 수 있는 최선이었고, 세상에 태어난 마지막 보람이었다고 당당하게 말할 자신이 있었다. 누가 나라를 팔아먹으려는 수작이라며 백서를 향해 돌을 던진다면, 그는 네 활개를 펼쳐 그 돌을 맞으며 외치겠다고 말했다. 사람을 살게 하는 것이 희망이라면 사람을 죽게 하는 것 또한 희망이라고. 죽으면 모든 희망이 사라진다고 할지 모르지만 우리에게는 갈 곳이 있고, 우리를 맞아 줄 신이 있고, 거기서 우리를 기다리는 이들이 상처투성이의 영혼을 위로해 줄 거라고.

황사영은 옥천희와 귀동의 잔을 채워 주었다. 더 이상 미안하다고 말하지 않아도 뜻이 통하는, 진심이 술잔을 통해 오갔다. 고요한 정적이 그들을 감싸 안았다. 평화로운 듯 더는 괴롭지 않은 이상한 적막이 그리 나쁘지도 이상하지도 않았다.

'황심은 지금 어쩌고 있는지.'

구름이 끌고 온 천둥소리

 늦은 밤, 숙소를 빠져나온 경한은 하상을 앞세워 선무문 천주당에 갔다. 거기서 두 사람은 놀라운 광경을 보고 말았다. 천주당 앞길에 긴 장대가 세워져 있고 거기 머리가 하나 걸려 있었다. 연경에서 그것을 보게 될 줄 몰랐던 터라 하상과 경한은 그 자리에 얼어붙고 말았다. 밤이어서 지키는 사람도 없고 구경하는 사람도 없었다. 피가 말라 버린 걸로 보아 사흘이 지난 듯했다. 효시된 머리는 사흘이 지나면 거두어 가도 아무 탈이 없었다. 밤거리를 다니며 쓰레기를 치우는 노인이 다가와 장대와 머리를 수레에 실었다. 하상이 노인에게 어쩌다 저렇게 되었느냐고 물었다. 그러자 노인이 저 꼴이 되고 싶지 않으면 천주당 근처에 얼씬도 말라며 수레를 끌고 어둠 속으로 사라졌다.

두 사람은 천주당 앞에 우두커니 서 있었다. 성당 입구에 달려 있던 종이 없어졌다. 더 이상 종이 울리지 않는다. 하상이 조급한 마음을 누르지 못하고 주먹으로 문을 두드렸다. 안에서 발소리가 들렸다. 누구냐고 묻는 말에 하상은 잠시만 문을 열어 달라고 애원했다. 안에서 누구냐고 묻는 말이 들리고 하상이 교우라고 하자 문이 열렸다. 그들은 어둠 속에서 인사를 나누었다. 천주당을 지키는 노인의 말에 의하면 선무문 천주당을 지키던 리베이로 신부와 부제가 끌려가고 교우들도 배교를 하거나 숨거나, 뿔뿔이 흩어졌다고 했다. 두 사람은 성전에 들어가 보지도 못하고 나왔다. 하상의 열두 번째 방문은 그렇게 무산되었다. 기운 없이 돌아온 하상은 밤새 뒤척이며 잠을 설쳤다. 이대로 열한 번의 노력이 물거품이 되고 말 것 같은 슬픔이 그를 잠들지 못하게 했다. 그래도 두 개의 편지를 교황청에 전달한 게 어디냐 싶었다. 진심 어린 호소는 하늘을 감동시키고 마침내 교황청까지 전달이 될 거라고 믿었다. 신부를 보내 줄 거라고 믿고 싶었고, 그렇게 믿어야 했다. 더는 어찌할 수 없는 위기에 닿았지만 하상은 실망하지 않았다. 지금 잠시 이겼다고 영원히 이긴 것이 아니며 잠시 퇴보를 한다고 영원히 진 것이 아니었다. 물에 떠 있는 부표처럼 진실은 아무리 감추려 해도 감춰지지 않는 그런 것이었다. '반드시 이루어지리라.' 어느 때고 반드시 조선교구가 설립되고 신부가 꼭 와 주리라 확신했다.

신부를 보내 주겠다는 연경교구장의 연락을 받은 것은 연경에서 돌아온 이후였다. 마침내 하상의 바람이 이루어지려는 순간이었다. 그것이 너무 늦게 도착한 소식인 것을 알면서도 하상과 유길준, 조신철 등은 의주 변문에 가서 기다렸다. 조선으로 파견될 신부와 밀사 사이에서 중간 역할을 해 줘야 할 리베이로 누네스 신부가 선종했고, 연경에서도 박해가 시작된 것을 비단길에 가던 중에 직접 눈으로 확인하고 왔으니. 조선교구 설정과 신부 파견은 고사하고 선무문 천주당의 존립조차 장담할 수 없는 지경에 놓여 있었다. 그래도 신부를 기다리는 세 사람은 실망하지 않았다. 유길준이 말했다.

"길을 물어서라도 오시겠지?"

"우리가 이렇게 기다리는데 안 올 리가 없지."

세 사람은 갈대밭을 서성거렸다. 강바람이 차가웠다. 서걱거리는 바람 소리에 갈대가 파도처럼 흔들렸다.

"기다리다 가신 건 아니겠지?"

"그럴 리가 없지. 오실 거야, 반드시."

그러나 강가의 갈대밭에 엎드려 있는 세 사람의 바람과 달리 교황청에서 보낸 신부들은 아무리 기다려도 나타나지 않았다. 하상의 짐작대로 하루가 지나고 이틀이 지나고 사흘이 되어도 신부는 나타날 줄 몰랐다. 하루는 유길준이 기다리고, 또 하루는 하상이 기다렸다. 그들은 서로 번갈아 기다렸다. 세 사람은 의주 변문에서 일주일을 서성이다 돌아왔다. 교황께 올린 두 번째 편지가 라틴어로 번역되어 로마 교황청으로 갔다는 말을 듣고 역관 유길준과 마부 조신철이 뛸 듯이 기뻐했던 게 엊그제 같았다. 그 편지를 쓰기 위해 유길준과 머리를 맞대고 밤을 지새웠다. 마침내 편지가 전달되었고 교황청에서 신부를 보내 준다는 연락이 왔으니, 그간의 노력이 헛된 것만은 아녔다. 조신철이 말했다.

"집에 가서 기다리세. 기다리다 보면 오시겠지."

"맞아, 그럴 거야."

조선이나 연경이나, 어느 누구도 사제의 안위를 지켜 주지 못한나. 그들은 청빈한 삶을 사는 탓에 병도 많고 박해도 많이 받는다. 황제가 박해를 선포하며 천주당에 사람의 발길이 끊겨 궁핍함을 견디다 못한 사제가 굶어 죽거나, 독살을 당하거나, 병을 앓다 죽어도 누구 한 사람 돌봐주는 이가 없었다. 하상은 가난한 사제들을 위해 두 손을 모았다. 이미 죽은 자는 하느님이 돌봐 줄 테지만 살아서도 고통받는 사제들을 위한 기도는 산 사람만이 할 수 있는 일이었다. 사제가 오지 않았다고 기다리고 있는 신자들에게 말해야 했다. 사제가 올 때까지 또 얼마나 더 기다려야 할지 알 수 없었다.

갈대숲에 엎드려 있던 하상은 날이 까맣게 어두워지고서야 집으로 돌아왔다. 유길준, 조신철과 앞일을 의논해야 하지만 너무 기운이 빠져서 자리에 앉아 있지도 못할 지경이었다. 하상은 터덜터덜 걸어서 재를 넘고 강을 건너서 여수리의 집으로 갔다. 그가 집에 있는지 비단길에 갔는지 알 수 없지만 상관없었다. 그냥 그의 사랑방에 드러누워서 길게 한숨 자고 싶은 마음뿐이었다. 마음이 아플 때 가장 먼저 생각나는 사람이 여수리여서 그의 사랑방에 누워 있으면 이상하게 예전 아버지 서재에 누워 있는 기분이 들곤 했다. 그 방에 누워 있으면 온갖 잡도리 걱정을 다 잊고 편히 쉴 수 있었다. 그래서인지 어려운 일이 닥치면 언제나 그가 떠오르고 그가 피우던 연초 향이 사무치게 그리워졌다.

하상이 터덜거리며 마당에 들어서자 여수리가 반가이 맞아 주었다. 하상은 가슴이 따뜻해지는 기분이 들어서 잠시 여수리를 바라보고 서 있었다. 왜 그러고 있느냐는 말을 듣고서야 하상은 집안을 두리번거리며 경한이 보이지 않는다고 했다. 경한은 양아버지 오 씨가 세상을 떠났다는 연락을 받고 추자도로 돌아갔다고 했다. 황사영의 아들 황경한을 늦둥이 아들 삼아 키우며 그 무거운 비밀을 지켜 준 사람. 오씨가 마침내 세상을 떠났다. 마음 같아선 경한을 따라가서 조문하고 싶지만 오일장 순회를 앞두고 있어서 그러지 못했다. 석포 아저씨는 장삿길을 앞두고 있을 때는 부모상을 입지 않은 이상 일체 조문을 금하라고 이르는 사람이었다. 좋은 것만 보고 좋은 생각만 하다 길을 나서야 모두가 무탈하게 돌아온다고 믿는 사람이었다.

 하상은 경한과 석별의 정을 나누지 못한 것을 못내 아쉬워했다. 말은 곧 돌아오마고 약속하고 갔지만 경한은 황사영의 기일이 아니면 육지로 나오지 않을 것 같았다. 여수리는 못내 아쉬운 듯 연신 뒤를 돌아보며 떠난 그것이 경한의 영원한 귀향인 것을 알고 있었다. 바다 건너 어머니 정난주가 살고 있으니 분원에서 더 머뭇거릴 이유가 없지 않은가. 태생지는 경기도지만 추자도에서 이십년을 살았으니 경한에게는 그 섬이 고향이나 다름없었다. 하상은 갈 사람은 가야지, 하며 고개를 끄덕이고는 사랑방에서 시체처럼 잠을 잤다.

 그날 밤 꿈에 하상은 물도 없고, 나무도 자라지 않고, 사람도 살지 않는 사막을 걷는 꿈을 꾸었다. 등짐은 점점 무거워지고 걸음이 무뎌지며 온몸에 불이 일어 활활 타오를 것 같았다. 그 죽음 같은 괴로움을 견디게 해 주는 것이 바로 사막

저쪽에 오아시스가 있다는 확신이었다. 모래밭을 걷는 내내 지난밤에 모래바람이 오아시스를 덮어 버리지 않았나, 하는 걱정으로 마음을 졸였다. 갈증으로 목이 타고 짐은 무겁고 금방이라도 무릎이 푹 꺾일 듯 휘청거리는데 오아시스는 좀처럼 나타나지 않았다. 그는 사막에 혼자 서 있었다. 동료들은 모두 어디로 가 버렸는지 보이지 않았다. 먼 곳에서 아지랑이가 아른거리며 짙푸른 나무가 가득 서 있고 물이 출렁이는 오아시스가 보였다. '샘이다!' 바삐 걸음을 옮기다 모래에 발이 빠졌다. 모래 속으로 몸이 빨려 들어갔다. 발을 빼려고 발버둥 치다 비명을 지르며 깨어났다. 온몸이 땀에 흠뻑 젖어 있었다.

여수리가 비명을 듣고 방문을 열었다. 하상이 몽롱하게 잠에 취한 얼굴로 앉아 있었다.

"꿈꾸었어?"

"모래 수렁에 빠졌어요."

"무서웠겠네."

하상은 샘을 보고 달려가다 모래 수렁에 빠졌다고 했다. 하상은 다시 누워서 금방 새 잠이 들었다. 여수리는 방문을 닫아 주었다. 생애 처음으로 사막을 밟아 보았으니 그럴 만했다. 그도 첫 출행에서 돌아온 이후 밤마다 사막을 걸었다.

신기루를 보고 달려가는 꿈. 거기 샘이 있고, 나무가 자라고, 새가 우짖는 오아시스를 향해 달리는 그런 꿈을. 샘이라고? 여수리는 마당을 휘둘러보았다.

장독대에 소담스레 피어 있는 물봉숭아를 보고 있으려니 갑자기 마당에 우물을 파야겠다는 생각이 들었다. 우물을 판다는 건 오아시스를 갖는 것과 같았다. 황금이나 비단, 금은보화는 없어도 살지만 물이 없으면 살지 못한다. 사막을 오가는 대상들은 오아시스에 들어서면 가장 먼저 자신의 신에게 감사의 기도를 올린다. 모래 더미에서도 꽃과 나무가 자라고 맑은 샘이 흐르는 사막의 가치를 결정하는 것도 바로 물이었다. 오아시스를 가지면 세상에 부러울 게 없을 것 같았다. 나라 안팎에 삼 년째 가뭄이 이어지고 있었다. 비가 오지 않는다는 건 사람들이 더 이상 흘릴 눈물도 없고 가슴으로 흐르는 피도 없다는 말과 같았다. 사람들은 말이 없어지고, 서로를 바라보지만 텅 비어 있는 눈빛에서 아무것도 길어 올리지 못했다. 새봄이 온다. 새봄이 오지만 농부는 봄을 준비하지 못했고, 들판에는 죽은 새가 뒹굴고 있었다. 까마귀 떼가 그악스럽게 울어 댔다. 여수리는 샘을 파야겠다는 생각을 하며 평상에 드러누웠다.

"아버지, 일어나세요."

눈을 뜨니 단아와 홍이 배 위에 올라앉고 다리를 잡아당기며 일어나라고 재촉이었다. 평상에 앉아서 우물 파는 공상을 하다 잠들었다. 여수리는 눈을 감은 채 미진하게 남아 있는 잠기운을 즐겼다. 집에 누워 있는 것이 얼마나 마음을 편안하게 해 주는지. 비단길을 다녀올 때마다 이제는 그만 가야지, 하면서도 상단에서 가라면 군소리 못하고 또 가게 된다. 여수리가 발을 빼려고 할 때마다 석포 아저씨는 '자네처럼 경험 많고 믿음직한 친구를 두고, 그 험한 길을 누구와 가란 말간.' 이제는 부란도 없고 믿을 사람이라곤 여수리뿐이라며 살려 주는 셈 치라고 매달렸다. 석포 아저씨와 나눈 그간의 정을 뿌리치지 못하고 따라다녔다. 비단길에서는 씩씩한 척 꿋꿋하게 잘 다니지만 그도 사람인지라 집으로 돌아오면 어쩔 수 없이 악몽에 시달렸다. 삭막한 바람과 끝도 없이 펼쳐진 모래바다. 검은 바람의 악몽이 일주일씩 계속되는 때도 있었다. 늘 목이 말라서 물을 찾는 꿈이었다. 여수리는 벌떡 일어나 식구들을 한자리에 모았다. 무슨 일인가 하고 모인 식구들 앞에 여수리는 돈 꾸러미를 내놓았다. 누조 할미와 여문휘가 두 눈을 둥그렇게 뜨고 물었다.

"갑자기 돈은 왜?"

"이걸로 살아갈 궁리를 하려고요."

"무슨 궁리?"

"제가 언제까지나 비단길만 다닐 수 없으니 미리 준비를 해야죠."

여수리의 말에 누조 할미가 맞는 말이라며 손뼉을 쳤다. 비단길에 사람을 마구 죽이고 짐을 빼앗아 가는 도적이 많을 뿐 아니라 험하고 고된 길이라는 소문을 들을 때마다 마음이 조마조마했다며, 어머니도 수련도 오일장에만 다녔으면 좋겠다고 했다. 아직 젊으니까 세상 구경을 조금만 더하고 사십 살이 넘으면 작은 상회나 열 생각이라니까 누구보다 아버지가 좋아했다. 아버지는 아들이 그런 계획을 갖고 있는 줄 몰랐다며 여수리가 무슨 일을 벌이든 열심히 돕겠다고 했다. 아들을 무조건 믿는다고. 아버지가 물었다.

"근데 이 돈으로 뭘 하려고 내놓았냐?"

"집 주위에 뽕나무 오천 그루와 목화를 심고 마당에 샘을 파려고요."

식구들이 눈을 둥그렇게 떴다. 뽕나무를 그렇게 많이 심어서 뭐하느냐는 물음에 여수리는 평민들이 돈을 만질 수 있는 유일한 방법이 누에 길러서 비단을 짜는 것이라고 했다. 행상은 기운 떨어지면 일을 그만둬야 하지만 뽕잎을 따서 누에를 기르는 건 집에서도 얼마든지 할 수 있는 일이라고 했다.

371

누조 할미는 이제 눈이 어두워서 베를 못 짜고, 아버지는 기운 떨어져서 오일장에도 못 가는 날이 올 거라며, 그럴 때 누에를 길러서 명주실을 얻어 놓으면 일하는 사람을 들이든지 실을 팔든지 밥은 굶지 않고 살 거라고 했다. 현감은 황무지를 개간하면 세금을 감해 주겠다고 하지만 힘들여 가꿔 놓으면 언제 그랬냐는 듯 악착같이 세금을 거두어 갈 게 뻔하니, 뽕나무나 목화를 심는 것 말고는 노는 땅으로 해 볼 만한 일이 없었다. 관료들이 외치는 구휼이니 조세감면은 말짱 헛구호에 불과했다. 푸성귀를 갈아먹던 텃밭에 뽕나무 오천 그루를 심는 게 꿈이었던 여문휘는 아들 말대로 뽕나무 묘목을 사기로 했다. 설마 하니 세율이 아무리 급해도 뽕나무를 뽑아 가려고. 누에를 기르려면 뽕나무를 많이 심어야 하지만 다른 무엇보다도 우선 뽕나무는 비바람을 막아 줄 뿐만 아니라 놀고 있는 땅으로 돈을 벌게 해 주니 얼마나 유익하냐며 집 주위에 나무를 많이 심어야 한다고 했다. 그러자 묘령이 물었다.

"뽕나무는 누에 먹이니까 필요하다 쳐도 우물은 왜?"

묘령은 마을 우물에서 물을 길어다 먹으면 되는데 힘들게 우물을 왜 파느냐고 물었다. 여수리는 집 안에 샘이 있으면 가뭄이 와도 남의 눈치를 보지 않고 나무에 물을 흠뻑 줄 수 있다고 했다. 사립문만 나서면 마을 우물이 있고, 사시사철 냇물이 졸졸 흐르는 개천이 있고, 포구에 나가면 두 개의 강줄기가 합쳐서 흐르는 강이 지천이지만 긴 가뭄이 닥치면 마을 우물 하나로는 먹는 물도 모자란다고 했다. 길어다 먹는 물로는 등목 한 번 시원하게 끼얹지 못한다며, 이제는 밖으로 물을 길으러 갈 것이 아니라 우리만의 샘이 있어야 한다고 분명하게 말했다. 나무를 심는 것도 중요하지만 나무를 죽이지 않고 살리는 게 더 중요하다는 여수리의 말에 모두 고개를 끄덕였다. 집 안에 샘을 파두면 그게 바로 오아시스요, 물이 있으면 나무는 사막에서도 꽃을 피운다니까 여문휘가 깜짝 놀라서 물었다.

"오아시스라고? 그게 뭔데?"

"사막에 있는 샘이에요."

사방 백 리를 걸어도 물 한 방울 구경힐 수 없는 사막에도 샘이 있는데 그게 바로 오아시스라고 했다. 그곳에는 나무와 꽃이 자라고 새도 산다니까 여문휘는 사막에 그런 곳이 있다는 게 경이롭다고 했다. 여수리는 자신이 비단길에서 만난 오아시스를 말해 주었다. 오아시스는 삼천 년 동안 풍족한 물을 뿜으며 언제나 같은 모습으로 존재하는 것이 있는가 하면 어느 날 갑자기 모래에 덮여 버려 목마른 대상들을 쓰러뜨리기도 한다. 비단길을 오가는 대상들이 죽지 않고 살아서 집으로 돌아올 수 있는 것도 그 샘이 있기 때문이었다. 샘이 가까이 있으면 먼 곳으로 물을 길으러 다니지 않아도 되고, 샘이 있으면 물 때문에 괄시받는 일은 없을 거라며 누조 할미는 여수리가 좋은 생각을 했다고 칭찬했다. 여문휘가 고개를 갸웃거리며 물었다.

"근데 우리 집에 물길이 있을까?"

"현곡 스님께 물어볼게요. 언젠가 샘을 하나 파 두는 게 좋겠다고 하신 적이 있어요."

"그러셨어?"

현곡 스님이 하신 말씀이면 무조건 믿어도 된다며 여문휘는 더 확실하게 알아 오라고 재촉했다. 여수리는 사막에서 본 오아시스 도시를 생각했다. 모래의 산이 있고 반달 같은 호수가 있다. 월아천은 삼천 년 동안 한 번도 물이 마른 적이 없다고 했다. 쉬지 않고 물이 샘솟는 그 오아시스 도시에 닿기 위해 얼마나 먼 길을 걸어야 했는지. 대상들은 누구나 거기 잠시 머물다 떠나지만 그들은 삼천 년 동안 한 번도 물이 마른 적 없는 월아천이 거기 있다는 걸 알기 때문에 두려움 없이 사막을 건널 수 있었다. 여수리가 비단길을 오가며 배운 것이 있다면, 사람은 바늘구멍만 한 희망만 비쳐도 그것에 의지해서 살아간다는 것이었다.

 여수리는 언제까지나 마르지 않는 오아시스를 갖고 싶었다. 가난한 평민들 천민들도 우물을 갖고 오아시스를 가질 수 있다는 걸 보여 주자는 말에 마침내 여문휘도 집 안에 오아시스를 갖는 걸 돕겠다고 했다. 샘이 그렇게 중요한 것인 줄 몰랐다며 여문휘는 현곡 스님에게 부탁해서 물길부터 찾자고 재촉하였다.

 "우리도 오아시스를 가져 보자구나."

 사방 수백 리 너머 끝도 보이지 않는 모래의 바다에 샘이 있다는 게 믿기지 않는지 여문휘는 먼 사막을 그리듯 고개를 갸우뚱거렸다. 그에게는 비단길이 영원한 그리움의 대상이고 꼭 한 번은 가 보고 싶은 곳이기도 했다. 그런데도 그는 사람이 무서워서 비단길에 가지 못한다. 아들을 따라서 오일장에 가기까지 5년이 걸렸다. 여수리는 현곡 스님을 찾아다녔다. 한곳에 오래 머물지 않는 스님을 찾아내는 일도 물길을 찾는 것만큼 어려웠다. 동굴과 인근에 있는 다섯 개의 절을 찾아다녀도 스님이 보이지 않았다. 마지막으로 동굴까지 가 보았지만 동굴 속에는 눈먼 새우만 살고 있을 뿐 스님은 보이지 않았다. 촛불의 흔적이 남은 것으로 수일 전에 스님이 다녀간 것을 알아냈을 뿐이다. 여수리는 동굴에 편지를 써 놓고 왔다. 그랬더니 사흘 후, 현곡 스님이 석장錫杖을 짚고 나타났다.

"나를 찾아다녔다고?"

"집 안에 우물 팔 자리를 알아봐 주셨으면 하고요."

"우물을 파라고 할 때는 들은 척도 않더니 마음이 바뀐 거야?"

"나무를 제대로 키워 보려고요."

"샘이 가까이 있으면 천하에 부러울 게 없지. 물길이 있는지 한 번 찾아볼까?"

어디 보자, 하며 현곡 스님이 버드나무 가지를 꺾어 왔다. 가지가 벌어진 버드나무를 바깥으로 향하게 쥐고 현곡 스님이 천천히 물길을 찾으러 다녔다. 그저 흔해 빠진 나뭇가지인가 했더니 내내 아무 반응도 보이지 않던 것이 장독대에서 까딱거리며 움직였다. '왔구나!' 현곡 스님은 나뭇가지가 가장 많이 움직이는 곳에서 번개 맞은 나무 지팡이로 동그라미를 그렸다. 그곳은 바로 씨 간장 단지를 놓아둔 자리였다. 자갈을 깔아 둔 장독대 주변으로 유난히 물봉숭아가 많이 자라고 있었다. 현곡 스님 말로는 눈에는 보이지 않지만 물봉숭아 같은 습지 식물은 물이 흐르는 곳을 알고 있어서 물길이 있는 곳에 뿌리를 내린다고 했다. 현곡 스님은 씨 간장을 정지 가까운 곳으로 옮기고 거기를 파 보라고 일러 주었다. 산의 정기를 받은 물이어서 어떤 가뭄에도 마르지 않을 거라며, 산신령이 지켜보고 있으니까 한 방울이라도 아껴 쓰라고 일렀다. 현곡 스님은 묘령이 내준 식혜로 목을 축이고 갔다. 여문휘와 여수리는 씨 간장 단지를 다른 곳으로 옮기고 물봉숭아가 소담스레 피어 있던 곳을 한 길씩 파 내려갔다. 지층이 온통 청석으로 이루어져 있어서 파기가 힘들었다. 그래도 거기 물길이 있다는 희망을 걸고 정으로 돌을 깨어 가며 파 내려갔다. 청석을 깨는 소리가 온 집안에 울려 퍼졌다. 깊이 팔수록 물맛이 좋다더니 과연 여문휘와 여수리가 열흘을 파고서야 겨우 물길을 찾았다. 물이 조금씩 비치는 걸 보고 정으로 청석을 파냈더니 그 아래 돌 틈에서 맑은 물이 샘솟고 있었다. 여문휘는 물길을 찾았다고 소리를 질렀다. 우물 바닥의 돌을 말끔하게 퍼내고 솟아오르는 샘으로 우물 청소까지 마쳤다. 청석으로 둘러싸인 곳이어서 굳이 우물 벽을 돌로 쌓지 않아도 되었다.

두 부자가 번갈아 드나들며 우물 바닥과 벽을 깨끗이 다듬고 흙물을 퍼냈다. 몇 번 썻고 나니 맑은 물이 고이기 시작했다. 여문휘는 아이들이 들여다보지 못하게 우물가에 말뚝을 박고 울타리를 만들었다. 여문휘가 네모난 울타리를 만들 동안 여수리는 강에서 자갈을 주워 샘가에 두둑하게 깔고 두레박도 두 개 준비했다. 집 안에 샘이 생긴 걸 가장 기뻐한 사람은 묘령과 수련이었다. 수련은 마을 우물로 물을 길으러 가는 것이 가장 괴로웠다고 털어놓았다. 머리에 물동이를 이고 오면 옷이 젖을 뿐 아니라 물도 아까워서 마음대로 쓰지 못하는 것이 늘 불만이었는데 이제 힘들게 물을 길으러 가지 않고도 아이들을 깨끗이 씻기게 되었다며 기쁨을 감추지 못했다. 수련은 두레박으로 첫 물을 길어서 담 밑에 옮겨 심은 물봉숭아에게 물을 흠뻑 주었다. 우리 우물에서 길어 올려 화단에 물을 주는 날이 올 줄 몰랐다고 했다. 가마솥에 물을 끓여 두 아이를 깨끗이 씻기고, 그 물을 모아서 텃밭에 뿌리는가 하면 화단에 심어 둔 쪽을 키웠다. 혹시 우물에 더러운 물이 스며들지 모른다며 빨래만은 동네 빨래터로 가져갔다. 누조 할미는 샘이 있다고 물을 함부로 퍼내지 말라고 신신당부를 했다. 누조 할미와 묘령이 가장 기뻐한 것은 저녁마다 목욕을 해도 된다는 것이었다. 누조 할미는 샘가에 큰 독을 놓고 거기 물을 가득 채워 놓았다. 그러면 하루 종일 햇빛을 받고 달구어진 독이 물을 따뜻하게 데워 놓아 저녁이 되면 목욕하기 좋을 만큼 물이 따뜻해지는 것이다. 수련이 묘령의 귀에 속살거렸다.

"어머니, 요즘은 사는 맛이 나요."

"그러게나 말이다. 아범 말대로 오아시스는 정말 좋은 것이구나."

"저녁마다 목욕을 하면 우리도 궁중 여인네처럼 고운 살결을 갖게 되겠죠?"

그러자 어느새 그 말을 엿들은 누조 할미가 슬쩍 껴들었다.

"스님 말씀 콧구멍으로 들었냐? 물 아껴 쓰라고 하지 않던."

"물 한 방울도 아낄게요, 할머니."

여수리는 아이들이 함부로 들여다보지 못하게 우물 뚜껑을 덮었다. 우물을 파기 전에 우물 뚜껑부터 만들어 둔 것이 비로소 제자리를 찾아 들어갔다. 여수리는 다음 행상에 나서기 전에 정리해 둬야 할 것을 꺼내 놓고 책상 앞에 앉아 있었다. 선암이 환란을 피해 서울로 이사 갈 때 물려준 작은 신비 책상이었다. 여수리는 혹시 자기가 없는 사이에 아이들이 책상 위에 올라가서 뛰고 놀다 망가뜨릴까 봐 책상을 커다란 보자기에 싸서 다락에 모셔 두고 필요할 때만 꺼내어 썼다. 여수리는 그 책상에 앉아 있는 동안에는 스승과 함께 있는 느낌이 들곤 했다. 스승은 이미 세상을 떠나고 없지만 그의 혼은 여전히 여수리 곁에 남아서 끊임없이 가르침을 주었다. 여수리가 상단에서 인정받고 제 구실을 하며 살 수 있게 된 것도 스승의 가르침 덕분이었다. 스승에게 글과 사람 노릇하며 사는 법을 배운 덕분에 먼 비단길까지 두려워하지 않고 갈 수 있었다.

아이들이 얘기를 해 달라며 어깨에 매달리고 무릎에 치댔다. 여수리는 책상을 보자기에 싸서 다락에 넣고 평상으로 갔다. 아내 수련과 두 아이를 앉혀 놓고 사막에서 본 모래 산과 이글거리는 태양, 밀가루처럼 고운 모래를 푹푹 딛고 나아가는 낙타의 긴 다리를 그림으로 그려 가며 얘기를 해 주었다. 아이들은 생전 처음 듣는 낯선 나라에 대한 얘기를 듣고는 아비의 그림을 들고 다니며 친구들에게 자랑을 늘어놓았다. 아이들에게는 그것이 유일한 자랑거리였다.

연초를 피우며 뽕나무 묘목을 살피던 여문휘는 길 끝에서 희끗한 것이 다가오는 것을 보았다. 흰 점 같아 보이는 것이 다가오더니 댕기 머리를 한 소년이 모습을 드러냈다. 아이는 자박자박 떼어 놓는 걸음마다 흙먼지를 일으켰다. 여문휘는 먼 형체만으로 그 아이가 상단에서 심부름하는 동식인 것을 알아챘다. 여문휘는 집 안에 대고 동식이 온다고 소리쳤다. 평상에서 아이들과 놀고 있던 여수리가 동식이가 무슨 일로? 하며 삽짝 밖을 내다보았다. 뛰어오는 모습이 틀림없는 동식이었다. 여수리는 수련에게 식혜 한 그릇 준비해 두라고 일렀다. 동식이 삽짝을 들어서며 여문휘에게 절을 꾸벅했다. 여수리가 동식을 맞으며 여기까지 웬일이냐고 물었다.
"어르신이 일이 있다고 들어오시래요."
말만 던지고 휙 가려는 동식을 여문휘가 뭐가 그리 급하냐며 평상에 앉혔다. 식혜나 한 잔 하고 가라며 묘령이 쑥절편과 꿀을 주었다. 마침 배가 고팠던지 동식은 쑥절편과 식혜를 맛있게 먹었다. 허기를 면하고서야 동식은 겨우 웃음을 되찾았다. 여수리는 그렇게 온 사방팔방을 뛰어다니느라 발이 짓무르고 피가 맺힌 채로 돌아다니던 심부름꾼 시절이 생각났다. 하루 온종일 이리 뛰고 저리 뛰던 시절이 여수리에게도 있었다. 그 고단한 시절이 있었기에 오늘 여수리는 느긋하고 편안한 얼굴로 비단길이나 오일장을 다닐 수 있는 것이다. 동식의 고단한 하루를 알고 있기에 여수리는 먹을 것 하나라도 더 챙겨 주려 애썼고, 따뜻한 말로 위로를 해 주었다. 예전에 스승이 여수리의 고단한 심정을 위로해 준 것처럼.
떡을 먹고 있는 동식을 가만히 지켜보던 여문휘가 함지박 가득 샘물을 담아 왔다. 그리곤 동식의 먼지투성이 발을 담그고 뽀독뽀독 소리가 나게 씻어 주었다. 동식이 부끄러워 어쩔 줄 모르며 제가 씻겠다며 발을 빼는 걸 여문휘는 '내 아들 같아서.' 하며 씻어 주고 싶어서 그런다고 했다. 여수리는 동식에게 그냥 아버지가 하는 대로 잠시만 가만히 있으라고 눈짓을 했다. 여문휘는 발이 이렇게 허물이 벗겨지고 피가 맺힐 정도면 얼마나 쓰라리겠느냐며 울먹였다. '내 아들의 발도 꼭 이랬어.' 여문휘는 그 발이 꼭 이십 년 전의 여수리 발 같아서 마음이 찢어지게 아프다고 했다. 여수리가 동식을 보며 심부름꾼 시절을 떠올린 것처럼 여문휘 역시 세상이 무서워 문밖에도 못 나가는 아비를 대신해서 그런 발로 뛰어다니던 아들을 생각했던 게 틀림없었다. 예전에 여문휘는 여수리가 일을 마치고 오면 그렇게 물을 떠다 발을 씻어 주었다. 그렇게라도 아버지 노릇을 하게 해 주는 게 효도하는 거라고 일러 준 사람이 누조 할미였다. 아비 대신 어린 아들이 뛰어다니는 게 오죽 마음에 걸리면 그러겠느냐고. 여수리는 아들의 발을 씻어 주는 아버지를 보며 미안하고 고맙고 안타까웠던 기억이 생생하게 떠올랐다.

  묘령이 동식에게 쑥절편을 한 조각 더 주었다. 동식이 쑥절편 두 조각과 식혜 두 그릇을 먹을 동안 여문휘는 발을 씻기고 아들에게 했던 것처럼 정성들여 감발을 쳐 주었다. 동식이 여문휘에게 고맙다고 인사를 하고 바깥으로 나가다 돌아서서 '형, 여수리 형, 저 좀 잠깐만 봐요.' 하고 불렀다. 여수리가 문밖으로 나가자 동식이 품속에서 편지를 꺼내며 역관이 여수리에게 전해 달라고 부탁하더란다. 역관이 주었다면 열어 볼 것도 없이 하상에게 온 것이었다. 동식은 무슨 편지인지, 누구에게서 온 것인지 일체 묻지 않았고 알려고 애쓰지 않았다. 입이 무겁고 눈치가 빠른 아이였다. 동식이 처음 상단에 왔을 때 석포 아저씨가 잘 가르쳐 보라며 여수리에게 아이를 맡겼다. 여수리는 동식에게 무엇보다도 살아남는 법을 먼저 가르쳤다. 상단의 일꾼으로 살아남으려면 무엇보다도 입이 무거워야 하고, 남의 일에 나서지 말아야 하고, 어디서 어떤 무엇을 봤다고 본 대로 전하지 말고 아무것도 못 본 것처럼 잊어야 뱃속이 편하다고 일러 주었다. 그것이 험한 세상을 무사히 건너는 방법이라니까 동식이 고개를 끄덕였다. 동식의 아버지가 천주교인으로 죽을 뻔했다가 배교로 간신히 살아난 터라 누구보다 그런 일에 밝은 아이였다. 동식이 배를 두드리며 뛰어가는 모습을 여수리는 문밖에 서서 오래 쳐다보았다. 아들의 등 뒤에서 동식이 뛰어가는 모습을 지켜보던 여문휘가 곁에 서 있는 묘령에게 여수리 어릴 때 같지 않느냐며 혼잣말을 중얼거렸다.

"아비가 못 나서 고생이 많았어."

"아버지 탓이 아녀요. 세상이 변하려고 한바탕 몸살을 앓은 거죠."

묘령은 다 지난 걸 뭣하러 생각하느냐며 안으로 들어가자고 이끌었다. 여수리는 아버지의 상처가 생각보다 깊다는 사실에 놀랐다. 세월을 거꾸로 돌릴 수는 없지만 편지 심부름을 온 동식의 발이라도 씻어 보내고 나니 마음이 가벼워지는지 아버지의 표정이 조금 밝아졌다. 여수리는 식혜를 쭉 들이키고는 상단에 나갈 채비를 차렸다. 사흘간 말미를 얻어서 늦잠도 자고 아이들과 놀아 주기도 했으니 상단에 나가서 일을 볼 때가 되었다. 비단길에 다녀오면 부란은 행상과 짐꾼에게 그렇게 돌아가며 사흘쯤 말미를 주곤 했다.

여수리는 나가는 길에 옆집으로 갔다. 폐가나 다름없는 집에 하상이 머물고 있었다. 겉으로 봐서는 사람이 사는 집 같지 않게 적막하지만 거기 하상이 머물고 있었다. 하상은 조선에 오기로 했던 신부가 도중에 병을 얻어서 죽고 한 명은 되돌아갔다는 연락을 받고 낙심이 되어 내려왔다. 그는 아버지 방에 장작을 가득 넣고 수일째 꼼짝 않고 들어앉아서 글만 썼다. 방문을 이불로 가려 놓았기 때문에 전혀 사람이 사는 집 같아 보이지 않았다. 여수리는 그가 쓰고 있는 글이 바로 「상재상서」上宰相書일 거라고 짐작만 했다.

여수리는 방문을 두드려 편지가 왔다고 했다. 하상이 얼른 방문을 열고 뛰어나왔다. 편지를 건네주자 그 자리에서 펼쳤다. 유길준의 글씨체로 쓴 그것은 한문으로 옮겨 쓴 브뤼기에르 주교의 편지였다. 금세 얼굴이 활짝 피는 것으로 보아 새로운 소식이 왔나 보았다. 편지를 대충 쭉 훑어본 하상이 한양으로 가기 전에 책을 완성해야 한다며 책상에 매달렸다. 여수리는 편지의 글귀를 눈으로 쓱 훑었다.

'자녀들이여, 드디어 소원이 이루어졌습니다. 교황님께서 나 브뤼기에르를 조선의 초대 교구장으로 임명했습니다. 나는 중국인 신부와 함께 조선으로 갈 것입니다. 조선의 양들에게 목자가 없다는 소식이 전해졌을 때, 우리는 교황님께 편지를 올려 배고픈 이들에게 빵을 나누어 줄 사명을 제게 주십시오, 하고 청을 넣었습니다. 나는 조국 프랑스를 떠나 다른 대목구를 맡고 있으나 목자가 없는 조선이 더 다급해 보여 그곳으로 가겠다고 자원했습니다. 이 편지를 보내는 것과 동시에 이곳을 출발할 것입니다. 그러니 여러분들도 빨리 우리를 맞으러 오시기 바랍니다. 우리가 조선으로 가는 길을 안다면 스스로 찾아가겠으나 길을 모릅니다. 부디 여행길에서 우리가 여러분을 쉽게 알아볼 수 있도록 확실한 신호를 보내 주십시오.'

편지 끝에 한시바삐 한양으로 올라오길 바란다는 유길준

의 추신이 씌어 있었다. 하상은 얼른 가서 편지 원본을 보고 싶었다. 드디어 조선에 주교가 오고 조선교구가 설정된다는 사실이 하상을 하늘로 뛰어오르고 싶게 했다. 더 일찍 교구가 생길 수 있었는데 갑자기 리베이로 신부가 죽고, 조선으로 오기로 했던 신부마저 병으로 죽는 바람에 나머지 사람들이 길에서 허둥대다 돌아가고 말았다. 격랑 속에 꿋꿋하게 서 있던 리베이로 신부의 죽음이 하상을 얼마나 좌절시켰는지 그는 걸을 기운도 없이 간신히 돌아왔다. 예전에 살던 집에 묻혀 글을 쓰기 시작한 게 그때부터였다. 그가 오래전부터 쓰려고 했던 교리에 관한 글이었다. 예전에 앞날을 예감한 아버지가 코피를 쏟아 가며 「주교요지」 쓰는 일에 몰두한 것처럼 하상 역시 신부가 조선으로 오던 중에 죽음을 당했다는 소식에 두문불출하고 글만 썼다. 아버지가 온 힘을 다하여 글 쓰는 일에 매달릴 때 하상은 겨우 여섯 살이었다. 그렇게 어린 꼬마가 아버지의 모습을 얼마나 기억할까마는 지금 자신이 걸어가는 길, 그것이 바로 아버지께 이르는 길인 것을 하상은 본능적으로 깨달았다.

　여수리는 닫힌 문을 바라보며 그때처럼 마음이 비어 가는 허망함을 어쩌지 못했다. 기어이 머잖은 날에 또 한 사람을 잃고 말 것 같은 예감에 온몸이 시렸다. 하상의 정성에 감동한 듯 조선에 세 명의 신부가 한꺼번에 온다는 놀라운 소식이 날아들었다. 편지 말미에 조선의 초대 교구장으로 임명된 브뤼기에르 주교는 조선 왕국을 위해 죽음에 이르기까지 온 삶을 바칠 것이라는 희망을 실어 보냈다. 성사를 거행하고 성교회의 경계를 넓혀 나갈 조선인을 사제로 서품할 것이라고. 초대 교구장 브뤼기에르 주교는 매일 기도 중에 만나게 될 것이고, 복되신 동정녀와 모든 천사들의 보호에 신자들의 안위를 맡긴다고 썼다.

하상은 이번에 가면 한동안은 만나기 어려울 거라고 했다. 신부가 오고 교구가 설립되면 바빠질 거라고 했다. 하상은 완성된 책의 제본을 부탁했다. 여수리는 원본을 한 장씩 곱게 펴서 차곡차곡 쌓았다. 하상의 책상에 종이 뭉치가 한 아름이었다. 그것은 틈틈이 매달려 완성한 「상재상서」의 원본이었다. 구겨진 면이 없게 손으로 쓰다듬어 곱게 펴고 그 위에 노랗게 치자 물을 들인 표지를 놓았다. 송곳으로 구멍을 뚫고 검은 실을 꿰어 제본을 마쳤다. 그는 완성된 책을 하상의 품에 안겨 주었다. 삼천사백여 자로 이어진 장문의 글 「상재상서」는 제목이 일러 주는 그대로, 박해자들 중에 최고의 관리인 재상에게 올리는 글이었다. 하상은 이 글을 통해 천주교의 진리를 역설하면서 박해의 부당함을 주장했다. 전체

글의 흐름은 그의 아버지 정약종이 「주교요지」에 언급한 것처럼 교리를 더 자세히 풀어서 설명한 부분도 눈에 띄었다.

'위에선 그 뜻과 이치理致가 어떠한지 물어보지도 않고 사교로 몰아 숱한 인명을 없애면서도 한 사람도 그 기원과 전통을 알아보려고 하지 않았습니다. 옛 군자가 법을 세워 금령을 펼 때 반드시 그 뜻과 이치가 어떠하고 해 됨이 있는가를 알아보았습니다. 무릇 의리에 맞는 것이라면 비록 나무꾼의 말이라도 성인이 반드시 받아들여 내버리면 안 되는 말로 되어 있거늘 우리나라의 천주성교를 금하시는 것은 그 뜻이 어디 있습니까? 저희가 반역이라도 꾀했습니까? 음란한 짓이라도 했습니까? 도둑질을 했습니까? 살인이라도 했단 말입니까? 어찌 지나치게 형벌을 내리며 천주를 배반하라는 것입니까?'

여수리는 원본을 놓고 베끼기 시작했다. 선암과 밤을 새우며 「주교요지」에 매달리던 날이 새록새록 떠올랐다. 어느새 세월이 까맣게 흘러 스승의 아들과 마주 앉아서 책을 쓰고 베끼는 일을 하고 있는 것이 옛날이야기 속의 우화같이 느껴졌다. 여수리가 베껴 놓은 글을 읽던 하상이 감탄 어린 목소리로 말했다.

"형, 글씨 한 번 잘 쓴다. 이러니 아버지가 좋아하셨지."

"황 진사 어른이 내게 사헌부 서기를 해도 되겠다고 하셨어."

"내의원 사서로 가자고 할 때 못 이기는 척 따라가지 그랬어요. 약 처방문 쓰고 살면 힘들게 살지 않아도 될 텐데."

"난 비단길을 걷는 게 좋아."

"형은 마음이 고단할 때마다 자신을 학대하더라. 형이 얼마나 힘든지 알고 있어요."

"마음보다 몸 고단한 것이 나아서 비단길로 가는 거야."

하상은 여수리가 고통을 수레처럼 끌고 다니는 사람 같다는 말을 꿀꺽 삼켰다. 하상이 자기만의 십자가를 지고 해골 언덕을 오르듯이 여수리 역시 태연한 척 아닌 척하면서도 자기만의 십자가를 무겁게 지고 간다는 사실을 굳이 말로 표현할 필요가 없었다. 여수리는 그들 부자와의 만남이 참으로 기묘한 인연이라고 생각했다. 선암 정약종을 만나서 그를 스승으로 삼고 그의 책 「주교요지」를 묶어 주었는데, 여수리는 이제 아들 정하상의 책까지 묶어 주게 된 것이 꼭 자신이 그런 특별한 임무를 위해서 세상에 온 것 같은 느낌으로 혼자 실없이 웃었다. 여수리가 원본의 글을 다른 종이에 옮겨 적을 동안 하상은 팔베개를 하고 잠들었다. 여수리는 옮겨 적은 사본 한 권을 비단 보자기에 싸서 누에장 아래의 달 항아리에 넣었다. 흙을 덮고 그 위에 누에장을 옮긴 다음 누에똥까지 흩어 놓으니 감쪽같았다. 여수리는 항상 만약의 경우가 있을 수 있다는 걸 잊지 않으려 애썼다. 누구도 믿지 못하는 세상에서 살아남기 위해 여수리는 비단길을 택했다. 비단길에 가 있는 동안에는 밀고를 걱정하지 않아도 되고 사람들과 필요 없는 말을 섞지 않아도 되었다. '배반과 밀고는 가까운 사람들 사이에서 일어나는 일이다.' 사람을 너무 가까이 당기지도 말고 적당히 멀리하고 사는 게 서로에게 이롭다는 누조 할미의 말은 가훈이 되었다. 하상이 필사를 하고 있는 여수리에게 물었다.

"형, 차라리 내가 신부가 되면 어떨까?"

"내가 말려도 안 들을 거지?"

"알잖아. 멈출 수 없다는 거."

"신부들이 오는 도중에 병사하고 잡혀가니까 이제는 네가 신부로 나서려는구나."

"이게 제 길이니까요."

"진심으로 네가 바라는 일이라고 확신해?"

"네. 확신해요."

"박해가 다시 시작될 거 알고 있지?"

"알고말고요."

'이번에는 내가 너를 묻어야 하니?' 여수리는 차마 그 말을 못하고 입을 다물었다. 스승은 그것을 종말이나 죽음이라 하지 않고 씨앗을 뿌려 새로운 봄을 준비하는 것이라 했다. 이듬해 봄에 솟아날 새싹을 위해 씨를 뿌리는 거라고. 누군가 씨를 뿌리는 사람이 있어야 열매도 거둘 수 있는 거라고 하셨다. 여수리는 다가오는 미래의 불을 어찌지 못하고 종이 뭉치만 들었다 놓았다 했다. 그러다 베낀 책을 펼쳐 아무 글이나 눈에 들어오는 대로 읽었다.

'천주교인을 아비도 모르고 임금도 모르는 것들이라고 헐뜯는데 이것은 천주성교의 뜻을 모르고 하는 말입니다. 십계 중 네 번째에, 부모를 효성으로 공경하라고 했으니, 충효 두 글자는 만 세대 동안 변하지 않는 사람의 도리입니다. 부모의 뜻과 몸을 봉양하는 것은 자식으로서 마땅히 해야 할 것이요, 사람으로서는 더욱 힘써야 하는 것이지요. 그러나 위패는 다릅니다. 사대부들의 위패는 천주교에서 금하는 것입니다. 위패는 부모님의 기맥이나 육신과는 아무 연관도 없으며, 낳고 길러 주신 은혜와도 아무런 상관이 없습니다. 부모라는 이름이 얼마나 중대한 것인데, 장인이 깎아 만든 것에 물감과 먹으로 칠하여 놓고 진짜 아버지고 진짜 어머니라고 말할 수 있는 것입니까?'

여수리는 하상의 글을 읽으며 수없이 떠오르는 질문을 곱씹었다. 순수한 열망에 차 있는 이들을 박해하고 죽음으로 몰고 가는 것이 하느님일까 악마일까, 스스로에게 물음을 던졌다. 사람을 살리는 것이 선이라면 사람을 죽이는 것은 악이 될 텐데, 사람을 사랑한다는 하느님이 어떻게 신유년의 그 처참한 죽음의 잔치를 보고도 홍수는커녕 지진 한 번 일으키지 않았는지 모르겠다. 여수리는 뭔가 불만스러운 듯 하상에게 물었다.

"자네는 하느님이 정말 사람을 사랑한다고 믿는가?"

"그럼요. 사람을 얼마나 사랑하면 당신의 아들을 세상에 보내어 사람들을 대신해서 죽게 했을까요. 그것도 사람들의 죄를 씻어 주기 위해서 말예요."

"난 말이다. 사람 속에는 천사와 악마가 같이 살고 있다고 봐. 사람을 살리는 것도 죽이는 것도 사람이니까 말이다."

"사람의 삶과 죽음이 모두 그분의 뜻이에요. 우리는 눈앞의 것만 보고 말을 하지만 그분은 저 먼 곳의 영원을 보시거든요."

"악마도 처음에는 천사였다고 하던데, 혹시 사람 사이에 일어나는 분란이 모두 그 녀석 짓이 아닐까? 타락 천사 말이야."

"그런 우화는 사람들이 재미로 만들어 낸 얘기에 불과해요."

"그러니까 말이다. 재미로 얘기를 하자면 하느님의 권위에 도전장을 내민 교만한 천사가 지옥으로 쫓겨난 화풀이로 사람들을 괴롭히고 신유년의 그 엄청난 일을 벌인 게 아닐까 싶단 말이지. 말을 하자면 그렇다고."

"형처럼 엉뚱한 소리를 하는 사람이 있기 때문에 사제들이 존재하는 거예요. 허튼 망상에 사로잡히지 말고 하느님의 진리를 의심하지 말고 무조건 믿으라고."

"자네가 아무리 하느님을 옹호해도 난 여전히 그분이 원망스러워."

허상은 박해를 일삼는 관료들에게 천주교인을 무군무부의 불효자로 단정하는 오해를 세세하게 풀이하며 박해를 그치라고 힘차게 주장하고 있었다. 상재상서는 불과 삼천사백여 자의 짧은 글이지만 교리의 가장 핵심만 뽑아 놓은 글이어서 누가 읽어도 수긍이 가도록 천주교의 도리를 펼쳐 놓은 글이었다.

집을 나서기 전에 하상은 조선의 초대 교구장을 모시러 가니까 언제 돌아올지 모른다고 했다. 여수리는 몸조심하라며 고개만 끄덕였다. 지난번처럼 또 실패로 돌아가면 어쩔 거냐고, 어디서 만나기로 했느냐고, 아무것도 묻지 않았다. 하상이 점점 멀어지는 것을 물끄러미 바라보았다. 오고 가는 것에 연연하지 않기로 한 지 오래되었다. 확신을 가진 걸음걸이로 주저하지 않고 나아가는 발길을 무엇으로 묶어 두랴. 그의 침착한 눈길과 신중한 언어가 하나로 어우러져 마침내 온몸으로 향을 뿜기에 이르렀다. 여수리는 이즈음 하상을 보며 사람에게서 아름다운 향기가 날 수 있다는 것을 알았다.

결심처럼 마음이 평온하지는 않지만 스승을 잃을 때와 다른 것이, 이제는 자신을 혹사시키지 않고도 견딜 방법을 알고 있었다. 그것은 무거운 짐을 등에 지고 비단길로 달려가는 것이었다. 등짐을 지고 비단길을 따라서 한없이 걷고 또 걷다 보면 고통조차 무감해졌다.

초대 교구장으로 오기로 했던 브뤼기에르 주교는 조선에 오지 못했다. 그에게 조선으로 오는 길은 너무 멀고 험했다. 조선 교우들의 연락을 받고 곧 출발한 브뤼기에르 주교가 험한 길을 헤치고 오다 내몽고의 '마가자 교우촌'에서 병으로 눕고 말았다. 브뤼기에르 주교가 중국인 신부에게 마지막 성사를 받고 선종한 후, 그를 대신해서 모방 신부가 조선에 들어왔다. 그는 마중 나온 교우 다섯 명과 함께 만주를 건너고 국경 지대의 평야를 지나 압록강에 닿았다. 압록강을 건너 의주로 들어가야만 했다. 모방 신부는 솜옷을 입고 그 위에 굵은 베로 만든 긴 옷을 입었다. 머리에는 눈과 코와 수염만 보이는 두건을 뒤집어쓰고, 그 위에 넓은 방갓을 썼다. 짚신까지 갖춰 신은 모방 신부는 마중 나온 교우들과 밤을 타서 걷고 또 걸었다. 깊은 골짜기를 지나서 시내를 건너고 산허리를 돌아서 길을 떠난 지 보름 만에 유방제 신부와 스무여 명의 교우들을 만났다. 그 후 프랑스의 샤스탕 신부가 들어오며 조선은 하상의 바람대로 세 명의 신부를 가진 조선 교구로 완전한 독립을 이루었다. 그것은 하상이 열한 번이나 연경을 방문한 노력으로 이루어 낸 성과였다. 세 명의 신부는 각 지역으로 흩어져 성사를 집전했다. 조선 최초의 영세자 이승훈이 세례를 받을 때처럼 한문을 아는 교우가 중간에서 언문으로 풀이해서 전하는 식으로 고해성사와 성체성사가 이루어졌다. 여수리는 모방 신부가 양근으로 들어왔다는 소식을 이천수에게 들었다. 여수리는 두건으로 얼굴을 가리고 방갓을 쓴 사내가 그림자처럼 어둠을 헤치고 다니는 것을 멀리서 지켜보았다. 모방 신부가 한 교우의 움막을 거처로 삼았지만 여수리가 알기로 그 신부는 한곳에 오래 머물지 않았다. 누구에게도 폐를 끼치지 않으려는 심지 굳은 결의도 있었겠지만 그것보다는 한곳에 오래 있으면 외인들의 의심을 살 위험이 있다고 여긴 탓이었다. 여수리는 그가 옮겨 다니는 곳을 대충 살펴두고 있었다. 그가 위험에 빠지는 것을 막아 주기 위해서이기도 하지만 그것보다는 아무에게도 도움을 바랄 수 없는 그에게 주먹밥 하나라도 먹이고 싶은 마음 때문이었다. 낯모르는 외국 신부를 위해서가 아니라 스승과 하상의 간절한 바람인 것을 알고 있기에.

여수리는 나무꾼인 것처럼 슬쩍 지나치며 그의 움막에 검게 물들인 갈포 천과 먹을 것을 들여놓았을 뿐 일체 얼굴을 마주친 적이 없었다. 모방 신부도 여수리를 본 적이 없고, 여수리도 모방 신부를 보지 못했다. 모방 신부의 움막에 말라붙은 죽 그릇이 놓여 있는 것을 볼 때면 아릿한 슬픔에 자신도 모르게 점심으로 가져간 주먹밥을 놓고 올 뿐이었다. 그게 여수리가 그에게 해 줄 수 있는 최선이었다. 그나마도 대엿새 후면 어느새 다른 곳으로 가고 없었다. 굶주린 몸으로 성사와 미사를 집전하러 다닌 것이 무리가 되었는지 모방 신부가 마침내 몸져누웠다. 앓고 있는 서양 신부를 어떻게 할 수가 없어서 여수리는 모방 신부를 누에장에 숨겼다. 밤길에 몰래 찾아온 샤스탕 신부가 모방 신부에게 마지막 성사까지 주었는데 그는 보름 만에 기적처럼 건강을 되찾았다. 간신히 기력을 찾은 모방 신부가 다시 사목 활동을 시작하며 공소가 생기고 교우가 수천 명으로 늘어났다. 초대 교구장 브뤼기에르 주교의 대리로 사목 활동을 하던 모방 신부는 유방제 신부에게 최방제와 김대건, 최양업 등 세 명의 조선 청년을 마카오 신학교로 데려가는 막중한 임무를 주었다. 로마 교황청에서 조선교구장의 자리를 언제까지나 비워 둘 수 없다며 앵베르 신부를 조선으로 보냈다. 앵베르 신부가 조선에 들어오며 모방 신부 입국 당시 육천여 명이었던 교우가 구천여 명으로 늘어났다. 앵베르 신부는 하상과 이승훈의 손자인 이재용을 비롯한 네 명의 청년들을 뽑아서 신부로 양성하려 했다. 그날부터 하상은 신부가 되기 위해 앵베르 신부에게 수업을 받았다. 아무 일이 일어나지 않았으면 하상은 조선 최초의 신부가 될 수 있었다. 그러나 조선의 바빌론 왕조는 그들을 가만히 내버려 두지 않았다. 밀고와 밀고로 이어진 신유년의 악몽이 재현되었다. 여수리가 늘 우려하던 일이 현실이 되고 말았다. 세 명의 서양 신부가 목숨을 잃었고, 사제 수업을 받던 네 사람이 참형을 당하고 매를 맞다 죽은 사람이 육십 명에 이르고, 참형을 당한 순교자만 오십 명이 넘었다. 기해박해였다.

 작지만 완전한 책 「상재상서」를 남긴 하상은 조선 최초의 신부가 되려던 꿈을 안은 채로 포도청에 끌려갔다. 그는 45세를 일기로 9월 22일 서소문 밖에서 참수를 당했다. 어느 누구도 그들이 죽어야 했던 이유를 제시하지 못했다. 순교로 목숨을 바친 이들은 그저 바빌론 왕조의 무지막지한 폭력에 대항할 힘이 부족했을 뿐이었다. 무저항으로 저항하며 순교자들은 바빌론 왕조의 죄를 성스러운 순결의 피로 씻으며 죽었다. 칼을 휘두르는 자들은 증오와 두려움에 떨었고 칼을 받은 이들은 성스러운 죽음으로 새벽별처럼 아름답게 빛났다. 여수리는 백서의 한 구절을 읊조렸다.

'이 나라 사람들이 성교회를 혹독하게 해치는 것은 그 인간성이 혹독하고 잔혹해서가 아니라 사실은 두 가지 이유가 있어서입니다. 하나는 당끼리의 논쟁이 몹시 심하여 이것을 빙자하여 배척하고 모함하는 자료로 삼는 것이요, 다른 하나는 견문이 넓지 못해 안다는 것이 오직 송학뿐이므로 자기와 조금만 다른 행위가 있으면 그것을 천지간의 큰 괴변으로 여기기 때문입니다. 이를 비유하면 궁벽한 시골의 어린아이가 방 안에서만 자라 바깥사람을 못 보다가 우연히 낯선 손님을 만나면 깜짝 놀라 우는 것과 같습니다.'

오죽 답답했으면 황사영이 백서에 이런 글을 써 놓았을까. 다산도 한마디 했다. '슬프다 이 나라 사람들이여, 주머니 속에 갇힌 듯 궁벽하구나. 성현은 만 리 밖 먼 데 있으니 그 누가 이 몽매함 헤쳐 줄 건가.' 하상의 참수를 지켜보던 유조이는 조용히 다가가 목이 잘린 아들의 시신을 껴안았다. 슬픔도 극한의 지경에 이르면 울음마저 자취를 감추는 것인지. 유조이는 목이 잘린 아들의 귀에 입을 대고 곧 만나게 될 거라고 속삭였다. 유조이는 마음이 사막 같아서 울지 못하고 사막의 장미처럼 바람에 한없이 떠밀려 다녔다. 마리아가 죽은 예수를 안았던 것처럼 유조이도 죽은 아들을 안았다. 구경꾼들이 그녀를 대신해서 울어 주었다. 유조이가 이런 날을 알고 있었던 것처럼 여수리 또한 하상의 순교를 알고 있었다. 여수리는 예고된 슬픔에 놀라지도 않았고 선암을 보낼 때처럼 휘청거리지도 않았다. 그 순결한 죽음 앞에서는 울음도 사치였다. 관료들이 유조이와 정혜를 끌고 갈 때 여수리는 또 한 번 그들과 함께하지 못하는 소외감에 온통 가슴이 비는 외로움을 느꼈다. 유조이와 정혜는 하상이 죽고 난 두 달 후에 서소문 밖에서 참수를 당했다. 신자들이 야밤에 움직여 그들의 시신을 거두었다. 선암의 묘소 주위로 새로운 묘가 세 개 생긴 걸 아무도 이상하게 생각하지 않았다. 그들 일가족은 그렇게 한자리에 모였다. 그들의 무덤에 꽃이 놓여 있었다. 어느 날은 찔레꽃이 한 아름 놓여 있었고, 어느 날은 들국화가 놓여 있었고, 또 어느 날은 붉디붉은 해당화가 한 아름 놓여 있었다. 미어지게 아프던 불행은 축복이 되고 슬픔은 기쁨으로 환원되어 구름을 뚫고 나온 듯 눈부신 빛이 되어 그들의 무덤을 비추었다. 어느 누구도 그들을 외로운 사람이라고 말하지 않았다.

여수리는 누에장 아래 묻어 두었던 달처럼 희고 둥근 달 항아리를 파내어 지게에 졌다. 늦은 밤 지게를 지고 산으로 간 그는 선암의 식구들이 모여 있는 그곳에 땅을 파고 달 항아리를 묻었다. 달 항아리 안에 선암의 책과 하상이 쓴 책, 성상과 그림, 교리책, 그리고 그들이 쓰던 지필묵 등의 소중한 것들이 가득 들어 있었다. 신유년에 관료들에게 빼앗긴 책롱이 생각났다. 그때 빼앗긴 책롱을 되찾아서 스승의 발치에 묻는다는 생각으로 달 항아리를 묻고 발로 꼭꼭 다졌다. '그리운 사람들!' 그들을 잃을까 봐 노심초사한 날이 생각났다. 이제는 그러지 않아도 된다는 것이 다행스러우면서도 허전하고 서운했다. 여수리는 달 항아리를 묻고 집으로 돌아와서 잠을 잤다. 지금쯤 경한은 어머니에게 보낼 편지를 쓰고 있을 것이다. 멀지 않은 곳에 어머니가 있다는 사실 때문에 경한은 기쁜 마음으로 성사를 받았고, 어머니를 만나는 마음으로 즐거이 추자도로 달려갔다. 양아버지의 죽음은 슬픈 일이나 그보다 경한에게는 어머니가 아직 살아 있다는 사실에 더 큰 기쁨을 느꼈다. 그런 긍정이 경한으로 하여금 아버지 황사영을 받아들이게 했다. 하상이 즐거이 순교자의 길을 택했듯이 그렇게. 모든 것이 갈 곳으로 갔고, 제자리를 찾아 들어 갔는데도 여수리는, 그들을 한자리에 묻고 돌아서는 발걸음이 왜 그렇게 방향을 잃고 비틀거리는지 이유를 몰랐다. 그는 자신에게 물어보았다.

'왜 나는 그들을 사랑하면서도 함께하지 못하는가.'

여수리는 그들을 눈앞에 두고도 그들이 보고 싶었다. 그렇게도 존경하고 사랑하던 아버지 곁에 누웠으니 하상은 슬프지도 괴롭지도 않을 것이다. '아무 두려움 없이 내줄 수 있어. 그들이 원하는 게 내 목숨이라면.' 하상의 자신감에 찬 목소리가 쟁쟁하게 들렸다. 여수리는 또 다시 짐을 꾸렸다. 비단길이 그리웠다. 어쩌면 자신이 죽을 곳은 비단길일지도 모른다고 생각했다. 사막을 걷다 죽으면 누군가 그의 뼈로 피리를 만들지도 모른다. 그러면 그는 자신이 알았던 수많은 사람들의 이야기를 고운 선율에 실어서 들려주리라. 피리 소리는 저세상 구만리까지 뻗쳐 여수리만 남겨 두고 가 버린 사람들에게 지난날 그 슬픈 전설의 소리를 들려주리라. 그날 밤 그는 누란의 왕녀가 긴 치맛자락을 끌며 다가오는 꿈을 꾸었다. 그녀는 희고 긴 손으로 자신의 등뼈 한 조각을 주었다. 받아 들고 보니 그것은 뼈로 만든 피리였다. 유목민 노인처럼 뼈로 만든 피리를 불고 있으려니 누란의 왕녀가 다가올 때처럼 조용히 모래바람 속으로 사라졌다. 뼛조각이 불어 내는 바람 소리가 쓸쓸히 울려 퍼졌다.

백서 일기 9

11월 5일

황심과 옥천희, 김귀동은 사람으로서 차마 견디기 어려운 고문을 당하고 참형되었다. 황사영은 가장 늦게, 한 달 엿새 후에 서소문 밖으로 끌려 나갔다. 황사영의 사지가 네 마리의 말에 묶이던 그날, 그의 아내 정난주는 두 살배기 아들을 안고 유배의 길에 올랐다. 터져 나가려는 비명을 참던 그의 영혼이 그녀를 따라 한없이 내달았다. 수레바퀴가 한 번 구를 때마다 자욱하게 먼지가 일었다. 너덜너덜해진 육체가 느끼는 고통보다 더 괴로운 것이 그렇게 뒤따라간 마음이 돌아올 줄 모른다는 것이었다. 그냥 그렇게 먼지 이는 수레를 마냥 따라가려나 보았다. 누군가 말했다.

"끝났어!"

말의 목에 걸려 있던 밧줄이 풀리고, 형장을 둘러싸고 있던 구경꾼도 뿔뿔이 흩어졌다. 관리들이 도포 자락 휘날리며 떠나고 나자 형장에 검은 구름 같은 적막이 감돌았다. 모든 것이 끝나고도 황사영은 고통에서 자유롭지 못했다. 몸통에서 떨어져 나간 사지가 겨울 햇빛을 받으며 피를 흘리고 있었다. 살갗이 찢어질 때의 고통이 생생했다. 그는 자신이 느끼고 있는 고통이 환지통에 불과한 것을 알고 있었다.
 기러기들이 우짖었다. 기러기들은 날개를 활짝 펼친 모양으로 나란히 줄을 지어 따뜻한 남쪽으로 가는 중이었다. 봄이 되면 되돌아올 테지만 그는 두 번 다시 그들의 날갯짓을 보지 못하리라. 황사영은 떠나는 새들에게 마음으로 이별의 인사를 했다. '잘 가라, 벗들이여! 그대들이 있어서 한세상 즐거웠다.' 새들이 투박한 손을 내밀어 그에게 인사를 전했다. '먼저 가서 기다릴게유.' 그 말에 황사영은 곧 뒤따라가겠다고 대답했다. 새들이 멀리 날아갔다. 새가 날아간 하늘은 처음부터 비어 있었던 듯 말갛기만 했다. 검독수리가 날아올라 공중을 한 바퀴 휘돌았다. 그의 몸통에 사뿐 내려앉으며 새가 말했다.
 '자, 이제 가 보세.'
 '그러지.'
 검독수리가 훌쩍 날아올랐다. 새의 날개에 몸을 실었다. 황사영은 참형된 시신을 내려다보았다. 장작개비같이 흩어진 팔다리와 몸통이 외로워 보였다. 눈을 말갛게 뜨고 하늘을 보고 있지만 그의 혼이 아내를 따라갔다. 그는 아이를 안고 맥없이 앉아 있는 아내에게 속삭였다. '어떻게든 살아야 하오. 나는 먼저 가오만 그대는 벌레처럼 살더라도 내 몫까지 살다 오시게.' 그녀와 살을 맞대고 살았던 날이 놓쳐 버린 꿈인 듯 허망했다. 잠들고 깨어나고 사랑한 모든 시간이 물거품처럼 스러지고 있었다. 어디까지 갈 거냐고 새가 툴툴거렸다. 마음 같아서는 아내를 따라 끝까지 가고 싶지만 새가 가야 할 시간이 되었다고 재촉이어서 걸음을 멈추었다. 그는 이별의 인사로, 아내의 차가운 이마에 입술을 댔다. 다시는 그녀의 체온을 느끼지 못하리라. 수레가 아내와 아이를 싣고 덜컹거리며 샀나. 새는 그를 싣고 높이, 끝없이 광활한 창공을 날아갔다. 그들의 곁으로 구름이 지나가고 바람이 지나갔다.

"심란하네. 비라도 한바탕 쏟아지던지. 빌어먹을 날씨는 뭐하라고 허구한 날 맑기만 하데."

갓 쓰고 죽장을 짚은 스님이 황사영의 시신을 향해 두 손을 합장했다. 그의 등에 짚신 두 켤레가 대롱대롱 매달려 있었다. '청산은 나를 보고…' 스님이 노랫가락을 흥얼대며 저만치 멀어졌다. '사랑도 벗어 놓고 미움도 벗어 놓고…' 여수리는 스님이 부르다 만 노래를 이어서 불렀다. '물같이 바람같이 살다 가라 하네.' 시신을 거두려면 어두워지기를 기다려야 했다. 이 꼴을 당하려고 여덟 달 동안 햇빛 한 점 받지 못하고 토굴에 숨죽여 엎드려 있었던 건지. 포졸 하나가 황사영의 눈을 감겨 주었다. 괜한 분노로 주먹을 움켜쥐었다 풀었다 하며 서 있던 여수리는 하늘을 올려보았다. 붉은 비단 수건이 바람에 날아가고 있었다. 그는 수건이 날아간 곳으로 뛰었다. 붉은 수건이 보리밭 쪽으로 날아갔다. 비단 수건이 떨어진 곳은 서리가 덮인 보리밭이었다. 보리밭을 뽀얗게 덮은 서리가 햇빛에 반짝거리고 있었다. 파랗게 보리 싹이 돋아나고 있었다. 여수리는 보리밭에 무릎을 꿇고 앉아서 파란 싹을 어루만졌다. 보리는 11월 12월의 차가운 바람을 맞으며 얼어붙은 땅을 견뎠다. 스승이 마지막으로 일러 주던 말이 생각났다.

'한 알의 보리가 썩으면 거기서 수많은 열매가 맺힌단다.'

여수리는 붉은 비단 수건을 집어 옷 속에 넣었다. 뒷일을 누구와 의논하면 좋을지 몰랐다. 믿을 만한 사람은 다 죽고 없었다. 그는 양자봉 기슭에 사는 이천수를 생각했다. 능지처참당한 사람의 시신을 함께 거두겠느냐는 말을 차마 못하겠다. 누구든 나타나서 도와주면 다행이고, 아무도 도와주는 사람이 없다 해도 어쩔 수 없었다. 밤이 되기를 기다렸다. 포졸들이 자러 간 틈에 치워 버릴 생각이었다. 지게에 덕석을 말아서 지고 갔다. 먼저 와 있는 사람이 있었다. 얼굴을 수건으로 가리고 털모자를 쓰고 있어서 누군지 알아보기 어려웠다. 굵은 소나무 뒤에 숨어 있으려니 엽전이 철렁거리는 소리가 들리더니 포졸들이 슬그머니 자리를 비웠다. 포졸에게 엽전을 쥐어 주던 자가 수레를 끌고 와 시신을 거두기 시작했다. 한 명이 두 명이 되고 여수리까지 네 명이 모였다. 산산조각이 난 팔과 다리를 주워 덕석에 감아서 수레에 실었다. 누구 한 사람 말 한마디 나누지 않고 순식간에 해치운 일이었다. 네 사람 중 한 사람은 수레를 끌고 여수리가 수레를 밀었다. 두 사람이 여수리의 어깨에 손을 올려 두드려 준 후 어둠 속으로 사라졌다.

두 사람은 수레를 밀고 당기며 말없이 어둠 속을 걸었다. 땀을 뻘뻘 흘리며 재를 넘고서야 두 사람은 수레를 멈추고 숨을 돌렸다. 수레를 끌던 이가 얼굴을 가린 수건을 벗었다. 여수리가 반가움을 감추지 못하고 말했다.

"아저씨였어요?"

"이제 알아보냐?"

"아저씨가 와 줬으면 좋겠다고 생각했어요."

"가자. 피 냄새 맡고 달려들라."

이천수는 산짐승이 피 냄새를 맡고 달려들지 모른다며 바삐 걸음을 옮겼다. 밤새 걸어서 홍복산 기슭에 닿을 때쯤 첫 닭이 울었다. 달빛에 의지해서 시신을 수습했다. 팔다리가 따로따로 나누어진 시신에 수의를 입히고 아마포로 말아서 두 발과 몸을 반듯하게 묶어서 관에 넣었다. 관을 수레에 싣고 하얗게 서리가 앉은 들녘을 걷자니 감발을 친 발이 땀에 흠뻑 젖었다. 누가 뒤따라와서 덜미를 잡지나 않을까, 긴장이 되어 발이 보이지 않을 정도로 빨리 걸었다. 황사영 집안의 선영에 닿았을 때 여명이 밝아 오고 있었다. 잠이 없는 누군가가 오기 전에 일을 끝내야 했다. 나라에서 역적 취급을 한다고 집안에서도 관을 패 버릴지 모르지만, 묻어 둔 관은 함부로 패 버리지 못하기 때문에 어쨌든 들키지 않게 묻기만 하면 되었다. 땅에 묻기도 전에 쫓겨나면 황사영이 너무 가엾을 것 같았다. 여수리는 배론의 토굴에서 가져온 청자백자 합에 돌로 된 성상과 황사영의 붉은 비단 수건을 넣었다. 그것을 황사영의 묘 앞에 묻었다. 여수리는 표적인 듯 허리가 굽은 소나무 가지에 황사영의 장명록을 걸어 두었다. 그의 모친이 남편 없이 유복자를 낳고 팔뚝에 감아 주었다는 장명록이었다. 일을 마치고 나니 희붐하게 날이 밝았다. 누가 볼세라 서둘러 산을 내려오던 중에 여수리는 뒤를 돌아보았다. 황사영의 기운찬 목소리가 들렸다.

'오늘 그대들이 우리를 이겼다고 생각할지 모르지만 이것이 끝이 아니란 것을 알게 될 것이오. 백서가 살아 있는 한 나는 불멸의 혼인 듯 살아 있을 것이고, 그대들의 죄악 또한 영원할 것이오. 나라를 먼저 생각지 않은 나를 사악하다고 욕을 해도 좋고, 내게 돌을 던져도 좋소. 나는 다만 한 포기의 풀이나 다름없는 인생인지라 나라보다 민초들을 먼저 챙겼고 그 사람들의 입이 되어 주었을 따름이오. 풀이 바람에 눕는다고 죽은 것이 아니란 걸 명심해야 할 것이오.'

모진 고문으로 다 죽어 가던 황사영의 어디에 그런 힘이 남아 있었던지, 참형을 집행하던 위관들에게 쩌렁쩌렁한 목소리로 외쳤다.

'두고 보시오. 백서는 오래도록 살아남아서 그대들이 저지른 악행을 거듭 되새기고, 세상이 끝나는 날까지 그대들의 십자가가 되어, 칼이면 모든 것이 해결된다고 믿는 그대들의 불찰을 부끄럽게 할 것이오. 내 비록 육신을 버리고 떠나지만 황사영은 헤아릴 수 없이 많으니, 그대들은 물론이고 그대들의 후손들까지 만세 대대로 오늘을 기억하게 될 것이오. 저 고요한 종소리와 함께 말이오….'

세상에 종이 울리지 않는 것보다 슬픈 것이 없다는 그의 마지막 외침이 귀에 쟁쟁하게 남아 있었다.

고요한
중 소리

작가의 말

2014년 8월의 124위 시복 시성에서 황사영이 빠졌다. 신유박해의 무자비한 살상에 가장 적극적으로 대항한 사람이었다. 잘못된 역사와 화해를 이루는 중요한 의식에서 그가 빠졌다는 사실을 받아들이기 어려웠다.

황사영이 왜 빠졌지?

내 물음은 공허하게 흩어졌다.

1894년, 의금부의 자료실을 정리하던 사헌부 관원이 백여 년 전의 문서를 한 부 발견했다. 그것은 가로 62cm, 세로 38cm의 흰 비단에 쓴 문서였다. 비단에 쓴 편지라 하여 '백서'帛書로 알려진 그 편지를 쓴 사람은 신유박해의 핵심 인물이라고 할 수 있는 스물여섯 살의 청년 황사영이었다. 황사영은 종교 박해로 폐허가 된 조선 교회의 실정을 펜 같은 붓으로 흰 비단에 빼곡하게 담았다. 황사영의 백서는 신유년에 일어난 모든 것을 말해 주고, 그것이 명백한 사실임을 확정하는 단서였다.

서학을 탐구하던 학자들 사이에서 자생적으로 발생한 천주교가 사학으로 매도되며, 대규모의 박해가 가해졌다. 종교 박해를 빌미로 삼지만 애초에 그것은 신神과 인간人間의 문제가 아니고, 신서파와 공서파 사이에 벌어진 정치적 대립과 반대파 척결이 목적이었다.

이 소설은 조선조 말기의 그 파행적인 정치 상황과 종교 박해를 재구성한 글이다. 소설의 중심에 청년 황사영이 있고, 그가 쓴 백서가 있다. 양날의 검처럼 찬반론이 대립하는 백서의 정체성은 종교의 자유와 생명의 존엄성에 있다. 소설은 대박청래를 골자로 한 백서의 옳고 그름을 따지기 이전에, 정치적 보복에 권력을 악용한 지배 계층의 명분 없는 환란을 꼬집고, 생명의 존귀함을 망각한 저들이 선량한 백성들에게 무슨 짓을 했는지 말해 주고 있다.

조선 교구에서 보관하고 있던 백서는 1925년 로마에서 거행된 조선 순교 복자 79위의 시복식에서 뮈텔 주교가 교황 비오 11세에게 직접 전달했다. 황사영이 살아서 전하지 못한 백서는 그의 사후 125년 만에야 비로소 교황의 손에 쥐어졌다. 그렇지만 황사영은 그 편지로 인하여 215년이 지난 오늘날까지 반역자의 오명을 벗지 못하고, 복자품福者品에도 오르지 못하고 있다. 황사영은 단지 일어난 일을 일어났다 말했고, 종교의 자유를 달라고 외쳤고, 힘이 약한 신자들을 도와 달라고 요청했을 뿐이다.

저들은 황사영에게, 인간으로서 가할 수 있는 가장 고통스러운 형태의 죽음을 가하는 것으로 악을 실현했다. 황사영에게 돌을 던지려면 탐욕과 권위로 백성 위에 군림했던 조선 말기의 일그러진 정치 상황을 먼저 돌아보고, 저들의 편협한 의식을 먼저 심판해야 한다. 권력을 업은 저들이 제 아무리 위풍당당한 멍리를 내세운다 해도, 억울하게 죽어 간 민초들 앞에서는 고개를 들 자격이 없다. 백성을 먼저 저버린 것도 저들이고, 도덕과 윤리를 빙자하며 인간의 생명을 무자비하게 살상한 것도 저들이다. 생명 의식을 저버리고서는 어떠한 정치적 명분도 의미를 가지지 못한다. 사람이 있어야 정치도 있고, 세상도 존재한다. 사람이 바로 세상 그것이니.

정말 황사영이 역적일까?

복자로 추대되지 않았다고 그의 순교가 빛을 잃는 것은 아니라고 생각한다. 황사영은 그가 쓴 백서와 함께 여전히 존재한다. 그럼에도 불구하고 진정한 화해가 요구되는 시점에서 잘못된 역사를 두고, 여태 황사영만 단죄하고 있는 것 같은 불편함은 무엇인지. 진정한 화해를 원한다면 홀로 버려둔 황사영도 함께 껴안아 주어야 옳은 것이 아닌지.

2016년 5월

장정옥